WITHDRAWN

La mirada de la ausencia

La mirada de la ausencia

Ana Iturgaiz

Rocaeditorial

© 2018, Ana Iturgaiz

Autora representada por IMC Agencia Literaria.

Primera edición: septiembre de 2018

© de esta edición: Roca Editorial de Libros, S. L.
Av. Marquès de l'Argentera 17, pral.
08003 Barcelona
actualidad@rocaeditorial.com
www.rocalibros.com

Impreso por LIBERDÚPLEX, S.L.U.
Crta. BV-2249, km 7,4, Pol. Ind. Torrentfondo
Sant Llorenç d'Hortons (Barcelona)

ISBN: 978-84-17305-00-0
Depósito legal: B. 17426-2018
Código IBIC: FV

RE05000

1

*I*nés se aseguró de que el trapo le cubría bien la palma de la mano antes de coger la plancha. Era la tercera vez que se quemaba aquella tarde y no había podido quejarse. No tenía ninguna gana de que la dueña de la casa, ni tan siquiera la cocinera, se enteraran de su torpeza. Mejor aguantar el dolor que arriesgarse a tener que escuchar: «Esta chica cualquier día nos quemará la mantelería buena». En cuanto llegara a casa, tendría que untarse bien con la pomada de caléndula que su abuela había comprado hacía más de tres años en la droguería Lobato. Intentaba no usarla demasiado, aún tendría que durar mucho más; sus ganancias no daban para un dispendio semejante. Hasta que terminara el trabajo no le quedaba más remedio que aguantarse y ocultar en lo posible las muestras de su despiste.

Estiró bien la camisa del señor Allendesalazar, mojó los dedos en el cuenco y esparció un sinfín de gotas por la pechera. Aplicó la plancha de hierro y apretó.

Le encantaba el sonido del agua al secarse. Era como el que hacían las chinchortas de tocino del desayuno de los domingos cuando las echaba en la sartén, el mismo de la lluvia torrencial sobre las peñas de los acantilados de Musques.

—¡Muchacha! ¿Qué estás haciendo que no has guardado ya todo ese montón de ropa? Como venga la señora y vea que lo tienes almacenado aquí…

Dominga y sus miedos, Dominga y sus cumplidos. Inés no conocía a una mujer como aquella. No había siquiera un comentario de la propietaria del piso principal de la Casa Jaspe, sita en la confluencia de la calle Correo con la calle Víctor, que no fuera inmediatamente acatado por la cocinera y «encargada de que todo estuviera en su sitio antes de que la dueña lo viera».

—La señora ha salido y no se va a enterar a menos que tú se

lo digas. No entiendo esa manía de guardar cada prenda en cuanto la plancho. Tardo el triple si las llevo una por una.

A Inés le pagaban por prenda planchada; el tiempo invertido en los paseos no lo cobraba.

—¿No te ha dicho la señora que aquí se pueden manchar?

Inés miró a su alrededor. Ni un gota de grasa, ni una mota de polvo ni un rastro de hollín, a pesar de que era febrero y en la cocina se metían sin cesar paladas de carbón.

—No hay persona más limpia que tú —aduló a la cocinera mientras daba la vuelta a la camisa en la mesa y la rociaba de nuevo con agua.

Aplicó de nuevo la plancha, esta vez sobre el canesú de la espalda.

—Haz el favor de llevarlas ahora mismo, antes de que la señora regrese de la iglesia.

Inés intuyó que Dominga no se iba a dejar convencer con halagos y tampoco quería hacerla enfadar; era una buena mujer que solo hacía su trabajo. La obedeció a regañadientes.

Dejó la plancha caliente en su soporte y cargó con la bandeja de mimbre, llena de ropa planchada, hacia las alcobas de la familia.

Decidió pasar primero por la habitación del matrimonio. Si, como Dominga decía, la señora llegaba en breve, no la encontraría en su dormitorio. La gente de categoría estaba acostumbrada a moverse entre el servicio, pero Inés, a pesar de los años que llevaba trabajando para los Allendesalazar, no acababa de acostumbrarse a estar en casa ajena y comportarse como un espectro al que nadie veía.

Dejó la bandeja sobre la cómoda para abrirla. El mueble era de roble macizo y los cajones pesaban un quintal. En el último, el que pertenecía al señor, colocó las dos camisas, una al lado de la otra, el par de cuellos a un costado y los puños junto a ellos. Cerró con fuerza, con tal mala suerte que pilló uno de los puños. Volvió a abrirlo con rapidez, rezando para que no se hubiera manchado. Por suerte, la madera encerada no lo había rozado. Resopló aliviada. Lo apretó un poco, con cuidado para no aplastarlo demasiado.

Fue entonces cuando la vio. Por debajo de los puños, casi en el borde del cajón, apareció el hombro desnudo de una mujer. Era una postal. No tuvo más que estirar de una esquina y un puñado de fotografías se deslizó hasta su mano. Por lo menos siete u ocho imágenes de mujeres; mujeres con…, sin… No sabía ni cómo definirlas.

Había mujeres con… algo de ropa y muchas joyas sobre el cuerpo desnudo y la cabeza, al estilo de odaliscas árabes; las había felices y sonriendo, mirándose en el espejo con los pechos al aire. Y las había sin… ropa, con apenas un tul que no les cubría nada de nada.

Se ruborizó solo por ojear las imágenes.

—¡Muchacha! ¿Qué estás haciendo?

El grito de la señora desde la cocina la sobresaltó, y las tarjetas se le desparramaron por el suelo de la alcoba. A toda prisa, las recogió, las amontó de cualquier manera y volvió a dejarlas en el cajón del señor. Lo cerró de un golpe, cogió la bandeja con el resto de la ropa y se la echó a la cadera. En su huida precipitada, dio una patada a algo.

—¿Dónde te has metido? —gruñó la señora ya desde el pasillo.

Inés vio que tres postales se habían quedado en el suelo. Logró recoger dos y las metió en el bolsillo del delantal. Con la tercera, solo le dio tiempo a pisarla.

—No podía abrir el cajón —se disculpó para justificar la tardanza.

Los ojos de la señora se clavaron en la cómoda. Con la nariz afilada y completamente vestida de negro, de luto por su madre fallecida meses antes, le recordó a un cuervo. «Mal augurio.»

—Y tampoco cerrarlo, por lo que veo.

Al final, con todo el lío, parte de la camisa que había planchado se había quedado pillada por la madera.

Antes de que Inés reaccionara, la señora se había inclinado, había abierto el cajón y recolocado la camisa. Supo que había visto las postales porque se quedó quieta como una estatua. Después, como si no hubiera pasado nada, hurgó en el cajón y cerró. Se irguió poco a poco y se la quedó mirando fijamente. No se lo dijo con palabras, pero Inés lo entendió a la perfección: «Los secretos de los Allendesalazar solo les importan a los Allendesalazar».

—No he visto nada —se apresuró a explicar. Y al instante supo que había metido la pata.

—Yo no te he acusado de nada. —Pasaron unos segundos más antes de que le diera la orden—: Puedes marcharte, la labor te está esperando en la cocina.

Pero Inés no podía irse, con una de las postales «picantes» debajo de su pie.

—Bueno, sí, ahora... voy —aseguró. Sin embargo, no se movió.

—¿Qué haces, chiquilla? —La buena de Dominga la miraba desde el umbral. En silencio, Inés le pidió ayuda para que se llevara a la señora de allí, pero la cocinera no entendió su desesperación—. Has dejado los pantalones del señorito sin planchar.

—¿Vas a hacer caso? —insistió la señora.

Inés miró a ambas y al final hizo lo que tendría que hacer antes o después: salió de aquella habitación sin mirar atrás. Mientras recorría el largo pasillo, imaginaba el contraste de la blancura de la imagen sobre el oscuro suelo de madera.

Llegó a la cocina con los ojos cerrados y rezando para que no tuviera consecuencias, al menos para ella.

10 Javier pasó por delante del café Suizo y entró. Apenas se veían las mesas. Rodeadas de hombres, quedaban enterradas entre los brazos de los tertulianos y las tazas de café.

El trabajo de ayudante del padre de su novia le daba para comer; no, sin embargo, para formar parte de las «personas de buena casa y mejor bolsillo» entre las que pretendía convivir. Quería, al igual que hacían abogados, médicos y hombres de negocios bilbainos, cambiarse de cuello y puños todas las mañanas y calzar zapatos distintos varios días a la semana. Por eso vendía lo que vendía a escondidas de su jefe y de su novia.

Los parroquianos lo conocían, los dueños del café también sabían qué buscaba allí, aunque hacían la vista gorda. Era «el de las postales» o «el de las chicas». Hacía la ronda semanal. Era fácil. Rondaba a los grupos de clientes y fingía interesarse por sus conversaciones. Los interesados solo tenían que llamar su atención y él se acercaba. El cliente estudiaba las imágenes por debajo de la mesa, mientras sus amigos seguían con la tertulia. La devolución era más rápida aún. Las fotografías no elegidas regresaban con rapidez a las manos de Javier junto con diez reales.

—No podrán con nosotros. Los bilbainos resistiremos cualquier asedio como lo hicimos con el del treinta y cinco, si es que se atreven —comentaba alterado un hombre gordo y medio calvo.

Se había quitado el sombrero y lo tenía sobre las rodillas. Javier le auguró al sombrero poco futuro: un par de comentarios de un voluntario de las cuadrillas de auxiliares que patrullaban Bilbao desde hacía unos meses, otra contestación más de su compañero de fatigas, y lo que era un bombín del mejor fieltro se convertiría en un plato llano.

Pasó delante de otra cuadrilla más de liberales y se detuvo con disimulo en la siguiente mesa. En la esquina más alejada de la barra, un grupo de mozalbetes discutía sobre la importancia de los fueros en la ideología carlista. Uno, que tenía las orejas puntiagudas y una nariz digna de la estirpe vasca más antigua, afirmaba con rotundidad que eran uno de los pilares fundamentales del carlismo desde sus inicios. Otro, con el pelo más claro y las facciones más finas, insistía en que no era cierto, puesto que el tío de la reina Isabel II, y el que había promovido la primera revuelta del año treinta y cuatro, no los tenía entre sus intereses. Y un tercero, moreno y con el pelo despeinado, aseguraba que lo único importante era lo que estaba escrito en el lema del movimiento: *Por Dios, por la patria y el rey*.

Discutían con el acaloramiento que da la juventud y con la seguridad de estar en posesión de la verdad. Javier confiaba en que solventaran la escasez de dinero con el ansia de contemplar una buena figura femenina libre de ropajes que ocultaran sus «encantos prohibidos».

El tercero de los chicos parecía el más alterado.

—Os digo que yo no me voy a quedar con los brazos cruzados —dijo mientras se peinaba un poco con la mano.

—¿Y crees que van a quererte? Si no tienes dieciocho años, Ignacio —le recordó el amigo del pelo claro—. Ni los liberales nos quieren, ¿por qué crees que el rey Carlos va a aceptarte?

—Porque estoy dispuesto a lo que sea por la causa. Me aceptarán.

—¿Qué va a decir tu hermana?

Ignacio se rio como si le hubieran contado un chiste.

—¿Su hermana? —se extrañó el de la nariz prominente—. Como poco se pondrá contenta, ¿no ves que se queda con una boca menos que mantener?

Ignacio le dio un empujón.

—Deja en paz a mi hermana. Ella no tiene nada que decir. Es mi decisión.

—Y tu vida.

11

Los tres callaron como si una nube negra se hubiera ceñido sobre ellos y esperaran que un rayo los fulminara.

—¿Adónde vas a ir? —preguntó el del pelo claro en un intento de romper el aciago momento.

—A Portugalete. Ventura me ha dicho que está en nuestras manos desde hace ya un mes, pero que el ayuntamiento colabora con el gobernador militar y la Diputación para silenciarlo.

—¡Maldito Castillo! —masculló el de la nariz grande.

—¿Y vosotros no vais a hacer nada?

Javier esperaba que los otros dos miraran al suelo y dejaran correr la pregunta. Al fin y al cabo, no eran más que unos muchachos que jugaban a apuntarse a una guerra que no era la suya.

Estudió los cafés sobre la mesa. No iba a sacar un real de aquellos tres aspirantes a recluta. Decidió probar suerte en el salón privado. Hacía tiempo que se lo había descubierto un camarero entre susurros: «Creo que a estos señores les interesará el género que ofrece».

—¡Ah!, es usted —le recibió Manuel Echevarría, del que se rumoreaba en la villa que tenía en mente la creación de un noticiero local—. Precisamente le estábamos esperando. Castillo, este es el hombre del que te hablé.

Javier prefirió simular que no conocía de nada al gobernador militar, aunque era fácilmente identificable: talle fino, frente despejada, largos bigotes y pelo cano, y siempre impecablemente vestido.

—Al parecer, su trabajo tiene mucha aceptación —le dijo el gobernador.

—Si me hace el favor.

Castillo se levantó del sillón y siguió a Javier a un aparte. Este le tendió las fotografías y regresó con el grupo para que pudiera elegir con discreción.

—¿Cómo va el negocio? —le preguntó Manuel Echevarría, que siempre le daba conversación cuando visitaba aquel salón.

—No puedo quejarme.

—No, desde luego, está claro que su trabajo es mucho más agradable que el de otros.

Javier vio la oportunidad. Era ahora o nunca.

—Lo que a mí me gustaría sería plasmar en imágenes lo que sucede en las calles y verlo publicado.

—Si no me equivoco —comentó otro de los congregados—, se está ofreciendo para ser el fotógrafo de nuestro próximo diario matutino.

—Sí, si es así como quiere llamarlo —confesó Javier.

El señor Echevarría miró a los dos hombres con los que había estado compartiendo asiento, cigarro y charla hasta el momento en que Javier los había interrumpido.

—¿Y cómo quiere usted que llame a lo que hace?

—Reportero gráfico. Me refiero a crónicas con imágenes.

—Dibujos, un dibujante es lo que necesitaríamos si llega el caso de que se termine creando el periódico.

—Cosa que parece que va por buen camino —comentó el hombre con bigote puntiagudo y anteojos que Javier tenía a la izquierda.

—Ya se verá, Aureliano, no hay que vender la piel del oso antes de cazarlo. Antes hay que fijar muchos detalles.

Javier evitó que la conversación se desviase a otro interés.

—Fotografías, eso es lo que les ofrezco; imágenes tomadas directamente de la realidad. No una versión, no una interpretación que la mano y las ideas de alguien haya desvirtuado, sino la verdad en toda su crudeza. Poner ante los lectores el instante de felicidad, la desdicha o la muerte, sin ambages ni dobles caras.

Echevarría dio una calada al cigarro.

—¿Cuándo? —le preguntó.

La precisión lo cogió desprevenido.

—¿Que cuándo empiezo?

Las risas de los otros dos le dijeron a Javier que acababa de caer en la trampa.

—Manuel —dijo Aureliano—, este tiene agallas.

—Otras cosas tiene que tener antes que eso —le contestó Echevarría sin apartar los ojos de Javier—. ¿Cuándo ha hecho algo como eso que ofrece? ¿Cuándo ha hecho de reportero? ¿Para qué periódico?

—Señor, no creo que escribir lo que uno ve sea tan...

—Ya veo. Lo tuyo es esconderte detrás de un trozo de madera con un cristal y mirar por él. Y piensas que, con hacer ese gesto, ya todo vale.

—Yo no he dicho...

—No, no lo has dicho, pero lo piensas.

Javier hizo un esfuerzo por reponerse.

—No, señor, no lo pienso.

13

Pero Echevarría era de los hombres a los que les gusta escucharse a sí mismos.

—Ideas y no postales es lo que necesitamos; hombres que piensen y no se limiten a mirar. ¡La fotografía! —exclamó con tono de menosprecio—, eso es para plasmar la belleza. —Señaló al gobernador Castillo, que seguía en el rincón eligiendo la imagen más excitante—. La de las putas y la de las decentes. Junte a las mujeres e hijas de tan venerable concurrencia como esta y hágales unos retratos. A las otras, hágales unas *carte de visite* y véndanoslas. Estaremos encantados de comprarlas, ¿verdad, señores? Unas las enmarcaremos y las pondremos sobre la mesilla de nuestro dormitorio; las otras, las seguiremos escondiendo y admirando en soledad. Pero ¿fotografías en los periódicos? Créame, no ha llegado el día.

—Se equivoca usted, sí lo ha hecho.

Estaba claro que ninguno de los presentes esperaba una réplica. Todos, sin excepción, se irguieron en los asientos.

—Explíquese —le sugirió Aureliano.

—Hace ya más de veinte años que en Inglaterra se narró la guerra de Crimea en imágenes.

—¿Más de veinte años, con fotografías?

—Fotografías pasadas a grabados para ser impresas. Simpson se llamaba uno de ellos, Fenton el otro.

—Grabados, ilustraciones. ¿Qué diferencia hay? Eso no son imágenes reales. Nunca se ha hecho antes, ¿cómo lo va a hacer usted, con un milagro?

—Con entregas especiales, las adjuntaremos a los periódicos.

—Eso se llama dinero, más gasto y más costo. ¿Habla usted de plasmar la realidad? ¿Ha visto la pobreza de los barrios altos? ¿Piensa que los que viven allí van a desprenderse de una moneda a cambio de las imágenes de miseria que pueden ver por la calle?

Javier hizo un gesto para abarcar a los ocupantes del salón privado. Hombres con sus mejores trajes, corbatines de seda, zapatos brillantes de piel suave, camisas inmaculadas, pechos y puños almidonados, el cabello recién cortado, bigotes y barbas arregladas, el humo de los mejores habanos, muchos de ellos enviados directamente de La Habana, vasos llenos de bourbon…

—Ellos no, pero personas como estas, sí. ¿O usted no estaría dispuesto?

Manuel Echevarría no le contestó ni que sí ni que no. Se limitó a mirarlo con una sonrisa en la boca y a repetirle que aún no había llegado el momento de ver fotografías plasmadas en los noticieros del país.

Javier estaba dispuesto a demostrarle lo contrario, pero mientras tanto tenía que seguir vendiendo las postales de las chicas.

«No te molestes en regresar a esta casa.» La frase todavía resonaba en la cabeza de Inés dos horas después de haberla escuchado.

Desde el altercado de las postales, la señora no tardó ni media hora en echarla. Todo había sucedido muy deprisa. Se había presentado de repente en la cocina con un mandado urgente para Dominga. Tan pronto como la cocinera se calzó los botines y salió, le plantó entre las manos el sueldo del día y la despidió.

La razón era evidente, aunque Inés le pidió explicaciones de todas maneras. «Por meterte donde no te llaman», fue la respuesta. Las vergüenzas del cabeza de familia de los Allendesalazar seguirían escondidas en el fondo de un cajón y su mujer continuaría tratándolo como si no se hubiera enterado de lo que hacía a escondidas en la intimidad de la habitación. Entre tener una discusión con el dueño de la casa o con la planchadora había elegido esto último.

Inés se había quedado sin trabajo y su familia sin sustento.

Traspasó el portón de la catedral de Santiago, se apretó el manto para protegerse de la humedad y del frío de febrero y se encaminó por la calle Tendería hacia el puente de San Antón.

En el bolsillo de la falda sonaron las monedas que había recibido por la faena del día. «Tienes que dar gracias a la Virgen de que no te quite el jornal de hoy.» Al menos, tendrían para comer lo que les restaba de semana.

Metió la mano para contener el tintineo de los reales. Solo faltaba que los escasos ingresos atrajeran la codicia ajena y se los robaran. Al cerrar los dedos rozó también aquellos papeles, los causantes de su desgracia. Se sonrojó al pensar en las dos fotografías que se había guardado en el delantal. Aunque su sofoco le daba mirar aquella imagen, se sonrojaba aún más al recordar la figura seria y formal de su antiguo patrón. ¿Cómo podía un padre y esposo ejemplar guardar «aquello» en el cajón del dormitorio?

15

El domingo anterior, el párroco de San Antón había dicho que la curiosidad estaba muy cerca del pecado. En ese momento, Inés se confesó como la mayor pecadora de la ciudad porque no pudo contener el interés por volver a observar a aquella chica. ¿Qué mujer permitía que un hombre —porque el fotógrafo era un hombre, de eso estaba segura— plasmara su cuerpo de aquella manera? Observó a las dos mujeres que venían hacia ella desde la Plaza Vieja. Gente de bien, mujeres elegantes, con elegantes vestidos, guantes y sombrero. Evitó dirigir la mirada al polisón, que les abultaba la falda por detrás y les hacía tan esbelta figura. Apretó de nuevo las monedas en la palma de la mano. Ella nunca tendría un vestido como aquellos. Sintió vergüenza por llevar ropas tan sencillas. Se arrimó a las casas y clavó la mirada en el suelo empedrado para evitar cruzar la mirada con ellas. Las mujeres continuaron el camino sin notar su presencia. Volvió a pensar en las fotografías del bolsillo. A dos pasos estaban los muelles de la ría. Y allí se encontraría con la mitad de la población de Bilbao. Se giró hacia la pared y las sacó. Un breve vistazo y las volvió a guardar. A sus pies cayó un papel que Inés recogió a todo correr. Respiró aliviada cuando vio que no contenía más que unas palabras escritas. Distinguió una J, una G y una B. No fue capaz de reconocer el resto de las letras, escritas en minúscula y enlazadas entre sí con trazos rápidos.

Devolvió el papel al fondo del bolsillo. Pensó en deshacerse de ellos. Solo tenía que acercarse a la orilla de la ría y dejarlos caer.

Pero en cuanto salió a la Plaza Vieja, el ajetreo de la ciudad se lo impidió.

La plaza estaba en plena ebullición. Las mujeres que estaban allí con la única intención de llenar la despensa de sus casas se mezclaban con las vendejeras, los compradores y los curiosos. Tampoco faltaban un par de voceadores que proclamaban en una y otra esquina los maravillosos remedios con que solucionar mil males del cuerpo y del espíritu.

Inés sorteó a toda aquella multitud y se dirigió derecha hacia la ría sin fijarse en nadie en particular. Las caras del resto se diluyeron ante el interés por llegar cuanto antes a la orilla y desprenderse de aquello que le quemaba en el bolsillo. Sin embargo, su presencia no pasó desapercibida para alguien.

De un grupo en el que un imitador de político pregonaba a quien quisiera escucharle sus descabelladas ideas para el futuro de la villa, se separó un hombre y le cortó el paso.

—¡Señor Francisco!

—He visto, niña, que ibas muy despistada. ¿Vas hacia casa?

Inés echó una mirada huidiza a la superficie de agua que tenía apenas a diez pasos de ella, cerró la mano en torno a los papeles y la hundió aún más.

—Allí me dirijo.

—Voy contigo.

—No, no hace falta. Quédese usted con sus... compañeros.

—¡De ninguna de las maneras voy a dejar de acompañarte! —exclamó el hombre ofendido.

Inés le sonrió.

El señor Francisco vivía en la misma finca que ellos, solo que su hermano, su abuela y ella habitaban en la buhardilla y él, en la segunda planta. Inés todavía se sorprendía por la buena amistad que los unía, a pesar de todas las diferencias que los separaban. El señor Francisco sabía leer y escribir como el mejor maestro, ellos no; el señor Francisco disfrutaba de los ahorros que había reunido como secretario personal de un notario, ellos apenas tenían para sobrevivir; el señor Francisco era liberal hasta la médula, ellos carlistas convencidos. «Sobre todo, Ignacio.»   17

Ese vecino era para ella como el abuelo que nunca tuvo. Su hermano, en cambio, no parecía compartir la misma opinión. Inés temía las veces que se encontraban por la escalera del edificio. Era estar frente a frente y las acusaciones de «insurrecto» y «burgués» se cruzaban entre ellos como cuchillos afilados.

—Volvamos entonces a casa. Pensé que preferiría quedarse, parecía muy interesado en lo que proclama ese hombre.

—¿Quedarme? ¿A escuchar a ese faccioso carlista que no hace más que soltar sandeces? ¡Pues no dice que los carlistas están dispuestos a quedarse con la villa! ¡Como que se lo vamos a permitir! No saben cómo nos las gastamos los bilbainos. Que se atrevan, que vengan y traigan a su Pretendiente con ellos, que saldrán trasquilados, como lo hicieron hace cuarenta años.

—No sé, señor Francisco, recuerde que en las elecciones de hace dos años en la villa salió como diputado un carlista —se le ocurrió decir a Inés.

—Eso fue porque los electores no sabían lo que pretendían esos aldeanos. Pero en cuanto vean asomar las boinas rojas por la cima del monte Pagasarri, los bilbainos se unirán contra ellos. Ya verás que...

Inés vio que el señor Francisco se enzarzaba de nuevo en uno de sus monólogos liberales y cambió de tema.

Tardaron apenas una conversación sobre los precios de la carne en dejar atrás las Casas Consistoriales, pasar junto a la iglesia de San Antón y cruzar al otro lado de la ría. Inés se cuidó de mencionar que había perdido el trabajo. Ni su hermano ni su abuela tenían que enterarse. Solo serviría para preocuparlos; ella era la única que llevaba cuartos a casa. Apretó las últimas monedas ganadas y se dijo que no pasaba del día siguiente que conseguía otro.

—¿No sube a charlar un rato con la abuela? —le preguntó Inés cuando llegaron al segundo piso y le pareció que el hombre dudaba.

—¿Crees que le agradará?

—Seguro que está esperando a que usted llegue y le cuente lo que ha visto y con quién se ha encontrado.

—Subiré entonces para entretenerla un rato —concedió el hombre—, pero antes pasaré a coger un paquetito de café que me han enviado.

—No debería gastarlo con nosotras, más siendo un regalo de su primo el de Colombia. Apenas le llegará para hacerse media docena de tazas.

El señor Francisco le cogió una mano y le dio unos golpecitos cariñosos. Ella aceptó, y es que le vencía con aquellos gestos de ternura que nunca había conocido en un hombre.

—En la nota decía «Para que lo disfrutes en compañía», y no se me ocurre otra mejor que la de la señora Consuelo y usted misma.

—Es demasiado bueno con nosotras.

—Porque solo vosotras escucháis sus tonterías sin ponerle un pero —dijo una voz procedente de la planta superior.

Su hermano Ignacio con dos amigos bajaba las escaleras. Se marchaba, como siempre.

—Porque no hay ningún pero que poner —respondió el señor Francisco molesto.

—Ignacio… —le reprendió Inés.

Ya lo estaba viendo: su hermano lanzaría una proclama sobre la legitimidad de las exigencias del pretendiente Carlos, «el futuro Carlos VII», como lo llamaba él, y el señor Francisco contraatacaría con el carácter antiliberal y el daño que el tradicionalismo estaba haciendo al desarrollo de España.

Hubo suerte, los jóvenes tenían prisa por marcharse. Ignacio hizo una seña con la mano a sus amigos que cortó de raíz cualquier comentario.

—Ahí se quedan ustedes —se despidió—, que nosotros tenemos cosas mejores en las que entretenernos.

—¿Adónde vas? ¿Cuándo has llegado?

Ignacio le echó una mirada airada a su hermana, y es que con sus diecisiete años consideraba que ya era hora de que lo tratara como a un hombre y no como el chico que Inés sabía que seguía siendo.

—Hace un momento, pero no pienso quedarme.

Inés prefirió no discutir.

—No llegues tarde.

Ni Ignacio ni sus amigos se dignaron a despedirse.

—¡Descarados! —masculló el señor Francisco.

—Los jóvenes —los disculpó Inés.

—No hay juventud que justifique esa grosería, ni tampoco tener esas ideas —gruñó el señor Francisco. Sacó la llave y la metió en la cerradura—. Voy a por el café, que la señora Consuelo estará deseando que lleguemos.

Inés se había quedado sin trabajo, pero dio gracias al cielo por que las tres personas que más quería en el mundo siguieran a su lado.

19

Se demoró un instante antes de empujar la puerta y entrar. Quería calmarse un poco para que su abuela no la notara alterada. Rogó para que no le preguntara cómo le había ido el día, no tenía ninguna gana de mentirle.

—Hijo, ¿eres tú? Ignacio, ¿eres tú?

—No, abuela, soy yo —contestó Inés desde la puerta.

—¿No has visto a tu hermano?

—Lo he encontrado en la escalera. Iba con dos amigos. —Ni sabía cómo se llamaban puesto que Ignacio nunca contaba nada de su vida.

—Pensé que era él que regresaba otra vez, acababa de llegar. ¿No es un poco pronto para que vuelvas del trabajo? ¿Cómo te ha ido?

Inés frunció el ceño. Por suerte, la anciana estaba, como siempre, sentada en la mecedora de la cocina, junto al fogón, y no podía verla. Inés no estaba segura de poder disimular.

—Todo bien, abuela. Voy a asearme antes de hacer la cena.

—Es demasiado pronto todavía.

—El señor Francisco está a punto de llegar. Lo he encontrado en la Plaza Vieja y hemos venido juntos. Su primo le ha mandado un paquete con café desde Colombia.

—Entonces no sé lo que estás haciendo que no has puesto ya el agua a hervir.

Inés se quitó la toquilla que le servía de abrigo, entró en la alcoba que compartía con la anciana y la dejó a los pies de la cama. Sonrió, había acertado al hablar del café, si a algo no podía renunciar su abuela era a aquella bebida.

Entró en la cocina. Simuló haber disfrutado del mejor día de su vida.

—¿Cómo ha pasado el día mi viejecita preferida? —le preguntó mientras le daba un beso en la mejilla.

La abuela se arrimó aún más para demorar la caricia unos segundos. Le pasó la mano por la cara con suavidad. Inés se entretuvo junto a ella. Hacía ya tiempo que se había dado cuenta de que no veía bien. Ella no lo confesaba y se empeñaba en hacer todas las tareas de la casa como cuando era más joven, pero Inés la veía tantear las paredes para encontrar las habitaciones y buscar apoyo en un mueble antes de soltar el anterior.

—¡Ay, hija, si tu pobre madre pudiera verte! Eres igual que ella cuando era joven. Tenía tu misma alegría.

Inés tocó la chapa de la cocina antes de abrir la portezuela delantera y ver que estaba vacía.

—¡Pero, abuela, si la tiene usted apagada! ¿No le he dicho mil veces que estamos en febrero y que hace mucho frío?

—Quita quita, hija, que una vieja como yo ya no se merece dispendios. Ahora que estás tú en casa es otra cosa, anda, enciéndela antes de que llegue el señor Francisco con su paquetito de café.

Inés cogió unos palos y un poco de hierba seca que sacó de un cajón a un lado de la cocina, lo metió todo dentro y cerró la portezuela. Encendió un fósforo y lo echó por uno de los agujeros superiores.

—No debería pasarse el día entero con este frío. Va a cogerse un mal en el pecho —insistió Inés mientras se acercaba a la ventana para levantar la cántara de agua.

—Peores días y con más frío y lluvia pasé en el caserío. Nunca me puse enferma.

Inés dejó que se perdiera en los recuerdos felices de su vida anterior. Se acercó al mueble que servía de alacena y tiró con fuerza de una de las puertas inferiores que se atascaba últimamente. Metió la mano hasta el rincón más alejado y sacó una vieja y destartalada lata. En el fondo del bolsillo hundió las postales indecentes, de las que todavía no había podido deshacerse, y sacó las monedas ganadas aquel día.

El sonido de los reales en el metal atrajo la mirada de la abuela ausente.

—Un día regresaremos.

—Abuela…, ya sabe que eso no sucederá. El caserío es ahora de Ricardo. Él mismo nos echó de allí. Nadie lo obligó a hacerlo.

—Esa chica, esa con la que se casó. Ella fue la que malmetió con tu hermano.

—Esa chica, como usted la llama, no era más que una niña.

—Hasta que apareció ella vivíamos los cuatro juntos, sin problemas —insistió.

Inés prefirió no recordar la cara de terror de la que ahora era su cuñada cuando su hermano mayor la llevó al caserío. No le preguntó la edad, pero calculó que no pasaría de los catorce o quince, apenas un par de años más que su hermano pequeño; era tan joven que hasta le pareció pecaminoso que Ricardo se hubiera desposado con ella. Inés estaba convencida de que la pobre ni siquiera sabía lo que era la primera sangre.

—Él se encaprichó de ella y la quiso por mujer, pero esa chica apenas acertaba a balbucir delante de Ricardo, mucho menos iba a tomar la decisión de sacarnos de nuestras tierras.

Pero la abuela seguía en sus trece.

—Ya verás cómo tu hermano viene a buscarnos. El día en que se entere dónde estamos…

Inés dejó por imposible aquella conversación, tantas veces repetida y otras tantas olvidada. Ella lo tenía claro: Ricardo se había desembarazado del lastre de la familia cuando su padre murió. El caserío y el resto de las tierras hacía tiempo que habían pasado a sus manos; su progenitor se las había cedido antes de morir para evitar dividirlas. Claro que Inés estaba convencida de que su padre nunca hubiera imaginado que el hijo mayor sería capaz de hacer lo que hizo en cuanto lo cubrieron con la tierra del camposanto.

La anciana se había quedado dormida. Parecía un ángel, recostada en la mecedora que ella había encontrado entre los

21

chopos del paseo de los Caños y que había arreglado con una rama y un par de clavos.

Se sentó en uno de los taburetes. Se apretó los párpados para no dejar escapar el par de lágrimas que llevaba conteniendo media tarde; había perdido el trabajo y tenía tres bocas que alimentar. La barbilla le tembló. Frunció los labios con fuerza e inspiró hondo. Las lamentaciones solo podían durarle el tiempo que el señor Francisco tardara en subir dos pisos.

—¿Se puede? —oyó desde la puerta principal abierta.

Inés se levantó a toda prisa. Por suerte, el tiempo se había terminado.

La campanilla sonó cuando Javier empujó la puerta del gabinete fotográfico de la calle Ascao. Y aún no se había cerrado cuando se abrió de nuevo. Su jefe entró detrás de él.

Mercedes salió de la trastienda antes de que les diera tiempo siquiera a saludarse.

—¡Ya estáis aquí!

Javier echó una discreta sonrisa a su novia. Supuso que acababa de regresar puesto que todavía tenía los guantes y el sombrero en la mano. Vestía el conjunto azul con el que solía acudir al templo de San Nicolás.

—Hija —respondió su jefe—, ya le había dicho a tu madre que regresaba enseguida. ¿Qué sucede? ¿Hay alguien esperando para un retrato?

Javier disimuló una mueca. Manuel Bustinza Leturiaga era un buen hombre, pero le exasperaba ver cómo se había estancado. Para Javier decir «fotografía» era igual a hablar de modernidad, de oportunidades, de conocimientos, de nuevas técnicas. Cada pocos años se conocían invenciones que hacían que aquella ciencia evolucionara junto con el mundo. Estaba convencido de que, a no muchos años, las viviendas se llenarían de fotografías a color sin necesidad de retocarlas a mano.

Pero su jefe no lo veía así. Para él la palabra «fotografía» equivalía a retrato. Ni más ni menos. «¿Desea usted un retrato individual, uno del matrimonio o uno de familia, formato *cabinet* o *carte de visite*?» Esa era la cantinela cada vez que un cliente atravesaba la puerta del gabinete. ¿Dónde estaba el ansia por captar el momento, por retratar la vida cotidiana, por plasmar los acontecimientos del país?

Era el año 1874 y estaban inmersos en la tercera guerra carlista del siglo. El país llevaba más de cuarenta años en medio de una lucha fratricida que había comenzado por la sucesión de la Corona entre los partidarios de Carlos María Isidro, hermano de Fernando VII, y los del mismo rey, cuando el hermano de este no aceptó que una mujer, la futura Isabel II, pudiera ser regente del país. A pesar de la derrota de los carlistas en 1840, estos no habían olvidado sus pretensiones y siguieron defendiendo sus ideales con un segundo alzamiento y un tercero, el actual, comenzado dos años antes. En aquellas cuatro décadas la situación del país se había ido complicando. A la reclamación por la Corona se sumaron nuevas demandas que incrementaron las diferencias. Leyes, fueros y la ideología liberal de las ciudades frente al conservadurismo del campo.

Y Bilbao no era ajena a esa confrontación. La Noble Villa vivía desde el pasado diciembre, casi ya tres meses, con miedo a un asedio como el de 1835, en el que había muerto Zumalacárregui. Sus calles y plazas eran un hervidero político y social. Los discursos carlistas se mezclaban con los liberales, y las arengas políticas de las tabernas con las religiosas que se lanzaban desde los púlpitos de las iglesias de Begoña, San Nicolás, Santiago y San Antón.

Ese ambiente era lo que Javier quería capturar en una imagen: la sensación de evolución, el movimiento de la gente, la realidad. En cambio, el padre de su novia era feliz con los retratos hieráticos y las sonrisas forzadas. Y con sus ideas conservadoras.

Javier no. No compartía con Manuel Bustinza ni las aspiraciones laborales ni las ideas políticas. Solo los honorarios. Y a la hija.

Dejó en la tienda a Mercedes con su padre y entró en el estudio. La dueña de la casa apareció por la puerta que conectaba con la vivienda.

—Manuel, ¿eres tú?

—No, señora, está en la tienda con su hija.

—¡Ah! Voy corriendo, que tengo una estupenda noticia que darle.

Importante debía de ser porque en el rato que tardó él en preparar los botes con el colodión, el nitrato de plata, las placas de cristal, la cámara de fuelle y el trípode solo se oyeron ayes de emoción.

23

No se molestó en acercarse a la cortina que separaba el estudio de la tienda. Conocía a Mercedes y no tardaría en contarle las buenas nuevas.

Sonó de nuevo la campanilla y al padre de Mercedes despidiéndose a todo correr. Le dio tiempo a ordenar los negativos de las fotografías tomadas los dos últimos días antes de tener a su novia al lado.

—¿Sabes lo que ha sucedido? —le preguntó Mercedes excitada.

Javier cerró el cajón de las placas de cristal y se volvió hacia ella.

—No, si no me lo cuentas.

—¡Don Salustiano Zubiria quiere que padre haga las fotos del enlace de su hija! Madre dice que han venido hace un rato mientras yo estaba en la iglesia. ¿Recuerdas el día que estuvo su mujer a hacerse aquel retrato?

Por supuesto que lo recordaba, como que había sido él quien la había fotografiado. Y estaba bastante orgulloso del resultado. En vez de la matrona entrada en carnes que era, había conseguido que pareciera una joven aún casadera. No había sido difícil: el cuerpo de perfil, el rostro de frente y una broma dicha en alto en el momento adecuado.

Javier contuvo el largo silbido que habría echado si hubiera estado solo.

—Así que se las encargará a tu padre en vez de al estudio de los Carrouché o los Duñabeitia.

—Y eso no es todo —añadió Mercedes dando saltitos de la emoción.

—¿Qué más puede haber?

—¡Estamos invitados al enlace!

Javier clavó la vista en las manos de Mercedes, que reposaban sobre su brazo. Su novia lo soltó al ser consciente de lo inapropiado del gesto.

—¿Sabes lo que eso significa?

—Que vas a estar en la boda de una de las familias emergentes de Bilbao.

—De la hija de un corredor marítimo, nada menos. El banquete del enlace será en la Sociedad Bilbaina. Acudirá la flor y nata de la villa, ¡y nosotros estaremos allí! Todo el mundo nos verá. A partir de ese momento, nos considerarán iguales a ellos, empezarán a invitarnos a otros eventos y...

A Javier no le quedó más remedio que reírse, contagiado por su confianza.

—Si te hace tanta ilusión pasearte por los salones de la Bilbaina, no me imagino cómo estarás el día que tomes el té en el hotel más elegante de Madrid.

—¿Madrid? ¿Y por qué voy a ir yo a Madrid? ¿Te imaginas? Subir las escaleras de la Sociedad Bilbaina con mis padres cogidos del brazo delante de todos los socios. Lo haremos despacio, para que todo el mundo nos vea bien. Tú tendrás que hacer las fotografías. No te preocupes; prometo guardarte un buen trozo de la tarta.

Javier premió el detalle de su novia con una sonrisa irónica y no desaprovechó el momento para expresar sus aspiraciones en voz alta:

—Madrid es la tierra de las oportunidades. Desde allí se gobierna este país y allí están los periódicos más afamados. ¿Imaginas lo que sería si mi nombre apareciera en la cabecera de la crónica de uno de ellos junto a mis propias fotografías?

—¿Madrid? —repitió ella—. ¿Qué iba a hacer yo allí, qué iba a hacer sin mis paseos por el Arenal del brazo de mis amigas? Pero espera, ¿no decías que había alguien que quería crear una gaceta en Bilbao? —No esperó a que Javier le confesara sus desavenencias con Manuel Echevarría—. Seguro que también estará, tendrás la oportunidad de hablar con él. ¿Ves? No hay nada en Madrid que no tengamos aquí —dijo antes de desaparecer en el interior de la vivienda.

Javier se quedó allí con la sensación de que aquella conversación ya la habían tenido más de una vez. Le pareció una pesadilla recurrente.

La familia Bustinza hacía ya rato que se había acostado cuando él decidió dar por terminada aquella agotadora jornada. En el laboratorio que tenía en casa, en el que revelaba las fotografías de las chicas, se le habían terminado los productos.

«Sería estupendo poder hacerlo aquí.» El laboratorio del estudio nada tenía que ver con el pequeño cuarto oscuro que había instalado en su piso. Pero no terminaba de decidirse a llevar al negocio de su futuro suegro los negativos de las chicas desnudas. Se jugaba demasiado. Si Mercedes o su padre se enteraban de lo que hacía, se quedaría sin trabajo y sin novia. Se quedaría sin futuro. En cualquier caso, era del todo imposible hacer las fotografías en la tienda, así que no le quedaba más remedio que seguir fabricando el colodión para humedecer las placas de vidrio antes de meterlas en la cámara y sacar las fotografías, y llevárselo a su piso.

Terminó de volcar el alcohol sobre el nitrato de celulosa. Con un pañuelo se tapó boca y nariz antes de coger la botella del éter y destaparla. Con sumo cuidado, lo echó sobre la mezcla anterior y lo tapó.

Recogió el material y se dirigió a uno de los estantes. Encima de una de las baldas había cuatro cámaras: una para imágenes pequeñas, dos para medianas y la otra para grandes. En el estudio se había quedado la de seis objetivos que había usado aquella tarde para retratar al páter de la iglesia de San Antón. Este había acudido para conseguir una serie de *cartes de visite*, pequeñas fotografías, menores que su propia mano, que tan de moda se habían puesto como tarjetas de visita. Javier, a pesar del éxito que empezaban a tener, no había conseguido convencer al dueño para adquirir una cámara estereoscópica, que conseguía plasmar imágenes en tres dimensiones. Otro ejemplo del inmovilismo de su jefe.

El día anterior se le había roto la suya. El carril que permitía desplegar el fuelle se había partido y el cuero se había enganchado y abierto por un lado. En algún momento tendría que hacerse con otra, pero no estaba dispuesto a gastarse lo que había ganado con la venta de las fotos de las chicas en los últimos dos meses. Solo pensar en el número de paseos que se había dado por los cafés y tabernas para conseguir ese dinero le daba un mareo. No pensaba gastárselo ahora, de golpe, en una cámara nueva, teniendo todas aquellas a su disposición.

Cogió la máquina para fotografías 9x12 cm, el tamaño más apropiado para sus «discretas» postales. Por suerte, el fuelle estaba plegado y no tuvo que entretenerse. Cuanto antes se marchara, mejor; tenía que volver temprano al día siguiente para dejarla en su lugar sin que ni el señor Manuel ni su sagaz mujer notaran la falta. Colocó la caja de madera dentro del chaleco y dejó el resto como estaba. Echó al bolsillo uno de los objetivos Wray Luxor y salió del gabinete justo cuando se oyeron las campanas de la catedral.

—¡*B*ilbao y su localismo! ¡Bilbao y sus mentes cerradas! —farfulló Javier mientras dejaba atrás el Arenal y salvaba los últimos metros que separaban el parque del despacho de telégrafos, situado en el pórtico del Teatro de la Villa—. Piensan que entre estas cuatro montañas se acaba el mundo, permiten que el modernismo entre en sus negocios, pero no en sus ideas.

Recordó la conversación que había tenido con Mercedes el día anterior y se dijo que él no había abandonado el caserío de la familia para limitarse a ser un simple fotógrafo y pasarse la vida retratando a los próceres de la capital, a sus orondas mujeres y a sus afortunados hijos.

Se había alejado de su familia para convertirse en ayudante de un fotógrafo ambulante francés que ofrecía sus servicios allí por donde pasaba. Javier tenía poco más de diez años cuando se quedó prendado de aquello que su padre consideraba magia y su madre brujería, mientras que para él era la puerta de entrada a un mundo distinto al suyo, distinto y mejor, un auténtico milagro.

Quince años más tarde se sentía apresado en una cárcel, en una jaula situada en medio de una selva virgen y sin explorar. Lo peor: tenía la llave en la mano y no se había atrevido a utilizarla. Hasta entonces.

La seguridad de que lo que Mercedes quería para su vida en común no era lo mismo que había soñado él le dio el valor necesario. No quiso pensar en las decisiones que se vería obligado a tomar si aquella nueva aventura salía bien. Mejor no hacerlo hasta que sucediera.

El despacho del telégrafo estaba vacío, tan vacío como las calles en las peores horas de la madrugada. No veía al operario por ningún lugar. Por primera vez en aquella mañana, cayó en la cuenta de lo que significaba que los carlistas estuvieran a las puertas de Bilbao: igual hasta habían conseguido bloquear las comunicaciones. Se le derrumbó el ánimo. A punto estuvo de soltar un improperio contra su desgraciada suerte y contra sí mismo, por ser tan estúpido y pretender dar un giro a su vida mientras parte de Vizcaya y sus pobladores estaban en guerra.

Se dio la vuelta para salir cuando alguien chocó con él.

—Perdón —se disculpó Javier.

Un hombrecillo bajo, en mangas de camisa a pesar del frío de la mañana y con la coronilla despejada lo miraba con sorpresa.

—¿Quería usted algo?

—¿Es usted el telegrafista?

En ese instante otras dos personas entraron siguiendo al operario. Eran Manuel Echevarría y otro hombre.

—¿Qué desea? —le preguntó el telegrafista a Javier.

—¿Se sigue pudiendo enviar noticias fuera de Vizcaya? —O lo que era lo mismo: ¿llega el correo más allá de la retaguardia carlista?

—Depende adónde quiera enviarlas.

—A Madrid. —Y ante el interrogante aparecido en el rostro del hombrecillo añadió—: Al periódico liberal *Madrid*. ¿Se puede o no se puede?

Javier descubrió que Manuel Echevarría era capaz de sonreír. Contestó él en vez del operario:

—Todavía sí. No sabemos hasta cuándo, pero sí. Aunque tratándose de un periodista que quiere relacionarse con las fuerzas legítimas, igual debería discutir el tema con *otras* personas antes —señaló a su acompañante, que se interponía entre Javier y la puerta.

¿Qué estaba sucediendo? La seguridad de que aquellos dos hombres sabían quién era, a qué se dedicaba y cuáles eran sus ideas políticas consiguió crear en Javier las dudas que había desechado durante la noche.

—Bueno…, en realidad es para ofrecerme como fotógrafo del diario.

—Vaya y explíqueselo a ellos.

—¿A ellos?

—A nuestras autoridades, a don Ignacio María del Castillo, al gobernador militar de esta plaza.

—¿Cómo dice?

—Pero antes… ¿no ha pensado ofrecerse también a *El Cuartel Real*?

Javier estuvo a punto de salir corriendo. Aquel hombre se había vuelto completamente loco. ¿No le decía ahora que se prestara como fotógrafo al boletín oficial del ejército carlista?

Hasta hacía un momento creía estar con un igual, por todos era sabido que aquel hombre era liberal, como él, y resultaba que se encontraba ante el enemigo.

—No —dijo tajante para evitar una posible discusión que no lo llevaría a ningún lado.

—Lo digo por si no ha pensado cómo sería *confundir* a los facciosos.

El tono con que pronunció el sobrenombre con el que la sociedad bilbaina liberal tachaba a los carlistas despejó las dudas que le habían nublado el pensamiento un segundo antes.

—¿Se refiere usted a ofrecerme como colaborador y pasar información falsa?

—Sí, a eso precisamente. Pero no solo a ofrecer. También podría recibirla si hace bien su trabajo.

Si el teatro se hubiera venido abajo por el impacto de una veintena de bombas, Javier no se hubiera quedado tan muerto.

¿Espiar a los carlistas? ¿Estaba loco aquel hombre?

29

La puerta se cerró ante sus narices.

Inés esperó unos segundos antes de darse la vuelta y marcharse. Aquella era la sexta casa en la que se ofrecía como planchadora y la sexta en la que la rechazaban. No era extraño, la villa estaba llena de gente venida de otros lugares necesitada de trabajo. Los hombres buscaban salida en las minas que se abrían en los montes que rodeaban la ciudad y las mujeres lo intentaban en las casas de los más ricos. Como ella.

—¿No ha aceptado? —La portera de la finca le salió al paso.

—De ninguna manera.

—Ya le he dicho que podía usted probar, pero que no era seguro. A la señora no le gusta meter a gente extraña en casa.

—Ni me ha dejado explicarle que llevo cinco años ejerciendo de planchadora.

La portera se encogió de hombros e Inés imaginó que a ella tampoco le interesaba conocer lo rápido que quitaba las arrugas a una sábana de buen lienzo.

—Que haya suerte —le deseó la mujer.

—Y que usted lo vea. Quede con Dios —contestó Inés con cortesía. Al fin y al cabo, aquella mujer era la única persona que la había tratado en todo el día con algo de amabilidad.

Salió a la calle despacio, sin saber en realidad hacia dónde dirigirse. Se cubrió cabeza, hombros y parte de la espalda con el manto. Decidió seguir la calle Ascao hasta el final y preguntar en alguno de los comercios si sabían de alguna casa que necesitara personal de servicio.

No había dado más de tres pasos cuando la portera la llamó de nuevo.

—¡Señorita! —Inés se dio la vuelta con el deseo de que la señora del primero se hubiera arrepentido y la reclamara—. ¿Ha probado usted en la fonda?

—¿La de la calle Correo dice usted?

—La misma, ahí necesitan adecentar las habitaciones a menudo, creo que lavan y planchan en la casa.

A Inés se le iluminó la cara.

—Voy ahora mismo para allá.

30 En menos de cinco minutos estaba a la puerta del establecimiento. El cartel le provocó una buena impresión. Todo el mundo lo conocía como la fonda de doña Brígida, pero en las ventanas del número 25 de la calle Correo ponía «Hotel de Boulevard, piso primero y segundo de este inmueble».

Subió las escaleras confiada en que la séptima vez fuera la definitiva. «El siete es el número de Dios», intentó convencerse a sí misma.

La tal doña Brígida era una mujer alta, severa. Y categórica.

—No.

—Puedo hacer una prueba.

—No.

—Se lo ruego, necesito trabajar. Vendré mañana y plancharé todo lo que tenga pendiente sin cobrar. Usted misma decidirá si mi trabajo merece ser recompensado.

—No.

Inés impidió con la mano que le cerrara la puerta en las narices.

—Dos días, vendré dos días. Dejaré el estipendio a su criterio.

—No. Ya tenemos quien nos lave, nos cuelgue y nos planche. ¿Está claro?

«Claro como el agua de lluvia.» Inés estaba a punto de darse la vuelta y marcharse cuando oyó una voz que procedía del interior de la casa.

—¿Sabe hacer pasteles?

Se le iluminó la cara.

—Precisamente... —empezó a decir, pero se encontró con un muro de madera.

La señora Brígida no la quería en su casa. Si no llega a ser porque sabía que el siete era el número de la suerte, habría pensado que era el del demonio. Se santiguó en cuanto aquel pensamiento le pasó por la mente.

De nuevo en la calle, de nuevo sin un lugar al que dirigirse.

Era demasiado pronto para regresar a la buhardilla sin despertar las sospechas de la abuela y del señor Francisco. Decidió acercarse hasta el paseo del Arenal.

Pero cuando llegó, pensó que no estaba para paseos y mucho menos para ser mera espectadora de los del resto. Siguió caminando sin detenerse hasta que llegó al camino del Sendeja.

Sentadas, sin más que hacer que esperar un trabajo que no llegaba, estaban las sirgueras.

A pesar de los rumores de los vecinos y de los comentarios de su hermano Ignacio, los carlistas no habían llegado a aislar Bilbao. Sin embargo, cualquiera que viera a aquellas mujeres ociosas creería lo contrario. Según se rumoreaba, hacía ya más de cuatro meses que Portugalete resistía los ataques de los carlistas; en consecuencia, las mercancías habían dejado de entrar desde el puerto de Santurce. Por eso aquellas mujeres no tenían trabajo, «ni cuartos». Su trabajo era arrastrar ría arriba las gabarras llenas hasta los topes de bacalao o de cualquier otro producto con la sola ayuda de una cuerda atada a la cintura.

Se fue de allí sin plantearse siquiera si hubiera sido capaz de hacer aquel trabajo.

Igual fue porque necesitaba convencerse a sí misma de que haría lo que fuera con tal de conseguir el sustento de su familia, por lo que terminó llegándose hasta las minas de Miribilla.

El sitio era horrible, completamente embarrado y lleno de suciedad. Los desperdicios se almacenaban en las puertas de barracones y chabolas, que se alineaban monte arriba. Evitó mirar a los niños mal vestidos, mal comidos, sucios y con los pies enfangados sin que pareciera importarles demasiado.

Fue al acercarse a la boca de las minas cuando se topó con ellas.

31

—Ponte a la cola —le dijo una de malos modos.

Inés se dio la vuelta y descubrió a una decena de chicas que la miraban con inquina. La mayoría eran muy jóvenes, algunas no más que unas niñas. Le dio la impresión de que, a pesar de su juventud, cargaban a las espaldas muchos años de dura vida. Verlas a la intemperie y medio desnudas la dejó helada por dentro; se apretó la toquilla con la que tenía la suerte de poder taparse.

—¡Eh! —le gritó una mujer embarazada que se adelantó al resto—, este trabajo no es para las *milindris* como tú, así que vete a robarles los reales a otras.

—¡Igual te quieren en las minas del Morro! —voceó otra.

—¡A ver si las que hacen cola a la salida del turno de Santuchu la acogen mejor que nosotras!

—Sí, pero para eso tendrá que quitarse parte de la ropa.

—Y ese aire de señoritinga —sentenció una chiquilla un poco más atrás.

A las carcajadas de las mujeres se unieron las de los hombres que empezaban a aparecer de las entrañas de la tierra. Las mujeres se abalanzaron hacia ellos y se olvidaron de la recién llegada.

Inés se quedó clavada en el suelo sin apartar los ojos de las chicas que se colgaban del cuello de los hombres como si se tratara de sus salvadores.

No supo hacer otra cosa más que alejarse de allí.

El domingo terminó demasiado pronto y, con él, el plazo para tomar su resolución. Javier dilató la salida de casa todo lo que pudo; cuando lo hizo, las campanas de San Nicolás ya llamaban a misa de nueve. En un cuarto de hora tenía que presentarse en el estudio y en ese plazo no le daba tiempo a tratar el asunto que le había tenido sin dormir toda la noche.

—¡Chaval! —llamó a un mozalbete desgarbado que pasaba por allí con un saco lleno de leña.

El chico miró a su alrededor creyendo que aquel joven se dirigía a otro, pero no vio a nadie cerca.

—¿Me dice a mí?

—Sí —confirmó Javier—, a ti. ¿Quieres ganarte un par de reales?

—Sí, señor. —Y se plantó delante de él como si hubiera echado raíces en aquel momento.

—Llégate al estudio fotográfico Bustinza, en la calle Ascao, y le dices al dueño que me he entretenido.

El chico tendió la mano derecha con timidez. Javier echó mano al bolsillo izquierdo del chaleco y la dejó allí.

—¿Lo has entendido? Repítemelo.

—Me llego a la calle Ascao, a la tienda de fotografías, y le digo al dueño que llegará tarde. ¿Y si me pregunta por qué?

—Tú solo repites eso. Dile que te mando yo, Javier Garay, que ya le explicaré más tarde la causa del retraso.

Tan pronto como notó el peso de las monedas en la mano, el chico salió corriendo. Javier lo siguió con la vista hasta la esquina del edificio de la Bolsa y lo vio desaparecer por la calle del Perro. Él continuó en sentido contrario.

Su nerviosismo aumentó conforme acortaba la distancia con el Teatro. No tenía otro contacto más que el operario de la oficina de telégrafos instalada en los bajos del edificio ya que no tenía ni idea de dónde encontrar a Manuel Echevarría a esas horas. Cierto que había mencionado al gobernador militar, pero hasta él sabía que, tal y como estaban los ánimos de la sociedad bilbaína, divididos entre ambos bandos, sería una locura acercarse a él.

«Telégrafos» ponía en el cartel por encima de la puerta; «Abierto», en el que colgaba de la misma. «Servicio de espionaje debería poner», se dijo con sarcasmo. Y es que si no se burlaba de sí mismo y de la descabellada idea de formar parte de aquella locura, se daría media vuelta y se ocultaría tras el fuelle de una cámara de fotos.

No tuvo que preguntar por su interlocutor. Tan pronto como traspasó el umbral, el hombrecillo que trabajaba dentro se apresuró a echar el cerrojo.

—Acepta —adivinó el operario antes de que pronunciara una palabra.

—¿Cómo lo sabe?

—Porque si no fuera así, no estaría de regreso. Lo he visto antes.

A Javier le molestó no haber sido el primero en recibir la oferta. Dejó a un lado la delicadeza y preguntó:

—¿Qué se supone que debo hacer?

—Siéntese. —El telegrafista le indicó una silla.

—¿A qué...?

—Siéntese —le conminó—. Ahora vendrá una persona y le explicará lo que se espera de usted.

—¿Ahora? ¿Y cómo sabrá que yo he acudido a…?

El hombrecillo señaló un aparato encima de una mesa.

—La red de telégrafo, ya sabe.

Fue rápido, muy rápido. Al párroco de la iglesia de San Nicolás no le habría dado tiempo a llegar al ofertorio y los mandos del bando liberal ya sabían que contaban con él.

Como había predicho el telegrafista, poco después se presentaron dos hombres: el gobernador Castillo y Manuel Echevarría.

Como Javier había imaginado, no eran de los que lanzaban la caña y se retiraban después. Se sintió como un pez que había mordido el anzuelo.

—La situación es más grave de lo que hemos querido dar a entender. Hace quince días se apoderaron de Portugalete. Se ha intentado que la noticia no calara en Bilbao, pero ha sido imposible —le explicó Castillo.

—Doce kilómetros no es distancia. Los rumores suelen correr más de lo que se espera de ellos —comentó Echevarría.

—Y más aún cuando la propaganda enemiga está empeñada en desequilibrar nuestra moral con noticias como esa. Los carlistas no tardarán en caer sobre Bilbao.

Javier no acababa de verlo. La vida en la ciudad, aparte de los sinsabores políticos y de haber menos movimiento de transporte en la ría, transcurría sin demasiadas diferencias a unos meses antes.

—¿Ustedes creen?

—Los tendremos sobre nosotros en pocos días.

—Se han quedado con el resto de Vizcaya, igual es suficiente para ellos —dijo Javier.

—No, no lo es. Necesitan ser reconocidos internacionalmente como potencia beligerante y una victoria sobre una ciudad conocida en otros países por su industria y su comercio les dará la visibilidad que necesitan.

—No lo consiguieron hace cuarenta años, no sé por qué ahora…

—Esa es la otra razón.

—Pero ¿por qué arriesgarse a otra derrota como aquella y a la vergüenza que eso conllevaría?

—Precisamente, para sacarse aquella espina. Créanos, en menos de quince días la ciudad estará rodeada de carlistas que la someterán a asedio. Las cosas se complicarán para todos, y mucho.

—Están convencidos de que la población no se rendirá a la primera, ¿verdad?

—Eso téngalo por seguro.

—Permítanme que lo dude. Igual ustedes no pasean por las calles, pero yo sí. Y he escuchado bastantes conversaciones de partidarios de don Carlos. La capital está llena de ellos.

—A estas alturas, no tantos.

—Porque los que pudieron ya se han unido a sus batallones.

—Además, que una plaza se rinda o no a sus enemigos no depende de los deseos de sus pobladores sino de los contingentes que la defiendan. Y nosotros, quieran o no algunos bilbainos, estamos en el bando del Gobierno.

Hasta ahí estaban de acuerdo, todos recorrían el mismo camino.

—¿Qué esperan de mí?

El gobernador Castillo se echó hacia atrás en la silla, se cruzó de brazos y estiró las piernas.

—Que haga su trabajo. Tome todas las fotos que pueda; cuanto más cerca esté de ellos, mejor.

—Los carlistas se alimentan de la propaganda —explicó Manuel Echevarría—. Sus periódicos y muchos extranjeros están llenos de fotografías de don Carlos, su madre, su esposa, su hermano, sus generales, sus partidarios…

—Lo sé, en Venecia y en París, hechas por Le Jeune o por Franck.

—Para ellos todo vale. Sabemos que tienen fotógrafos propios, pero necesitamos que lo acepten. Convénzalos de que usted es un reportero en condiciones, que va a informar al resto del país de la situación en Vizcaya.

—No van a ponerse en manos de cualquiera.

—Están deseando hacerlo. Una opinión que les sea favorable en un diario no afín a la causa carlista no es algo que puedan rechazar. Además, me dijo que era reportero, demuéstrelo y estaré dispuesto a contar con usted en la gaceta que tengo intención de fundar en la villa.

Javier reflexionó en la oportunidad que le brindaban. Única.

—De acuerdo, intentaré convencerlos de que voy a contar su versión, la que ellos me expliquen. Pero necesitaré como coartada un acuerdo con un semanario de tirada importante, de un periódico diario, mejor si es liberal.

35

—Eso déjelo en nuestras manos. Espere nuevas noticias antes de hacer nada.

Los hombres se levantaron y se acercaron a la puerta. Javier los imitó, pero no se dirigió a la salida.

—Antes de que nos despidamos, respóndanme a una pregunta. ¿Por qué yo? Saben que no soy el más apropiado para un trabajo como este; imagino…, sé —corrigió— que tienen una red de espías entrenados para conseguir toda la información que se propongan.

Castillo se dio la vuelta sin soltar la manilla de la puerta.

—El Gobierno no está dispuesto a que la guerra continúe. Hay que cortar de raíz las exigencias del Pretendiente, hay que segar todas las posibilidades de que gane la contienda y de sus futuras reclamaciones.

—Eso no contesta a mi pregunta.

—Sabemos por experiencia que hay veces que los civiles están en mejor situación para enterarse de las noticias importantes. Recuerde, usted estará allí para ser reportero. Todo lo que vea y oiga mientras tanto será bien recibido. Y ahora dígame usted, ¿por qué ha aceptado?

—Porque, como ustedes, yo también quiero lo mejor para este país. Vivir bajo el sometimiento de viejas leyes, religiosas o civiles, o pasarme el resto de la vida cultivando la tierra no es lo mejor.

—¿Lo mejor para usted?

Javier hizo un gesto hacia el exterior. Se fijó en una chica que cruzaba la plaza de San Nicolás. Llevaba la cabeza y los hombros cubiertos con un ligero manto. A pesar de ser febrero, en los pies, unas viejas alpargatas.

—Ni para ellos tampoco.

3

*L*os liberales no se equivocaron, ni tampoco le fallaron. Doce días después de su reunión, le llegó un aviso al estudio. La llevó el telegrafista, que al parecer era el contacto con los mandos liberales.

Javier atendía a una señora empeñada en sacar una fotografía a sus cinco retoños, incluido un bebé de meses que dormía plácidamente en su carrito.

—Entonces el martes, a las diez de la mañana, podré atenderla a usted y a sus hijos. No se olvide de advertirles que tendrán que quedarse quietos, completamente quietos durante unos segundos.

—¿Y cómo hacemos con el niño? —La clienta señaló al bebé.

Javier miró de reojo al hombrecillo que, impaciente, no terminaba de ver el momento en que la mujer se marchara.

—Lo tendrá que sostener usted —le explicó.

—Pero si la foto que quiero es solo de los niños.

Otra mirada al telegrafista con la vista clavada en el techo, desesperado.

—No se preocupe. La pondremos detrás de ellos, oculta por sus cuerpos. Nadie notará que está usted detrás. Además, así podrá tranquilizar a los más pequeños. No se olvide de venir vestida de oscuro para pasar más desapercibida. Y ahora si me disculpa, este señor tenía cita también.

Javier se apresuró a abrir la puerta.

La mujer miró al hombre sorprendida. Este traía puestos los manguitos grises que usaba para proteger los puños de la camisa de la suciedad del trabajo. Llevaba en una mano la boina que se había quitado al entrar y una nota en la otra. No parecía estar allí para hacerse un retrato. La clienta empujó el carro del recién nacido y salió airada.

La visita del telegrafista duró menos que un mendrugo de

37

pan a la puerta de la catedral el día del Corpus. El hombre le tendió la nota y Javier la cogió. La campanilla volvió a sonar y desapareció.

Ni tiempo le dio a desplegarla. Mercedes apareció por la puerta y Javier la ocultó en el fondo del bolsillo de la bata que se ponía para trabajar. Su novia estaba jovial. Pensó que todavía le duraba la alegría por la invitación de la boda más sonada del año.

—¿Has oído lo que sucede?

—¿Lo que sucede en dónde, en tu casa?

—En la calle, lo que sucede en la calle. La señora de Erice, la que vive en el segundo, le ha contado a madre por el patio de la cocina que llegan los carlistas.

A Javier se le desbocó el corazón. Contuvo las ganas de leer la nota delante de Mercedes.

—¿Cómo que llegan? ¿Qué quieres decir?

—Dice que su marido lo ha leído en un bando que han colgado en las puertas de la iglesia de San Nicolás.

Se quitó la bata a toda prisa, la dejó dentro del estudio. Con disimulo, cogió el papel y lo guardó en la chaqueta.

—¿Puedes quedarte en la tienda? —la apremió—. Tu padre ha salido un momento.

Un minuto tardó en salvar la distancia del estudio fotográfico y llegar a San Nicolás y tres más en apartar a los bilbainos impacientes que intentaban, al igual que él, enterarse de lo que sucedía.

Mercedes estaba equivocada, en la puerta del templo no había un bando, sino dos.

El primero empezaba así.

> Dispuesto el enemigo a bombardear esta villa, doy conocimiento que los vecinos que deseen salir de la población, mujeres, ancianos y niños, pueden hacerlo en el término de veinticuatro horas por el camino de Zornoza.
>
> Las autoridades velan por la población, al mismo tiempo que se preparan para rechazar la agresión con todas las ventajas de los medios que disponen y les permiten, esperando la pronta llegada del Ejército, que según noticias, no se dilatará.

No se detuvo a enterarse del resto de los detalles. Dirigió la vista hasta el final del escrito y leyó el nombre del artífice del mismo.

A 21 de febrero de 1874. Don Ignacio María del Castillo, gobernador militar de la Plaza de Bilbao.

Desvió la mirada al otro escrito.

Bilbainos: A la villa esforzada, el enemigo le conmina a la rendición con un bombardeo cruel y destructor. ¡Inútil obstinación! El empleo de medios de guerra, que ya la civilización condena, no alterará la serenidad ni la confianza de este noble pueblo. Ni las perspectivas de los peligros ni las amenazas de destrucción pueden amedrentar el valor de los animados y desinteresados voluntarios y de los bravos soldados que componen la sufrida y disciplinada guarnición. ¡No conocen sin duda nuestros enemigos su probado temple de alma y su ardoroso espíritu! Bilbainos, en estas circunstancias necesita vuestro Ayuntamiento recomendaros valor y denuedo, esas virtudes viriles que sobran en vuestro corazón, la fe ha elevado a esta hermosa villa a la más alta posición, entre los pueblos más cultos de España.

Frunció el ceño ante el tono de proclama, pero dejó para más adelante atender a los pensamientos que se le venían a la cabeza. Fijó de nuevo la mirada en quién firmaba el bando: la corporación municipal al completo.

El bloqueo de Bilbao por parte de las tropas carlitas había empezado, tal y como habían pronosticado quince días antes los liberales.

Impaciente, metió la mano al bolsillo de la chaqueta para averiguar a qué lo conminaban, pero antes de que le diera tiempo a posar los ojos sobre el papel, la multitud lo empujó contra la puerta de la iglesia. No era el único que estaba ansioso por enterarse de lo que sucedía.

Peleó por salir de allí. Lo consiguió al fin a base de empujones y disculpas. La noticia corría en boca de los que habían tenido la suerte de llegar los primeros. Se apartó un poco y leyó la única línea escrita: «El diario *Madrid* espera impaciente su reportaje».

Un escalofrío le recorrió la columna. A cambio de alcanzar su aspiración de ser reportero, accedía a ayudar al Ejército gubernamental. Ese era el trato. No sabía si bueno o malo, pero era el que había aceptado. Nadie lo había obligado a trabajar como espía, nadie, aunque de repente le pareció haber vendido su alma al diablo.

Observó la explanada del paseo del Arenal. Miró las barandas que separaban de la ría el lugar de encuentro de los bilbainos por excelencia. Se paró en los laterales del quiosco donde la banda amenizaba las mañanas de los domingos con su música. Recorrió con la mirada el tronco de los árboles hasta la copa, también las fuentes y los jardines. Se preguntó qué quedaría en unos meses de todo aquello.

La noticia de que los carlistas habían cercado Bilbao apenas había inmutado a sus vecinos, que estaban extrañamente tranquilos. No así Inés, que se levantó de la cama nerviosa por el comienzo del asedio y sus consecuencias, así como por su frágil confianza en sacar alguna ventaja de la guerra. Habían pasado tres semanas desde que la señora Allendesalazar la había echado de su casa, y solo había encontrado negativas.

Además, muchos de los bilbainos más pudientes ya habían buscado refugio fuera de la capital. Ignacio aseguraba que la villa había perdido más de diez mil habitantes. Y parecía que eran precisamente los que podían pagar un jornal de planchadora.

El inicio del bombardeo, algo después de las doce del mediodía, no impidió que Inés, a pesar de las decenas de proyectiles de cañón que cayeron aquel día sobre los tejados de Bilbao, saliera en busca de trabajo.

A media tarde ni recordaba ya las veces que había pasado por cada calle y las que había entrado en cada portal. Una nueva puerta, una nueva negativa. A pesar de que el sitio había comenzado el día anterior, se dejó imbuir por la serenidad de algunos viandantes que paseaban como si nada sucediera. Se quedó al pie de la última finca que había visitado, sin saber qué hacer ni adónde ir. Solo le apetecía sentarse en un banco del paseo del Arenal y echarse a llorar. Ni los siete reales que aún quedaban en la lata de la cocina, ni esos le quitaban las ganas de dar rienda suelta a la angustia que se le aferraba al pecho como las garras de un halcón a su presa.

No supo el tiempo que pasó ante el número 25 de la calle Correo, ajena a las amas de casa en busca de viandas, a las parejas de bomberos, zapadores y auxiliares que cruzaban la plaza Nueva o a los bilbainos a los que el encierro en sus casas y locales se les hacía simplemente insoportable. Ajena a los cañones, a la lluvia, a todo menos a lo que le repiqueteaba en la cabeza: su hermano Ignacio, que no hacía más que repetir aquella loca idea de huir de Bilbao y unirse al Ejército carlista; su abuela, con la cabeza cada vez más perdida; la comida cada vez más escasa y, por consiguiente, más cara. Y ahora estaban en medio de una guerra.

Por fin, sacó las fuerzas suficientes para arrastrarse, porque no se podía decir que anduviera, hacia el corazón de las Siete Calles. Entró en todos los portales, la interrogaron todas las porteras y llamó a todas las casas de las que le dieron referencia de que habían perdido a alguien del servicio. Empezó desde el Teatro, por la ribera, y entró en cada calle adyacente hasta llegar a Ronda. Cuando llegó de nuevo al Arenal y se encontró delante de la iglesia de San Nicolás, siguió andando hacia el convento de San Agustín, al final del camino del Sendeja.

Fue en estas últimas casas, en la finca más alejada del núcleo urbano, justo delante de los muelles de descarga, vacíos de gabarras y de sirgueras, donde los porteros le dieron noticia de que a la esposa de un miembro de la Guardia Foral de Vizcaya, que servía como guía del Ejército del Norte, se le había muerto su anciana criada.

Inés imaginó a una mujer más o menos de su edad, pero se encontró con una señora mayor. Mayor y desconfiada. Y muy muy apegada a su dinero.

—Sin referencias, no pretenderás cobrar más de cuatro reales —le espetó en cuanto salió el tema del salario.

Inés se contuvo las ganas de ponerla en su lugar por ladrona y abusadora. Desde que Bilbao estaba sometido a la presión de los carlistas, los salarios bajaban con la misma rapidez con la que los precios subían. Pero ella no podía permitirse no trabajar.

Por suerte, la situación de la casa, alejada del centro, y el hecho de tener dos baterías carlistas muy cerca —una por encima del tejado, en la ladera del monte Archanda, y otra en la orilla de la ría, cortando el paso hacia el pueblo de Deusto— hacían que no fuera una zona muy apreciada. Nadie quería trabajar tan próximo al enemigo. La claridad con que esa idea se le instaló en la mente alentó el valor de Inés.

—Acepto si usted considera revisar en un futuro la compensación por mi trabajo.

Pero la mujer no era tan tonta como a Inés le hubiera gustado.

—Lo consideraré si te quedas día y noche.

41

¿Una interna? Antes, por nada del mundo habría aceptado dejar a su abuela y a Ignacio solos, pero en aquellas circunstancias ¿qué otra salida le quedaba?

Humillada, así era como se sentía Inés después de hablar con su nueva señora. Y no por el tipo de trabajo, hacer de criada para todo se le antojaba una labor mucho más digna que otras a las que había visto enfrentarse a algunas mujeres con tal de sacar su prole adelante, sino por la sensación de que le habían arrebatado la libertad.

Por eso no se fue directa a casa. Necesitaba pensar en cómo iba a contar a la abuela y a Ignacio que se iba a vivir a otra parte y los dejaba solos.

En cuanto puso un pie en los soportales de la plaza Nueva notó que la noche ya se había echado sobre Bilbao. Hacía horas que había dejado de oír los cañonazos procedentes de los montes, quizá por estar absorta en sus propios problemas. Descubrió el agujero en la fachada de la Sociedad Bilbaina. Una portera le había contado que una granada había impactado aquella misma mañana y había destrozado la sala de billar, pero ni eso había conseguido anular un banquete de la boda que se había celebrado con toda la pompa y el boato necesarios. Parecía que la villa se negaba a aceptar que estaban en guerra e Inés se preguntó si aquella era la mejor actitud.

En la plaza vio varios grupos de hombres. Eran compañías de voluntarios que tenían a su cargo la defensa de la villa bajo el mando del Ayuntamiento. La cuarta, la quinta y la sexta compañía de auxiliares y los bomberos se preparaban para la vigilia. Varios faroles y un par de fuegos encendidos junto a los pilares de los soportales le permitieron constatar a Inés que algunos hombres ya se habían echado a descansar. De repente, se preguntó qué hacía allí tan tarde, expuesta a miradas ajenas, cuando debería estar en su casa desde hacía mucho rato. Le dio miedo y echó a andar bajo los soportales, oculta entre las sombras que proyectaban los arcos, hasta que dio una patada a algo.

El ruido de cristales rotos era inconfundible.

—¿No ve por dónde anda?

Vio una sombra levantarse ante ella.

—Perdone. No…, no lo había visto.

—Pues debe de estar usted ciega.

Estaba claro que aquel no era su día. El hombre estaba muy enfadado. No necesitaba verle el rostro, su tono airado era más que suficiente.

—Espero no haberle causado demasiado perjuicio. —Lo deseaba de verdad porque no podía ofrecerse a pagar los desperfectos causados—. Esos cristales…

—¡Si hubiera tenido los ojos en donde debería, en vez de en esos hombres! —la interrumpió él.

—¿Perdone? —Inés estaba perpleja, ¿la acusaba aquel hombre de…, de ser…?—. ¡Eso no es cierto! Simplemente iba ensimismada y las llamas de los cuatro faroles de la plaza no son suficientes para iluminar el pórtico.

—Así que caminaba pensando en sus problemas —constató él agriamente—. Quería desquitarse con alguien y ¿qué mejor que darle una patada a mis fotografías?

Inés recordó el enlace que se había celebrado en los salones del edificio bajo el que estaban y su preocupación aumentó.

—¿Fotografías? ¿En vidrio?

—Sí, en vidrios, sí. Fotografías en vidrios. ¿No sabe usted cómo se hacen?

No contestó a la pregunta retórica. ¿Acababa de romper los recuerdos de una boda en la Sociedad Bilbaina, las fotografías del enlace de un hijo o hija de alguna de las mujeres que podían ofrecerle trabajo si lo de la viuda salía mal?

—¿Eran las fotografías de la boda de hoy? ¿Son las que ha tomado ahí dentro? ¿Las he roto? —preguntó con la voz temblorosa. ¿Y si para justificar su problema ante el cliente ese hombre se atrevía a llamar a la autoridad y a exigirle a ella el pago de los destrozos?

—No, en realidad no —confirmó él en voz más baja—. Solo ha roto unos cristales vírgenes, que todavía no habían pasado por el proceso de preparación.

—Entonces, ¿no es nada grave?

—No, si consigo convencer a mi jefe de que ha sido una torpeza mía.

El aire salió de los pulmones de Inés de golpe.

—¿Haría eso?

—Sí, si usted me hace un favor a mí.

—Por supuesto —se apresuró a contestar ella—. ¿Qué es lo que desea?

—¿Podría ayudarme a recogerlos?

43

Y

Las campanas de la catedral tocaron las doce pero Javier no hizo intención de marcharse. Llevaba desde las ocho de la tarde pasando negativos. Mercedes y sus padres aún no habían regresado del convite y el señor Manuel le había dicho que dejara la tarea para el día siguiente: «Recoger las placas te llevará un buen rato, ya terminarás el resto mañana».

«Un buen rato» habían sido más de tres horas y media dedicadas a trasladar y organizar ciento sesenta y tres vidrios para que al día siguiente se supiera quién estaba en cada uno de ellos. A pesar de lo que había tardado en pasar a limpio los nombres de los fotografiados y el número de la placa en la que aparecían, no se había marchado al terminar. Tenía la mente completamente despejada y una extraña sensación. Era como si alguien le hubiera tirado un cubo de agua helada por la cabeza y lo hubiera despertado de un sueño.

A pesar de haberlo empezado con la mayor ilusión del mundo, no había sido un día fácil. Se había levantado pensando en que tendría ocasión de conocer a empresarios y políticos, a los hombres que manejaban todos los hilos de la villa. Pero la jornada se había torcido desde el momento en que puso un pie en la biblioteca de la Sociedad Bilbaína. Mientras decidía que los armarios repletos de libros eran el marco perfecto para las fotografías de los hombres, y los balcones del piso superior, que quedaban justo debajo de una enorme vidriera, para las mujeres, apareció el padre de Mercedes y le dio la orden:

—Tú fotografiarás a las damas; yo, a los caballeros.

Javier albergaba la secreta ilusión de hacer los retratos de todos los invitados. Pero estaba claro que su patrón se reservaba la parte más provechosa. Las señoras no tenían ni voz ni voto en las decisiones políticas y económicas de Bilbao.

—Pensé... —comenzó a quejarse.

—No tenía idea de trabajar hoy, pero mi hija me ha convencido de que será mejor para el negocio. Así podré conocer personalmente a todos los hombres influyentes de la villa.

Javier se sintió traicionado. Por su propia novia, la que se suponía que un día sería su mujer y que tendría que pensar en su beneficio.

Se guardó la acidez que sentía y sugirió hacer fotografías de grupos, pero su jefe se negó para no molestar a los invitados.

Ni el sólido argumento de Javier, «Con un solo negativo podrá vender varias fotografías, una por cada persona que aparezca en él», lo sacó de la negativa. Menos mal que su hija consiguió convencerlo.

Pero la alegría le duró poco a Javier, solo hasta que oyó a Mercedes hablar de «la genial idea de mi padre» y supo que padre e hija ya habían decidido que él tampoco sería el encargado de hacerlas.

Después de un día entero de trabajo, Javier había salido de la Sociedad Bilbaina decepcionado con su jefe, frustrado como fotógrafo y vendido por su novia. Por eso se había enfadado tanto con la chica de la plaza Nueva. Por eso no se había ido al piso que tenía alquilado en la calle de la Pelota, para no meterse en la cama y ponerse a pensar.

En ella, para no pensar en ella, ni en la pasión que había adivinado detrás de sus ojos. Y de sus formas. Para no volver a plantearse qué tenía aquella mujer que la hacía tan cercana a él. No eran los gestos ni los modales, si acaso aquella manera de arrastrar las eses tan propia de los moradores de los caseríos.

—Eso debe de ser —dijo en voz alta para terminar de creérselo.

Y es que su tono de voz le resultaba familiar, enormemente cercano. Como que hablaba igual que su madre la última vez que la vio. Otra traición de la memoria lo obligó a recordar sus propias palabras el día que anunció a sus padres que se marchaba de ayudante del señor Forge, «ese señor francés que nos obliga a estar quietos más de diez minutos para meter una imagen en la caja milagrosa».

«Espero que no te arrepientas», le había dicho su madre.

Y no, no se había arrepentido. Hasta aquel día. No había vuelto a pensar en los suyos durante los quince años que había pasado en Bilbao. Siempre había estado convencido de que les había hecho un favor a sus padres y a sí mismo. En una familia de doce miembros, una boca menos era una alegría y no una tristeza. Si se hubiera quedado en el caserío, habría terminado mendigando por las calles de cualquier pueblo, recogiendo café en Venezuela o trabajando en una mina, en una de las muchas que se habían abierto desde que los ingleses descubrieran que el hierro vizcaíno poseía gran calidad y era mucho más económico de extraer debido a que estaba muy próximo a la superficie.

El señor Forge había sido como un padre para él. No solo le había tomado como ayudante sino que había insistido en que aprendiera a leer y a escribir correctamente y a manejarse por el mundo. «Podrás ser el reportero que yo nunca fui.» El señor Forge había dedicado muchas tardes a explicarle detalles de las crónicas publicadas en los rotativos que caían en sus manos. En ocasiones, Javier se olvidaba de que no eran familia en realidad. El día en que el fotógrafo francés le informó de que estaba a punto de regresar a su país de nacimiento, debido a su avanzada edad, había sido uno de los peores de su vida. Se había sentido huérfano desde entonces.

Pero había sido hablar con ella y recuperar los días de su infancia. Había vuelto a cavar en la huerta, a plantar berzas para el sustento familiar y maíz para los animales. Había vuelto a correr con sus hermanos entre las margaritas del prado junto al caserío. Había vuelto a oír sus voces y su risa.

Javier sacudió la cabeza para alejar aquellos pensamientos. Porque le dolían. Llegó hasta la puerta del gabinete fotográfico en dos zancadas, descorrió el cerrojo que había echado por dentro para que no se colara ningún intruso y salió a Ascao. No había ni un alma. Un inusual sosiego envolvía la calle. Raro, teniendo en cuenta que en los montes que rodeaban la ciudad los carlistas esperaban la llegada de un nuevo día para continuar con el asedio de la villa. Una noche rara, pero plácida. Y todo por ella.

Del bolsillo de la chaqueta sacó un paquete de cigarrillos y cogió uno con los labios. Tuvo que entrar de nuevo para encenderlo a la llama del candil. La primera bocanada de humo en los pulmones le permitió respirar de nuevo. Se sintió mejor, mucho mejor. El corazón menguó un poco su loco palpitar.

Todo era culpa de aquella mujer, de la que no sabía nada.

Después de dos caladas más, metió en el bolsillo el paquete de tabaco. Mala idea, la peor. Porque sus dedos rozaron una de las fotografías que vendía por las tabernas.

Atendió al impulso de volver a ver la imagen y entró en el estudio. Había dejado el farol sobre el mostrador. Abrió la espita para que la llama aumentara e iluminara parte de la estancia y puso la postal debajo.

La chica se llamada Martina. Bonito nombre para una mujer tan poco atractiva. Era bajita y delgada, pero estaba «bien dotada». Había acudido en cinco ocasiones. Buena modelo, mucho mejor que otras que llevaban más tiempo. Se dejaba fotografiar de frente, con poca, poquísima ropa y en posturas muy comprometidas. Lástima que no hubiera regresado desde antes de las Navidades. Los clientes del café Suizo eran muy aficionados a ella. Hasta Castillo, el gobernador, se la había solicitado en otras posiciones cada vez que lo encontraba por allí. No era la primera vez, ni la segunda tampoco, que le decía que no tenía la posibilidad de atender sus peticiones puesto que la chica había desaparecido. Lo único que podía era positivar los negativos que ya tenía.

Una loca idea, que había tenido mientras hablaba con la mujer que le había pateado los vidrios vírgenes en la plaza Nueva, regresó a su cabeza. Por un momento se preguntó cómo sería poder verla sin ropa desde detrás del objetivo de una máquina y cómo tenerla entre los dedos y deleitarse al mirarla solo por el placer de alegrarse las pupilas.

Entonces pensó en la imagen de aquella mujer pasando de mano en mano por los cafés de la villa y no le gustó lo más mínimo.

4

—*T*rabajas para la mujer de uno de los esbirros de los liberales —le echó en cara Ignacio con todo el desprecio del que fue capaz.

Inés obvió el comentario de su hermano y continuó dándole las explicaciones.

—Intentaré venir de vez en cuando. Supongo que la mujer no estará día y noche vigilándome.

—Vete tú a saber.

—Seguro que puedo sacarle unos ratos a la semana —siguió ella con confianza—. No parece mala mujer. Dura de pelar, pero no malvada. Si le explico que tengo una familia a la que atender, lo entenderá.

—No cuentes con ello.

—¿Por qué lo dices?

—No tiene hijos, ¿no?, ni nadie de quien preocuparse.

—Creo que no, yo no vi a nadie y ella no mencionó a persona alguna.

—Una mujer sola y sin otro desasosiego más que la falta de pan blanco en el mercado. No cuentes con que te permita separarte de ella —sentenció Ignacio mientras le daba la espalda para salir.

—No hables de lo que no sabes. Tener al esposo en el frente me parece razón suficiente para el desvelo de cualquiera. ¿Dónde crees que vas?

—¿No has terminado?

La cara que puso fue suficiente para que su hermano entendiera qué esperaba de él. A regañadientes, entró de nuevo en la cocina, donde Inés se esforzaba en calcular los víveres y el dinero que les quedaban para hacer frente a la semana.

—No. Ayúdame con esto. —Le señaló el cajón del carbón y de la leña, que, por suerte, habían llenado aquel mismo fin de semana.

—¡Están esperándome mis compañeros!

—Dirás mejor tus amigotes.

—Hemos quedado para…

—Ya me lo imagino, para gritar monsergas en contra del ayuntamiento y de los políticos liberales y para alentar la causa carlista. No te hace falta ir a esas reuniones, que empiecen sin ti.

—¡Tú no tienes derecho…!

El desafío de su hermano ofuscó a Inés.

—Tengo todo el derecho del mundo. Yo velo por ti y te doy de comer.

—¡Pues no lo hagas! ¡Yo no te lo he pedido!

La voz de la abuela les llegó a través del pasillo.

—Hija, ¿qué sucede?

—Desagradecido —susurró Inés—. No estás trabajando como otros chicos de tu edad porque yo me he empeñado en que estudies.

—Mañana me busco un trabajo.

—Tú eres un bachiller y lo seguirás siendo cuando el asedio termine y el Instituto Vizcaíno deje de ser el hospital militar.

—No pienso volver.

—Lo harás —le garantizó ella.

—Me largo.

—Ni se te ocurra marcharte.

Sus veintidós años le dieron ventaja sobre los escasos diecisiete de Ignacio.

—Date prisa, tengo cosas que hacer.

Inés lo hizo sentarse en una banqueta de madera y se agachó a su lado.

—Es la abuela.

—¿Qué pasa con ella?

—Tienes que cuidarla —le dijo al tiempo que posaba las manos sobre las suyas para hacerle ver que el calor de hermana seguía en el mismo lugar que cuando era un niño.

—¿Lo dices por la tos?

—Sí, también. Lleva mucho tiempo así.

—Otros años también le pasaba. Es lo mismo de siempre. Espera a que se vayan estas lluvias y aparezca el sol. Se repondrá, como siempre.

—Yo no estoy tan segura. Otras veces era un ligero carraspeo, el frío que se le agarraba a la garganta, pero esta suena de más adentro. Tienes que cuidarla como lo he hecho yo todos estos años.

—No digas tonterías, la abuela se vale por sí misma; sigue haciendo la comida.

—No es solo por la tos.

—Entonces, ¿por qué?

—Hace tiempo que no es la misma. Es cierto que es todavía una mujer fuerte, pero cada vez se cansa más. Antes no conseguía que me dejara hacer nada de la casa. «Tú siéntate con las labores, bastante trajinas en casas ajenas», me decía cuando intentaba ponerme con la comida. Pero ya no lo hace.

—Eso no quiere decir nada.

—Todo, Ignacio, lo quiere decir todo. Hace ya meses, desde antes de la Pascua del Señor, que cuando vuelvo del trabajo la encuentro sentada en la mecedora.

Ambos miraron a la anciana. En efecto, allí estaba, con los ojos cerrados, perdida entre sueños.

—Eso es porque no tiene nada que hacer.

Ignacio no quería ver lo que era tan notorio para su hermana mayor.

—Lo peor no es eso.

Ignacio apartó las manos de las suyas.

—¿Qué más hay que yo no sepa?

—Pasa demasiado tiempo a solas. Murmura para sí misma, pero lo hace como si hablara con alguien más. Cuando se sienta ahí, se aleja del mundo.

—Lo que tú piensas que son murmullos, son rezos; el ángelus por las mañanas y el rosario varias veces al día.

—No, no reza. Ya ni siquiera saca el rosario del bolsillo. Simplemente se mete en su mundo y se aleja de nosotros.

Ignacio no aguantó más los nervios y se levantó.

—Eso no es cierto.

Inés estuvo tentada a dejarlo ir, igual era demasiada responsabilidad para un hombre. Cuidar a los ancianos siempre había sido cosa de las mujeres de la casa y el de ellos traer el jornal. «Eso era antes de que llegaran estos tiempos extraños en los que los hombres discuten de política por los cafés mientras que las señoras abandonan el hogar para conseguir comida para los suyos.»

Ignacio salió de la cocina. Ella lo siguió.

—Cuando regreses, ya no estaré —dijo Inés a su espalda.

Lo vio alejarse por el pasillo hacia la puerta de la buhardilla. Ni siquiera se dio la vuelta para contestarle:

—Eso es lo que tendría que hacer yo; largarme de esta ciudad, irme al lugar donde debo estar.

—¡Ignacio! —lo llamó—. No la dejes sola. No tantas horas como haces ahora. Habla con ella y cuéntale lo que sucede por la calle, aunque no sea más que el número de bombas que han caído y a quiénes han herido; retenla con nosotros. Si no lo haces, se nos irá yendo poco a poco. ¿Lo harás?

El golpe de la puerta al cerrarse se mezcló con las detonaciones procedentes de la batería de la Quintana, que castigaban las casas situadas a orillas de la ría, el barrio de San Francisco y la estación de ferrocarril.

Estaba loco, rematadamente loco. No había otra explicación.

Le había mentido a su jefe y le había mentido a su novia. Estaba en la boca del lobo por decisión propia.

—¡Alto ahí! —le gritó uno de los guardias cuando aún le faltaban más de cuarenta pasos para llegar.

No fue su cara, era demasiada la distancia que los separaba todavía, fue su voz la que delató lo joven que era.

Javier abandonó el carro con el laboratorio fotográfico portátil y levantó las manos en son de paz.

—¡Soy fotógrafo!

El comentario pareció desconcertar al chico.

—¿Qué quiere?

—¡Hablar con un superior!

Al chico se le unió otro soldado. Ahora eran dos los fusiles que apuntaban a su pecho. Definitivamente se había vuelto loco. Del todo.

—¿Para qué? —intervino el recién llegado.

—¿Sabes lo que es un reportaje? —preguntó Javier un poco más tranquilo al constatar la curiosidad de ambos.

—¡Arriba esas manos o le vuelo la cabeza!

Los fusiles de ambos avanzaron hacia él. Estuvo a punto de darse la vuelta y regresar a la «seguridad» de la villa sitiada. Por suerte, consiguió articular cuatro palabras:

—Tengo algo que ofrecer.

—¡Enséñemelo ahora!

Complicado, más de lo que había supuesto.

51

—No es nada que traiga, es una proposición que podría interesar a la causa.

Los soldados se miraron. El segundo hizo un gesto de afirmación y desapareció por detrás de la empalizada de mimbre y ramas. La batería carlista junto a la ribera de la ría impedía la conexión de la villa de Bilbao con la anteiglesia de Deusto. Si alguien quería entrar por ese lado a Bilbao no le quedaba más remedio que subir al monte y encontrarse de lleno con el resto de las tropas rebeldes apostadas en Archanda.

En el tiempo que estuvo frente a aquel chico, Javier se preguntó por primera vez si había elegido el destacamento correcto. Había pensado en la batería del Campo Volantín precisamente porque estaba al lado de la anteiglesia de Deusto y, según los rumores, ese era el sitio elegido por don Carlos María de Borbón y Austria-Este, el rey Carlos VII o el Pretendiente según se refirieran a él sus partidarios o los liberales, para establecer su cuartel general.

Antes de que se arrepintiera, dentro de la batería hubo un movimiento y aparecieron otros tres hombres. El más alto dijo algo al soldado que lo tenía vigilado, el vallado se hizo a un lado, este salió y se acercó a él con mucha cautela.

Por si acaso —y porque era el otro el que sostenía el fusil—, Javier mantuvo los brazos bien altos. El carlista se puso detrás de él. Javier notó el cañón del arma contra las costillas; el chaval no tenía el pulso muy templado. El corazón se le desbocó y se vio en el suelo, desangrado y con una bala en los riñones. No sería el primer reportero muerto en el desempeño de su trabajo, pero sí el primero que todavía no había comenzado a ejercerlo.

La presión se incrementó. Ni se acordó de rezar.

—Andando —lo empujó el soldado.

Le pareció imposible y, sin embargo, anduvo hacia delante, hacia el campamento, hacia los enemigos.

Casi había alcanzado el punto de no retorno cuando recordó lo único importante. Se volvió a pesar del miedo a que el muchacho apretara el gatillo.

—Las fotos. En el carro tengo todo lo que necesito.

Pero el que habló no fue el soldado sino aquel que ostentaba el cargo superior, a tenor de las condecoraciones que jalonaban su pecho.

—No se preocupe, podemos presumir de que este es un sitio seguro, hay pocos ladrones que se atrevan a pasar por aquí.

En otras circunstancias, Javier hubiera aplaudido su sentido del humor, pero en aquel momento no estaba para atender chanzas de nadie. De todas formas, la broma sirvió para rebajar la tensión.

—¿Dónde me llevan? ¿Estoy detenido?

—Nada más lejos de nuestra intención.

—No soy más que un fotógrafo que pretende...

—Eso es precisamente lo que queremos que nos explique con detalle: qué pretende al venir aquí, aparentemente solo y desarmado. Señores, si son tan amables... —Señaló la puerta de una barraca construida a base de tablones de madera.

Lo hicieron sentar delante de los tres hombres. Se parecían entre sí. Boina roja caída a la derecha, bigote a la moda, uniforme gris y botas altas, solo se diferenciaban por las condecoraciones. Y por los años.

Los tres lo miraban con mucha gravedad, con demasiada. Javier se vio ante un consejo de guerra y decidió enfocarlo de otra manera. Estaba dispuesto a todo, menos a formar parte de la lista de bajas.

—Soy fotógrafo y reportero.

El oficial de la derecha se levantó al punto, pero el de mayor graduación le puso una mano en la pierna y lo hizo volverse a sentar.

—Soy el capitán González Luna. Continúe.

—Quiero que a la capital lleguen noticias de lo que está sucediendo en el norte, noticias fidedignas, lejos de los comunicados oficiales de los liberales. Y quiero que ustedes me ayuden a conseguirlo.

—Exactamente, ¿cómo ha pensado hacerlo?

—Crónicas, enviaré crónicas, ilustradas con fotografías. Mostraré la otra versión del asedio.

—Eso ya lo hace la prensa carlista.

—Lo sé, lo sé. Conozco la labor de *El Cuartel Real*.

En eso no mentía, de vez en cuando algún cliente se dejaba sobre el mostrador un ejemplar del boletín oficial del Ejército del Pretendiente. Durango era uno de los lugares en los que se publicaba y Bilbao apenas distaba treinta kilómetros de aquella otra villa. No era raro que un viajero ocasional, un comerciante o el familiar de alguien llegara con el noticiero de otro lugar.

«No era raro hasta ahora», pensó cuando recordó que los

53

hombres que tenía delante habían cerrado la capital vizcaína al exterior.

—Capitán, pues entonces —añadió el oficial de la izquierda, que al parecer tenía prisa porque se marchara—, no hay más que hablar.

—Dejemos que se explique —insistió González Luna y se dirigió a Javier—: Siga usted.

—Ustedes saben mejor que yo que don Carlos es favorable a cualquier medida que ensalce su figura y la de la causa a la que sirve. Esa es, y no otra, la labor de *El Cuartel Real*, que cuenta, sin duda, con gran aceptación por parte de los leales a su causa. Sin embargo, sus enseñanzas no llegan más allá que a las casas de los que ya comparten esas ideas.

—¿Qué pretende decir?

—Que la propaganda carlista no será eficaz mientras se limite a los sitios afines a su ideología. Lugares como Durango, Estella, Oñate, Tolosa, Cuenca o la zona de Urgel que ya están rendidos a sus pies. Lo que necesita la causa es a alguien que la presente ante el resto del país.

—Y ese alguien es usted —apostilló el oficial de la izquierda.

—Sí.

—¿Me equivoco, o usted no está de nuestro lado? —le preguntó el de la derecha con tono airado.

Le empezaron a sudar las manos. Javier temió que lo tildaran de traidor y que uno de aquellos oficiales carlistas sacara el revólver y le descerrajara un tiro entre las cejas.

—Ni pretendo estarlo, ni en el suyo ni en el liberal —mintió—. Lo que yo quiero es contar *su* versión sin posiciones ni ideologías; explicar en qué se basan sus peticiones, de dónde nacieron las aspiraciones a la Corona por parte de Carlos María Isidro de Borbón, continuadas ahora por su nieto. Lo que me gustaría es contar cómo desaparecieron las tierras comunales de muchos ayuntamientos en favor de las grandes fortunas liberales, privando de esa manera a los campesinos de parte de sus medios de subsistencia. Lo que deseo es que todo el mundo, y no solo sus seguidores, sepan qué hay detrás de este grupo de oficiales, lo que hay más allá de las baterías que rodean Bilbao.

Los había dejado apabullados, lo vio en sus caras.

El capitán González Luna se levantó y se puso a recorrer el barracón. A zancadas, de lado a lado, cinco o seis veces antes de detenerse ante él.

—Y dice usted que va a explicar a los españoles cuáles son nuestras verdaderas razones.

—Esa es mi intención.

—Escriba esa crónica y tráigala. Yo y mis mandos la leeremos con detenimiento. Solo entonces le daremos una contestación.

Javier salió de la batería carlista igual de preocupado que como había llegado. Antes, su zozobra se debía a cómo iba a ser recibido, y ahora a cómo les iba a terminar de convencer. Su futuro, su propia estima y su integridad personal seguían en la cuerda floja.

Recuperó el laboratorio fotográfico y, de regreso al estudio, sus ojos se posaron sobre la fachada del Banco de Bilbao, a un costado de la iglesia de San Nicolás. Cubriendo las ventanas, colgaban las pieles de más de veinte animales para proteger la sede de las balas y la metralla; un grupo de hombres custodiaba un cañón a las mismas puertas de la entidad. Un poco más allá, en la esquina con la calle Bidebarrieta, puertas y ventanas del hotel Antonia estaban cegadas por varios cientos de sacos terreros.

La decisión le llegó en forma de oleada de calor, a pesar del frío día. La idea de vivir oculto y sepultado bajo cascotes y arena lo puso, de repente, de mal humor. Se imaginó el futuro si las previsiones de los carlistas se hacían realidad. «El pasado trasladado al presente.» El siglo dieciocho convertido en el veinte.

Se dijo que lo hacía por eso, por abrir paso al futuro. Tal y como él lo veía, lo que los carlistas predicaban era un paso hacia atrás. Y no era por eso por lo que se había marchado de su casa y de su familia.

El país necesitaba la oportunidad de avanzar.

Y él también.

Los carlistas le pedían un reportaje para confiar en él; lo tendrían. Y los empresarios liberales del futuro noticiero bilbaino le habían instado a presentar pruebas de su valía como reportero gráfico; pues las iban a tener. Trabajaría para los dos bandos.

La puerta de la buhardilla estaba abierta. Inés intentó tranquilizarse. Era ella la que insistía en cerrarla durante las noches. El barrio había cambiado mucho. No muy lejos de su casa, la calle de las Cortes había pasado de estar llena de almacenes de vino y aceite a ser recorrida día y noche por mujeres con poca ropa, mucha hambre y la decisión de que yacer con un hombre era mucho mejor que hacerlo en el camposanto, por mucho que los curas en las iglesias gritaran lo contrario.

Era el primer día de marzo, nueve hacía que los carlistas habían cerrado el acceso a la villa. Después de siete días, la señora para la que trabajaba, por fin, le había dado la tarde libre y le había faltado tiempo para llegarse hasta la buhardilla a ver a los suyos.

—¡Abuela! —llamó desde la entrada sin atreverse a cerrar por si tenía que salir corriendo—. Abuela, ¿estás ahí? Ignacio, ¿estáis en casa?

Una tos, y otra, y otra más. Una decena de toses y un pitido. Como si alguien se estuviera quedando sin aliento.

Inés corrió hacia la habitación. La abuela estaba sentada en la mecedora, alguien la había trasladado allí desde la cocina. Doblada sobre sí misma, intentaba llevar algo de aire a los pulmones. Empezaba a ponerse morada.

—¡¡Abuela!! —Se arrodilló a su lado—. ¡Respire, hágalo!

La mujer se puso la mano en la garganta y lo intentó. Inés vio cómo su pecho se hinchaba. Un poco.

—¡Otra vez, hágalo otra vez!

Poco a poco el aire entró en el cuerpo de la anciana.

—¿Quién está?

Inés no apartó los ojos de ella, no fuera a dejar de respirar.

—¡Señor Francisco, soy yo! ¡Es mi abuela!

El vecino apareció como una exhalación.

—¿Le ha pasado algo? —Se echó las manos a la cabeza cuando vio el color del rostro de la anciana—. ¡Por el Señor! ¿Qué ha sucedido?

—La he encontrado en este estado. En realidad, peor; ahora respira algo más.

—Me dijo que se encontraba mal y fui a buscar un poco de agua a mi casa.

Los ojos de la señora Consuelo cobraron un poco de vida, su respiración se hizo más seguida y profunda, e Inés dio unas palmadas en la mano que sostenía entre las suyas.

—Tranquila, abuela, tranquila, ya está mejor.

La anciana se lo agradeció con una leve sonrisa y la mirada cansada, sin decir una palabra.

—Señor Francisco, ¿ha ido a su casa a por agua? ¿Es que no había en nuestra cocina?

La circunspección de su vecino se lo dijo todo. No, no había agua en su casa. Ignacio no se había preocupado de que la hubiera, no había ido a la fuente y los dos cántaros se habían vaciado. El hombre le tendió un vaso de metal. Inés lo acercó a los labios de su abuela. Esta dio unos sorbos y lo dejó en el suelo, a un lado de la mecedora.

—La oí toser mucho y vine a ver —le explicó el vecino.

—¿Y dónde está Ignacio?

—No lo he visto mucho en estos días, igual ha ido a buscar agua...

—Sí, precisamente ahora.

—Yo he subido de vez en cuando.

—No me diga más, siempre la encontraba sola.

—Sí, siempre.

—¿Y la comida? ¿Sabe si han comido, si mi abuela ha podido hacer la comida?

Fue la anciana quien respondió con un apretón y una afirmación de cabeza.

—Sí, eso sí. Todos los días había platos y una olla en la pileta. Los he fregado yo.

Si el vecino pretendía tranquilizar a Inés con ese comentario, no hizo sino alterarla más todavía.

—¿Los ha fregado usted?

—Tenía que haberme dado cuenta de que el último cántaro estaba a punto de vaciarse —reflexionó el hombre con la voz cascada—. De verdad que no...

Inés echó un último vistazo a su abuela, que apoyaba la cabeza en el respaldo de la mecedora, más tranquila.

—Usted no es responsable de lo sucedido, es Ignacio el que tenía que haberla atendido. Él es su nieto. ¡Yo se lo encargué personalmente!

La abuela abrió los ojos. A Inés le pareció que su respiración volvía a hacerse más pesada. Volvió a palmear el dorso de su mano y la anciana cerró los ojos de nuevo. Esperó a que su pecho subiera y bajara rítmicamente y salió. No se paró hasta llegar a la entrada. El señor Francisco la seguía.

—Inés, ¿qué te sucede?

Ella se volvió furiosa.

—¡No lo entiendo! ¿En qué está pensando? En esas ideas

locas de unirse a los carlistas. Tiene la absurda teoría de que si ganan ellos, podremos volver a Galdames. No se da cuenta de que lo que hizo mi otro hermano nada tiene que ver con esto. Pero a él le da igual, prefiere refugiarse en las palabras de los que prometen instituir el estado anterior, como si volver y regresar fueran la misma cosa.

—¡Un insensato, eso es lo que es! —exclamo el señor Francisco, como siempre que salía a relucir la ideología contraria a la suya.

—Un desalmado diría yo, porque desatender a la abuela de esta manera no tiene otro nombre.

Inés cayó en la cuenta de que eso era precisamente lo que estaba haciendo ella al dejarla sola después de la crisis de hacía un momento y regresó a toda prisa.

La señora Consuelo seguía tranquila, con los ojos cerrados. El pecho subía y bajaba de forma leve, pero continua. Le puso la mano sobre la frente. El calor de su piel y la serenidad de su rostro le dijeron que lo peor había pasado.

—Hija —le susurró el señor Francisco—. ¿Qué vas a hacer?

Inés lo miró con la inseguridad de saberse cogida en una trampa y la certeza de que, decidiera lo que decidiese, perdería.

—Lo único que puedo hacer, señor Francisco. ¿Qué, si no?

5

*I*nés llevaba toda la tarde mirando aquel papel. Lo había rescatado del fondo del bolsillo de la falda. Las dos fotografías que había robado en casa de los Allendesalazar habían desaparecido. Rogó para que Ignacio no hubiera encontrado los retratos de aquella chica y se los hubiera robado. La cara le ardía de vergüenza solo de pensar que su hermano sabría quién las había metido en casa. Si no había sido él, era fácil llegar a la conclusión correcta.

El papel con las letras estaba completamente arrugado, tenía una doblez en el centro y había perdido la punta de una esquina inferior. No sabía lo que ponía, puesto que apenas si conocía las letras de su nombre y apellidos, pero lo imaginaba. Si su intuición no le fallaba, tenía entre las manos algo que podía ayudarla a meter en la lata las monedas que iban saliendo, a conseguir el dinero que necesitaban para comer.

Sentada en la cocina, llevaba todo el día alargando su decisión. De la habitación le llegó un pequeño sonido y se levantó a toda prisa del pequeño banco de madera. La abuela estaba en la mecedora, soñolienta, en la misma postura en que la había dejado un rato antes. Una falsa alarma, como muchas de las que se sucedían en la villa desde que los carlistas la habían sitiado.

Tres días habían pasado desde que dejara la casa en la que trabajaba. No le había quedado más remedio después de la discusión con Ignacio. «¡No pienso dejar de acudir a las reuniones! —le había gritado él—. Tú no lo entiendes, estamos rodeados de liberales que destruirán la sociedad tal y como la conocemos.» Y ante la acusación de Inés de que estaba anteponiendo los ideales a su propia familia, su actitud no cambió: «¿Y qué es la vida de uno cuando está en juego la de tantos?».

Si de labia se trataba, Inés tenía claro que ella salía perdiendo. En eso, su hermano le sacaba varios años de ventaja.

No les había dicho que estaba sin trabajo. Bastantes problemas tenía ya encima como para cargar con la preocupación ajena. La versión que había dado a su familia y al señor Francisco era que la mujer para la que trabajaba había acudido a la casa de su hermana, de la que se había inventado que vivía en la calle Ronda, para cuidarla de una fuerte gripe que recorría la villa.

Los días se iban sucediendo y el bloqueo se mantenía. La primera semana no se había notado en el mercado, pero ya en la segunda los comercios tenían menos productos y los precios empezaban a subir. Decir que estaba preocupada era poco. En cuanto pasaran unos días más, el dinero que guardaba valdría solo la mitad. Necesitaba trabajar. Era regresar con la viuda y abandonar a su abuela o…

El papel en la mano le recordó las fotografías de la chica, las que había perdido. Se preguntó cuáles habrían sido sus circunstancias para dejarse fotografiar de aquella manera.

—No muy distintas a las mías —dijo en alto para convencerse.

Y para ayudarse todavía más a ratificar la decisión, cogió la lata de los ahorros que les quedaban y la volcó sobre la mesa.

Unos pocos reales, apenas unas monedas que no darían para pasar más de una semana. Sonrió ante la ironía de tener que dar gracias a Dios porque su familia se redujera solo a tres miembros. La abuela apenas comía, Ignacio parecía mantenerse de los cafés que se tomaba en sus reuniones y ella…, ella podía sujetarse las tripas de vez en cuando.

«De acuerdo, para una semana, diez días a lo sumo. ¿Y después?»

Volvió a meter el dinero en el bote y este en la alacena. No podía dejar que sucediera. Echó un vistazo rápido al cuarto de la abuela y salió corriendo. Cogió la toquilla del colgador del pasillo, bajó hasta la segunda planta y llamó.

—Señor Francisco, ¿puede quedarse con ella un par de horas? Está tranquila y la tos casi ha desaparecido. Solo dos horas, prometo estar de vuelta antes de la cena. —Se dio cuenta de que su vecino vestía el traje gris de los domingos en vez del batín azul que usaba en casa—. ¿Iba a salir?

—A rezar por don Sebastián Montiel, vicario del convento de la Merced —dijo refiriéndose al último muerto por las bombas carlistas—. ¿Sabes que esos facciosos han instalado la séptima batería contra nosotros?

Inés lo sabía, Ignacio llevaba una semana contando los días que Bilbao tardaría en rendirse.

—Lo sé, señor Francisco. ¿Puede entonces…?

—Vete tranquila.

—He dejado la puerta abierta.

—Ahora mismo subo.

Inés ya había descendido el primer tramo de la escalera cuando se dio cuenta de un detalle.

—¿Podría pedirle un último favor?

El hombre, que ya estaba subiendo, se asomó por encima de la barandilla.

—¿Sí?

Lo alcanzó en un instante. Sacó el papel del bolsillo y se lo tendió.

—¿Podría decirme qué pone aquí?

—J. G. Calle de la Pelota, número 3, segundo piso, puerta derecha.

—Gracias —le agradeció al tiempo que se lo guardaba de nuevo y volvía a bajar.

—Chiquilla, no harás ninguna tontería, ¿verdad?

A Inés le costó sacar la cabeza por el hueco de la escalera y mirar hacia arriba. Y mucho más le costó decir:

—No se preocupe, señor Francisco, no se preocupe.

Antes de abandonar el edificio, tenía clara la dirección, pero en cuanto vio la ría, los pies la llevaron a otro sitio. En vez de hacia las Siete Calles, la condujeron hacia atrás, hacia Bilbao La Vieja, hacia la calle de las Cortes. Y es que lo que antes pensó que era valentía no era más que un espejismo. ¿Qué quería de la calle de las prostitutas, qué del interior de la pobreza más descarnada? Buscaba el perdón, su propio perdón, y un empujón, el definitivo para convencerse de que lo que estaba a punto de hacer no era igual a lo que hacían aquellas desdichadas.

El corazón le latía con cada golpe de cañón y se encogía antes incluso de que le llegara el humo del disparo. Los primeros días había compartido parte del optimismo de la mayoría de los bilbaínos, pero con los primeros agujeros en los tejados y en las fachadas de los edificios fue consciente del peligro que corrían, incluso mientras estaban en la cama. Más viviendo en una buhardilla, pero no tenía parientes ni conocidos que pudieran cobijarlos en un sótano de un comercio o en un piso a pie de calle. Y no podía dormir al descubierto, no con la abuela. Así

61

que se aguantaba la angustia que le provocaban disparos, alarmas y cañones y hacía como que no los oía. «Lo primero es lo primero, llenar el bolsillo de reales.» Siguió subiendo la calle de las Cortes. A la primera que vio fue a una mujer con cuerpo de joven y una mirada de sesenta años. En una de las caderas, llevaba encajado a un niño pequeño y, en la otra, un cesto con ropa sucia. La imaginó camino del regato de Elguera, como una esposa cualquiera, a reunirse con las otras lavanderas. Esperó que al menos fuera suya la ropa de la cesta porque eso significaría que podrían cambiarse los harapos que vestían madre e hijo.

Después el panorama fue empeorando. A pesar de saber que era un barrio que vivía más la noche que los días, le sorprendió no encontrar a más mujeres en las aceras. Hombres sí, de todo tipo: altos y canijos, barrigones y flacos, descuidados y bien vestidos. Inés los observó pararse en los portales e imaginó los burdeles dentro. No hacía ni un año que el ayuntamiento había sacado un edicto que regulaba la prostitución. Había sido muy comentado a la salida de los oficios religiosos y en el paseo del Arenal.

Ni se dio cuenta de que se había detenido más tiempo del razonable ante un edificio.

—Guapa, ¿tienes la cartilla en regla?

Era un minero con la cara y la ropa completamente sucia. Inés no pudo imaginar de dónde podía haber salido aquel hombre si no era de debajo de la tierra.

—¿La cartilla?

—No te hagas la tonta. ¿Eres pensionista o aislada?

—¿Perdón?

El supuesto minero empezaba a enfadarse, aunque ella todavía no sabía qué le estaba preguntando. La cogió por un brazo y la zarandeó.

—¿Eres nueva o qué? ¿Que si perteneces a un burdel o vamos a tu casa?

El sulfuro del averno se alojaba en su boca. El hedor que salía de entre sus dientes era una mezcla de alcohol barato y hambre, mucha hambre. A Inés le entraron ganas de vaciar lo poco que tenía en el estómago. Se soltó de un tirón.

Había conseguido lo que buscaba: la certeza de que nada podía ser peor que permitir que un hombre como aquel le pusiera las manos encima.

Υ

Ninguna duda más. «Calle de la Pelota, número 3», le había leído el señor Francisco. Allí estaba. Delante del único edificio de Bilbao que no tenía portera. «A Dios gracias.» Se coló a toda prisa antes de que pasara por la calle algún conocido.

El portal estaba oscuro, la luz que entraba por el ventanuco de la puerta no era suficiente para iluminarlo. Tres puertas había en la primera planta, todas ellas cerradas a cal y canto. Ninguna indicación, ni una placa con los nombres de los propietarios, nada, como si las casas estuvieran deshabitadas.

De pronto oyó unas risas y se abrió una puerta. Un hombre salió andando hacia atrás y chocó con ella. Ni se disculpó puesto que no tenía ojos más que para lo que dejaba atrás: una joven, envuelta solo en una capa vaporosa. Se había alejado de la calle de los burdeles para meterse en uno para ricos.

Inés balbució algo y apuró las últimas escaleras hasta su objetivo en el segundo piso. Pero en la curva tras el descansillo, casi se chocó contra una mujer que bajaba con la mano en el pasamanos, Inés le impedía el paso. La mujer nada dijo, tampoco se movió. Ella se apartó pegándose a la pared. Observó que llevaba un vestido oscuro, gris o azul, elucubró en la penumbra, guantes, sombrero y una capa anudada al cuello. La mujer ocupó con seguridad el centro de la escalera.

Le pareció una joven fina, desagradable pero fina, y por la forma en la que se movía no podía ser muy mayor. Esperó a que desapareciera. Siete escalones más y…

«Puerta derecha.» Aquella era. Una mujer, ¿otra?, salía de la misma casa a la que ella iba. Esta parecía apurada y dudó si dejarle paso o cerrarle la puerta en las narices.

—¿Ha llamado usted hace un momento?

—No.

La negativa de Inés le hizo dejarla abierta.

—¿Ha visto a otra mujer, una que se marchaba?

—Me he encontrado con una en el piso de abajo.

La chica miró por encima de la barandilla de madera, como si necesitara asegurarse de que la otra había desaparecido.

—Él no ha querido abrirle la puerta —le contó en secreto—. Creo que es alguien a quien conoce muy bien, pero que no quiere que se entere de lo que hacemos aquí dentro. ¿Va usted a pasar?

63

—Sí.

—El fotógrafo está con la *preferida* —le informó la chica—. No va a hacerte caso hasta que acabe con ella.

—Gracias —fue lo único que se le ocurrió contestar mientras cruzaba el umbral.

—No hay de qué. ¿Qué menos? Tenemos que ayudarnos, al fin y al cabo todas vestimos la misma camisa. —Se rio con ganas.

—Claro —respondió Inés sin entender la broma, esperando que aquello de vestirse, o desvestirse, no fuera tan literal como parecía.

—Bueno, me marcho antes de que los carlistas echen las últimas bombas del día. Eres nueva, ¿verdad? Supongo que nos veremos por aquí otra vez —se despidió la joven mientras se perdía escaleras abajo.

Por fin sola, Inés se enfrentó a uno de los mayores dilemas de su vida. Un largo pasillo. Y las ganas de salir corriendo.

Un paso adelante, el brazo extendido y el chasquido de la puerta al cerrarse. Ya no había vuelta atrás.

Nadie salió a recibirla, aunque supo hacia dónde dirigirse. Se dejó orientar por la voz.

—Así, así, muy bien. Un poco más a la izquierda, barbilla arriba, mírame ahora, bien, bien, así, muy bien. Gírate un poco más hacia mí, abre el batín, inclínate hacia delante, que se te vea bien, así, muy bien.

Avanzó. De puntillas, por el pasillo, hacia la habitación del fondo.

—Quieta un momento, perfecto. Ahora tumbada. No, así no. Apóyate en un codo.

No pudo contener la curiosidad y asomó la cabeza.

Frente a ella, un sofá tapizado en granate y una chica medio desnuda tumbada en él. Estaba delante de dos enormes ventanales, cubiertos por una fina cortina que mantenía el interior oculto de la curiosidad de los vecinos de la casa de enfrente. Iluminada por la escasa luz que el día aún conseguía arañar al atardecer.

Era morena, con una espesa melena que le caía sobre un hombro y le cubría un pecho. Tampoco el otro se le veía, pero se intuía detrás de la bata abierta. Un largo collar de perlas ceñía la tela contra su cuerpo allá donde menos lo necesitaba.

—Muy bien, muy bien —continuaba el fotógrafo.

De espaldas a la puerta, él seguía sin ser consciente de su presencia. La joven miró a Inés, pero no pareció molestarse; no hizo ni un solo gesto.

—Esa pierna, sube la rodilla, abre la ropa un poco más, perfecto. Y ahora... —El fotógrafo abandonó la cámara y se irguió—. ¿Estás segura? ¿Seguro que quieres hacerlo? Mira que nunca te pediría... De acuerdo, entonces. Colócate como quieras.

Inés se consideraba una persona decente. Pero en aquel momento la curiosidad venció al recato. Y ya no pudo apartar los ojos. La chica se había sentado en el diván. Estaba inclinada hacia delante, con las piernas abiertas y los codos apoyados en las rodillas. Descansaba la barbilla sobre las manos, que mantenía unidas. La bata enseñaba más que ocultaba, se le veía completamente el monte de los pechos; la cima se adivinaba a la perfección. El cinturón colgaba entre sus piernas abiertas obligando a fijar la vista justo en ese punto, en el agujero oscuro, profundo y secreto.

Puro erotismo.

Imposible no fijarse en ello. Y además estaba la forma en que la miraba aquella mujer, con todo el descaro. «Peligro», decía un cartel invisible. Peligro inminente.

—¿Qué hace usted aquí?

Entonces Inés se fijó por primera vez en el fotógrafo. Si lo hubiera hecho antes, ya estaría muy lejos de aquel piso.

Lo conocía, claro que lo conocía, como que no era la primera vez que se tropezaba con él.

—¿Qué hace usted aquí? —repitió Javier, ya que ella parecía estar sorda. Y muda.

Su voz era firme y decía a las claras que no admitía injerencias en su trabajo. Por eso la obvió momentáneamente y se volvió hacia la modelo.

—Nina, un par de ellas más y terminamos.

Nina retomó su postura y Javier el lugar tras la cámara. Quitó la tapa del objetivo y esperó tres segundos. Volvió a ponerla. Sacó el cartucho con la placa de vidrio y lo colocó en la mesita que le servía de apoyo, al lado de la caja del dinero y de las fotografías que le quedaban de la semana anterior. A Javier no le gustaba que las chicas repitieran postura y por eso consultaba sus poses anteriores a menudo. Cogió otro cartucho ya preparado y lo metió en la cámara. Nina ni se movió durante el proceso. Aquella chica era sin duda la mejor modelo que tenía. Y muy apreciada por los clientes. Sus fotografías se las quitaban de las manos.

Otros tres segundos y terminaría con ella. Tendría que empezar con...

—Yo... —oyó a su espalda.

—Una de tus sonrisas —pidió Javier a la modelo.

—¿Una de mis...? —contestó Inés desde la puerta.

—¿Quieres hacer el favor de callar? —gruñó él al tiempo que destapaba la cámara.

Nina se levantó. La sesión de fotos había finalizado. Inés la vio meterse detrás del biombo que había en un rincón. Javier sacó el último cartucho de la cámara y consultó el reloj que colgaba de la pared derecha. Anotó la hora en su cabeza, tenía siete minutos para revelar las últimas placas de vidrio. Si no lo hacía en ese tiempo, todo el material de Nina se echaría a perder.

Pero cuando se dio la vuelta, supo que aquella chica estaba allí para complicarle la existencia.

—¿Puedo hablar ya? —le espetó ella de malos modos.

Al parecer, no era solo tiempo lo que necesitaría, sino también mucha paciencia.

Se cruzó de brazos, altanero.

—Puedes.

—¿Eres tú el que hace esto? —Y le señaló una de las postales.

—¿Quién te envía?

Los cristales temblaron. En la calle sonó el crujido de una pared rota mezclado con el alarmante repiqueteo de las campanas.

—¿Eres o no eres el que hace estas fotos?

La pregunta era retórica, acababa de verle trabajando.

—No estaría de más que no lo fueras cotilleando a tus comadres. Sí, lo soy.

No había hecho más que confirmarlo cuando imaginó las siguientes palabras, las mismas que le hubiera dicho su novia si la hubiera dejado pasar y lo hubiese descubierto un rato antes. Le imprecaría por incitar a los hombres a la lujuria, lo maldeciría por lucrarse con los bajos instintos de los pecadores, por obligar a maridos, padres o hermanos a caer en la tentación de la carne.

No acertó en nada.

—Quiero posar para ti —dijo ella.

Ahora fue él quien se quedó mudo.

Con su camisa parda, su falda marrón de paño grueso y el pelo escondido bajo aquel triste pañuelo, no parecía muy capaz de atraer a un hombre. Y menos de una forma pecaminosa. Para colmo de males, se ajustó la toquilla sobre los hombros. La viva imagen de la esposa, de la hermana o de la madre, nunca de la amante.

Solo se salvaban los ojos. La boca. La nariz y la barbilla. Era una mujer preciosa. Y ella no lo sabía, escondida bajo aquella ropa de aldeana. No era rubia ni exótica, como algunas inmigrantes andaluzas, ni joven. Ni siquiera simpática. Pero era guapa; tenía unos ojos preciosos y estaba muy bien proporcionada.

No tuvo tiempo de decírselo. Por el rabillo del ojo vio a Nina salir de detrás del biombo. Se acercó a la mesa, abrió la caja, sacó unas monedas y se las tendió. Nina se las guardó en el ridículo, le hizo un gesto con la cabeza, que Javier interpretó como la despedida por aquel mes, y salió.

Se quedaron solos. La tapa de la caja de metal en la que guardaba el dinero cayó y el ruido llenó el espacio que los separaba. Por un momento pensó que bien podía haber sido una visión. Pero no, seguía allí, ante él, callada, a la espera de una respuesta.

En verdad que no sabía qué decirle. Las chicas que pasaban por aquel piso para dejarse fotografiar en secreto no eran como ella. No eran buenas chicas, no eran chicas normales. Y ella sí. Se lo vio en el gesto, se lo había visto el día de la plaza Nueva, mientras le preguntaba con miedo si eran las fotografías de la boda lo que había roto.

Volvió a mirar el reloj, nervioso. Apenas le quedaban un par de minutos antes de que se echara a perder el trabajo del día. Cogió los cartuchos con los negativos. Ella lo vio avanzar y se apartó de la puerta, atemorizada. Una especie de placer se enredó en el pecho de Javier al darse cuenta de que se asustaba ante su simple proximidad.

Se alejó por el pasillo. No había llegado a la habitación oscura y sintió sus pasos detrás de los suyos. Dejó la puerta abierta. A propósito.

El cuarto tenía el ventanuco pintado de negro para que la luz no entrara nunca en él.

—¿No me has oído? —repitió ella.

Javier sonrió en la oscuridad cuando corroboró que la paciencia no era una de sus virtudes. Ya se lo había parecido el día que tropezaron.

—Si quieres que hablemos, pasa.

—Aquí huele muy mal.

—Es el laboratorio de un fotógrafo, ¿qué esperabas? Pasa. No dejes abierto.

Hubiera apostado las ganancias de una semana a que si cerraba la puerta era con ella fuera. De nuevo le sorprendió. Porque entró y cerró.

Se quedaron juntos. A oscuras. Solos.

—Así que quieres que te retrate. —Su voz sonó más seria de lo que él mismo esperaba.

—Sí —confirmó ella.

—¿Sabes qué tipo de imágenes hago?

—Tengo ojos en la cara.

—¿Sabes también quién las compra?

—Puedo imaginarlo.

Javier se lo contó para que no hubiera malentendidos:

—Los hombres de Bilbao, todos. —Ella se quedó callada—. No esperarías que pudiera saltarme el asedio, salir de la villa y repartirlas por otras poblaciones. Eso lo hacía antes, sin embargo, ahora es imposible.

Javier apenas podía verla, pero oía su respiración agitada. Imaginó su rostro: serio, grave, tal vez ¿con miedo?

—Encontré unas entre las pertenencias de uno de esos hombres. Si la imagen de aquella chica estaba en sus bolsillos, no imaginaba otro destino para la mía. —No era temor lo que demostraba su voz, no. Era otra cosa: determinación, valentía acaso.

—¿Estás dispuesta a que te reconozcan por la calle? —la hostigó.

—Estoy dispuesta a gastarme en comida los cuartos que cobre por el trabajo. De todas maneras…, preferiría ocultar mi rostro en lo posible.

El pecho de Javier se relajó. Sus modelos correspondían a dos tipos de jóvenes: las que se dejaban fotografiar para costear sus propios excesos y las que lo hacían para provocar, a su familia o a la sociedad, ¿quién lo sabía? Nina era de estas; el resto, de las otras. Pero todas tenían algo en común: no les importaba mostrar el rostro.

—No es lo normal, aunque puedo arreglarlo. —Sorprendentemente, él también prefería que nadie la reconociera—. ¿Has hecho esto antes?

—Sería la primera vez.

De nuevo le impresionó su sinceridad. Cualquier otra hubiera intentado convencerle de ser una mujer experimentada para cobrar más.

—Pero estoy dispuesta.

Ella le estaba pidiendo que la retratara desnuda y a él no le parecía una buena idea. Su mundo al revés. Valdría con decirle: «No eres el tipo de mujer que atrae a los hombres». Mentiría. Él lo sabía y suponía que ella también. No tenía más que pasar ante el escaparate de cualquier comercio y mirar su reflejo. A las claras se veía que no era una chiquilla, pero la frescura de la piel y la viveza de los ojos eran muy superiores a los de otras mucho más jóvenes.

Javier no necesitaba verla para recordar cómo era la mujer con la que estaba encerrado entre aquellas paredes. Alargó el brazo para hacerla presente. Ella se sobresaltó. Aun así, Javier no se detuvo y llevó su mano hasta la parte trasera de su cabeza. De un tirón, le arrancó el pañuelo. Ella pareció estar esperándolo porque ni se movió. Después adelantó la mano hasta su cara. Con cautela, logró tocarla. Apenas rozó la línea de su mandíbula, ella la apartó de un manotazo.

Y de repente fotografiarla no fue una mala idea sino más bien egoísta, muy egoísta. La codicia se apoderó de él y de su conciencia. Cuanto menos le pagara, más pronto se quedaría sin dinero y antes regresaría. Y antes la tendría de nuevo a menos de dos pasos de él.

—Dos reales por día, tres tomas en cada sesión.

—Pero ¿qué...? Yo misma he visto que a esa chica le has pagado cinco.

—No eres más que una principiante; ella es una modelo experimentada.

—¡Es menos de la mitad!

—Lo tomas o lo dejas.

Javier no esperaba que diera por finalizada la entrevista de aquella manera. La puerta se abrió y, antes de poder reaccionar, oyó el portazo. Le sonó muy dentro.

«Se acabó», se dijo. Encendió el candil con la pantalla pintada de rojo y miró el material que tenía entre las manos. La emulsión de la placa de vidrio se había secado antes de poder revelarla. No solo había perdido la excitante oportunidad, sino que el posado de Nina había quedado completamente arruinado.

Entonces oyó unas voces claras y rotundas; procedían de la escalera.

Javier dejó a un lado lo que podía haber sido su mejor trabajo. «Nina tendrá que volver a posar y le tendré que pagar de nuevo.» Se acercó a la entrada del piso. Ni se molestó en abrir la mirilla. Por las voces, el lío estaba allí mismo.

Eran los vecinos de toda la finca delante de su puerta. Ella seguía allí.

—¿Qué demonios sucede? —le preguntó a la chica que acababa de abandonar su casa.

Tuvo que alzar la voz para hacerse oír entre el griterío de hombres, mujeres y niños que intentaban por todos los medios abandonar la finca.

—¡No tengo ni idea!

Javier miró sin terminar de creer cómo toda aquella gente abandonaba su hogar cargada con maletas, hatillos y hasta muebles. Ella preguntó a un par de personas algo que Javier no logró entender. Ninguna le hizo caso. Los vecinos estaban rendidos a la histeria colectiva.

Agarró del hombro a un muchacho de unos doce años y lo obligó a darse la vuelta.

—Pedro, ¿qué sucede?

—Dicen que los carlistas están a punto de entrar y que van a pasar a cuchillo a todos los habitantes de la villa.

—¿De dónde ha salido eso? —preguntó mientras el chico bajaba ya empujado por cuatro de sus hermanos—. No puede ser cierto —se dirigió a ella, que se apretaba contra él para no verse arrastrada escaleras abajo.

—¿Tú crees? —comentó ella con miedo.

Él se metió dentro de la vivienda y ella se colocó bajo el dintel.

—Los carlistas no serían tan crueles. ¿No permitieron salir a niños, mujeres y ancianos el día antes de empezar el asedio? ¡No creo que suceda nada! —Javier intentó hacerse oír por encima de las voces alarmadas de los vecinos.

Ella titubeó:

—¿De verdad crees que no...?

—Aunque si fuera cierto, ¿qué ganaríamos saliendo a la calle? ¿No nos tienen rodeados? Si se empeñan en matarnos, lo harán en cualquier caso. Nos tienen cercados como a animales.

—En eso tienes razón.

Ella pareció buscar la protección de la vivienda —¿o era la suya?— porque se aproximó de nuevo a él.

—Será mejor que esperemos a que esta locura termine. Bajaremos en cuanto podamos.

Ella pareció estar de acuerdo. Y aliviada. Javier le vio clavar los ojos en las personas que luchaban por salir del portal. Se apoyó en la pared, dispuesto a no desaprovechar la oportunidad para observarla con detenimiento. «Con los ojos de un artista que estudia a la modelo», hubiera dicho alguien. Sonrió al reconocer que sus pensamientos no eran tan inocentes ni tan profesionales.

«Es demasiado protestona», pensó al recordar que las únicas dos conversaciones que habían mantenido habían sido discusiones.

Ella se volvió hacia él y lo descubrió con la mirada clavada en su perfil.

—¿Bajamos?

Javier se aseguró de tener la llave a buen recaudo en el bolsillo del chaleco, cerró la puerta y la siguió.

Ella se paró de repente. Tuvo que sujetarla por los hombros para evitar arrollarla y que ambos rodaran escaleras abajo. Mantuvo allí las manos, y los ojos, quietos en ella.

—Será mejor que yo vaya por delante.

Ella debió de pensar lo mismo porque se hizo a un lado y lo dejó pasar.

—Javier, me llamo Javier Garay Zabala —se presentó, parado un escalón por debajo de ella.

Y es que decir su nombre y que ella le dijera el suyo fue una urgencia que no consiguió contener. Estaba dispuesto a arriesgarse a que los rumores fueran reales y los carlistas los encontraran allí, quietos y en silencio, mirándose.

—Inés, Inés Otaola Azcona.

A Javier le pareció que ella esperaba que le hiciera alguna otra pregunta, pero decidió que sería mejor salir y enterarse de una vez qué había de cierto en la alarma de los vecinos.

La gente seguía en la calle, la del portal y la del resto de la villa. Nadie podía moverse. Estaban bloqueados por la multitud.

Los gritos de miedo se intercalaban con los de búsqueda de los seres queridos. Era imposible enterarse de nada.

—¡No sé si ha sido muy buena idea! —gritó a Inés.

—¡¿Qué?!

De repente, el bullicio fue roto por la alarma de las campanas de las iglesias. Todo el mundo se agachó a la vez. El silbido del proyectil pasó por encima de ellos. Una, dos, tres. Y luego… el impacto de las granadas.

Javier la apretó contra él y se volvió contra la fachada de la casa. La protegió con los brazos, con su cuerpo. Le enterró la cara en su pecho.

La explosión sonó muy cerca. Un chirrido y la multitud empezó a gritar.

Él no se movió ni dejó que ella lo hiciera. Solo esperó a que cesara el peligro.

Tuvieron que pasar muchos minutos, tuvieron que callarse las campanas y dejar de oírse las voces para que aflojara los brazos. Sentía el corazón de Inés latir desbocado.

—No ha sido nada distinto a otros días —dijo Javier en un susurro.

—Ha sido mucho más fuerte.

Alguien gritó detrás de ellos:

—¡El puente! ¡Han dado en el puente!

Inés se agitó y consiguió zafarse del abrazo.

—¿Qué puente? —Tenía la mirada asustada.

No podía ser el colgante de San Francisco puesto que había quedado muy dañado el tercer día del asedio. Solo había dos opciones, el de Isabel II, que conectaba la villa con la estación del ferrocarril, o el de San Antón, que unía las Siete Calles con la Bilbao más vieja y más deprimida. Fuera uno u otro, era un desastre.

—¡Creo que el de San Antón! —gritó un chico un tramo más abajo—. Ha caído una bomba y las otras dos en una casa próxima, al otro lado de la ría.

—¡La abuela! —exclamó Inés y empezó a colarse entre la gente.

—¡Espera!

Javier intentó sujetarla. Era demasiado peligroso dejarla ir. Sin embargo, no lo logró. Se vio aplastado por el vecindario. Apenas tuvo tiempo de ver su cabeza entre el gentío en dirección a la bocana de la calle y, después, la perdió de vista.

Y

—¡No te marcharás!

—¿Quién te crees que eres tú para prohibirme salir de mi propia casa?

Ignacio empujó al viejo de abajo, al que tanta amistad unía con su hermana y su abuela. Sin embargo, el vecino era más fuerte de lo esperado y no se movió del sitio.

—No te irás antes de que regrese Inés y le expliques lo que pretendes —dijo el señor Francisco con los ojos fijos en el bulto de ropa que colgaba de su mano.

—¿Y qué crees que va a hacer ella? ¿Detenerme? —Se rio—. No pienso quedarme. He tomado una decisión.

—La de unirte a esos facciosos en contra de tus propios vecinos.

—Y qué me importa a mí esa gente —dijo con desprecio—. No pienso quedarme aquí más tiempo contando como un número más a favor de esos…, de esos…

—De los libertadores —le quitó el señor Francisco la palabra de la boca.

—De los usurpadores —le espetó Ignacio con las muelas apretadas—, ladrones de trono, de tierras y de derechos. Quítese de una vez o le aparto yo.

Pero el señor Francisco reanudó sus esfuerzos por cubrir el espacio de la escalera.

—No se lo merece, tu hermana no se merece esto que estás haciendo, ni tu abuela tampoco.

—Mi hermana se alegrará de no tener otra boca que alimentar y mi abuela…, mi abuela ni se enterará de que me he ido —siseó—. ¡Quítese de en medio!

La fuerza del empujón lanzó al señor Francisco contra la pared del descansillo e Ignacio tuvo vía libre.

No perdió el tiempo y, ayudado por la barandilla y la pared, saltó los tramos de la escalera como un gamo que escapa del cazador. Hasta que se encontró con el obstáculo que más temía y que había intentado evitar con su rápida marcha.

Inés estaba en el portal. La mirada fue derecha al bulto que agarraba y le mudó el gesto.

—¿Adónde vas?

Tragó saliva antes de anunciar:

—Me marcho.

73

—¿A… adónde vas a ir?

—A luchar por nuestros derechos.

Blanca, como la ropa recién lavada en los tendales, así se le puso la piel del rostro a su hermana.

—Aún no tienes dieciocho años.

Inés apelaba a la edad porque sabía que no serviría de nada hacerlo a su conciencia. Ignacio no cayó en la trampa.

—Están aceptando incluso más jóvenes; me cogerán.

—No podrás salir de Bilbao.

Ignacio vio esperanza en su tono. En parte, sentía ser el que la rompiera.

—Solo hay que llegar hasta cualquiera de las baterías y ofrecerse. No es tan difícil.

—No te aceptarán. No eres más que un chiquillo.

—Así es como me ves tú, no tienes más que mirar a tu alrededor para ver a chicos más jóvenes que yo alistados en las compañías de auxiliares. Si los liberales los aceptan, los carlistas también. No quieres entender que ya soy un hombre, que tengo mis propias ideas y quiero buscar mi camino, no seguir el que tú has forjado para mí.

—¿Un hombre? No lo serás hasta que puedas valerte por ti mismo. Y por ahora comes, bebes y estudias a mi costa —le repitió al igual que en la última discusión.

—Pues ya va siendo hora de que no lo haga —dijo decidido y descendió el escalón que le faltaba.

—¡No! No puedes salir ahora —insistió ella toda alterada—. ¿No oyes los silbidos de las balas de los cañones?, ¿no oyes los disparos de las baterías y de los fusiles? No salgas ahora, por favor. La gente está muy alterada. Acabo de escapar de un tumulto. Por la calle de la Pelota se ha extendido el rumor de que los carlistas van a entrar y matar a todos. Si sales ahora y alguien conoce tus afectos, arremeterá contra ti. Quédate en casa y aguarda a que esa gente regrese a las suyas y se vacíen las calles. Por favor, sube conmigo y lo hablamos más tranquilamente.

—¿De dónde vienes?

—De la calle, ya te lo he dicho, había mucha gente y…

—¿Adónde habías ido?

—A buscar trabajo.

Por alguna razón a Ignacio le pareció que mentía, pero lo dejó pasar, porque aquella respuesta era precisamente la que buscaba.

—Está decidido. No voy a seguir parado viendo cómo te desesperas por ganar un dinero imposible de conseguir. Hasta te alegrarás el día que no tengas que darme de comer.

Lo que fuera que iba a decir su hermana quedó acallado por el sonido de otra bala de cañón que cayó muy cerca.

Inés lo cogió por el brazo y dio el primer paso.

—Será mejor que subamos, la abuela está sola.

Ignacio se dejó arrastrar escaleras arriba mientras pensaba que era la última vez que se dejaba convencer.

—¡Adela, hija!

Inés se calló y echó una mirada a Ignacio, que se había quedado en medio del pasillo. Hacía muchos años que ninguno de los dos oía el nombre de su madre. Le hizo una advertencia con la mano para que no se moviera de allí y se acercó a la habitación.

—¿Necesita usted algo, abuela? —recalcó la última palabra.

—Que dejes de discutir con él. Siempre estáis igual, no pasa ni un solo día sin que le recrimines por algo.

—Pero…

—¿Y qué hace de malo? Lo mismo que todos los hombres: salir con los amigos de vez en cuando, ir al frontón…, lo que todos.

La referencia a las amistades de Ignacio tranquilizó a Inés.

—Si usted supiera lo que está pensando hacer…

—¿Y qué puede ser? ¿No ves que una mujer no puede recriminar nada a su marido? El hombre es trabajador, se ocupa del caserío y del ganado. ¿No me has dicho mil veces que no podías haberte casado con otro mejor?

El alma se le cayó a los pies. Sucedía lo que tanto había temido en los últimos tiempos. Desvariaba por completo y confundía a los nietos con sus propios padres.

Inés se arrodilló junto a su mecedora.

—Abuela, por favor, míreme usted.

La anciana la obedeció, clavó sus cansados ojos en ella y sonrió. Le pasó la palma de la mano por la mejilla. Inés sintió la piel endurecida por los años de duro trabajo, primero en el caserío y después en la villa, y apretó la cara contra ella.

—Te has convertido en una esposa estupenda, la mejor madre. No podía haber tenido otra hija mejor.

Las lágrimas empezaron a caer por las mejillas de Inés porque supo que ya no había vuelta atrás. Su abuela había traspasado aquella débil línea que separaba la triste realidad del maravilloso engaño de los recuerdos felices.

—Abuela, por favor, soy Inés —Oyó unos pasos por detrás que se detuvieron en la puerta del cuarto—. Somos Inés e Ignacio, sus nietos, los hijos de Adela. Ella ya no está con…

—Tuviste mucha suerte al casarte con el hijo del americano. Todo el mundo decía que no valía para nada porque tenía un brazo más corto que el otro, ¡y mira tú! Se quedó con el caserío de los Otaola y fueron sus hermanos los que tuvieron que marcharse. Es un buen hombre, lo reconozco. Y mira que al principio no me gustaba. —La abuela se inclinó un poco hasta estar a la altura de su cabeza mientras le daba más palmaditas afectuosas—. Me parecía poco para ti. Tú eras la chica más guapa de la zona y él…, el Tullido le llamaban. Pero claro, eso tú ya lo sabes. El mejor de los hombres. Me acogió en su casa y me respeta como si fuera su madre. No podías haber hecho mejor casamiento. Las tierras de los Otaola serán ahora para uno de tus hijos, para un Azcona. Eso está bien. Tú hazles saber lo orgullosos que tienen que estar de su padre, enséñales a amar la tierra que un día heredarán. ¿Qué hay para un hombre más valioso que eso? Nada. Ser propietario del lugar por donde pisa, trabajar su propia tierra. Tú sabes que tu padre y yo no tuvimos esa suerte. Nunca poseímos nada, ni el tejado que nos cubría. Unos simples jornaleros, no éramos más que eso. Íbamos de un sitio a otro buscando quien nos quisiera emplear. —La anciana movió la cabeza a uno y otro lado—. Este país nuestro no es bueno para los que no poseen nada. Un día llegamos hasta el último monte, donde las minas.

Inés sintió la mirada de la anciana posada sobre su pelo y contuvo un sollozo.

—Tú eras muy pequeñita, te llevaba a la cintura, sujeta con el manto. Apenas vimos aquello, tu padre me dijo: «Este no es sitio para un Azcona». Nos dimos la vuelta y nos marchamos. ¿Y sabes por qué? —Inés negó en silencio—. Yo pensaba que era porque no quería vivir en la miseria en la que vivía aquella gente. Un pueblo hecho con barracas, las calles estaban llenas de barro y suciedad. Pero no fue por eso por lo que no quiso quedarse. Después de un rato de camino, yo le eché en cara que no preguntara si había trabajo en aquel lugar. El me respondió que no pensaba trabajar con salvajes. «¿Con salvajes?», le pregunté yo y él contestó: «¿Cómo llamas a los hombres que destrozan la tierra de sus hijos?».

—¿Eso dijo? —Imposible no darse cuenta de la admiración en la voz de Ignacio.

—Sí, eso dijo. En verdad que era un buen hombre, que amaba la tierra por encima de todo. Nunca tuvo la suya propia, pero él siempre decía que conseguiría que sus hijos y sus nietos la tuvieran.

—Y lo consiguió —continuó el nieto contestando a la abuela.

—Lo consiguió gracias a ti. Eso le estaba diciendo a tu esposa, cuánto tienen que agradecerte ella y vuestros hijos por haberles dado su lugar en el mundo. La tierra es lo único real. No consintáis que nadie os la arrebate.

—Dicen —intervino Ignacio de nuevo—, dicen que en la ciudad se vive mejor.

—¿Quién lo dice? —se alteró su abuela—. Los que no tienen otra cosa y se tienen que refugiar allí. Eso no es para los Otaola ni para los Azcona. ¿Me oyes, hija? No permitas que tus hijos se marchen allí. Ellos pertenecen a esta tierra. Cultivarla, vivir de ella, vivir con ella, eso es lo que tienes que enseñarles, a estar orgullosos.

Inés notó que la mano que se posaba sobre su cabeza perdía fuerza. Se puso de pie, alarmada.

—¡Abuela!

—Estoy cansada. Hija, creo que es hora de que ayudes a tu esposo en sus quehaceres.

Sin más, apoyó la cabeza en el respaldo y cerró los ojos, lejos ya del mundo real.

Inés se volvió hacia su hermano, que seguía bajo el dintel de la puerta. El brillo de sus ojos la sumió en una inmensa inquietud.

6

*A*maneció un día desgraciado. Desde primera hora de la mañana, los cañonazos contra la villa se sucedían sin cesar. Inés empezaba a creer que lo que su hermano celebraba con cierto alborozo era cierto y que a Moriones, el general en jefe del Ejército del Norte, enviado para terminar con la revuelta carlista, se lo había tragado la tierra. De vez en cuando Inés oía los disparos de contestación de las baterías liberales, pero no la tranquilizaba que se defendieran. Le daba la sensación de que lo hacían más por alardear ante los carlistas de que la villa también contaba con artillería pesada que por el daño real que pudieran infligirles. Más parecían salvas de bienvenida que otra cosa.

La lluvia acrecentaba el pesar y preocupación. Se había pasado la mañana ocupada en la casa. Ignacio tampoco había salido. Llevaba horas sentado en la cocina, con los codos apoyados sobre la mesa y las manos cruzadas. No había levantado la vista de la madera desde el desayuno.

Él no había hecho amago de marcharse, como todas las mañanas, y ella se había guardado de sugerirlo.

Y así, en un silencio roto a cada minuto por los impactos secos de los proyectiles que caían desde los montes, había pasado la hora del almuerzo y había llegado la de la siesta.

Inés tenía miedo de salir a la calle, ¿cómo no iba a tenerlo después de lo del día anterior?, pero no podía demorarlo más. Terminó de colocar los cacharros recién fregados en la pila y cogió un lienzo para secarse las manos.

Ignacio debió de intuir su intención porque alzó la cabeza justo antes de que Inés saliera de la cocina.

—¿Vas a marcharte? —le preguntó.

—Sí —dijo sin dar más explicaciones, no fuera que Ignacio notara su temor.

—Yo hoy me quedo.

Inés respiró aliviada cuando la dejó partir sin preguntarle adónde se dirigía.

Pero no tuvo tanta suerte en el piso segundo.

—Pero, muchacha, ¿cómo se te ocurre salir hoy? ¡Precisamente hoy! Uno de los peores días desde que esos *coríferos*, que se pasan el día entero coreando eso de Dios, patria y rey, pensaron que éramos conejos a los que cazar dentro de la madriguera.

—Últimamente todos los días son iguales —contestó Inés con el cansancio acumulado en el cuerpo y en la mente.

—¡Peor, mucho peor el de hoy! Ciento setenta y dos cañonazos he contado, ¡y aún nos queda el resto de la tarde! No respetan ni la bandera blanca. ¡Se han atrevido a bombardear el Hospital Civil! A un vecino que se reponía de las heridas causadas por una bomba le ha caído otra encima y han tenido que amputarle un brazo. En la panadería de Alonso, otro proyectil ha herido de consideración a uno de los operarios. Y también me han dicho que en la fábrica de harinas de la Naja…

A Inés se le encogió el estómago. Y la vida, se le encogió la vida. Cada vez estaba más cerca de volverse atrás, mucho más con las explicaciones del vecino. Inspiró hondo e hizo un esfuerzo por desechar el miedo.

—Señor Francisco, de verdad que voy a tener cuidado.

—Voy contigo.

El temor a ser alcanzada por una bala no fue nada en comparación al pánico que le entró solo con pensar que su vecino, y su familia en consecuencia, se enterara de lo que estaba a punto de hacer.

—¡Ni hablar! —vociferó Inés, presa de una repentina histeria—. Usted…, usted quédese al cuidado de la abuela, vigile a Ignacio, que no la deje sola.

Las últimas palabras las dijo ya desde el primer piso. Bajó el resto de las escaleras y salió del portal corriendo hacia el puente de San Antón como alma perseguida por el demonio. No se detuvo ni cuando sintió abrirse el pavimento. Giró la cabeza y vio un enorme agujero en medio de la calzada, justo en el sitio que acababa de pisar. El corazón le latía a toda velocidad. ¡Su familia! Confirmó que su finca seguía en pie y dudó si volver atrás. Comer o refugiarse, esas eran las opciones. Ganó la primera. Aceleró el paso, no fuera que el señor Francisco saliera a buscarla cuando descubriera que los carlistas acababan de acertar en medio de su calle.

79

Afortunadamente, la alarma del día anterior sobre que los carlistas iban a pasar a cuchillo a todos los habitantes de la villa no había sido más que un aterrador rumor, y el puente que habían intentado derruir había sido el de Isabel II, más alejado de su casa. El de San Antón, que conectaba las Siete Calles con la zona de Bilbao la Vieja, seguía aguantando los embates de la guerra.

A pesar de querer terminar cuanto antes, a pesar de los nervios, a pesar de la necesidad de tener la ganancia en el bolsillo, no fue derecha a la calle de la Pelota. Por eso vio a niños, mujeres y hasta a un grupo de monjas mercedarias a los que los carlistas no habían permitido la salida, regresar por la calle Achuri de vuelta a sus jaulas. Por eso comprobó, al pasar por la calle Ronda, que las balas de los cañones carlistas habían arrancado de cuajo el mirador de un tercer piso que ahora se encontraba en medio de la calle. Junto a los cascotes, unos vecinos se santiguaban por la suerte que habían tenido de que no les cayera encima. Por eso supo que mientras ella se decidía a mostrar a un desconocido partes de su cuerpo que nadie había visto a cambio de unas monedas con las que llenar la olla de su familia, otros protegían la puerta de sus casas con lujosas barricadas fabricadas con piezas de terciopelos, sedas y rasos. «Y es que ante la angustia y el miedo, la riqueza no sirve para nada.»

Se escondió en un portal hasta que los cañones se tranquilizaron. Cuando el cielo se oscureció y dieron las siete en el reloj de la catedral, supo que era una cobarde. Y que no lo podía demorar más.

La penumbra y el silencio de la finca ahuyentaron su temor. Esta vez no hubo ruidos ni risas ni se encontró con nadie mientras subía. Respiró aliviada cuando en el descansillo del piso segundo se vio sola, completamente sola.

Pero al imaginar el eco que harían los golpes de la aldaba sobre la chapa metálica, se quedó con ella en el aire. Todos los vecinos la habían visto el día anterior con él y se enterarían de que estaba de nuevo allí, a la puerta de aquella casa.

Y en esas estaba, en que sí..., en que no..., en que..., cuando la puerta se abrió y lo tuvo delante. Sonriendo, divirtiéndose a su costa.

—Veo que no te dejaste atrapar por los carlistas.

Inés se fijó en que llevaba el abrigo puesto, un paquete en una mano y el sombrero en la otra.

La timidez se impuso de nuevo sobre la decisión.

—¿Estabas a punto de salir?

No esperó la respuesta y se dio la vuelta.

En verdad, no era más que una cobarde.

—¡Espera!

Inés se quedó quieta. Apoyada en el pasamanos, se dio la vuelta.

Javier le vio posar la mirada muy brevemente sobre las puertas de los vecinos e intuyó cuál era su temor.

—Igual prefieres hablar dentro.

Parecía que ella estuviera esperando sus palabras porque en un par de segundos ya estaba en el pasillo.

Javier entornó la puerta y aguardó hasta estar seguro de que ella no se arrepentía.

—Yo solo… —empezó Inés.

—Espera un momento.

Javier llamó a la casa de al lado y envió al hijo de la vecina al estudio con la excusa de que le había sucedido un percance sin importancia y no podría acercarse aquella tarde. El padre de Mercedes no había bajado a la tienda aquella mañana. Su mujer le había dicho que había cogido un resfriado, pero que por la tarde estaría restablecido. La señora parecía nerviosa y Javier pensó que iba a decirle algo más, pero no fue así. Tampoco había visto a Mercedes.

Regresó a su piso. Inés seguía en medio del pasillo. Él terminó de empujar la puerta. Ella dio un respingo al oír el *clic*.

Fue cuando Javier vio que se debatía entre la seguridad y las dudas. Y en eso, él no podía ayudarla. Porque de todo ganaba y de todo perdía. Si ella se marchaba, ganaba en serenidad, y si se quedaba, en alegría. Se decía que la música era el alimento del alma, y algo así le sucedía a él cuando la tenía delante.

Comparó la seguridad de Mercedes con la timidez de Inés, el interés de la primera con la bondad de la segunda. Mercedes se relacionaba con otros por lo que podía sacar de ellos, Inés para conseguir dar de comer a los suyos. Estaba claro quién salía perdiendo. «En todo menos en una cosa.» Inés era a todas luces una mujer de campo, Mercedes lo único que sabía de huertos y de ganado era lo que había leído en un libro. Y una mujer como su novia era lo que Javier siempre había pedido al cielo.

—Ayer hablaste de dos reales —comenzó ella. Él asintió—. No me quedaré por menos de cuatro.

Se quedaría aunque le pagara menos. Javier se lo vio en la forma en que le temblaban los labios. Pero ni él, que hacía aquello porque era un negocio lucrativo, fue capaz de negárselo. Y sintió un fogonazo de egoísmo. Egoísmo por verla de nuevo, más allá de las veces que ella necesitara las monedas que le pagaría.

—Dos hoy y otros dos mañana, cuando compruebe que las fotografías sirven.

Por toda respuesta, Inés recorrió el pasillo hasta el estudio. Imposible contener la sonrisa.

Cruzar el umbral de aquella estancia fue como atravesar una bruma espesa. Así era como se quedó el ambiente cuando ella se volvió hacia él. Silenciosa y seria. Y nerviosa. Mucho. A pesar del esfuerzo que hacía por no parecerlo.

«Nerviosa y valiente.»

—¿Tengo que…, ahí? —señaló el biombo de la esquina.

Javier dejó sobre la mesita el paquete que llevaba en las manos.

—Después. Primero necesito ver el escenario.

—¿El escenario?

—Siéntate, por favor —pidió mientras le señalaba una silla abandonada en una esquina.

El fotógrafo se obligó a despegar los ojos de ella para centrarse en el trabajo. Que estuviera a punto de retratar a aquella mujer, tan distinta de las chicas que entraban en su casa, no justificaba abandonar su profesionalidad.

Puso la mente a funcionar. Lo primero era revisar las poses de las últimas modelos. No podía repetir ni chica ni postura; tampoco escenario. Salió a buscar el álbum donde guardaba, clasificadas por modelo, un positivo de cada imagen tomada en los últimos seis meses, el tiempo que llevaba ejerciendo la profesión en privado.

Cuando regresó con él, Inés seguía muy quieta, con las manos posadas en la falda, que se había alisado con esmero.

Él se quedó ante el diván. Echó un vistazo a la primera hoja. Una chica de pie, desnuda de cintura para arriba y con la sonrisa de quien disfruta de lo que hace. Demasiado atrevida. La siguiente era peor; esta vez la misma chica estaba de espaldas. Sin nada encima. Pasó a la tercera. Tumbada en el suelo entre almohadones, con una tela de tul que apenas tapaba lo que había debajo; aquello no era lo que quería. Y la siguiente…, mejor no fijarse en ella. Pasó de página.

Pasó una y pasó otra y volvió a pasar. Demasiado burdo, demasiado explícito, demasiado evidente. Demasiado grosero. Demasiado.

Escudriñó a Inés por encima del álbum. No, lo que buscaba no estaba allí. Enfadado por suponer que alguna de aquellas poses encajaría con ella, lo cerró de golpe. Inés dio un respingo.

—¿Ya? —preguntó como si hubiera llegado el fin de sus días.

—¿Puedes aproximarte, por favor?

Ella se acercó con paso seguro. De nuevo pensó que aquella mujer tenía algo extraordinario por la forma en la que superaba sus temores a base de firmeza.

Inés dio por sentado cuál sería la petición de Javier y se coló tras el biombo. Javier entró en pos de ella.

—Pero ¿qué…? —se volvió conmocionada al verlo allí.

Él alzó las manos en son de paz.

—No es lo que crees. Quiero enseñarte una cosa que tengo ahí. —Y señaló hacia un baúl arrumbado en una esquina.

Ella retrocedía según él avanzaba, aunque el hueco no daba para grandes escarceos e Inés chocó contra la pared.

Javier evitó mirarla a la cara para no incrementar su ansiedad. Abrió la tapa del arcón. Sacó unos pañuelos con pedrería que habrían hecho el deleite de muchas mujeres, cintas de colores blancas y rosas, plumas, casquetes con piedras bordadas, collares de perlas, tocados de pelo, enganches de flores, de pájaros, medias oscuras y sus correspondientes ligas, un lienzo blanco, dos cinturones con cabezas de serpiente, una piel de zorro y un montón de prendas más.

Las fue amontonando en el rincón hasta que localizó lo que buscaba. Con cuidado, sacó un bulto envuelto en papel de seda. Como allí dentro no tenía espacio, lo llevó hasta el centro de la sala y lo depositó en el suelo.

Ella lo siguió. Decidida y curiosa. Sin esperar más, Javier desenvolvió aquella belleza, se puso en pie y lo cogió por los hombros para mostrárselo.

Vio sus ojos y supo que había acertado. Era la primera vez que ella veía algo tan hermoso. No se resistiría a ponérselo.

Nunca en su vida había imaginado que existiera algo como ese vestido. Tan sutil, tan delicado, tan espléndido, tan… indecoroso. Inés evitó llevarse las manos a las mejillas para no parecer una mojigata, notaba el rubor hasta en la raíz del pelo.

83

El vestido era de satén blanco. Con un corte insuperable, la pedrería cosida en la tela le daba una caída perfecta. Imaginó la forma en la que se adheriría a la piel de quien lo vistiera.

Era indecente. Y maravilloso.

No pudo contenerse y acarició la tela. Suave como el plumón de los polluelos. Paseó las yemas de los dedos por las piedras cosidas. Recorrió la redondez del escote mientras pensaba qué parte de su piel dejaría al descubierto. Y cuando había calculado que no más que la camisa que llevaba por debajo de su blusa, él le dio la vuelta.

Entonces Inés descubrió que la trampa de la prenda no estaba en la parte delantera sino en la espalda. El escote posterior era al menos dos, no, tres veces más profundo que el delantero. Y alrededor de la abertura de la pierna estaba la espuma del mar, brillando para la afortunada que se lo pusiera.

—Solo lo ha llevado una persona una vez. Me lo regaló una actriz francesa que actuó en el teatro hace seis meses. —Inés lo dejó explicarse sin parar de acariciar la tela—. Al parecer, ya había visitado Bilbao en otra ocasión en la que tuvo un *affaire* con uno de nuestros próceres. Él se lo regaló esa segunda vez que vino, cuando ella ya se había casado con el propietario de la compañía. Para no defraudarlo, decidió regalarle una imagen como recuerdo. Me hizo llamar porque alguien le contó que era un fotógrafo discreto y que tenía nociones de francés. Cuando vino a buscar las fotografías, se lo dejó. No quería que su marido lo encontrara.

—Es… —balbució Inés aún conmocionada—. Es precioso. Lo más bonito que he visto nunca.

Él adelantó el vestido hacia ella.

—Póntelo.

—¿Yo? Pero…

—¿No has venido a retratarte sin ropa? Es por eso por lo que se supone que te pago. Será mucho mejor que posar desnuda. Apenas muestra más allá que una parte de la espalda.

Inés tuvo que claudicar. Y en el fondo, quería probárselo. Metió el brazo por detrás de la tela y Javier lo dejó caer en su antebrazo.

—Gracias —murmuró ella, como si él la hubiera salvado de la horca cuando en realidad la había convencido para que entrara en su madriguera.

Se metió tras el biombo y extendió el vestido sobre la tapa

del baúl. Mientras se desprendía de la blusa y de la falda, no pudo apartar los ojos de la prenda. Sin duda, no volvería a tener otra oportunidad para disfrutar de ella. Dudó si desprenderse de la ropa interior. La camisa era imprescindible que se la quitara, pero ¿el resto? Recordó la estrechez de la falda y la sensación que había tenido al mirarla de que el tejido se pegaría al cuerpo. No se lo pensó más y las enaguas siguieron el mismo camino que sus otras prendas.

Un segundo después estaba como Dios la trajo al mundo, en la casa de un desconocido y con un biombo como única separación entre él y ella.

Cogió el vestido con delicadeza, casi con reverencia, y lo levantó por encima de la cabeza. Ya había metido los brazos por los tirantes cuando él dejó entrever su impaciencia.

—¿Algún problema?

—Ninguno —dijo con la voz ahogada por el miedo a que se asomara.

El satén se deslizó en busca de su lugar. Inés, cautivada por aquella sensación, dibujó el perfil de sus costados. Notó la suavidad de la tela en los poros de su piel. Sintió cómo aquel tejido le acariciaba el alma. Su espíritu de «discreta y pobre sin remedio» se convirtió por primera vez en el de una mujer atrevida y mundana. Se sintió feliz, como aquella vez que encontró los guantes de cabritilla sobre la coqueta de la señora Allendesalazar y se los puso. En aquel momento, la emoción del deleite por la suavidad de la piel hizo que se olvidara de que no eran suyos, como no lo era la prenda que la cubría ahora.

—¿Estás lista? —insistió él desde el otro lado de las tres hojas de madera talladas.

Inés respiró hondo antes de abandonar el inestable refugio.

Salió conteniendo el aire.

No estaba preparada para ver su expresión. Esperaba a un hombre con los labios apretados y los ojos dilatados por la lujuria y se encontró con la emoción del artista ante su próxima obra.

Dio una vuelta alrededor de ella, a una distancia suficiente para no rozarla, y desapareció detrás del biombo. Lo oyó rebuscar en el arcón hasta que salió con unos espléndidos botines negros, con bordados de flores y la botonera a un costado.

Inés deseó con todas sus fuerzas que fueran de su talla, a

85

pesar del miedo que le daba subirse a aquellos tacones de, al menos, tres dedos de alto.

—Son preciosos —se le escapó.

—Espera un momento.

Javier no tardó en regresar. Inés ya se había desembarazado de las alpargatas, las había escondido junto a su ropa y se había calzado. La puntera era más puntiaguda de lo que le había parecido y le apretaban a los costados, pero no iba a quejarse. «Desde luego que no.» Javier traía el gancho para abrochar los botones del calzado. Inés no lo había hecho nunca porque nunca había tenido nada tan elegante como eso, pero se lo había visto hacer muchas veces a la *nany* de los hijos de la señora de Allendesalazar cuando se calzaba en la cocina antes de salir de paseo con los niños. No tuvo ninguna dificultad.

Lo malo vino después, vestida —¿o mejor, desvestida?— y calzada.

Él no parecía dispuesto a comenzar el trabajo, se limitaba observarla, se acercaba a la cámara, miraba el sofá a través de ella, la cambiaba de sitio, salía detrás de la caja de madera, miraba a Inés, colocaba un quinqué, echaba una tela para tapar la tapicería granate, la quitaba después. Y seguía mirando, moviendo, colocando, cubriendo, trasladando. En definitiva, sopesando todas las opciones. Todo esto sin decir una palabra. Inés tuvo que actuar ante la falta de información del fotógrafo.

E hizo lo que le había visto hacer a la chica de los ojos pintados el día anterior: se sentó en el sofá y se inclinó hacia delante con las rodillas abiertas, lo poco que el vestido le permitía. Como Inés imaginaba que a él le gustaba. Se obligó a esbozar una sonrisa picarona.

Y esperó su siguiente paso.

Él no reaccionó como esperaba. No se metió detrás de la cámara ni ajustó las lentes ni le dio ninguna indicación. «Muévete hacia allí, colócate más a tu derecha, la cabeza más alta, que se vea que eres…» Solo dijo una palabra:

—No.

Inés no podía estar más sorprendida.

—¿Perdona? No puedes decirme ahora que no hay fotografías, he venido hasta aquí…, lo he decidido…, me he vestido así…, tú me has prometido…

—Hay algo que no está bien.

Se puso a rebuscar detrás del biombo. ¿Es que aquel baúl era un pozo sin fondo? Salió con algo en la mano.

Ni le dio tiempo a ver qué era y él ya estaba sentado a su lado.

—El pelo. No me gusta.

—Es el pañuelo, lo aplasta —aceptó.

—Y el recogido —murmuró él cada vez más cerca— no es lo que necesitamos.

Inés tomó aire ante su proximidad. Él no lo sabía, pero ella se encontraba distinta con el pelo suelto, algunas veces demasiado guapa. Así que no lo detuvo, porque era eso precisamente lo que quería: sentirse hermosa y que él lo creyera también.

Sintió sus dedos mientras le soltaba las horquillas que le sujetaban el moño. Y el calor de su respiración contra el lóbulo de su oreja.

Le empezó a costar llevar aire a los pulmones. Entreabrió la boca para compensar la carencia. Notaba su pecho subir y bajar demasiado fuerte, demasiado sonoro. Y los dedos de él entre sus mechones. Más cerca de lo que nadie había estado nunca.

Le ahuecó el pelo. Inés se avergonzó por no llevarlo a la moda. Antes se lo moldeaba de vez en cuando, tal y como hacían la mayoría de las mujeres, pero desde que no podía contar con la abuela, no tenía a nadie que la ayudara —el señor Francisco no servía para estas cuestiones ni tampoco Ignacio— y no se había atrevido a hacérselo ella misma.

Por un momento fantaseó con la idea de que aquel hombre le enredara unas tenazas calientes en el cabello y formara bucles con él. Que hiciera espirales con su voluntad.

—¿Y qué… —balbució—, qué necesitamos?

Él le mostró una hermosa peineta plateada. La más refulgente que los ojos de Inés habían visto nunca.

—Sujétala un momento.

Él seguía manipulándole el pelo, Inés seguía respirando pesadamente, sus pestañas rozaban el hombro del fotógrafo. Todo seguía igual, deseaba que siguiera igual. Por eso no le facilitó la labor. Para continuar teniéndolo cerca, tan cerca. Porque dejarse vencer por la debilidad de espíritu era a veces, sencillamente, maravilloso.

Alas de mariposa, así fue como sintió sus dedos; la suavidad de las yemas sobre la piel de la nuca; el escalofrío de la emoción; el parpadeo de las estrellas a punto de iluminarla. Un

87

cosquilleo le recorrió el nacimiento del pelo y la sensación de que él estaba a punto de probar su cuello le alteró los nervios. Nunca antes había deseado que un hombre la besara. Aquella era la primera vez.

Inés tenía los ojos clavados en sus labios. Abiertos, dispuestos. Húmedos, tan apetecibles. Llegaría hasta ellos con un simple balanceo. Buscó sus ojos, pero estos no estaban pendientes de ella, sino que miraban por encima de su cabeza.

Él le recogió el pelo en una especie de moño flojo. Y supo que el deleite del momento estaba próximo a finalizar. Cerró los ojos, exhaló un suspiro. No lo demoró más y le tendió la peineta.

E hizo lo que debería haber hecho desde el principio, volvió el cuerpo hacia el lado contrario y le dejó fácil acceso a la parte trasera de la cabeza.

Las púas de metal le arañaron el cuero cabelludo. Él separó las manos y sus rostros se encontraron. El aire abandonó sus pulmones y el ensueño, su espíritu.

Fuera de ella, se detuvo el tiempo.

88

Fue tan breve que si no llega a ser porque sus pupilas se tropezaron en el aire, ella ni se habría dado cuenta. Javier le mantuvo la mirada más de lo que hubiera querido momentos antes. El instante de intimidad fue especialmente intenso y, ahora que se había producido, no se arrepentía. Porque sabía que no volvería a suceder. Ella no lo permitiría.

Junto a la certeza de lo que acababa de ocurrir entre ambos, a Javier le llegó la realidad; aquella mujer estaba en su estudio porque le pagaba por ello, aquella mujer llevaba aquel vestido porque le había prometido cuatro reales, dos aquel día y otros dos al siguiente, aquella mujer no estaba allí por él sino por su dinero. Y recordó que la joven con la que estaba comprometido, y a la que había elegido como esposa, era otra.

Decidió que el tiempo de aturdimiento había pasado y que ya era hora de dar paso al trabajo. Se acercó a la cámara. En cuanto la tocó, dejó de ser Javier y se convirtió en Javier Garay, fotógrafo, informador y futuro reportero gráfico.

—Si te parece, vamos a empezar —dijo con voz profunda.

Ella pareció extrañarse por el cambio de tono, pero se repuso enseguida y volvió a ser la mujer con la que se había encontrado un atardecer en la plaza Nueva.

—¿Cómo me coloco?

—Recuéstate en un brazo del sofá. Déjate caer con abandono, como si estuvieras esperando a alguien que no termina de llegar. Así, bien. No, mejor extiende el brazo derecho sobre el respaldo y apoya la cabeza en el almohadón. Eso, así, no te muevas. Voy un momento al laboratorio a por la placa.

Cuando volvió, ella estaba exactamente como la había dejado.

—No te muevas todavía —insistió.

Abrió el obturador del objetivo y miró a través de él al fondo del cristal translúcido. Observó que la imagen estaba demasiado cerca y desplegó el fuelle, que se deslizó por el carril de la máquina. Calculó la luz que entraba por la ventana y abrió el diafragma un poco, y luego otro poco más. Volvió a mirar hacia el cristal mate. Le pareció correcta la posición y lo retiró.

—Me prometiste que no me retratarías la cara.

Era cierto, lo había olvidado. Por un lado, sería una pena que nadie pudiera descubrir la expresión que tenía en ese momento. Fascinante. Por otro, se alegró de ser el único que disfrutaría de ella.

—Es cierto, vuelve el rostro a la cristalera, un poco más, que se vea bien el peinado.

La peineta relució a la luz del candil que había instalado en una mesa esquinera.

Cogió el cartucho con la placa de cristal, lo insertó en la parte trasera, quitó la lámina metálica protectora y disparó.

La cogió tan desprevenida que ni parpadeó.

—Estupendo.

Sacó la placa y miró el reloj de la pared. Le quedaban doce minutos. Más que suficientes para revelarlas antes de que se secara la pátina del colodión con la que estaba impregnada.

—Ahora la siguiente. Sube los pies al sofá.

—¿Con las botas?

—No te preocupes, nadie ha pisado la calle con ellas. Encoge las piernas, dobla las rodillas un poco más, así, recógete el vestido y enséñame la parte superior de las botas, eso, un poco más, que se vean todos los botones. Baja el brazo derecho y une las manos. Ponlas sobre el regazo y míralas, como si tuvieras una joya entre ellas. Baja la barbilla, más, un poco más para que no se distinga el rostro. Mantén la postura…

Realizó de nuevo todo el proceso y alzó una mano para llamar su atención.

89

Ella levantó la barbilla y entonces él le dio la orden:

—Abajo ahora, una dos y… ya.

En el momento en que ella volvió a la posición anterior, disparó.

Soltó el cartucho recién utilizado, cogió el anterior y se dirigió hacia la puerta.

—¿Ya está? Ayer hablaste de cuatro imágenes —preguntó ella.

—Tengo que revelar estas dos antes de que se sequen los líquidos. Luego seguimos. No tardaré.

—¿Puedo ir contigo y ver cómo lo haces?

—Preferiría que no lo hicieras. El revelado es muy tóxico y no me gustaría que te pasara algo.

—Ah, claro. Entiendo. —Ella se alisó el vestido como dando por hecho que él hablaba de la ropa que llevaba puesta—. Esperaré aquí entonces.

A su regreso no tenía buenas noticias. Inés estaba levantada, mirando discretamente por la ventana lo que sucedía por la calle.

—No me gustan —confesó nada más entrar.

—¿Qué ha sucedido? ¿Se han estropeado?

—No, no ha pasado nada, pero no son lo que yo quería.

—¿No son lo suficientemente…?

—No, no lo son, pero ese no es el problema.

—Entonces, ¿cuál?

—Son muy normales, demasiado comunes. No son fotos distintas a otras, hay miles de ellas con la misma postura, nada en ellas llama la atención.

—¿Entonces?

—Entonces hay que arriesgarse.

—¿Y quitarme esto?

—Y localizar otro ángulo, otro punto de vista.

De dos zancadas se acercó al sofá y lo empujó hasta una esquina.

—¿Y ahora?

—Nada de sofá, demasiado terciopelo, demasiado granate. El vestido tiene que brillar sobre ti, no quiero nada que te pueda hacer sombra.

Inés echó una ojeada al suelo de madera.

—Podré echar unos almohadones, al menos.

La ocurrencia hizo reír a Javier.

—¿Sugieres algo como un harén árabe? —La extrañeza de Inés indicó a Javier que no sabía de qué le hablaba—. No te preocupes, no te haré tirarte por los suelos. Buscaremos otra cosa.

Inés miró a uno y otro lado, estaba claro que no creía que allí hubiera nada que encajara con lo que él decía.

Javier fijó la atención en la única silla de la habitación. La llevó al centro y palmeó el asiento.

—¿Qué me siente en la silla? ¿Vas a sacarme las fotos sentada en *esa* silla?

Y es que ni el asiento era mullido ni la tapicería nueva; se trataba de una silla muy sencilla: respaldo de madera, con unos travesaños en forma de equis, pintada en blanco y descascarillada por varios sitios. El asiento tampoco era el original y el de enea, que le habían puesto en su momento, estaba desgastado.

—El contraste será magnífico. Tú siéntate.

A pesar de su reticencia inicial, se sentó, recta y recatada. «Como si fuera una chica buena.» Y lo peor de todo era que Javier no dudaba de que lo fuera, a pesar de que estaba decidido a que no lo pareciera.

Sin embargo, cualquier pose que hubiera ensayado antes con las otras chicas le pareció burda para ella. Pero no se le ocurría nada que no hubiera probado antes ya. Las mismas posturas forzadas, las mismas miradas intensas, las mismas sonrisas sugerentes. Igual que todas. Nada era diferente, él les decía cómo tenían que colocarse y ellas obedecían.

Hasta ese momento.

—Muéstrame lo que eres —dijo de repente.

—No te entiendo.

—Tú, sé tú misma, muéstrame cómo eres, qué tienes que ofrecer, cómo quieres que te vea el hombre al que amas.

Ella siguió sentada con la mirada perdida en alguna parte de sus manos. De repente, se agachó y comenzó a quitarse los botines, uno por uno todos los botones. Primero el derecho, luego el izquierdo. Los dejó a un lado, colocados y ordenados. Javier no le quitaba ojo, seguro de que lo siguiente que haría sería levantarse y marcharse.

—¿Tienes un espejo? Uno que puedas sostener contra esa pared. —Inés señaló el muro que tenía delante.

Javier ni se paró a meditar qué era lo que pretendía. Solo con imaginar su reflejo en una superficie de cristal, una exaltación le calentó el cuerpo.

91

No le costó nada descolgar el de su habitación. Cuando lo apoyó en el suelo, a los pies de ella, y lo orientó hacia arriba, tuvo la foto.

—¿Puedes dar vuelta a la silla? Pon el respaldo de cara al espejo. Siéntate de costado, con los brazos descansando sobre él y apoya la cara en ellos.

—¿Así?

Javier se acercó para corregir la postura.

—Inclínate un poco más. Los pies a un lado, como recostada, sácalos un poco más por debajo del vestido, que se vea que estás descalza. El contraste quedará perfecto. Simplicidad y sofisticación mezclados, simplemente genial.

Javier fue a por la cámara, transportó el trípode y la colocó detrás de ella, de tal manera que aparecía reflejada en el espejo.

Lo que vio en la siguiente hora le cortó el alma. En dos.

Al momento era una mujer reservada, una imprudente al siguiente; melancólica u optimista; ahora era sofisticada y después mundana; sutil, suave, distinguida, rebelde. Pero siempre refinada.

Tuvo que hacer varios viajes al laboratorio para revelar las placas y en busca de nuevas. No le alcanzaba el tiempo, y mucho menos la paciencia, para esperar a la siguiente. Sacaba dos instantáneas y salía corriendo por el pasillo. Mientras tanto, ella cambiaba de postura. No necesitó darle más indicaciones. Era como si Inés le leyera el pensamiento y cumpliera sus deseos con toda generosidad.

Ella le regaló el mejor perfil, la erótica espalda, la curva de la cadera; el color de su blanca piel, el contraste de la pedrería contra el calor de su cuerpo, sus momentos más solitarios y los más categóricos. Sus mejores instantes.

Y Javier los absorbió todos como un sediento en un desierto ardiente.

—Esta ha sido la última —dijo después de más de doce fotos.

Iban a ser cuatro y al final... Al final había sido ella la que había demandado más. No lo había dicho explícitamente, de hecho se limitaba a cambiar de postura, elevar la vista y mirarlo fijamente, y él se ponía en funcionamiento.

—¿Ya?

Una amplia sonrisa le iluminó la cara e Inés pensó que era la primera vez que lo veía tan distendido.

—¿Querías seguir? Tendré que decir al resto de las chicas

que no regresen, no podré vender sus fotografías si tengo que hacerlo con todas las tuyas —bromeó.

Ella se sintió culpable de que algo así pudiera suceder. Prefería no pensar en lo que había disfrutado y lo halagada que se había sentido al creerse el universo del hombre que tenía delante. «Al fin y al cabo si yo lo hago por dinero, ellas también lo harán por la misma razón.»

Aquel pensamiento le hizo olvidar la extraña ensoñación de la hora anterior. Regresó a la realidad de los bares y las tabernas, lugares en los que el hombre que conseguía que se creyera la mujer más atractiva del mundo iba a vender aquella fantasía a unos extraños que fabricarían las suyas solo con mirarla.

Prefirió no pensar más en ello para no sentirse sucia tan pronto. Aquella noche, en la soledad de la cama, tendría muchas horas para arrepentirse. Se centró en la cruda realidad.

—Dijiste cuatro fotografías y me has hecho más de una docena —le reclamó.

Él se puso alerta.

—Solo voy a vender cuatro de ellas. Seleccionaré las que me parezcan más apropiadas —respondió muy serio.

Después le dio la espalda y comenzó a trasladar la cámara y el trípode.

—¿Puedo elegirlas yo?

—Voy a revelar las dos últimas placas antes de que se estropeen. Puedes cambiarte mientras tanto —dijo como si no hubiera oído la pregunta.

«Difícil razonar con alguien sin estar en la misma habitación», se dijo Inés cuando él se fue por el pasillo otra vez hacia el laboratorio.

No fue fácil sacarse el vestido por la cabeza ella sola; sin embargo, tenía claro que no iba a llamarlo para que la ayudara. El tiempo de las locuras había finalizado.

Vestirse con sus ropas fue para Inés como quien nada en la abundancia y se convierte en mendigo. Según iba cubriendo el cuerpo con lo que ahora le parecieron andrajos, se fue enterrando bajo paladas de abatimiento.

Fue al calzarse las alpargatas cuando reconoció que la insensatez se había apoderado de ella. «Cuánto más alto se suba, peor será la caída.» Y la caída llegó pronto.

Intentó demorar el momento de guardar el vestido, por eso tardó tanto en envolverlo. La peineta fue lo último de lo que se

93

desprendió. El pelo se le desmoronó sobre los hombros como cuando se rasgaban las nubes sobre Bilbao. Las entrañas se le anegaron de agua helada. Sin embargo, logró contenerlas.

Dejó atrás el biombo, el espejo y la silla. Consiguió no mirar atrás y salió del estudio fotográfico.

Ya solo quedaba una cosa por hacer antes de abandonar aquella casa y era recuperar a la mujer que era antes de llegar. Porque de una cosa estaba segura: nunca más iba a ponerse aquel vestido. Con él se había sentido bella, se había sentido deseada. Por una vez. Pero ¿qué sentido tenía que sucediera de nuevo si después había que volver a la realidad?

Avanzó por el pasillo casi a tientas. «Para ser fotógrafo, no está muy interesado en la luz.» Se arrepintió de aquel pensamiento. Sufrían un asedio, los alimentos empezaban a escasear, los precios habían subido. Se rumoreaba que algunas de las mercancías más demandadas llegaban por el monte escondidas en los sacos de los traficantes. Ya eran varios —o al menos, eso era lo que se comentaba en la plaza Vieja— los que desafiaban el cinturón establecido por los carlistas en torno a la villa y otros, como algunos vecinos de Recalde, mantenían contacto con los enemigos. Las autoridades estaban al tanto y amenazaban con detenerlos. Pero ¿quién podía criticarlos? ¿Y si él era de los que apenas podía encender la mecha del candil por miedo a gastar un petróleo que no tenía?

—¿Te marchas sin cobrar?

Inés miró hacia la habitación oscura de la que salía la voz y que había pasado de largo. Una luz roja iluminaba el cuarto y lo vio.

—He dejado el…, la ropa en el baúl. He metido también las botas y la peineta. He tenido cuidado con todo, no creo que tengas queja.

—Ni de eso ni de nada —masculló para sí—. Si esperas un minuto, termino, te entrego lo pactado y puedes marcharte.

—¿Podré ver las fotografías?

—Hoy no, desde luego.

—Pero ¿no las estabas revelando?

—Sí, pero falta hacer los positivos. Necesito la luz del sol para ello.

—¿Y si pasa como hoy, que no se le ha visto por ninguna parte?

—Con sol se hace más rápido, pero vale con que haya un

poco de luz. Es cuestión de paciencia y de no mover la prensa donde se ha colocado el negativo junto con el papel en el que aparecerá la imagen.

Lo siguió hasta la sala. Se acercó hasta la caja de la que el día anterior había sacado el dinero para pagar a la otra chica.

Las monedas cayeron sobre su palma. Se sintió decepcionada.

—Dijiste que me pagarías dos hoy y dos mañana.

—Tú misma me las has reclamado antes. Estabas en lo cierto. Esto es más justo.

Inés miró los seis reales. Al final le pagaba más de lo que habían establecido. Lo mejor sería cerrar la mano, guardárselos en el bolsillo y desaparecer. Pero le devolvió tres de ellos.

—Haremos lo que habíamos establecido. Aceptaré los seis, pero hoy cobraré una parte y mañana la otra. Quiero estar presente cuando selecciones las fotografías —justificó su decisión.

—Si sale nublado, imposible que estén antes del almuerzo.

¿Era cosa suya o se le había alegrado la cara?

—Hasta mañana entonces.

Ya no había más que decirse. Inés, de repente, se sentía una intrusa en casa ajena. Él no ejerció de anfitrión y enfiló la puerta sola. A toda prisa corrió el pasador y huyó del lugar donde la antigua Inés se había transformado en una mujer.

La rodeó una oleada de aire helado y recordó que estaban a primeros de marzo. Si se lo hubieran preguntado un rato antes, habría asegurado que había llegado la primavera. Se cubrió la cabeza con la toquilla y se la ciñó al cuerpo todo lo que pudo.

Dos fueron las escaleras que descendió antes de oír la llamada:

—¡Espera! Yo también salía, ¿recuerdas?

Se acompañaron en silencio. Durante dos largos tramos. O al menos se lo parecieron a Inés, incómoda con la situación. La intimidad y la confianza se habían quedado dentro de la casa de Javier. Pensó en cómo sería tropezárselo por la calle y que la tratara como a una desconocida. Sucedería. Así que sería mejor alejarse de él cuanto antes.

—¿No llevabas un paquete en la mano cuando salías?

—¡Las fotografías! —cayó él en la cuenta y se dio media vuelta.

Apenas oyó el ruido de la llave en la cerradura, se precipitó escaleras abajo, huyendo de él, huyendo de sí misma.

95

En el piso inferior se cruzó con una mujer a la que ni miró ni saludó. Bajó la barbilla y pasó a su lado lo más discretamente que pudo.

Traspasar el umbral del portal y oír la primera andanada de los cañones fue todo uno. La realidad se imponía a la ilusión. Vio a un hombre y a una mujer entrar a toda prisa en una finca cercana. Sus rápidos movimientos hablaban del temor a andar por las calles a aquellas horas. La luz escaseaba, la noche avanzaba. Inés recordó que había dejado al señor Francisco a cargo de la abuela. Hizo una pelota con sus miedos y los echó a un lado, apretó las tres monedas que había conseguido ganar y salió corriendo hacia el puente de San Antón.

El sueño había terminado.

7

—¿ Q ué haces aquí? —preguntó Javier a Mercedes cuando abrió la puerta con intención de seguir a Inés y se la encontró a punto de llamar.

—El crío nos dio el recado.

—Ahora mismo salía para el estudio. Al final se han resuelto las cosas antes de lo que pensaba.

Pero no dio ninguna explicación del supuesto problema que lo había mantenido alejado del trabajo.

—Ya no hace falta. En realidad, no es necesario que regreses.

—¿Cómo que…?

—Ayer vine a decírtelo, pero no estabas.

Javier no movió un solo músculo, nada en su rostro indicó que sabía que ella había llamado a la puerta y que no le había querido abrir.

—¿A decirme qué?

—¿No vas a invitarme a entrar?

Sería la primera vez que Mercedes ponía un pie en su casa. Javier no estaba seguro de si les convenía, ni a él ni a ella.

—¿Vienes sola? —aludió a la matrona que siempre la acompañaba.

—Eusebia ha cogido un enfriamiento.

La seguridad de Mercedes le indicó que nada de lo que dijera iba a hacer marcharse a su novia. La dejó entrar y la condujo hasta la sala.

Javier echó un vistazo rápido para confirmar que todo estaba recogido y que no había ni rastro de lo que se suponía que hacía allí.

—¿A qué has venido? —le preguntó sin rodeos.

Estaba molesto, la aparición de Mercedes en una parte de su vida que él consideraba privada le resultaba un fisgoneo muy peligroso.

97

—Mi padre esperaba estar mejor esta tarde, pero todavía sigue en cama.

—Entonces, la tienda sigue cerrada. No entiendo por qué me entretienes aquí en vez de apremiarme a marchar al estudio.

—Porque no va a hacer falta que vayas.

—¿Quieres hacer el favor de explicarte? Si tu padre no está y yo tampoco, ¿quién va a atender el negocio?

—Hemos decidido cerrarlo.

Javier se apoyó en la pared, incapaz de asumir la noticia.

—Habéis decidido, ¿quiénes?

—Mi madre y yo. La enfermedad de mi padre ha sido providencial. ¿No te has enterado de lo que ha sucedido esta mañana?

—No.

—El casco de una bomba ha matado a una chica en Bilbao la Vieja. Otra ha caído en el Hospital Civil. Y dicen que han tenido que amputarle un brazo a un joven conveleciente de una granada.

—Estamos en medio de una guerra, Mercedes.

—La señora de Mendieta estuvo ayer en nuestra casa. Me he hecho muy amiga de sus hijas.

Javier reconoció el apellido como el de un conocido carlista que se había presentado a las elecciones del setenta y dos para la Diputación General.

—Y ella os ha sugerido que cerréis el estudio —comentó irónico cuando recordó el débil carácter de su jefe, que no tenía nada que hacer contra su mujer y su hija.

Mercedes bajó la voz:

—Abandonan esta noche la villa. Nos vamos con ellos en calidad de acompañantes.

—¿Con tu padre enfermo?

—Mejora a ojos vista. Ya casi está recuperado.

—¿Te ha mandado él?

—He insistido yo en venir. Tenía que despedirme.

—Ha sido muy amable por tu parte —ironizó de nuevo.

Mercedes le rozó el puño de la chaqueta.

Pero aquel coqueteo no hizo mella en él, porque Javier solo pensaba en una cosa. Si el estudio cerraba, se quedaba únicamente con los ingresos de las postales de las chicas. Por otro lado, significaba libertad para comenzar con su trabajo de reportero. Tenía el permiso de los carlistas. No hacía ni tres días que se lo habían entregado. Al parecer, el reportaje que había elaborado para ellos —aun sin haberlo enviado a ningún periódico todavía— les había convencido y guardaba el documento firmado por González Luna como un tesoro a la espera de poder utilizarlo.

—Yo me encargaré del estudio.

—No creo que…

—Ya sé que últimamente la gente no tiene ánimos para retratarse, pero recuérdale a tu padre la boda. Todavía tenemos pendiente entregar copias a algunos invitados. ¿No querrá agraviarlos?

Mercedes dio un paso atrás.

—¿Crees que tendremos problemas si…?

—Seguro que sí. Yo puedo atender el estudio —repitió—. Sabes que no es necesario que tu padre esté aquí. Cerrar un negocio por una temporada siempre es arriesgado, los clientes habituales podrían cambiar de fotógrafo y, después, será mucho más complicado recuperarlos.

—Vamos corriendo a casa —decidió ella—. Los convenceremos.

—Es la mejor decisión.

Javier se disponía a salir cuando ella le dio un beso en la mejilla.

—Es nuestra despedida.

A él le pareció más un adiós entre amigos que una separación de amantes.

—Que no, que no, señor Francisco, no hace falta que me acompañe usted.

—¡Faltaría más! No voy a dejar que te pase lo de ayer, que tuviste que refugiarte en ese comercio con unos desconocidos. ¿Estás segura de que tu antigua patrona ha solicitado tus servicios de nuevo?

Inés se dijo que, como siguiera acumulando falsedades, iban a terminar pillándola.

—¿No le digo que ayer estaba también en el comercio? —mintió una vez más—. Nos encontraremos en la iglesia para los oficios de la mañana. No es necesario que entre usted al templo —sugirió con la esperanza de que el anciano decidiera que era mejor una tertulia en cualquiera de los pocos cafés que continuaban abiertos que el sermón de un cura.

—Está bien —aceptó el vecino mientras la cogía por el brazo—, pero te acompaño hasta allí. No vaya a ser que tropieces con un grupo de facciosos que se pavonean fusil en alto.

—Señor Francisco, que los carlistas no entran en la villa.

—¿Que no? Estoy seguro de que por la noche recorren nuestras calles. ¡Unos saqueadores, eso es lo que son! ¿No has oído quejarse a los comerciantes de que les desaparecen productos? —Inés asintió—. ¡Ellos son los que los roban! Quieren minar nuestra confianza de esa manera, pero no lo lograrán. Cualquier día nos quedaremos sin harina y empezarán a racionarlo todo. ¡Villanos!

Inés dio unas suaves palmaditas sobre el brazo del anciano para que no se alterara más. El día no había hecho más que empezar.

—Estoy segura de que las autoridades harán todo lo posible para que eso no suceda.

El señor Francisco se puso muy serio y se llevó la mano libre al pecho.

—Confianza ciega en nuestros oficiales —dijo muy solemne, e Inés tuvo que hacer un esfuerzo para no echarse a reír a pesar de la gravedad del asunto.

—Ya hemos llegado —advirtió ella en cuanto embocaron la calle Ascao. Al fondo ya se veía el pórtico de San Nicolás—. No hace falta que vaya hasta allí, la señora me espera en la esquina.

—Niña, he dicho que te acompaño hasta la iglesia…

—A la señora no le gustará. En cuanto puse un pie en su casa la primera vez me dijo que me despediría si me encontraba con un hombre.

—¿Eso dijo?

—Completamente cierto —le aseguró Inés al tiempo que se santiguaba en su fuero interno y rogaba a Dios que le perdonara por mentir a sus seres queridos—. Será mejor que me deje llegar sola.

—Pero ¿y si arrecian los bombardeos?

—No creo que sean ni más ni menos que los de otros días. Créame, ayer fue un día complicado y supe cuidarme sola —murmuró, se dio cuenta de que la preocupación comenzaba a teñir el rostro del anciano y cambió el tono de voz—. Me protegeré en algún sitio como hice ayer.

—La verdad es que hoy parecen estar de buen humor esos currutacos afeminados.

El viento soplaba aquel día en dirección a la villa y llevaba el sonido de voces alegres desde más allá de la última casa de la ciudad.

—¿Cree usted que esos gritos son suyos?

—¿De quiénes si no? Anda por ahí ese por el que luchan. Dicen que su rey está en Deusto, que busca un sitio donde instalar la corte. Será porque quiere ver cómo nos rendimos. ¡Que espere sentado! Debe de ser por eso que hoy nos han dejado en paz.

—Será mejor que me marche —dijo Inés y se despidió del anciano. Se volvió y agitó la mano con una alegría que no sentía.

Él le devolvió el saludo como lo haría un padre con su hija; después lo vio retroceder y desapareció de su vista.

—¿Quieres hacer el favor de ayudarme? —le gruñó alguien que salía en ese momento del local ante el que se había detenido.

Javier. Sostenía la puerta del estudio fotográfico al tiempo que empujaba, sin conseguirlo, un carrito negro, cubierto por una capota del mismo color.

—¿Qué quieres que haga?

—Sujétalo en alto para salvar el peldaño.

—¿Qué haces aquí? —le preguntó ella cuando las dos ruedas quedaron asentadas sobre el empedrado de la calle.

—Eso debería preguntar yo.

«Disimular que no me dirigía a tu casa. Mentir a todas horas, engañar a los que quiero.»

Inés examinó el cartel y después las letras que estaban pintadas en el carro que acababa de ayudarlo a sacar. No sabía lo que ponía, pero desde luego no eran las mismas que las del papel que había cogido del cajón de la casa de los Allendesalazar.

—«Bustinza fotógrafo» —leyó él—. Yo soy el fotógrafo.

Se quedaron mirándose como si no supieran qué decir.

—Bueno —se decidió ella—, no quiero entretenerte. Veo que no vas a tu casa.

—¿Ibas a mi casa? —Ella asintió avergonzada—. Las fotografías ya no están allí.

Inés se alarmó. Había previsto ser la primera en verlas. Y la única, si consideraba que alguien la podía reconocer. Lo había pensado durante toda la noche, en ese caso le devolvería el dinero a cambio de que las destruyera.

—¿Cómo que no?

—Las tengo en el estudio.

101

—¡El dueño!

—Nadie las verá. El dueño y su familia han salido de Bilbao esta madrugada. Soy el único que puede acceder a ellas. Ya casi están, pero las he dejado en la prensa, al aire, en el patio interior. El papel a la albúmina funciona así —le explicó.

—¿Seguro que nadie entrará?

—No te fíes.

—Me quedaría más tranquila si…

—¿Quieres verlas?

—Si pudiera…

Javier se metió de nuevo en el gabinete y salió con un taco de hojas en la mano.

—¿Ahora, o lo dejamos para luego?

Inés examinó la calle. La idea de que cualquier vecina pudiera acercarse e interesarse por lo que hacían le oprimió el estómago.

—Escóndelas —le urgió.

Javier levantó un poco la tela negra que cubría el carrito y las metió dentro.

—¿Adónde vas con eso?

—A la falda del monte Archanda.

Los ojos de Inés se agrandaron al máximo.

—¿Donde los carlistas?

Lo había decidido al despertarse y oír los cánticos procedentes de los montes. Tenía el permiso del capitán González Luna. No podía esperar eternamente. Si era cierto que el Pretendiente estaba tan cerca de la villa, no podía dejar pasar aquella oportunidad.

—¿Quieres acompañarme?

—¿A una batería carlista?

—No es el frente, solo un campamento. Quiero saber si es cierto que don Carlos ha venido a ver cómo cae Bilbao y de paso a elevar la moral de los soldados.

—No te dejarán pasar. Te dispararán en cuanto te asomes.

—Soy reportero, solo llevo cámaras para retratar su ventaja sobre los enemigos.

No llevaba armas, pero sí un as en la manga que no pensaba desvelar.

—Lo harán igual.

—No, no lo harán. No si me ven llegar con una mujer. Te pagaré.

Nunca hubiera imaginado Inés que visitaría un campamento militar, nunca. Sin embargo, dijo que sí.

Miraba hacia atrás. No habría estado más asombrada si san Pedro les hubiera dejado traspasar las puertas del cielo.

—No lo entiendo, ¿cómo ha sido posible? —le preguntó cuando se habían alejado varios metros de la barrera carlista.

La llamada batería de Santa Mónica fustigaba a la compañía de auxiliares que defendía la villa y que conseguía todavía mantener del lado liberal la basílica de la Virgen de Begoña.

—Soy reportero, ya te lo he dicho, y tengo un pase, aunque no haya tenido que enseñarlo.

—¿Uno que vale para los dos bandos? ¿Qué te impide entonces huir?

Eso mismo se preguntaba él: «¿Mi profesión? ¿Las convicciones políticas? ¿Tú?». Javier se asustó cuando la última pregunta le pasó por la mente; prefirió refugiarse en la seguridad de la primera.

—Voy a hacer un reportaje. ¿Puedo preguntar yo ahora?

Ella se encogió de hombros.

—¿Por qué has aceptado ser mi ayudante hoy? No hay nada que te obligue.

—Me hablaste de dinero. ¿No es fuerza suficiente?

—No siempre.

—Sí en mi caso.

Javier sabía que no era una mujer casada; no había anillo por ningún sitio, ni en el dedo ni colgado en el cuello de una cadena, como mucha gente hacía para ocultarlo a ojos ajenos.

—¿Tienes familia?

—No la mía propia. Vivo con mi abuela y mi hermano menor. Dependen de mí; yo soy el hombre de la casa.

A Javier aquella frase le sonó muy pesada para los hombros de aquella mujer.

—¿Nadie más?

—Te aseguro que tres bocas, aunque no coman mucho, pueden resultar demasiadas en algunas situaciones. Además, tenemos un vecino, el señor Francisco, que es como de la familia. Aunque, por suerte, tiene sus propios recursos. ¿Y tú?

—Bueno… Estoy prometido. —Inés dio un respingo y lo miró con cara de sorpresa—. Con la hija del dueño del estudio.

103

—Ah, entiendo.

—Si lo que piensas es que la he seducido para quedarme con el estudio, te diré que no es así. No conoces a Mercedes, no es mujer que se deje engañar por…

—No quería decir eso.

—Entonces, ¿qué?

—Que me parece normal que te hayas puesto de novio con ella. Conoces a la familia, ellos te conocen a ti, ¿verdad que te conocen bien?

¿Por qué clavaba los ojos en él como lo haría un cuervo?

—Si lo dices por lo de…, no, no me conocen bien.

—Lo imaginaba.

—Es una manera de sacar dinero extra..Lo necesito para… para… —Iba a decir «cumplir mis sueños», pero le pareció una expresión ridícula.

—¿Para dárselo a tu familia?

—No tengo familia. Bueno sí, imagino que alguien quedará en el caserío.

—¿Caserío? Pensaba que eras de la capital.

—Como si lo fuera. Hace tanto tiempo que me vine que ni recuerdo cómo es la vida fuera de aquí.

Tenía las caras de sus padres y hermanos fijadas en la retina, pero eso era algo que quedaba entre él y Dios.

—Nadie dudará si dices que te has educado toda la vida en Bilbao.

—Es que lo he hecho —contestó Javier molesto ante la insistencia. ¿Por qué demonios había tenido que comentarlo?—. Llevo aquí mucho más de lo que puedo recordar.

—¿Qué edad tenías cuando llegaste?

—Diez años.

—¿Viniste a casa de alguien, un familiar, unos tíos?

—Me vine como ayudante de un fotógrafo. A trabajar.

—Te mandaron tus padres.

—No, fue elección mía —recordó orgulloso de haber tomado aquella decisión siendo tan niño—. Trabajar la tierra no es para todo el mundo. Las propiedades son pequeñas y las familias grandes. No todos daríamos la vida por un trozo de suelo, como hacen muchos.

Inés miró hacia donde señalaba y retrocedió un par de pasos para ponerse a su vera. Y no era para menos, porque en las laderas del monte Archanda, en la zona de Santa Marina donde se habían detenido, se dieron de bruces con varios cientos de efectivos carlistas.

La columna no tenía fin. Los más disciplinados caminaban en filas de a dos, aunque otros avanzaban sin orden. Se paraban, bromeaban con los de atrás y silbaban una canción que Inés conocía muy bien. Cuando estaba contento, Ignacio también canturreaba la *Marcha de Oriamendi*, el himno de los carlistas dedicado a la tierra vasca, a los fueros y a su tan deseado rey.

Todos, sin excepción, se quedaban callados al pasar a su lado. Las conversaciones se cortaban y los ojos de los muchachos se clavaban en ellos; llenos de inquina los que se posaban en Javier; más dulcificados los que la miraban a ella.

No tardó mucho en aparecer un oficial a caballo. No parecía muy contento de verlos.

—¿Qué hacen aquí?

Javier estaba preparado. Del bolsillo interior del largo gabán sacó el mismo papel que le había visto enseñar un rato antes en la batería de Santa Mónica.

El oficial —las dos filas de botones dorados en la pechera de la levita, el uniforme menos raído que el de la tropa, el sable y el emblema CVII, por Carlos VII, que brillaban en la cepillada boina lo identificaban como tal— cogió el documento y lo leyó con detalle.

—¿Y la señora? —preguntó cuando levantó la vista.

—Es mi mujer. Necesito su ayuda para las fotografías —explicó con tanta seguridad que hasta Inés dudó de cuándo se había casado con aquel hombre—. Retratar a quinientos hombres avanzando en sus posiciones no es algo que se vea todos los días. ¿Adónde se dirigen?

El oficial juntó los talones y se puso firme.

—A Galdácano —informó con orgullo.

—A reservarle un palacio al rey y a su corte —se entrometió uno de los soldados que pasaba por delante de ellos—. En breve, Bilbao se rendirá y el rey no quiere estar lejos cuando suceda.

—¿Va con ustedes?

—Está instalado en el pueblo de Deusto.

—Por ahora —dijo el compañero del soldado.

—Hasta que le busquemos una casa mejor.

La alegría de tener cerca al que ellos veían como su monarca desató la lengua del oficial y se saltó la disciplina:

—¿Ven allí? —Señaló un monte del otro lado de Bilbao, en

la zona de Basurto, por encima de la Casa de Misericordia—. Hoy es día de ir hacia delante.

Inés tuvo que esforzarse en identificar lo que indicaba. Intuyó movimiento en la ladera.

—¿Cuál es la intención del Estado Mayor? —se apresuró a preguntar Javier—. Le repito que voy a escribir una crónica para un noticiero de Madrid con el consentimiento de sus superiores, como ha podido leer.

Las palabras de Javier tuvieron el efecto contrario al que esperaba. El oficial dio un paso atrás y se puso alerta.

—Yo no sé más. Nos dirigimos a Galdácano. Las órdenes llegarán cuando estemos allí.

Javier parecía desesperado por conseguir la información.

—¿Con todo este contingente? No espere que me lo crea.

Inés atendía a la discusión, que iba creciendo en intensidad y en enfado, y se preguntaba qué seguridad le brindaría Javier si aquel oficial se molestaba un poco más.

—¿Nos haría una fotografía a este y a mí?

Apartó la mirada del militar y de su supuesto marido y la centró en los dos soldados que se dirigían a ella. Uno sacó unas monedas del bolsillo del pantalón y se las tendió.

Fue al ver aquella mano sucia y callosa ante ella cuando se dio cuenta de quiénes eran aquellos hombres en realidad: padres de familia, trabajadores del campo, hijos de *baserritarras*, hombres y muchachos que lo único que habían hecho en su vida era cavar, labrar, segar, trabajar para seguir adelante, unidos ahora para matar por otros y para dejarse matar por Dios, por la patria y el rey. «Para dejarse matar por nada.»

Los soldados, con las viejas guerreras azules, muchos sin un mísero capote que los protegiera del frío y de la humedad, y de la crueldad de una guerra sobre la que alguien los había convencido de que era la suya, la miraban con una sonrisa. La columna seguía avanzando detrás de ellos como un río imposible de parar. La opresión en el pecho de Inés apenas le dejó contestar:

—Sí, por supuesto.

La mano seguía extendida animándola a quedarse con las monedas.

—No hará falta —decidió—. Mi esposo ha venido a eso, a tomar fotografías, ¿verdad? —Dio un tirón del gabán de Javier para llamar su atención.

Los soldados se cuadraron ante el superior.

—¿Da usted su permiso? —preguntaron sin rastro de la diversión de un momento antes.

—¿No es lo que ha venido a hacer? —repitió las palabras que había dicho Inés—. Hágalo pues. Yo también quiero una.

Javier la miró un instante y enseguida sacó de los soportes laterales del carrito el trípode y una cámara.

Ninguno había contado con el efecto que aquel artefacto tendría sobre aquellos hombres. Inés estuvo segura de que muchos de ellos no habían visto un aparato así en la vida.

Pronto se encontró dentro de un remolino, entre amables «señorita», ansiosos «a mí también» y suaves «por favor».

El oficial tuvo que poner orden, aunque ahora se mostraba de buen humor.

—Hágaselas a estos seis. —Señaló a los dos hombres que le habían pedido la fotografía y a otros cuatro que se habían pegado a ellos—. Y le consigo la información que me pide.

—Tendrá que ser en cinco minutos, es lo que tardo en preparar las placas —le informó Javier mientras sacaba el bote con el colodión y ponía los cristales a empapar antes de meterlos en los chasis de madera.

—Como si son veinte, con que nos dé tiempo a unirnos a la cola de la columna nos basta.

Javier comenzó a verter el líquido sobre el vidrio mientras echaba ojeadas rápidas hacia el camino por el que el oficial había desaparecido. A Inés le quedó claro que aquellas fotografías no eran su prioridad.

—*Neskatilla* —se dirigió a ella uno de los soldados.

Inés no hablaba vasco, pero había oído rezar a su abuela en esa lengua y conocía algunas palabras; sobre todo, los apodos cariñosos con los que la llamaba alguna vez. De todas maneras, no le hizo falta apelar a los recuerdos, el primer soldado que se había dirigido a ellos dio un codazo al otro.

—Señorita, este y yo queríamos pedirle otro favor.

Inés asintió, incapaz de negar nada a aquellos hombres que, tal vez, no volvieran a ver a los suyos.

El joven sacó un trozo de lienzo del bolsillo y un lapicerín de grafito. Apoyándose en la espalda del amigo, escribió unas letras rápidas y le tendió la tela.

—¿Y esto? —preguntó ella.

—Para que se la mande a la familia. Una a la de este y otra a la mía. Ahí tiene nuestros nombres y las señas.

107

—¿Puede usted añadir que estábamos bien cuando nos encontró?

Inés no confesó que no sabía leer, y mucho menos escribir. Dobló la tela con todo el cuidado del mundo, sacó fuerzas de donde no las tenía y sonrió.

—Me encargaré de que las reciban —prometió.

Las lágrimas se le agolparon en los párpados, pero no se permitió derramar ni una sola.

Estaban en medio de una guerra, ¿no? Ella formaba parte de aquello. Aunque no quisiera.

Se llamaban Ricardo y Vicente. Ambos eran de Gatica, un pueblo cercano a la costa de Vizcaya. Le hablaron del castillo de Butrón e Inés hizo que sabía dónde estaba, aunque no tenía ni idea. Ella solo había salido del caserío para ir a Bilbao y allí se había quedado.

No eran más que unos muchachos que apenas habían cumplido los veinte. Solo tres años mayores que Ignacio. Se imaginó a su hermano en la piel de uno de ellos y se estremeció.

—¿Tiene frío? —le preguntó Vicente cuando vio el gesto.

El muchacho se quitó el viejo capote y le tapó los hombros con él. Inés le sonrió agradecida.

—Pónganse juntos —gruñó Javier en el instante en que ella se encogía de gusto debajo de la prenda de abrigo.

Los dos chicos se pusieron uno al lado del otro, apoyados en los mosquetes. Sonreían. Inés pensó que guerra y alegría eran dos palabras que no deberían aparecer nunca juntas; la alegría en la guerra era apenas un espejismo para dementes.

—Saque guapo a este —bromeó Vicente—, que la novia lo vea lustroso, como cuando lo despidió a la puerta del caserío.

—¿Tiene novia? —se interesó Inés necesitada de conocerlos un poco más.

—Encarna se llama. La moza más guapa del lugar. ¿Se lo puede usted creer?

—¿Quiere o no quiere retratarse? —se enfadó Javier.

Los dos se quedaron quietos. Aún les duraba aquel entusiasmo cuando Javier tapó de nuevo el objetivo.

El fotógrafo continuó con los siguientes soldados que aguardaban turno. A los seis iniciales se habían unido unos pocos más, pero Inés no les prestó atención y siguió a Ricardo y Vicente. Necesitaba hacerles una pregunta. Temía la respuesta, pero no por eso se la iba a callar; quería comprender a su hermano.

—¿Por qué estáis aquí?

—¿Y dónde íbamos a estar? —Ricardo no podía estar más sorprendido.

—En vuestra casa, con vuestras familias, cuidando de los vuestros y dejándoos cuidar por ellos.

—Eso es lo que estamos haciendo —respondió Vicente con toda naturalidad.

—¿Obedeciendo ciegamente los mandatos de otros que os dirigen a una guerra sin sentido? —se le escapó.

Ambos se quedaron lívidos y miraron a sus compañeros. Ninguno había oído la pregunta de Inés, seguían embelesados por la máquina que hacía el milagro de plasmar en un papel lo que un segundo antes estaba ante los ojos.

Vicente le hizo un gesto para que se apartaran.

—No debería decir esas cosas, señora. La podrían juzgar por instigar a la sedición. Por suerte para usted, no hay ningún oficial cerca. Parece que su marido ha pinchado en hueso con el de Salvatierra.

Era cierto, el oficial con el que había discutido Javier había regresado y seguía sin quitarles el ojo de encima, pero se mantenía lo suficientemente alejado como para no oír lo que decían.

—¿Tan extraño le parece que luchemos por nuestra patria?

«Patria», «luchar», palabras demasiado cortas para dar la vida por ellas.

—Me parece que nadie debería pediros que lo hicierais.

—Estamos aquí porque queremos.

—Nos ofrecimos voluntarios cuando a la zona llegaron noticias de que se luchaba en la bocana del puerto de Santurce.

—¿Por qué? ¿Para qué?

—Por nuestro alimento, por nuestra tierra. ¿Ha visto usted todas esas industrias al borde de la ría? ¿Y los destrozos en el monte? Lo agujerean y se lo comen a trozos. ¿Qué va a suceder con la tierra? Llegarán esos liberales aburguesados a poner miles de fábricas y nos quedaremos sin sustento.

—No queremos que eso suceda.

—Ni tampoco que nos quiten lo que nos pertenece por tradición; pretenden abolir nuestros derechos.

—Nuestras instituciones como pueblo, nos las quieren quitar. Nos quedaremos sin voz en el Estado.

Inés no dijo tampoco ahora lo que tantas veces había callado ante Ignacio, que nadie podía parar lo que ya se había iniciado en

109

Vizcaya, que los hombres de negocios de la capital y de otras zonas de España no permitirían que nadie amenazara sus empresas, y mucho menos su dinero.

—¿Qué hay del rey?

—¿El rey? —preguntó Vicente—. ¿Qué pasa con él?

—Es nuestro monarca, el legítimo, hijo de aquel al que debió de pasar la corona en el treinta y tres.

—Si no llega a ser porque Fernando VII se empeñó en poner a esa mujer en el trono…

Inés sabía que «esa mujer» era la reina Isabel II. Había escuchado aquel argumento muchas veces, aunque siempre dejaba de prestar atención en algún punto de la diatriba y no terminaba de comprender por qué, ahora que se había instaurado la República, proclamada por las Cortes el año anterior, los carlistas no reconocían la decisión popular.

Los comprendía en el resto de los puntos. Ella también compartía el apego a la tierra que la había visto nacer, el valor del esfuerzo para mantener a las familias y el disfrute de pisar los terrones en invierno. También sabía del corazón henchido de satisfacción al ver las flores de los manzanos en primavera, los cestos llenos de tomates y pimientos en verano y de berzas en otoño. Ella, también, a pesar de los pesares, formaba parte de aquella columna de hombres que continuaban pasando.

Y, de repente, saber que había memorizado las caras de aquellos muchachos y que no los olvidaría nunca fue como una punzada en el corazón. El lienzo con sus nombres le quemaba en el bolsillo de la falda. Apartó los ojos de ellos, de su familiaridad y de su alegría. Prefirió clavarlos en la inseguridad que la imagen de Javier le provocaba.

8

—¿Adónde me lleva? —insistió Javier al oficial que lo había estado vigilando mientras retrataba a los soldados.

El militar no se detuvo. Siguió dando zancadas en sentido contrario al de la columna. Tenía las botas embarradas. Javier prefirió no mirarse los pies. Imaginó el barro adherido al bajo de los pantalones y volvió a observar los talones del hombre que llevaba delante. No era el único que había perdido el aspecto de caballero.

Entonces se volvió para mirar a Inés, a la que todavía distinguía al fondo del sendero. Ni le había podido explicar lo que sucedía. Apenas había tenido tiempo para acercarse a ella y susurrarle: «No te preocupes, no tardo en regresar». Esperó poder cumplir esa promesa. No le hacía ninguna gracia dejarla sola, a pesar de que los hombres de la columna no parecían atraídos —no al menos en ese sentido— por la única figura femenina del lugar.

—¿Puede decirme adónde nos dirigimos? —repitió en voz más alta.

El oficial se dio la vuelta.

—¿No quería saber qué era del Estado Mayor?

—¿No me diga que…?

—El capitán González Luna le dio ese permiso que lleva. Lo de hoy también es cosa suya. Dele las gracias cuando lo encuentre.

—¿Y cómo ha sabido él que yo estaba aquí?

—Pasó usted por la batería de Santa Mónica, ¿no? Ahí tiene la respuesta.

—¿Y cómo…? Ya —se contestó a sí mismo—, señales. ¿Humo o banderas?

—Lo segundo. Es usted muy perspicaz.

—Soy un reportero.

—Sí, eso es lo que dice, pero habrá que ver si no es otra cosa.

«¿Otra cosa como qué?», quiso gritar Javier. Pero sabía a la perfección lo que sugería. Se le encogieron las entrañas al reconocer que tenía razón. En su caso, «reportero» era similar a «informador».

Debieron de andar unos diez minutos más. La fila de soldados había dejado de ser compacta, convertida en grupos que avanzaban rezagados.

Conforme la tropa iba avanzando y él retrocediendo, comenzaron a aparecer los furgones y las carretas en las que, supuso, trasladaban el avituallamiento. Por fin llegaron a la cima de una loma y la ría apareció de nuevo ante sus ojos.

La ría y la anteiglesia de Deusto ocupada en su totalidad por el campamento carlista.

Hombres, caballos, tiendas, casetas, carretas, furgones, delante de la iglesia, en la explanada, entre los árboles, detrás de ellos, al borde del agua. Hombres y más hombres. Y cañones.

—Las cámaras —dijo de repente—. Las tenía que haber traído conmigo.

No hizo gesto de retroceder, era de imbéciles pensar en que podría ir a buscarlas y regresar en un plazo breve. El oficial puso la mano sobre la empuñadura de la espada que llevaba al cinto.

—¡Quédese quieto!

Estuvieron allí un rato, hasta que apareció un muchacho.

—¡Señor! —se cuadró al llegar. El oficial imitó el gesto—. Traigo un mensaje.

—Le escucho.

—El capitán González Luna atenderá al… —Javier temió que dijera «prisionero» más que a una inundación en el estudio de fotografía—, atenderá al invitado ahora.

Un par de minutos después estaba ante el mismo hombre que le había conseguido el permiso del cuartel general carlista para escribir sobre ellos.

—Nos vemos de nuevo —le saludó con afecto desde detrás de la mesa de campaña. Si tenía intención de parecer un buen anfitrión, lo dejó para otro momento, al igual que el apretón de manos.

—Creo que tengo que agradecerle a usted poder estar en este lugar.

—Así es. A mí y a las circunstancias.

—¿A qué circunstancias, si puedo preguntar?

—¿No ha traído con usted su herramienta de trabajo?

—¿Se refiere a la cámara? —Javier oyó un choque de tacones.

—Perdone, señor, con su permiso, señor, se quedó en las faldas del monte Archanda junto con su esposa.

—¿Junto con quién?

El miedo a las represalias contra Inés lo paralizó durante un instante.

—Mi mujer es mi ayudante —aclaró Javier—. El proceso para hacer las fotografías es complejo y tiene que hacerse en apenas quince minutos. En ese tiempo hay que mojar las placas de cristal, realizar el retrato y revelarlas. A menudo son necesarias cuatro manos.

—No en este caso —le advirtió el capitán González Luna.

—Con su permiso, preferiría ser yo el que juzgara mis propias necesidades.

—Olvídese de su esposa.

La orden fue tan tajante que Javier no se atrevió a una réplica:

—Me gustaría saber por qué me han traído hasta aquí.

—Yo pensaba que era usted quien nos lo había solicitado. Será mejor que se vaya. Informaré a mis superiores que no era lo que parecía.

—¡No! Perdone mi insolencia. Es la impaciencia por ponerme a trabajar.

Si de algo estaba seguro era de que a los carlistas les interesaba. Fueron ellos los que le habían ido a buscar.

El capitán se relajó y se recostó en la silla.

—El rey Carlos VII se encuentra en este campamento. ¿Lo sabía?

—Algo se rumorea por la villa y es evidente que eso de ahí fuera no se ha montado para despedir a los quinientos hombres con los que me he cruzado hace un rato.

—No, ni tampoco a los que hemos mandado a la zona de Basurto ni a los que están a punto de partir hacia Sodupe y a... El rey acostumbra a retratarse con los generales en las plazas que conquistamos. Considera importante ofrecer a sus partidarios y al resto del mundo una prueba fidedigna de los logros alcanzados.

—Imagino que no dejará al azar encontrar un fotógrafo para cada ocasión.

—Tiene usted razón. Siempre lleva a uno consigo. Pero esta mañana ha sufrido un grave accidente.

—¿Qué le ha sucedido?

—Algo con las sustancias que llevaba. Se ha quemado las manos. Ahí es donde entra usted.

A Javier le dio un vuelco el corazón, no podía creerse su buena suerte.

—¿Me pide ser el fotógrafo personal del Pretendiente? —dijo sin pensar.

La cara del oficial era de todo menos amistosa.

—Solo por esta ocasión. Su majestad quiere pasar revista a las tropas y partir esta misma tarde. ¿Cree que puede tenerlo listo para dentro de un par de horas?

—Por supuesto que sí.

Mosquetones, botas altas, guerreras azul marino, boinas blancas, rojas y azules, blusones, macutos, petates, cuchillos, el paso marcial, la bayoneta sobresaliendo de las mochilas y morrales, todo hablaba de violencia. El sabor a la guerra se paladeaba en torno a la fila de hombres que se alejaban de ella. Sin embargo, Inés no era capaz de ver más que a los hijos, maridos y padres que eran. Recordaba a su hermano como el niño que hacía cinco años se aferraba a su mano y a la de su abuela a las puertas de Bilbao.

Javier había desaparecido hacía un rato con el oficial. Se esforzó por distinguir su figura en la lejanía, pero la columna de soldados que seguían pasando ante ella le impedía atisbar más allá.

Centró la atención en el laboratorio portátil. Javier lo había abierto para realizar los retratos y lo había dejado así. Al fondo del carrito, los vidrios revelados, perfectamente encajados en unas ranuras para que no se dañaran con el traqueteo. Delante de ellos, los que estaban sin usar. A un lado, varias botellas etiquetadas, acopladas en soportes especialmente hechos para transportarlos. Inés apenas alcanzó a identificar la primera de las letras de cada cartel. El paño en el que le había visto limpiarse las manos, doblado y posado a un lado. Y una cámara de fotos plegada que apenas ocupaba más que el pizarrín que Ignacio usaba para los estudios. La otra, la más grande, seguía sobre el trípode clavado en el suelo embarrado.

El roce de las alpargatas sobre la tierra le dijo que se acercaban nuevos hombres.

—Señorita, ¿es usted? —Inés apretó las manos sobre la madera. Conocía aquella voz y, sin embargo, no le ponía cara—. ¿Es la hermana de Ignacio?

La mención a su hermano la obligó a levantar la vista. Delante de ella tenía a uno de los amigos que lo acompañaban a todas horas.

—¿Dónde está él?

—¿Qué hace usted aquí?

—Mi hermano, ¿dónde está mi hermano?

Habría dado todo lo que tenía porque le dijera que no lo sabía, que lo había dejado en Bilbao, que no había tenido el valor de acompañarlo. Habría dado el alma. Pero no, Dios no escuchó su plegaria.

—Llegamos de madrugada. Él se quedó allí.

—Allí, ¿dónde es allí? —le preguntó a punto de caer en el desconsuelo.

—En el campamento de Deusto. A mí me han movilizado esta mañana, al resto no.

—Ignacio no ha podido ser. Lo he dejado dormido en su cama.

El chico parecía apurado.

—¿Lo ha comprobado?

—No, pero... —La realidad le cayó encima y empezó a temblar.

—Llegamos ayer noche. Ignacio, Luis y yo. Nos apuntamos a la lista inmediatamente. Esta mañana me integraron en la Tercera Compañía. Ellos seguían allí cuando partimos.

—¿Y no sabes nada más?

—Nos despedimos hace unas horas.

—¿Tus padres saben... esto?

La referencia a sus progenitores le dibujó nubarrones en la mirada.

—Les he dejado una nota explicándoselo.

—Una nota —murmuró Inés.

Ella ni siquiera vería algo así. ¿Qué razón había para escribirle nada a una persona que no conocía las letras?

—Se sentirán orgullosos —se defendió el chico.

—Tienen más suerte que yo.

El amigo de Ignacio apretó las manos en el capote y se marchó. Inés lo vio correr para alcanzar a su grupo mientras ella se debatía entre las ganas de gritar y el desaliento.

Por eso no oyó llegar a Javier.

—Nos vamos —dijo él y comenzó a separar la cámara del pie.

—¿Volvemos?

—Tú sí; yo no.

—¿Cómo que no?

—Don Carlos está con las tropas en Deusto, parte mañana y se interna en la provincia.

—¿Hacia dónde?

La ansiedad de saber si su hermano acompañaría al Pretendiente retumbó en el aire.

—No lo sé con seguridad, no me lo han dicho. No creo que muy lejos, Sondica, Erandio, ¿quién sabe? Tal vez más allá, aunque imagino que no irá muy lejos si es verdad lo que he entendido hace un rato. Al parecer, anhela la rendición y no querrá desaprovechar la posibilidad de estar presente si eso ocurre en breve, tal y como esperan.

Inés no atendió a las últimas palabras de Javier. Ya había entendido lo esencial: Ignacio estaba en Deusto, Javier se dirigía a Deusto.

—Yo también voy.

A Javier casi se le cae el trípode de los enganches laterales de la carreta en los que intentaba encajarlo.

—¡Ni hablar!

—Voy a ir —insistió ella.

—Vamos a regresar los dos hasta la batería de Santa Mónica. No te dejarán pasar si no llegas conmigo como esta mañana. Después, en el Arenal, tú te marchas a tu casa y yo hacia Deusto por el borde de la ría.

—No.

—Sí y no hay más que hablar —sentenció él.

—Sí lo hay. Tú vas a Deusto, yo voy contigo. Tengo una razón poderosa para acompañarte.

—No te dejarán pasar.

—No hay nada ni nadie que pueda impedírmelo.

Él se quedó paralizado. Dejó el trípode y la miró fijamente. Inés imaginó lo que podía estar pasando por su mente y se ruborizó. Sin embargo, no le aclaró que el empeño por acompañarlo no tenía que ver con él ni con el temor a que le sucediera algo.

Y no lo hizo porque prefería no hablar de Ignacio y de la angustia por lo que pudiera haber hecho. Y no lo hizo porque prefería seguir deseando que él la estrechara entre los brazos antes que permitirle que lo hiciera. Porque si sucedía, si él se apiadaba de su desconsuelo, ella no podría seguir conteniendo las lágrimas. Y tenía que hacerlo para seguir adelante.

El campamento le pareció enorme a pesar de que apenas tuvo tiempo de observarlo con detalle. Dos soldados, con sendos fusiles entre las manos, los esperaban en una revuelta del camino. Javier los conocía y empezó a seguirlos sin decir nada. A ella la observaron sorprendidos cuando apareció detrás del fotógrafo, pero se limitaron a mirarse uno al otro, a encogerse de hombros y a retroceder por la vereda.

Descendieron por la ladera del monte a un lado de la ría y entraron en el campamento. Dejaron atrás una, dos, tres enormes tiendas de lona para las que imaginó mil y un usos. Parecían vacías, a la espera de ser utilizadas. Al lado de algunas había carruajes de transporte a los que les habían soltado las caballerías.

A medida que avanzaban y se acercaban al centro del campamento, aumentó el número de soldados con los que se cruzaban e Inés fue poniéndose cada vez más nerviosa. La posibilidad de encontrar a su hermano la esperanzaba y la llenaba de terror a partes iguales. Prefería no pensar qué iba a hacer cuando lo tuviera delante. Cogerlo del brazo y llevárselo con ella, como había hecho tantas veces en el pasado, le parecía ridículo en ese escenario. Tendría que convencerlo; confiaba en que el ambiente militar resultara suficiente para persuadirle de que idealizar una guerra era una cosa y formar parte de ella otra mucho más brutal.

Tan despistada andaba que no se enteró de que les habían hecho detenerse.

—Tienes que quedarte aquí. No puedes pasar ahí dentro. —Javier señaló una de las tiendas y empujó el laboratorio ambulante hacia ella con suavidad—. No creo que tarde. Cuídalo mientras tanto.

Inés estaba preparada para buscar a su hermano dentro de cada uniforme, pero no para ser el objeto de todas las miradas.

No era solo uno de los soldados que vigilaban la puerta de la tienda, que no le quitaba ojo de encima, sino que todo el que pasaba clavaba los ojos en ella y no los apartaba en un buen rato, a riesgo de chocar contra alguien o de dar un traspié. Inés ya no sabía hacia dónde mirar o cómo ponerse. Por eso cuando la lona se levantó y lo vio reaparecer, sintió un gran alivio.

—Permiten que permanezcas conmigo. Los he podido convencer de que te necesito para el proceso de revelar los vidrios.

—¿Cómo es que te dejan trabajar en el campamento?

Javier hizo un gesto a un soldado y trasladó el laboratorio y a ella a un costado de uno de los furgones militares. Pero encontrar un sitio en el que mantener una conversación privada en aquel lugar era harto difícil. Al lado del furgón habían colocado una mesa. Estaba llena de planos y papeles; el militar sentado tras ella se esforzaba en trazar rayas de color rojo con una enorme regla de madera, estaba tan concentrado en la tarea que ni levantó la cabeza.

—El fotógrafo que viaja con don Carlos ha tenido un accidente y no tienen quién dé fe gráfica de su presencia en Bilbao. La gente piensa que las guerras se ganan en el campo de batalla, pero no sabe de lo que habla. Antes se ganaban en los despachos y desde hace unos años también en los noticieros.

Javier dio un fuerte tirón a la tela oscura descubriendo el material. El ruido molestó al hombre de la mesa, que lo miró con el ceño fruncido.

—¿Es que ya no se puede trabajar tranquilo?

—Siento molestarle —se disculpó Javier—, pero me han dicho que me coloque aquí.

—¿Tiene para mucho tiempo? —rezongó.

—Hasta que prepare las cosas, me llevará un rato.

El otro se levantó enojado. Masculló algo sobre las «necesidades de uno» y desapareció detrás del furgón.

—Hay una razón por la que he insistido en acompañarte —empezó ella—. Nada tiene que ver con… con… con nosotros.

—¿Qué quieres decir?

—En Archanda, un soldado me dijo que mi hermano está aquí —dijo de corrido.

Estuvo segura de que no la había escuchado. En el último momento, los ojos de Javier se habían desviado a la mesa, que seguía llena de papeles, pero sin nadie que la custodiara.

El dibujante hablaba con alguien en la parte trasera del furgón. Inés pudo entender algo sobre movimientos de tropas, zanjas que se movían y colores.

No pudo seguir escuchando porque Javier pareció volverse loco.

—¡Date prisa! ¡Ayúdame con esto! —le ordenó entre susurros.

Le entregó un trapo oscuro y después uno de los vidrios. Le enseñó a sujetarlo por los bordes con cuidado para no invadir ninguna de las caras lisas del cristal y después abrió una de las botellas. Con cuidado fue derramando el líquido hasta cubrir uno de los lados.

—¿Y ahora qué? —preguntó Inés cuando le vio cerrar el recipiente.

Sacó un cartucho de madera, lo abrió y lo acercó a ella.

—Tienes que encajarlo aquí. Despacio. Retira el trapo ahora, así con cuidado para no tocar la emulsión.

—¿La emul… qué?

—La parte húmeda. ¡Ya!, perfecto. Y ahora ponte ahí, acércate a la mesa. Más, más, más.

Inés se topó con la madera y él todavía le hacía gestos con una mano para que siguiera retrocediendo. 119

—¿Más? —se quejó.

—Hazte a un lado, que se vea bien ese mapa.

Por primera vez, Inés se dio cuenta de lo que dibujaba el hombre que se había ido. Javier acercó cámara y trípode y se colocó lo más cerca que pudo.

Inés se habría sentido molesta si el objetivo le hubiera apuntado a ella. Pero no lo hacía. Aquello en lo que Javier centraba toda la atención no era ella, sino el plano extendido sobre la mesa.

Pensó que no era la única que tenía una poderosa razón para estar allí.

Le impresionó el silencio. Más de trescientos hombres y apenas se oía nada, ni el piafar de los caballos ni los ecos lejanos de las bombas que habían dejado de caer sobre Bilbao desde los montes cercanos. Un batallón de estatuas, cubiertas con gabán gris y pantalón rojo, formadas en un sinfín de columnas, todas mirando hacia el templo de San Pedro de Deusto. Inés solo alcanzaba a ver la espalda de los soldados de la última fila.

Dirigió la vista al cielo, había dejado de llover. Aunque el color de las nubes indicaba que volverían a descargar a no mucho tardar.

Un movimiento en la puerta de la iglesia desvió su atención. Allí, en lo alto de la loma, escoltado por sus hombres de confianza y parado bajo una de las ventanas, estaba don Carlos, el Usurpador en boca de los liberales, el Pretendiente en la de los carlistas. Uno de los hombres se inclinó hacia el autoproclamado Carlos VII y este se volvió hacia un lado. Inés intuyó el trípode, la cámara sobre él y a Javier detrás.

Desde donde estaba, apenas conseguía apreciar los rasgos del aspirante al trono de España. Vislumbró a un hombre fornido, sin gabán, con guerrera azul y cubierto por la boina roja. El rostro ocupado en gran parte por una espesa barba. Apoyaba una mano en la cintura y sostenía un bastón en la otra.

A pesar de la distancia, presintió que lo envolvía un aire de dignidad difícil de explicar. Entendió por primera vez la adoración de aquellos soldados por aquel que estaba a punto de conducirlos a la batalla.

Se estremeció de temor. Si su hermano se encontraba allí, como le había dicho su amigo, sería el primero en ofrecerse voluntario para lo que aquel hombre quisiera encomendarle.

Don Carlos empezó a hablar a sus tropas. Inés apenas consiguió entender lo que decía a pesar del completo silencio. Hasta los caballos se encontraban tranquilos, como si su voz fuera un bálsamo incluso para las bestias.

Javier le había insistido en que se quedara a medio camino entre el campamento y el bosque de chopos próximo a la ribera de la ría. Ella se había negado a permanecer tan alejada de los soldados. ¿Cómo iba a encontrar a Ignacio si no podía buscarlo entre ellos? Al final habían llegado a un entendimiento y le había permitido acercarse al exterior del campamento, junto a las tiendas de los oficiales, los furgones de la administración carlista y el cercado de los animales.

Al rato, los gritos de «¡Viva el rey!», «¡Viva Carlos VII!», «¡Viva el duque de Madrid y conde de la Alcarria!» pusieron fin a la proclama del jefe del Ejército carlista.

Las filas empezaron a deshacerse y los hombres a hablar entre ellos. Inés no tenía ojos más que para escudriñar la cara de todo el que pasaba cerca. Un grupo de hombres se encaminaba hacia ella y se sintió amenazada. Uno de ellos la había estado mirando antes y le había hecho sentir muy incómoda. Aferró el carrito que contenía el laboratorio fotográfico e intentó ocultarse detrás de uno de los carruajes que funcionaban como oficinas.

—¿Quién es usted? —El soldado que le cortaba el paso le apuntaba con el fusil.

Inés soltó el carrito y levantó las manos.

—¡No dispare! —gritó aterrada.

—¿Qué hace aquí?

—Soy… —tartamudeó— soy la ayudante…, soy la mujer del fotógrafo. Tiene permiso para sacar unas fotografías de… de Carlos VII.

—¡Largo de aquí, no puede quedarse!

Los gritos del soldado debieron de alertar a quien fuera que estuviera dentro del furgón porque la cortina se abrió y apareció otro hombre.

—¿Qué pasa aquí? —gruñó.

—Esta señora, que dice que ha venido con un fotógrafo que anda por ahí.

—Me da igual con quién esté o si ha venido a entretener a las tropas. —Inés se ruborizó ante la sugerencia de que pudiera ser una mujer disoluta—. ¿No estás tú para que no se acerque nadie al furgón? ¿No sabes de la importancia de los papeles que custodiamos? ¡Que se largue de una vez!

Inés se dirigió hacia donde la había dejado Javier antes de desaparecer con la cámara y el trípode.

No llegó lejos, la detuvo la sonrisa lasciva del grupo de soldados que había visto antes.

—Mira lo que tenemos aquí —comentó uno en voz alta.

El chico debía de tener menos años que Inés, pero el gesto y la forma de hablar delataban que había recorrido más mundo de lo que ella había imaginado ver nunca.

Ella dio un paso atrás; ellos, varios adelante. La rodearon antes de que diera el siguiente.

—¿Qué es lo que nos has traído, guapa?

—¿Aparte de sus encantos? —preguntó uno a su espalda.

—Veamos que lleva esta preciosidad aquí —dijo otro.

Y antes de que Inés pudiera evitarlo, la lona que cerraba el laboratorio se levantó. Las placas de vidrio y los botes que contenían los líquidos para las fotografías quedaron expuestos. También los papeles para plasmar los positivos y sus retratos.

En la cara del soldado quedó patente que no era eso lo que esperaba encontrar. Las carcajadas de sus compañeros envalentonaron a Inés.

—Nada que os interese. —Y arrancó el lienzo de su mano de un tirón.

Pero no consiguió cubrir de nuevo los elementos fotográficos porque la manaza del hombre se lo impedía.

—¿Cómo que no?, yo creo que sí me interesa una cosa, y mucho.

Cogió sus imágenes, las levantó en alto y se las mostró a los compañeros. Cuando volvió a posarlos sobre Inés, la lujuria le brillaba en los ojos. A ella le costó respirar. Lo que aquel hombre manoseaba eran sus fotografías, aquellas que Javier le había hecho y por las que le había pagado, esas que ella aún no había visto y en las que mostraba mucho más de lo que ocultaba.

A pesar de que ellos no sabían quién era la modelo, porque Javier había cumplido su promesa de no sacarla de frente, la idea de que aquellos hombres pudieran escudriñar en su intimidad le hirvió la sangre.

122

—Dámelas —siseó con el odio resonando en cada sílaba.

El soldado las alzó aún más por encima de su cabeza.

—Si tanto las deseas, ven a por ellas, palomita.

A punto estuvo de dar un salto y arrancárselas de la mano, pero optó por golpearle donde imaginó que más daño le haría: en su orgullo.

—Un hombre contra una mujer, los valientes no se comportan de esa manera.

El resto del grupo se había quedado callado, algunos incluso miraban hacia el suelo avergonzados. Al bravucón se le torció el gesto. Ella, aterrada por las consecuencias de sus palabras, apretó los dedos en torno a las asas del laboratorio portátil, tanto que se clavó las uñas en las palmas.

Se preparó para el golpe que, estaba segura, no tardaría en llegar. Acababa de comprometer el orgullo de un varón y sabía que había algunos que no lo toleraban.

Pero el impacto no llegó en la forma que esperaba, ni tan siquiera iba dirigido a ella:

—¿Quién es el cobarde que molesta a mi esposa?

Inés permitió a Javier que le pasara un brazo por los hombros y se recostó contra él. Las piernas no la sostenían de puro pánico. Los soldados empezaron a retroceder poco a poco y se marcharon. Todos menos el cabecilla, que seguía con la mano en alto con las fotografías y al que la presencia del fotógrafo no parecía amilanar lo más mínimo.

—Démelas —le pidió Javier.

—El que retrata a su mujer de esta manera pide a gritos que se la quiten.

Inés estuvo a punto de gritarle que podía ser cualquier otra mujer, pero se detuvo cuando oyó rechinar los dientes de Javier.

—Inténtalo siquiera.

El soldado hizo un movimiento con la mano izquierda y ella temió que sacara una pistola. Habían ido allí a hacer unas fotografías y en busca de su hermano y terminarían flotando en la ría, víctimas de su propia osadía.

Pero el soldado esbozó una sonrisa burlona, que mostraba su generosidad al dejarlos partir en paz, y les arrojó las fotografías a la cara.

—Aquí las tienes. —Le señaló con un dedo—. No sé lo que tramas, pero no me fío de ti. Te he visto husmeando por ahí.

Inés sintió cómo se contraían los músculos del brazo de Javier.

—Tengo permiso para estar aquí y fotografiar todo lo que quiera. Si tienes algún problema, habla con tu superior.

—Yo soluciono mis problemas a mi manera. No lo olvides —le advirtió antes de marcharse.

Solo cuando Inés lo vio meterse entre el resto de la tropa y lo perdió de vista, se atrevió a respirar. Y a separarse de Javier. Recogió los retratos del suelo.

—¿Qué ha sucedido? —preguntó mientras ella se ponía en pie de nuevo y él quitaba las patas a la cámara.

—Aparecieron de repente. Ni me dio tiempo a saber qué querían y ese hombre ya había metido la mano dentro del carro.

—¿Ha tocado algo?

—Solo las fotografías, las de las chicas.

Ninguno mencionó que aquellas chicas eran ella misma.

—¿No ha ocurrido nada más? —le preguntó con tanta suavidad que Inés deseó tener algo de lo que lamentarse.

—Nada más. No han tocado las placas que has hecho antes. —«Ni siquiera las de los planos del furgón de la administración militar», pensó añadir.

—¿Alguno ha tenido otra intención?

123

La alusión era clara y a Inés le emocionó la idea de que le importara. Por primera vez ella era la causa de los temores de otro. Y ese otro era Javier.

—Nada que no hayas presenciado tú mismo; apenas un par de comentarios groseros.

En la cara de Javier no desapareció el gesto de intranquilidad.

—Dame unos minutos. Revelo estos negativos, los entrego y nos volvemos a Bilbao.

—No antes de que lo encuentre.

—¿Vas a meterte entre esos hombres a buscarlo? —Javier la instó con un gesto a que se fijara en la multitud que aguardaba ansiosa a que le asignaran destino en el frente.

—Es mi hermano, el pequeño, y no voy a dejar que cometa esta locura.

—Lo hace por defender sus ideas.

—Lo hace por su insensatez. Y por las raíces perdidas.

Solo ella y la abuela, que también se habían visto despojadas de vivir en el lugar en el que nacieron, comprendían la rabia de Ignacio.

—No te separes. Unos minutos nada más. Entrego las placas en el furgón de la administración y te acompaño.

Javier sacó la cápsula de madera que contenía el cristal con la imagen tomada en negativo y la introdujo en el laboratorio a través de uno de los huecos de la loneta oscura. Allí dentro tenía todo lo necesario para hacer aparecer la imagen. Se lo había explicado antes: ácido acético para revelarla y cianuro potásico para fijarla. La mezcla podía ser peligrosa, como casi seguro había podido comprobar el fotógrafo oficial del Pretendiente.

Inés se volvió hacia el furgón de la administración a cuyo lado había estado hacía un rato. ¿Cómo no se le había ocurrido antes? En aquel campamento asignaban destino a las tropas. Si lo hacían, debían de tener apuntado el de cada soldado.

Iba a acercarse al furgón cuando la detuvieron.

—¿Adónde cree que va? ¿No le he dicho antes que se marchara?

—Solo quiero enterarme de…

Un soldado saltó desde el furgón y aterrizó a unos pasos de ella.

—¡Señorita Inés!

—¡Luis! —El amigo de su hermano no se había recobrado de la sorpresa e Inés ya estaba interrogándole—: ¿Dónde está Ignacio? ¿Está contigo? ¿Está bien? ¿Qué hacéis aquí? ¿No veis que solo sois unos muchachos? ¿No sabéis que esto no es un juego?

—¡Tú, soldado, llévatela de aquí! —oyó al centinela y notó cómo Luis la alejaba del campamento.

Se paró cuando su espalda topó con uno de los chopos próximos. La seriedad del muchacho hizo temer a Inés lo peor.

—¿Dónde está Ignacio?

—No está aquí.

—¿Le ha pasado algo?

—Espero que no. Lo destinaron esta mañana. Partió temprano, en el último batallón.

—¿Adónde… adónde lo han mandado?

—Al frente, al valle de Somorrostro. Él mismo lo pidió.

Inés se llevó la mano al rostro y luego apoyó la frente en el tronco del chopo.

—Ha vuelto a casa.

A su casa, al caserío donde se habían criado, a su barrio, a Montellano, situado en lo alto de uno de los montes que rodeaban el valle de Somorrostro. Ignacio no solo estaba dispuesto a luchar por sus ideas sino que quería hacerlo en su tierra.

—Eso dijo, que si lo iban a matar quería ser enterrado en el lugar que lo vio nacer.

Inés golpeó levemente la cabeza contra el duro tronco.

—Estúpido, estúpido, estúpido, estúpido, estúpido…

125

9

$\mathcal{A}$sí la encontró Javier un rato después. Llegaba apurado, con la urgencia del que tiene mucho que ocultar y ganas de alejarse de allí. Sin embargo, olvidó la prisa en cuanto la vio contra el árbol.

—¿Qué ha sucedido? ¿Quién eres tú? —Sujetó al chico por la pechera del uniforme—. ¿Qué le has hecho?

Luis levantó las manos para dejar clara su inocencia.

—¡Señor…! Yo nada, señor. Solo le he dicho que su hermano Ignacio, mi amigo, ya ha salido del campamento camino del frente.

—¿Inés? —buscó su confirmación.

El sol ya se estaba poniendo. En el campamento empezaban a encenderse los primeros fuegos. Pudo ver cómo se controlaba para no ponerse a llorar.

—Dice la verdad. Déjalo ir. Ya nada podemos hacer por él.

Javier supo que no se refería a aquel joven, que ya regresaba al campamento carlista.

—Vámonos de aquí —la instó y se metió por el bosquecillo.

Ella lo siguió sin preguntar. Javier condujo el laboratorio y a Inés hasta el borde del agua. Miró a uno y otro lado, desconfiado. Después volvió con el carro al interior del bosque. Y regresó con las manos vacías.

Inés tenía la mirada perdida en el movimiento de la marea. A Javier se le encogieron las entrañas. Nunca la había visto así, tan asustada.

—¿El laboratorio?

—Lo he escondido detrás de unos matorrales. He pensado que nos vendría bien descansar un rato antes de partir.

Se vio obligada a dedicarle una ligera sonrisa de agradecimiento y Javier supo que había entendido que retrasaba el regreso a Bilbao por ella. Que se había dado cuenta de que volver a la villa significaba tener que explicar a su abuela que su hermano había preferido la locura de la guerra a la seguridad de su casa, que Ignacio había cambiado su cariño por una bayoneta, que las había abandonado para dejarse matar en el campo de batalla.

Javier propuso que bajaran a uno de los pequeños muelles que jalonaban la orilla. Inés aprobó la sugerencia; la ribera estaba limpia de maleza y se sentía desprotegida en aquel lugar, a la vista de cualquiera que se acercara. Descendieron una docena de escaleras y se sentaron en la plataforma, con las manos en el regazo y las piernas colgando, a unos tres metros sobre el agua. Él llevaba zapatos; ella, alpargatas.

—Tenía once años cuando nos vinimos a Bilbao. Somos de Galdames, un pueblo cerca de Somorrostro, ¿sabes? Cuando mi padre murió, mi hermano mayor se quedó con todas las tierras.

Javier no preguntó cómo había podido hacerlo si la ley de mayorazgo, que vinculaba todos los bienes de una familia a un único heredero, se había derogado mucho antes de que ellos nacieran; lo sabía perfectamente. Él también era un segundón, como ella y como Ignacio. Lo normal era que el asunto del patrimonio familiar se resolviera antes de la muerte del padre: este donaba en vida dichos bienes a uno de los hijos y el resto se quedaba sin nada. Esa era la costumbre, de esa manera se evitaba fragmentar unas propiedades ya de por sí bastante pequeñas y poner en peligro la productividad de la tierra.

—¿Y por qué no permanecisteis con él?

Esa era la práctica habitual, al menos hasta que las chicas se buscaban un esposo o se iban a un convento y los hermanos pequeños alcanzaban la edad de emprender su propio camino.

—Nos echó de casa. La abuela ya era mayor e Ignacio apenas levantaba seis palmos del suelo. En su generosidad llegó a darnos seis reales, dos por cabeza. No pude rechazarlos aunque me quedé con ganas. Nos vinimos a Bilbao.

—¿Cuántos años tenías tú?

Inés no sintió la pregunta como un ataque a su intimidad.

—Diecisiete. Sabía cómo llevar una casa, siempre lo había hecho; madre murió al nacer Ignacio. Yo lo alimenté con leche aguada y una cucharita, le limpié los picos, velé sus sueños, le curé las heridas y lo consolé. Y ahora, en Bilbao, me he pasado los últimos cinco años lavando ropa y planchando en las casas

127

de los ilustres para que él aprendiera algo más que las letras y los números. —Javier vio una lágrima solitaria que se deslizaba por su mejilla y se la enjugó con el dorso del dedo índice—. ¿Sabes? El año pasado empezó en el Instituto Vizcaíno, era un buen alumno.

—Debería estar orgulloso de todo lo que has hecho por él.

—No tenía que haberle insistido para que estudiara. Él quería ponerse a trabajar, pero no le dejé. Trabajar, ¿en qué? «En la mina», me contestó un vez. «No, eso sí que no», le dije. No he pasado por todo esto para que se dejara la vida sacando hierro en las minas de Miribilla. Yo lo obligué a estudiar bachillerato en el Vizcaíno y allí se juntó con esos chicos. Luis es uno de ellos, todos de familias carlistas, algunos con abuelos caídos en el anterior sitio de Bilbao. Así que yo, con mis ansias de darle un futuro mejor, lo empujé a las garras de la política.

—Nadie está obligado a seguir el camino que otros le forjan. Siempre se es libre para elegir.

—Esas son palabras de liberal, como las del señor Francisco.

Javier no lo tomó como un insulto, solo era la constatación de lo que ella sabía de él.

La necesidad de aliviarla del peso que cargaba fue demasiado fuerte. Antes de darse cuenta, le acariciaba la cara; antes de darse cuenta, la estrechaba entre sus brazos.

La lluvia volvía a caer. Sin embargo, si no hubiera sido por ellos, Inés se habría quedado allí dejándose consolar como la niña que nunca fue.

—Miradlos ahí, apareándose en el camino, como las bestias, sin esperar a estar bajo tejado.

—Será porque no tienen casa compartida. ¿Os habíais creído que eran marido y mujer?

Se pusieron en pie a la vez. Varios soldados asomaban por encima de sus cabezas. Inés reconoció la voz del primero. Era el mismo que la había insultado un rato antes.

Casi no podía moverse, a pesar de saber que de esa manera no hacía más que alentar la animadversión de aquellos hombres. A duras penas, echó una mirada rápida a Javier. Entre las sombras del atardecer, sintió la rigidez de sus facciones.

Con mucha lentitud, él se acercó a la pared obligando a que los soldados se asomaran aún más. Ella lo siguió. Como él, se movió despacio. Descubrió a Javier hurgando entre las piedras del muro que sostenía el muelle como si buscara algo.

Dejó de hacerlo justo cuando tres de los hombres pisaban el primer escalón.

Javier se adelantó un paso y se colocó delante de ella.

—¿Dónde tenéis el carro con las fotografías? —preguntó el soldado mientras descendía al siguiente escalón.

—¿Soldados y ladrones? —los acusó Javier.

Inés se quedó atónita. ¿Pretendía incitarlos, buscaba acaso que los mataran? En aquel pequeño muelle no cabrían más de seis personas apiñadas. No tenían escapatoria; su única vía de salida estaba bloqueada por los carlistas; abajo solo había agua.

—Hemos venido a hacer una comprobación rutinaria. —Se rio de ellos otro de los carlistas.

—¿Miedo de que hayamos escondido un fusil en él?

El corazón de Inés estaba a punto de salir corriendo. Tiró de la parte de atrás del gabán de Javier para hacerlo callar.

—Di mejor que te llevas algo que no te pertenece —le culpó el cabecilla.

—¿Me acusáis de ladrón? Me he limitado a hacer unas fotografías. Todo el campamento lo ha podido ver.

—Puede ser que no sepan hacia dónde mirar —dijo uno.

—Eso eso —le respaldó otro.

—¡Dejaos de necedades! —gruñó el que mandaba—. Ya sabemos todos a qué hemos venido aquí y es a dar una paliza a este mequetrefe para que aprenda dónde está y cómo tiene que comportarse.

—Y a pasar un rato divertido con su acompañante.

—Si llego a saber que el Ejército carlista era también el más severo en asunto de faldas, me hago liberal, aunque tenga que cantar el himno de Riego a todas horas —aseguró otro más.

—Mucho mejor eso que cantar la *Marcha de Oriamendi* —le espetó Javier.

—¡Es un liberal, un maldito liberal!

En el rostro del cabecilla apareció una sonrisa taimada.

—Mejor, así no corremos el riesgo de que nos juzguen en consejo de guerra por matar a un fotógrafo de la propaganda de la causa y a su mujercita.

Inés dio un paso atrás y rozó el borde de la plataforma con el talón de las alpargatas. Javier la tapaba a sus agresores. A no demasiada distancia estaba Bilbao; hacia la izquierda, los astilleros, que imaginó ahora vacíos con el bloqueo de la ría por los carlistas. Sin embargo, era imposible llegar a ningún sitio porque para hacerlo tendrían… Solo había una posibilidad y no quería pensar en ella.

Los soldados ya habían descendido los escalones hasta ellos; no tenían escapatoria.

De repente, Javier se dio la vuelta y la abrazó.

—¿Sabes nadar? —le susurró.

¿Nadar? Inés rezó al cielo para que eso no significara lo que imaginaba.

—Sí —musitó con todo el miedo del mundo.

Flotar era más bien lo que hacía. Desde el caserío, a veces llevaba a Ignacio a ver las olas a Musques y se metían en el mar cuando la playa estaba vacía. Flotaba, movía brazos y piernas y avanzaba. ¿Era a eso a lo que se refería?

—Salta entonces.

—Pero…

—¡Salta! Lo más lejos que puedas.

Pero no, no saltó. Javier tuvo que empujarla.

130 La caída se le hizo eterna, hasta el punto que pensó que los carlistas habían conseguido vaciar la ría y se estrellaría contra el fondo. El golpe contra el agua la dejó sin aliento. Los pies se le enredaron en la falda; apenas podía moverlos para mantenerse a flote. Braceó sobre la superficie para evitar que la ropa mojada la arrastrara al fondo.

Solo quería acercarse a las escaleras del muelle en el que habían estado y no morir ahogada.

Y mientras tanto, voces por encima de su cabeza, gritos, «¿Va a volar el pajarito?», unas carcajadas y algo cayó prácticamente sobre ella. Inés tragó agua y se hundió. Agitó los brazos con furia y consiguió emerger un poco, lo suficiente para sacar ojos, nariz y boca. Lo suficiente para darse cuenta de que Javier estaba con ella.

—¿Estás bien? Alejémonos de aquí antes de que a esos…

Inés se agarró a él y consiguió serenarse un poco.

Las cabezas de los soldados sobresalieron por el borde de la ría.

—¿Los veis? —gritó uno.

—Tienen que estar aquí mismo. Acaban de saltar, no han podido irse muy lejos.

—¿Y si se han ahogado?

—Un liberal menos, con esa pinta de señoritingo de ciudad teníamos que habernos dado cuenta antes de que era uno de ellos.

—¡Mirad! —gritaron de repente—. ¡Ahí, a la izquierda! ¿Veis donde se mueve el agua? ¡Ahí están!

—Mala hierba nunca muere —gruñó el cabecilla—. Esto lo acabo yo ahora mismo. ¿Quién tiene el fusil? ¡¿Quién cojones tiene el fusil?!

Javier dio un tirón de ella para obligarla a avanzar. A pesar de que no sabía, en contra de su propia falta de habilidad, nadó. Y puso el alma en ello.

Los tiros llegaron en tres andanadas. Cayeron unos metros por detrás de ellos. Los salvó la rápida reacción de Javier. La obligó a avanzar y pronto la distancia que los separaba de la orilla de Deusto era mayor que cuatro caballerías puestas en fila de a uno.

Después de los tiros, llegaron los insultos. Las voces, sin embargo, los alcanzaron menos aún que las balas.

Ahora el problema era otro. Y lo tenía delante. Para evitar pensar en ser tragada por aquellas aguas, cada vez más oscuras y amenazadoras, Inés se concentró en Javier. Este repetía sin cesar: «Adelante, adelante». Inés se centró en seguirlo y avanzó y avanzó, adelante, siempre adelante. Hasta que chocó con un hierro en medio del agua.

—Agárrate fuerte —le llegó el susurro de Javier—. Son las cadenas con las que los carlistas impiden el paso de las embarcaciones. Van hasta la otra orilla de la ría.

Él era mucho mejor nadador, se soltaba de vez en cuando y se adelantaba un trecho. Inés se limitaba a avanzar eslabón a eslabón; además, tenía que luchar contra el peso de su ropa empapada.

Se detuvo un momento para pelearse con la tela sin dejar de agitar los pies. Encontró el ruedo de la falda cerca de la superficie y se la enganchó en la cintura, de ese modo no le impediría el movimiento de las piernas. Tenía que hacer un esfuerzo y continuar para llegar a la orilla opuesta.

No se quejó en ningún momento. Cuando no podía más, pasaba el brazo por encima de la cadena y luchaba por mantenerse e intentar recobrar el resuello. La pausa apenas duraba unos instantes, hasta que Javier notaba que se había quedado atrás. Se detenía y la buscaba con avidez. Estiraba una mano y le rozaba el brazo, como si necesitara tocarla para asegurarse de que seguía a flote. Y viva.

—Llegaremos enseguida —le prometió él una de las muchas ocasiones en que la esperó.

A pesar del ejercicio, Inés estaba aterida de frío. A punto de rendirse. La tentación era demasiado grande: dejar de avanzar, soltarse, dejarse llevar, hacia el mar, hacia el fondo, hasta donde fuera. Ni los ánimos de Javier le servían ya. Solo las imágenes de su abuela, de su hermano y del señor Francisco llorando ante su tumba en el camposanto la hicieron reaccionar y renovó el ánimo.

Entonces chocó contra algo y se asustó.

—Solo es una barca —la tranquilizó él—. La necesitan para enganchar las cadenas y que no se vayan al fondo. Habrá que rodearla, tendrás que nadar. ¿Puedes hacerlo?

—Tendré que poder —jadeó ella.

Al final, necesitó ayuda. El instante de debilidad se habría convertido en una rendición si no llega a ser porque Javier la cogió por la cintura y la impulsó hacia delante. Hasta que pudo agarrarse a los hierros que bloqueaban el paso de mercancías hasta Bilbao.

132

—No queda nada —era la cantinela que le susurraba, muy despacio y con cariño—, no queda nada.

«Nada, nada, nada» era la letanía que Inés se repetía en la cabeza para rechazar el deseo de terminar con aquel martirio.

Y cuando ya pensaba que la ría había sido sustituida por un océano entero, Javier la empujó con más fuerza y tocó unos escalones.

El brío regresó a ella, pero solo hasta que tuvo los dos pies sobre el suelo; entonces toda la debilidad acumulada desde la salida de casa aquella mañana se apoderó de sus piernas y se dejó caer. Javier también.

Las antorchas y los fuegos del campamento carlista cobraban más fuerza. A lo lejos, desde los montes se veían los fogonazos de las bombas con las que las baterías volvían a castigar Bilbao.

La lluvia seguía cayendo, pero a Inés le daba igual. ¿Había cosa más absurda que penar por mojarse cuando estaba empapada? Un problema mayor acalló aquel errático pensamiento. ¿Había cosa más absurda que penar por mojarse cuando su hermano podía caer bajo las balas de los liberales?

Un ligero viento hizo que se soltara la falda de la cintura. Sobre los pies le cayó el agua acumulada en la tela. Javier había perdido el abrigo.

En marzo y calados hasta los huesos, se congelarían en poco tiempo. Javier debió de pensar lo mismo porque se levantó de un salto.

—Tenemos que marcharnos. Aquí no hay otro lugar donde pasar la noche aparte de los panteones de los ingleses.

Javier no podía haber encontrado mejor aliciente. Inés no era nada aficionada a las visitas a los camposantos, como otras mujeres. Todavía no conseguía quitarse de la cabeza la visión del cajón con el cuerpo de su madre mientras lo bajaban al foso donde la enterraron.

A pesar de todo, no les quedó más remedio que pasar al lado del cementerio británico. Cuando cruzaron por delante de la reja, se estremeció. Y no solo de frío.

Javier le pasó un brazo por encima del hombro y la atrajo hacia él. Inés lo aceptó de nuevo, con toda naturalidad.

De camino al puente de Isabel II, el frío y la lluvia les azotaban la cara.

A Inés le castañeteaban los dientes cuando le preguntó preocupada:

—¿Y el laboratorio?

133

—Lo dejé bien escondido. Vendré a buscarlo mañana.

A por él, a por los documentos oficiales que le permitían moverse con libertad y a por las tres placas que había escondido entre las piedras del muelle cuando llegaron los carlistas. Estaba casi seguro de que a aquellos energúmenos no se les ocurriría tantear las grietas de la pared. No lo estaba tanto del final que correría el carro si lo encontraban. Con un poco de mala suerte, acababa en la ría como ellos y él se quedaría sin el sueldo de los siguientes meses para compensar la pérdida.

Junto con los negativos, había escondido también el salvoconducto que le permitiría regresar a buscarlos. Esperaba no tener problemas en la batería carlista para que le dejaran llegar hasta Deusto.

—¡No puedes volver! —exclamó ella asustada.

Javier se limitó a apretarla más contra su costado y a empujarla hacia delante, como había hecho en el agua. Ya se preocupaba él por el destino del laboratorio.

Pasaron cerca de algunos caseríos en los que ni la guerra había conseguido cambiar las costumbres de sus habitantes. Vieron a una mujer salir para recoger algo de la huerta. El sonido de los animales de la cuadra se mezclaba con las voces de los niños y de los adultos en el interior del hogar. No se pararon en ninguno, tampoco se les ocurrió refugiarse en la iglesia de San Vicente al verla a lo lejos. Solo se detuvieron cuando de ella salieron dos soldados de la compañía de auxiliares que la Junta de Armamento y Defensa de la ciudad había situado en la campa de Abando. Les dieron el alto.

Javier necesitó de todo su poder de convicción para persuadir al cuerpo de guardia refugiado en el templo de que ni era carlista ni llevaba mercancía escondida, solo un simple reportero que regresaba de visitar la casa de su hermana pequeña recién parida. La mentira surtió efecto.

No tuvo necesidad de engañarlos diciendo que Inés era su mujer. Nadie preguntó y él no lo aclaró. Si a alguno le extrañó la hora y el lugar por donde habían aparecido, tampoco mencionaron nada. Javier imaginó que en aquellos extraños días estarían más que acostumbrados a ver movimiento de gente a horas poco apropiadas. En los mercados de la villa ya empezaban a escasear las viandas más necesarias y no era la primera vez que al amanecer aparecía milagrosamente en más de un comercio una partida de harina blanca.

Cuando quedó claro que solo eran dos ciudadanos «con el irrefrenable deseo de llegar a su casa cuanto antes», siguieron el camino bajo la lluvia. Fue un auténtico alivio distinguir el edificio de la estación de ferrocarril —ya estaban en el barrio de Abando— y mayor aún llegar al puente de Isabel II. Un sosiego que se deshizo en el instante de la despedida.

—Yo me voy por este lado del río —dijo Inés al tiempo que se separaba de Javier.

Y es que ella vivía en el lado malo de la ría, el menos beneficiado por los negocios de la villa.

—No puedes llegar a tu casa en ese estado: calada, agotada, helada y desmoralizada. ¿Qué vas a decir a tu abuela cuando te vea?

—¿Qué voy a contar? La verdad, que me he caído a la ría.

—Y de Ignacio, ¿qué vas a explicar sobre tu hermano, también la verdad?

—¿Cómo voy decirle que se ha ido para que lo maten? —gimió Inés—. Se morirá de pena. No puedo hacerlo, no. No es la primera vez que pasa una noche fuera de casa, pero ¿cómo voy a fingir que no estoy preocupada y que no voy a hacer nada por encontrarlo?

El ruido la hizo encogerse contra los barrotes del puente sin saber aún qué sucedía. Pero lo que inundó los oídos de ambos fue el silencio que se hizo después. Como si el tiempo se hubiera detenido, como si estuvieran en medio de los montes de los alrededores de San Juan de Abanto, en su tierra natal, en vez de atrapados entre dos fuegos en la capital de Vizcaya.

No fue hasta más tarde, al intentar moverse, cuando reparó en que él la protegía con su cuerpo. Contuvo el deseo de seguir allí, resguardándola entre su pecho y sus brazos, y comenzó a levantarse, justo antes de oír aquel sonido sibilante. Aquella vez no consiguió taparse los oídos. Sintió el ruido dentro de su cabeza. Explotó en ella.

Trozos de piedras y tierra cayeron a su alrededor. Notó cómo la aplastaba aún más y un fuerte golpe en la espalda. Se encogió de dolor. No quería alarmarla, pero no pudo reprimir un gemido ahogado. Inés se agitó debajo de él.

—¡No te muevas! —le advirtió con la voz entrecortada.

Inés permaneció encogida y a salvo hasta que se separó de ella.

Javier se palpó la espalda, un poco más abajo del hombro. Se estremeció cuando apretó en el lugar donde había recibido el impacto. «Nada roto», aunque al día siguiente tendría un buen morado.

Alguien gritó. Se volvieron a la vez. Casi se caen dentro de una fosa. En medio de la calle Bailén se abría un enorme socavón provocado por varias bombas. Inés seguía con la mirada clavada en el agujero cuando Javier tomó una decisión.

—No puedes seguir por ahí. Vendrás por dentro de las Siete Calles, será lo mejor.

—No creo que…

—Los carlistas parecen haberla tomado con ese lado de la ría. El otro día echaron abajo el puente colgante de San Francisco y ahora la orilla donde las lavanderas restriegan la colada. No vas a ir por ahí, estarías a la vista de los cañones que tienen en el alto de Begoña y en Ollargan.

Entraron por la calle Correo pegados a las casas de la derecha y, antes de llegar a la esquina con Lotería, ya vieron los destrozos de las bombas caídas aquella tarde. En la fachada del número 15 aparecía un enorme agujero a la altura del tercer piso, los cristales de todos los edificios de alrededor estaban reventados.

Javier maldijo en silencio a los vecinos que no habían tenido la precaución de cubrir las ventanas con sacos o lienzos. Él era uno de ellos. Decidió que sería lo primero que haría en cuanto llegara a su piso. Si es que aún seguían enteros.

Tuvieron cuidado de no pisarlos, a pesar de que los trozos de vidrio apenas pudieran traspasar la masa de esparto en la que se habían convertido las alpargatas de Inés.

Pero si en algún momento confiaron en que los carlistas hubieran terminado la tarea con el atardecer, estaban muy equivocados. A la altura del número 19 tuvieron que correr. Retumbaron dos enormes explosiones, imposible saber dónde; en cualquier caso, demasiado cerca. Salieron a la plaza de la catedral desorientados. Oyeron los gritos de muchos vecinos que bajaban a los portales para estar más cerca de la salida; vieron a otros refugiarse en los comercios. «Los sótanos estarán llenos de personas», calculó Inés, pero ellos ¿dónde se meterían?

—¡A los soportales de la catedral! —le gritó Javier por encima del estallido de las bombas.

No fueron los únicos en tener la misma idea. Los soportales estaban llenos de pordioseros, desharrapados y gente sin hogar. Aun así, encontraron un hueco al fondo; un rincón excesivamente oscuro incluso para aquella gente.

Se sentaron en el suelo. A pesar de la situación, Inés sintió alivio; era el primer lugar seco en el que estaba desde media tarde.

—¿Estás bien?

Encogió las piernas por debajo de la falda mojada y se pasó las manos por la cara.

—Uno de los peores días de mi vida.

—Si no nos hubiéramos tropezado con aquellos energúmenos... —masculló Javier.

Inés no pudo contener la sonrisa; el Javier controlado que había conocido hasta entonces se destapaba como el peor de los liberales. Aquellas palabras podían haber sido dichas por el señor Francisco en una de las discusiones con Ignacio. El recuerdo de su hermano hizo desaparecer de golpe la escasa diversión.

—Ellos no han sido lo peor —dijo al tiempo que se frotaba los brazos para combatir el frío.

Javier la obligó a recostarse sobre su pecho, como antes del chapuzón en la ría.

—Estás pensando en tu hermano. Fue su voluntad. No podías haberlo impedido.

—Eso no lo sabes. Ya lo hice una vez, lo convencí para que se quedara.

—¿Y de qué te ha servido? Has ganado unos días, pero al final se ha alistado.

—¿En qué estaba pensando? No en su familia, desde luego, no en la abuela, no en mí. —Volvió a temblar.

—Nos vamos a congelar. —Javier se levantó con decisión—. No tardo nada.

—¿Adónde vas?

—A por algo con lo que secarnos. Teníamos que haber ido a mi casa, estábamos mucho más cerca de ella.

—¡No puedes salir ahora!

—No podemos quedarnos así. Te afectará a los pulmones.

—No es mi salud lo que me preocupa.

—Pero a mí sí.

Los miedos regresaron al quedarse sola. Aquel refugio estaba lleno de desconocidos. Aunque se tranquilizó ya que nadie parecía preocuparse por ella. Bajo el sonido de los bombardeos, rezó para que Javier no hubiera cometido una locura al salir del pórtico.

137

Un rato después regresó con un par de mantas entre las manos.

—¿De dónde las has sacado, de tu casa?

—Imposible llegar hasta allí. Las he comprado.

—¿Comprado?

—A una familia que se refugiaba en un local.

La tapó con una de ellas y él se echó la otra por los hombros.

—Gracias —musitó ella.

Pero lo suyo no era un problema que se solucionara con una frazada encima. Inés seguía temblando de frío y él, tres cuartos de lo mismo.

—Quítate ese calzado —le propuso mientras él hacía lo mismo con los zapatos.

Ella se desprendió de las alpargatas y de las medias en un instante. Las piernas desaparecieron dentro de la manta.

Se quedaron callados hasta que los pies se les secaron y empezaron a entrar en calor. Inés se imaginó en su cocina, sentada en la mecedora de la abuela, al lado de la chapa caliente, entre los crujidos de la piel de las castañas asadas y los cañonazos que se seguían oyendo a pesar de la hora.

—¿Crees que durará mucho?

—¿Sabe alguien lo que piensa un carlista?

—Espero que no hayan dañado el puente de San Antón.

Eran tres los puentes que unían el Casco Viejo con el otro lado de la ría, donde vivía Inés. El de San Francisco estaba destruido, el de Isabel II seguía en pie, pero no así la calle que salía de este y que bordeaba la ría hasta la casa de Inés —el enorme agujero que se había abierto delante de ellos en la calle Bailén hacía impracticable el paso—, y si ahora al de San Antón le sucedía algo…

—Si se han atrevido con el Instituto a pesar de albergar el hospital y de tener la bandera de la Cruz Roja ondeando en el tejado, ¿quién sabe?

—En ese caso, no podría pasar al otro lado. —Inés tembló de nuevo y Javier la apretó más contra él.

—No te preocupes. Las autoridades no pueden dejar a Bilbao la Vieja sin conexión con el resto de la villa. Algo harán para que no suceda.

Los temblores de Inés no cesaban, sabía que estaría mejor sin la falda calada, pero no se atrevió a quitársela.

Javier la hizo levantarse y acomodó la mitad de la manta entre el suelo y la pared. Se sentó sobre ella e instó a Inés a hacer lo mismo.

—Pero voy a mojarla entera con esta tela empapada —se quejó ella, que no acababa de ver qué pretendía.

—No podemos hacer otra cosa. Anda, siéntate.

Después él se acurrucó a su lado y los tapó a ambos con la otra manta.

Inés volvió a echar un vistazo a los compañeros de refugio. Seguían sin mirarlos. No despertaban el interés de nadie. En Bilbao había muchas cosas más en las que pensar que en una pareja de enamorados —pues era eso lo que parecían— que buscaba rincones oscuros para tener un rato de intimidad.

Natural fue que Javier le deslizara un brazo por la cintura, como también que ella se acurrucara contra su pecho. Natural, que dos almas extrañas se apoyen la una en la otra. Natural, como el silencio compartido.

Al rato, Inés había puesto orden en sus pensamientos, no así en sus sentimientos.

—Mi hermano no se ha ido para defender los intereses de don Carlos, sino los suyos propios. Es carlista, sí, lo sé, y apoya al Pretendiente contra la República. Está a favor de la pervivencia de los fueros, de nuestras costumbres y de nuestro modo de vida.

—¿Nuestro? —se interesó Javier.

—No nacimos en esta villa.

—Al igual que mucha de su población.

No había más que escuchar un poco por las calles para darse cuenta, por los distintos acentos de las gentes, de que la urbe, el puerto, los astilleros y, sobre todo, las minas eran puro atractivo para otras regiones de España.

—Necesitaba trabajar y no lo conseguí en otra parte —recordó Inés—. Ignacio era un niño, pero nunca ha olvidado aquello. Quizás ha sido culpa mía, hasta no hace muchos años todavía le contaba historias de Galdames: cómo eran las cuevas por las que nos metíamos, el color de la hierba en primavera, lo que le gustaba tirarse a rodar por la ladera del monte, qué hacer cuando pare una vaca, cómo ensartar los pimientos y ponerlos a secar al sol, cómo limpiar una panocha de maíz y separar la borona…

—No creo que culparse por…

—No lo entiendes. —Inés se removió y la manta cayó por su lado. Javier volvió a taparle el hombro que había quedado descubierto—. Él ha ido solo por estar allí de nuevo, quiere quedarse en su tierra, sentir que pertenece a aquel sitio.

—Es absurdo, tan absurdo como que lucha por mantener las mismas tradiciones que tanto le perjudican.

—No, esto es más fuerte que la ideología y no lo entiendes porque eres de ciudad. No te has criado como nosotros, apegado a la tierra, con la sensación de que dependes de ella para vivir y ella vive porque tú le entregas tu vida.

—No, no lo entiendo. Permitís que un pedazo de suelo os arranque hasta el último suspiro, os sentís unidos a él hasta el punto de que, cuando ya no tenéis nada que ofrecerle, seguís deseando ser enterrados allí. Es como una bestia que solo espera el momento de arrebataros el último soplo de vida.

—Se ha alistado en la guerra. Yo soy la que ha hecho crecer esa bestia en Ignacio, solamente yo la que ha mantenido viva la llama de la esperanza. Y ahora que está a punto de quemarse veo que todo es culpa mía.

Nada en su voz se lo dijo, pero Javier intuyó que las lágrimas le corrían por el rostro. Acercó la mano con miedo a encontrarlas. En efecto, allí estaban, lentas y silenciosas.

Le dolió el silencio bajo el que las ocultaba. Con lentitud, y a sabiendas de lo que significaba, se las enjugó con delicadeza. Le rozó los párpados, el contorno de la cara, el borde de la nariz. Sintió la suavidad de la mejilla y las laderas de la boca.

Consuelo era lo que quería darle. Arrancarle el dolor que sentía Inés y arrojarlo al fondo de la ría. Poner un instante de sosiego a su maltrecha alma. Se mintió a sí mismo repitiéndose que lo hacía por consolarla. Pero lo hacía también por él, para mantener durante todo el tiempo posible la ensoñación de que, fuera de ellos, el mundo no existía. La deseó más que cualquier otra cosa.

La besó en la cabeza. Sus labios absorbieron la humedad del cabello. Y siguió besándola. En la sien, en la oreja, en la barbilla…

Ella temblaba, y no era de frío, estaba seguro. El estruendo de los cañones y el silbido de las bombas seguían quebrando la fortaleza de los bilbaínos y agrandaban la grieta en el corazón de Inés. En el de los dos.

Se entendieron en la oscuridad. Se buscaron, impacientes, excitados, atrevidos, lejos de miradas curiosas y prejuicios absurdos.

A Javier lo inundó una sensación de placidez que no había tenido desde…, que no había tenido nunca. Se olvidó de la guerra, de la ambición, del oficio. Se olvidó de él mismo. Solo estaban su boca, sus labios, su lengua. Solo estaban sus manos, su piel, y la seguridad de estar donde debía. Allí, con ella. A su lado, en su mente. En la orilla de sus sueños.

Se besaron con el ansia de que, al abrir los ojos, las cosas fueran diferentes. Una, dos, tres veces y diez, quince, veinte. Se besaron mil y una más.

Hasta que las campanas empezaron a sonar y los hombres y mujeres de alrededor comenzaron a agitarse. Alguien reavivó una hoguera a la que apenas le quedaban ascuas. Los más curiosos se desperezaron y se levantaron. Una mujer que llegó corriendo hasta el pórtico dijo algo sobre un impacto en una casa y un incendio.

Pero ellos solo pudieron mirarse a los ojos, con la convicción de que el momento se había roto.

—¿Sabéis dónde ha sido? —les preguntó un hombre que estaba tumbado un poco más a la izquierda.

—No —contestó Inés.

El hombre se tumbó de nuevo. Al parecer, la noticia no le interesaba lo suficiente como para mantenerlo despierto.

—Será otro viejo muerto —masculló antes de cubrirse con una manta raída.

—¿Cómo? —le preguntó Inés con tono nervioso.

—Digo que será un viejo al que han pillado los carlistas. Los jóvenes son los primeros en llegar a los sótanos. En esta guerra de mierda, solo se mueren los viejos.

Inés se puso en pie. Javier se levantó también.

—Tengo que irme —susurró ella mientras se calzaba—. Mi abuela, mi abuela…

Javier supo que no podría detenerla. Recogió las dos mantas, se metió los zapatos, los ató y la cogió de la mano.

—Vamos pues.

Ya casi no llovía. De todas formas, Javier extendió una manta sobre sus cabezas. Echaron a correr hacia la iglesia de San Antón.

No habían llegado a la mitad del puente y los peores presagios se hicieron realidad. Inés dio un grito y salió corriendo hacia el edificio más alto de la zona. Arriba, en la línea del tejado había un enorme boquete, producto sin duda de la última andanada de la barbarie, y en el piso segundo, otro. De los agujeros salían dos columnas de humo.

Javier soltó una maldición y se apresuró a seguirla. Cuando llegó hasta ella, los vecinos estaban en la calle, tan turbados que no se atrevían a contarle lo que sucedía. Hombres y mujeres se frotaban las manos en silencio. Y todos miraban a un pequeño hombrecillo en el umbral del portal que seguía con la vista clavada en el interior. Algo lo hizo darse la vuelta. Reconoció a Inés y se acercó.

—Hija, menos mal que llegas, no sabíamos qué hacer…

Inés no lo dejó continuar. Se aferró al hombre y le apretó las manos con fuerza.

—¿Y mi abuela? Señor Francisco, ¿dónde está mi abuela?

—Se quedó dentro, niña, dentro.

10

*J*avier la vio dudar unos instantes. Pero antes de que le diera tiempo a pensar en detenerla, Inés desapareció en el interior del edificio.

Que alguien arriesgara la vida por otra persona sin pensárselo un momento lo dejó impresionado; que la arriesgara Inés, completamente aterrado.

Observó a la veintena de curiosos que seguía detrás de él. Vio moverse los labios de alguna vecina. No dudó de lo que estaban haciendo. Pedían al Altísimo por el alma de la abuela de Inés. Todos daban por sentado que la mujer no había sobrevivido al bombardeo, todos menos Inés.

El hombre que le había dado la noticia se acercó.

—Tome —le dijo mientras le ponía una lámpara de mecha en la mano—. La necesitará ahí dentro. Tenga cuidado con la llama. En esta finca todavía no han retirado los materiales inflamables.

—No se preocupe, lo tendré. —Javier tenía ambas manos ocupadas con las mantas—. Sujéteme esto.

El anciano cogió una y rechazó la otra.

—Puede necesitarla.

Un cosquilleo nervioso le corrió por la nuca. ¿Necesitarla? ¿Para qué, por qué? Deseó que no se refiriera a nada que pudiera sucederle a Inés. No se atrevió a preguntárselo.

—Sí, me la llevo.

—No vuelva sin ella.

—¿Sin la abuela?

—Me temo que para eso ya es demasiado tarde. Sin la nieta. A ella aún le quedan muchos montes que subir.

Javier asintió y el hombre le palmeó una mano antes de que se metiera por el mismo hueco por el que había desaparecido Inés.

El portal estaba oscuro, pero no parecía haber sufrido daños. Dio un par de pasos con el brazo extendido. La luz de la lámpara le mostró el arranque de las escaleras. A la izquierda, un pasillo se adentraba en el edificio. Imaginó una segunda escalera, la que daba a los pisos interiores, los de los vecinos menos favorecidos. Y es que hasta los pobres eran de varias categorías.

Se metió por el oscuro corredor. A los pies de la escalera interior, gritó:

—¡Inés! ¿Estás ahí?

La vibración del sonido provocó que le cayera polvo sobre la cabeza. Se limpió el pelo de un manotazo mientras esperaba la contestación. No la hubo. Empezó a ponerse más nervioso.

—¡Inés! —gritó angustiado.

Fue el ruido de alguien arrastrando algo lo que le hizo salir despedido escaleras arriba.

Antes de llegar al piso principal se encontró con los cascotes. Las puertas de las tres viviendas estaban bien cerradas. Aun así, intentó abrirlas.

—¡Inés! —voceó de nuevo—. ¿Dónde estás?

—Aquí —le pareció oír.

Saltó por encima de un trozo de yeso y continuó subiendo. La primera planta tampoco tenía mala pinta. Había polvo y pedazos de la pintura y de la escayola desprendidos de las paredes; nada que indicara que las casas estuvieran afectadas por la bomba.

—¡Estoy en el primer piso! —gritó para conseguir una referencia de dónde estaba ella.

—En el segundo. ¡Deprisa! —contestó ella.

La angustia de su voz le impulsó a salvar los escalones de madera de dos en dos. El tramo anterior al descansillo siguiente se había quedado sin barandilla.

Javier se encontró delante de otras tres puertas. La de la derecha había reventado y estaba fuera de los goznes.

—¡Inés!

—¡Aquí, aquí dentro!

Entró en el piso abierto.

Se la encontró en medio del pasillo, entre cascotes y trozos de vigas rotas que intentaba apartar con las manos. Saltó sobre el montón de pedazos de pared que ella había ido acumulando.

—¿Crees que está ahí?

Inés se volvió hacia él. Su rostro quedó iluminado por el candil de Javier.

No era la primera vez que la veía llorar aquel día, pero sí la que se le clavó más hondo. Tenía la cara sucia; las lágrimas le dejaban un surco de suciedad en las mejillas.

—¿Dónde podría estar si no? Nosotros vivíamos arriba, en la buhardilla.

Javier volvió la cabeza hacia el cielo. Porque aquello era lo que se veía. Las nubes se acumulaban en lo alto, como todas las últimas noches, ajenas a la tragedia de los hombres.

El gesto de aceptación le dijo que ella pensaba lo mismo. Aunque la bomba no la hubiera tocado, no era fácil que una anciana que hubiera caído de aquella altura sobreviviera. Javier entendió lo que Inés necesitaba en ese instante; y no era compasión sino ayuda.

Bajó la apertura del queroseno del farol para que el carburante no se consumiera demasiado pronto y lo dejó junto a la manta al inicio del pasillo.

—Hay que apartar esa viga. —Señaló un enorme madero que se descolgaba ante ellos desde el desaparecido techo hasta el suelo—. Si sacamos este y conseguimos quitar ese otro, se desmoronará esta parte, probablemente lo suficiente para que trepemos y pasemos al otro lado. ¿Crees que podrás hacerlo?

Ella se limpió las lágrimas con el dorso de la mano embadurnándose todavía más la piel.

—¿Por dónde empezamos?

Les costó más de lo que Javier había imaginado. La primera de las vigas no fue problema. Por suerte, la parte atrapada entre los ladrillos y cascotes y derrumbada desde los pisos superiores era solo la final y bastaron media docena de fuertes tirones para sacarla.

Distinto fue con la otra viga. Estaba sepultada entre los escombros, por encima de sus cabezas. Intentar manipularla suponía un fuerte dolor de brazos. Descansaron más de una veintena de veces antes de conseguir excavar un espacio suficientemente amplio como para introducir un tronco que se había desgajado de otro madero.

Cuando lo lograron, Javier clavó la mirada en Inés.

—¿Preparada? —preguntó—. Una, dos y ¡tres!

Javier clavó los dedos en el hueco abierto en el muro, que llegaba hasta el borde de la viga. Apretó los dientes y empujó hacia él con todas las fuerzas, no una sino varias veces. Hasta que sintió un leve movimiento.

—¿Se ha desplazado algo? —preguntó Inés con un deje de esperanza.

—Por aquí un poco, ¿por tu lado?

—Creo que nada —se disculpó.

—Déjame a mí.

Cambiaron las posiciones y lo intentaron de nuevo, varias veces, decenas de ellas. Se dejaron el alma, pero la madera no cedió ni un centímetro.

—Esto no funciona.

—Probemos otra cosa.

Inés se apartó para dejarle espacio. Javier rascaba los cascotes con la astilla, la clavaba en el hueco y hacía palanca. La viga atascada comenzó a moverse unos milímetros.

Sin atender a los trozos de techo que se desprendían de vez en cuando, se esforzaron, gruñeron, sudaron, se desesperaron, gritaron y lo intentaron una y mil veces. Hasta que por fin cedió y le vieron la testuz a la viga.

Ni tiempo le dio a Javier a celebrarlo porque las manos de Inés peleaban ya por terminar de arrancarla del montón de ladrillos y tejas en la que estaba atrapada. Él se unió a su esfuerzo.

—¡Tira ahora! —gritó Javier a Inés, que sujetaba el madero por detrás de él.

Y por fin la tuvieron entre las manos.

Y encontraron el vacío, el silencio que indicaba que todo su esfuerzo había sido en vano. El derrumbe continuaba bloqueándoles el paso. Se iban a rendir a la desesperación.

Primero fue un crujido leve; después, un ligero chasquido; luego, el peculiar sonido de una roca desgajándose en dos.

—¿Eso es…? —preguntó Inés esperanzada.

—¡Atrás! —gritó Javier, al tiempo que le apretaba una mano y tiraba de ella hacia la escalera.

Apenas le dio tiempo a coger la lámpara y arrastrarla antes del ensordecedor desplome. Habían estado a punto de quedar sepultados por la pared que se derrumbaba por segunda vez. Habrían sido dos víctimas más, a sumar al parte de bajas del día.

—¿Estás bien? —murmuró Javier mientras le palpaba la cabeza, la cara, los hombros.

145

—Bien —contestó ella con un hilo de voz—. ¿Y tú?

Ignoró la nube de polvo que los envolvía y aplastó los labios contra los suyos. Necesitaba probar que la vida seguía adelante, y que ambos continuaban en ella.

No se separó de Inés hasta que esta respondió a las caricias y se convenció de que estaba ilesa.

Aún tardaron en deshacer el abrazo. Solo lo hicieron cuando la espesa nube se desvaneció. Inés fue la primera en reaccionar. Trepó por los cascotes y llegó arriba antes que él. Javier se entretuvo en coger el candil.

—Ni se te ocurra saltar al otro lado sin una luz —le advirtió.

Javier abrió la espita de la lámpara para que pasara más queroseno. Desde lo alto del montón de ladrillos estiró el brazo para intentar iluminar lo que había al otro lado y que tanto les había costado descubrir.

Vio a la mujer después que Inés. La joven contuvo un sollozo cuando el farol alumbró las piernas de la anciana. Le fue imposible contenerla. Ya estaba abajo antes de que él pudiera dar un solo paso.

146

—Abuela, abuela —sollozaba sin dejar de acariciar la cara de la mujer.

Javier dio gracias al cielo porque el rostro no hubiera sufrido daño. La visión de la cara destrozada de un ser querido era algo imposible de olvidar; el peor de los recuerdos. No quería que algo así le sucediera a ella.

Dejó el candil lo más lejos que pudo. Las sombras eran a veces más benévolas que la claridad.

—Inés —musitó.

—Ayúdame —le rogó ella—. La abuela, no podemos dejarla, hay que sacarla de aquí.

—Inés, tu abuela ha muerto —le anunció él, por si ella la creía aún viva.

—No puede ser —gemía ella sin dejar de tocarle la cara—. No puedes marcharte, abuela, no lo hagas. No me dejes sola, por favor. Ignacio se ha marchado también y yo… ¿qué voy a hacer ahora sin vosotros? Por favor, abuela abre los ojos y mírame. Voy a cuidarte, no voy a separarme nunca de ti. Juntas vinimos a Bilbao y juntas seguiremos. Podrás confundirme con mi madre todas las veces que quieras y yo te llenaré de besos y de abrazos, todos los que te faltaron de joven y los que no te dimos de vieja. Por favor, abuela, abre los ojos, abuela, por favor…

Javier no pudo resistir más el sufrimiento de Inés. Se arrodilló junto a ella y la abrazó, muy fuerte, todo lo fuerte que pudo. Notó el momento en que regresó a la realidad porque se dejó caer contra su pecho y empezó a sollozar, abandonándose en sus brazos como si fuera una niña.

La dejó llorar todo lo que quiso. Pasó mucho rato antes de que se levantara despacio y lo mirara con la cara desencajada y los labios apretados. Aún jadeó un par de veces.

—Tendremos que velarla en el portal.

—No te preocupes por eso —le susurró él.

—No tenemos otro sitio. ¿Quieres… quieres ayudarme a sacarla de aquí?

Él le apretó una mano, se puso en pie y trepó de nuevo por el montón de escombros. Iba en busca de la manta que había dejado en medio del pasillo. No había nada más que pudiera hacer.

Javier levantó los ojos del suelo, húmedo del rocío de la mañana, y miró hacia lo alto de la cuesta.

En verdad que era una triste comitiva. Inés, el señor Francisco y apenas una decena de vecinos. La caja iba delante, a hombros de unos jóvenes que no conocía. Inés encabezaba el cortejo. Alguien había arrancado unas ramas de algún arbusto y se las había puesto entre las manos. Nada de flores en marzo. Y es que ni la naturaleza había contribuido a poner un poco de color en aquel funeral.

A lo lejos se oyó el disparo de un par de cañones. Notó cómo los acompañantes de Inés encogían los hombros y aceleraban el paso. Ella, sin embargo, parecía ausente y mantuvo el ritmo lento de la subida.

Javier entendió las prisas de los vecinos. Querían regresar a las casas, a los sótanos y a los portales, los que tuvieran la suerte de poder refugiarse en ellos. Inés era ajena a todo aquello. Él sabía que la pérdida sufrida el día anterior no se limitaba solo a la anciana abuela.

La subida se hizo larga. A unos por su avanzada edad y a los otros por el peso del féretro. Y es que tener el cementerio en el ascenso hacia la basílica de Begoña, patrona de la villa, podía ser la última alegría de un bilbaíno, pero subir hasta allí por las Calzadas de Mallona era una losa sobre los que se quedaban en este mundo.

El sacerdote los esperaba bajo el arco de la puerta del camposanto. A Javier le extrañó verlo. Desde el inicio del sitio, no era la primera vez que los muertos eran enterrados sin la participación de un sacerdote, alguna vez hasta la caja se había quedado en medio de la calle mientras los costaleros se refugiaban del fuego carlista. Este no tuvo duda de qué lado estaba en la contienda. Defender la causa liberal era apoyar al gobierno republicano. Demasiado para pedírselo a un religioso.

El cura trazó una cruz ante el tosco ataúd, confeccionado con varias tablas, e inició el recorrido por el cementerio. Javier esperó a que todo el mundo pasara por debajo de la cruz que coronaba la entrada para cruzarla él. Se mantuvo siempre en un segundo plano, en contra de lo que le gritaba el instinto.

El cortejo atravesó el camposanto hasta el lugar más alejado de la puerta. Un montón de tierra a un lado de un agujero marcaba el sitio donde reposaría el cuerpo de la abuela de Inés, en la parte de los pobres, junto a la fosa común.

Los muchachos posaron la caja sobre unas maromas, tal y como les indicó el cura, y se colocaron junto a dos mujeres. Javier supuso que serían sus madres.

Inés comenzó a llorar en cuanto el cura abrió el libro de oraciones. A pesar del silencio, no percibió ni un solo sonido procedente de ella; sin embargo, sus hombros se agitaban bajo el peso de la pena. Nadie se acercó a ella, nadie la consoló. Ni siquiera el anciano que la noche anterior había parecido tan preocupado. Este se mantenía a varios pasos, perdido en el mutismo de sus pensamientos, murmurando sin cesar algo que Javier supuso serían plegarias por el alma de la mujer muerta.

Ruegos y súplicas a favor de los muertos y nadie recordaba a los vivos.

Pensó en el hermano de Inés, en su marcha y en la culpa que sentía ella. Le entraron unas ganas enormes de adelantarse y colocarse a su lado, unos deseos irrefrenables de cogerle una mano y apretársela con fuerza, un ansia incontenible de consolarla. Por eso decidió alejarse.

Dio varios pasos atrás, hasta que la elevación del terreno le indicó que pisaba tierra removida. No era una tumba, no, sino una fila entera. Recién abiertas y recién cubiertas, por cientos de paladas de tierra y unas pocas flores. Recordó que en aquel cementerio descansaban también los restos de los miembros de los batallones de auxiliares que defendían Bilbao del asedio carlista.

Se detuvo, apurado por invadir el descanso de aquellos hombres.

Y se encontró con sus ojos. Inés se había dado cuenta de su alejamiento y le dedicó una mirada irritada. Javier se alegró de haberla sacado por un instante de su desbordante pena. La prefería enojada con él antes que abatida y derrotada. No tenía nada, ni casa ni dinero ni familia. Lo había perdido todo. Pero al menos, aún le quedaba la dignidad.

Inés hizo un último ademán a la señora Benita y dio las gracias a su hijo por haberla ayudado con el féretro.

Junto a ella, un único acompañante, el señor Francisco, extrañamente callado. No había pronunciado palabra desde la madrugada anterior, cuando le ofreció el dinero para pagar «un entierro como es debido», e Inés estaba preocupada. Ni un solo lamento, ningún gemido por el infortunio de la abuela, a la que había estado tan unido, ningún insulto a los partidarios del rey carlista, ninguna pena por haber perdido su propia casa.

Se volvió hacia la mujer que se alejaba.

—Señora Benita. ¿Puede acompañar al señor Francisco y tenerlo en su casa hasta que yo llegue? —Su vecino ni hizo amago de haber oído su nombre—. No tardaré.

149

La mujer hizo un gesto a su hijo y este retrocedió para coger al anciano del codo y llevárselo. Inés descubrió entonces que no estaba sola en el cementerio. Javier seguía allí, unos metros atrás, sin separar la vista de ella. Oyó las pisadas sobre el suelo y supo que se acercaba. Sintió el roce del abrigo contra su manto y vio los zapatos alineados con sus alpargatas. Como el día anterior cuando permanecieron sentados en el borde de la ría. Pensó en todo lo que los separaba.

Él esperó todavía unos minutos para que se recogiera en su dolor a solas.

—Gracias. —Apenas fue un susurro.

—No las merece.

—No sé lo que habría hecho si no llegas a estar.

—La hubieras sacado tú sola.

—No creo que hubiera podido.

—No habrías permitido que se quedara allí.

—No, supongo que no. —Los ojos se le cuajaron de lágrimas—. Tú la viste, allí tirada, con el cuerpo medio destrozado. —Se limpió los párpados—. Me alegro de que estuvieras.

Él deslizó una mano en la suya y la apretó con suavidad. Inés supo que la comprendía y que compartía su dolor.

—No podía estar en otro lugar. Necesitabas ayuda, necesitas ayuda.

Inés entendió que hablaba de futuro y lo soltó.

—No sé qué hacer con el señor Francisco —confesó a sabiendas de que no era de eso de lo que él quería hablar.

—¿El anciano?

—Sí, mi vecino. No puede quedarse en su casa, tú mismo la viste ayer, está destrozada.

—¿Aquel era su piso, donde encontramos a tu…?

Inés clavó los ojos en la tumba.

—A la abuela, sí.

—Alguien habrá con quien pueda ir.

—Nadie en Bilbao. Tiene una hermana en la ciudad de Durango, él procede de allí. Igual hay una posibilidad de conseguir que los carlistas lo dejen abandonar Bilbao. Ya lo han hecho otras veces con niños y ancianos.

—No, ni las monjas pueden salir ya. Hace unos días intentaron marchar unas pocas por la carretera de Achuri y las obligaron a volver.

—Da igual. Se negaría a ir de todas maneras. Mil veces le he oído maldecir contra Durango por haberse rendido a los pies del Pretendiente. Dice que cualquier día le pedirán que establezca la corte allí.

—¿No tiene dinero?

—¿Para que busque otro alojamiento, dices? No lo sé, imagino que sí, que todavía le quedará a pesar de lo que ha gastado para que la abuela no tuviera que ser enterrada en una fosa común. De todas maneras, no quiere irse a casa de nadie. Anoche discutí con él. «No pienso arriesgarme a meterme en un nido de carlistas», fueron sus palabras. Luego se ofreció a costear… esto y se quedó callado. —Inés se pasó la mano por los ojos cansados—. No ha vuelto a decir nada. No sé qué hacer, necesita un lugar donde refugiarse antes de que llegue la noche.

—¿Y tú? ¿Tienes ya un sitio donde quedarte?

La pregunta estaba teñida de tanta preocupación que Inés tuvo que reconocer la verdad.

—No.

—¿Ningún pariente?¿Tía, prima? —Ella negó sin dejar de preguntarse dónde quería llegar si ya le había contado su historia el día anterior—. ¿Algún conocido?

—No, y no puedo apelar a la caridad de los vecinos que todavía conservan la casa. Tienen familias a las que alimentar y no quiero imponerles una boca más.

Debajo de la escalera de la finca había un espacio lo suficientemente largo como para que una persona de su tamaño se tumbara. Aquel era su penúltimo recurso; el siguiente serían los soportales de la catedral.

—¿Dinero? —continuó Javier el interrogatorio.

—No.

—¿El del señor Francisco?

—No voy a admitir ni un solo real más, no para mí. —Y, sin esperar respuesta, hizo la señal de la cruz sobre frente y pecho ante la tumba de la abuela y lo dejó solo.

No llegó a salir del camposanto.

—Dinero para que os buscarais ambos una patrona, quería decir. ¿Crees que el señor Francisco querrá que lo acompañes?

Inés se soltó de la mano que la había detenido, más tranquila ahora que sabía que él no había insinuado que…, no había pretendido decir que…

—No lo sé, pero yo no se lo voy a pedir. Lo ayudaré a encontrar un lugar donde refugiarse y yo…, yo ya veré. Aunque de ninguna manera voy a acceder a que se gaste un real en mi alojamiento cuando él podría necesitarlo más adelante.

—Me alegra saberlo, así podrás atender a mi propuesta. Ven a mi casa.

—¿¡A tu casa!? —exclamó como si la hubiera invitado a quemarse en el infierno.

Ambos se hicieron a un lado, por lo visto la abuela de Inés no había sido la única víctima de los bombardeos del día anterior. Cuando el siguiente cortejo hubo desaparecido dentro del camposanto y volvieron a estar frente a frente, Javier no pudo callarse:

—¿Tienes un sitio mejor adonde ir? —farfulló mostrando sin querer lo que le había molestado su desconfianza.

—Ninguno mejor —tuvo que reconocer ella—. Pero sabes que no es posible.

Lo sabía, claro que lo sabía. Él era soltero; ella también. Él tenía novia y su jefe era el padre de su novia. Desde que la guerra había entrado en los hogares de la villa, había familias completas que compartían casa y locales. El miedo se estaba instalando en la gente. Algunos pasaban parte del día en los sótanos de los negocios, junto con otros vecinos. Y los más miedosos

151

empezaban a obligar a sus familiares a dormir allí con una manta colgada de una cuerda como única separación entre hombres
y mujeres. Los prejuicios sociales comenzaban a romperse. Aun
así, era mucho lo que ambos tenían que perder. Pero Javier no se
desdijo ni se arrepintió de su ofrecimiento.

—¿Por qué no es posible?

—No creo tener que explicarte que tú y yo…

—¿Qué? ¿Que tú y yo qué?

Javier estaba deseando arrancarle una confesión de lo que
habían supuesto para ella los momentos de intimidad compartidos el día anterior.

Aparecieron los nervios, pero Inés no cayó en la trampa.

—¡Javier! —murmuró ella mientras vigilaba que nadie saliera del cementerio y los encontrara.

—Estoy esperando una respuesta.

—No voy a dejar solo al señor Francisco. Tengo que encontrar un lugar de confianza donde pueda quedarse. Yo me las
apañaré sola, ya veré después —dijo de forma precipitada, como
si le costase pensar con claridad—, antes tengo que buscar un
techo para él.

—Te estoy ofreciendo uno y todavía no sé si lo aceptas o
lo rechazas.

—¡Y yo te estoy diciendo que no puedo pensar si…! —Inés
calló al darse cuenta de lo que implicaba la oferta—. ¿Quieres…,
quieres decir que él también…, que él y yo…, que podemos…
los dos?

«¡Sí, sí, sí, sí!», gritó algo dentro de Javier. Lo que fuera con
tal de saberla segura, lo que fuera con tal de tenerla a su lado. No
podía imaginar peor angustia que pasar el día entero pensando
por dónde andaría, qué comería, con quién estaría.

—Tengo espacio suficiente para los tres —explicó aun a sabiendas de que Inés conocía su casa.

—¿Y tu trabajo, tu otro trabajo? No querrás que él se dé
cuenta de que…

—Ya me las arreglaré. Los dueños del estudio de fotografía
se han marchado de Bilbao, tengo la llave, puedo cambiar el lugar donde atender a las chicas.

Inés pareció decepcionada con la respuesta. Javier se alegró al
notar que le importaba que continuara haciendo las fotografías
«especiales».

—No, no puede ser. La gente puede rumorear, si yo…, si

nosotros... No somos familia, apenas nos conocemos, no somos nada el uno del otro.

La estaba perdiendo, otro repliegue, un momento más de reflexión y se le escaparía. Javier la agarró por los hombros con firmeza.

—Inés, no tienes adónde ir. Tú misma me has dicho que el señor Francisco no accederá a quedarse en cualquier lugar y menos con un desconocido. No tienes dinero y no quieres vivir del suyo. Una joven y un viejo juntos y solos. ¿Qué es lo que os queda, dormir en la calle o buscar un cuartucho inmundo en la calle San Francisco? ¿Y qué arreglarías con eso? Desde luego, no acallar las malas lenguas. El señor Francisco y tú no sois familia, por mucho que lo sientas como tal.

—No es lo mismo. Él es un anciano y tú...

—Mucho más joven, pero eso no cambia nada. Tu reputación está comprometida sea con él o conmigo. Tú decides: vosotros dos solos, Dios sabe dónde, o los tres, en una casa digna.

—Inés no contestó. Javier la presionó aún más—: Quiero una respuesta ahora.

En cuanto se dio cuenta de que el rumor de los rezos se había 153 detenido dentro del camposanto, Inés tomó la decisión:

—Tres, los tres —murmuró.

Lo miró y comenzó a bajar la calle.

Javier no pudo contener una sonrisa. Prácticamente la había obligado a aceptar, le habría gustado que hubiera sido de otra manera, pero algunas veces no queda más remedio que forzar la situación.

—¿Adónde vamos?

El anciano se paró por enésima vez en medio de la calle. Inés lo cogió de nuevo por la manga de la chaqueta y lo instó a continuar. Al fondo, junto a la fuente del Perro, unos niños pequeños jugaban a tirarse piedras. Inés pensó en lo desesperadas que tenían que estar las madres para dejarlos salir a la calle, exponiéndolos al riesgo de que les cayera encima una bala de cañón o el derrumbe de alguna fachada.

—Ya hemos hablado de eso. —«Llevamos varias horas haciéndolo».

—No voy a ir a casa de un desconocido.

Por mucho que Inés tiró de él, el anciano se quedó clavado y dejó la maleta en el suelo. Inés dedujo que iba a necesitar todas sus dotes de persuasión.

—Ya le he explicado que no es un desconocido, sino un amigo de la familia. ¿No lo ha visto esta mañana en el funeral?

Un repique de campanas atrajo la atención de Inés, que perdió la concentración. Era la llamada a misa y no el preludio de otro bombardeo.

—Sí, lo he visto y no me ha gustado. Nada.

—Lo conocemos desde hace tiempo.

—¿De quién es amigo? ¡Porque si es uno de esos carlistones con los que tu hermano…!

—¡No! No es uno de los amigos de Ignacio.

—Entonces, ¿de quién?

—De la familia.

—¿De la señora Consuelo? —La miró desconfiado—. No, ese hombre no ha ido nunca a visitarla. No era un amigo suyo, ni tampoco un pariente, me lo habría contado.

El repiqueteo se hizo más rápido y el pánico de Inés empezó a crecer al mismo ritmo.

—Señor Francisco, por favor, tenemos que irnos, ¿no oye las campanas?

El hombre seguía firmemente sujeto al empedrado. A ella se le acabó la paciencia; agarró la maleta de madera en la que llevaba todas las pertenencias y la levantó con mucho esfuerzo.

—No —insistió él con la cabezonería de un niño pequeño—, no voy a ningún sitio.

Inés miró las nubes por encima de las casas. Pasó el brazo por el del anciano y se dispuso a arrastrarlo hasta el portal cercano.

No necesitó usar la fuerza; en ese momento, la puerta del edificio se abrió y Javier salió como una exhalación.

—¿Qué estás haciendo aquí fuera? —la reprendió con dureza—. ¿No estás oyendo las campanas?

—No te preocupes —lo tranquilizó ella—. Es la llamada a misa. El señor Francisco dice que no quiere ir a casa de un desconocido. Ya le he dicho que eres un amigo de la familia, pero…

—¡No lo es! Yo a este hombre no lo he visto antes.

—Tiene usted razón. —Javier le siguió la corriente mientras aprovechaba para acercarlo al portal con una gran sonrisa—. No me ha visto antes porque Inés estaba esperando a que la abuela mejorara para hacer las presentaciones.

Javier le hizo un gesto impaciente para que entrara. Los dos hombres pasaron tras ella. El señor Francisco estaba tan absorto en Javier que ni se enteró que estaba subiendo la escalera.

—¿Y de qué conoce usted a la nieta de la señora Consuelo?

—¿Tampoco se lo ha contado a usted? —Javier alargaba el tiempo con toda intención. Un poco más y llegarían al segundo piso—. Es una mujer reservada, ¿no le parece?

Pero el hombre se detuvo en seco.

—¿Quién es usted? —Miró a Javier angustiado—. Inés, hija, ¿qué hacemos con este hombre? ¿Quién es?

—Es…, es… —vaciló ella.

Javier la sacó del apuro:

—Soy su prometido y van ustedes a quedarse conmigo.

Inés se quedó pegada al pasamanos.

—Hija, ¿por qué no lo habías dicho antes? —El anciano se apoyó en el brazo del fotógrafo, confiado, y retomó el ascenso—. Me deja usted mucho más tranquilo.

Los dos hombres pasaron a su lado, ella no podía dar ni un solo paso. Los ojos de ambos se cruzaron; sonrientes los de Javier, los de ella preocupados. Muy preocupados.

Con aquella declaración, había conseguido que el señor Francisco aceptara subir a su piso. Estaba claro que Javier le había hecho un favor acogiéndolos en su casa. Pero ¿la había sacado del apuro?

11

Javier salió a la calle después de dejar acomodados al señor Francisco y a Inés. Por suerte, ella estaba tan centrada en conseguir que el anciano se tranquilizara que no se interesó por saber adónde iba. Él había escondido en el laboratorio los ejemplares de *El Cuartel Real* que almacenaba en el salón principal y que había cogido de uno de los cafés para revisar el tono y tipo de noticias que aparecían en las columnas del periódico carlista.

«Un problema solucionado.» Ya solo quedaba otro. Tenía que recuperar su laboratorio. Y las placas con los negativos y los salvoconductos que había escondido en el muelle. Aunque eso sería mucho más complicado. Y si no conseguía solucionarlo, no solo sería tratado de espía por los carlistas y de cobarde por los liberales sino que se quedaría sin el material gráfico para el reportaje. Por no pensar en que las imágenes de una Inés cargada de erotismo correrían de mano en mano entre los soldados del bando del Pretendiente.

Más de cuarenta minutos le costó convencer a los centinelas de la batería de Sendeja de quién era y para qué regresaba. Como era previsible, sin el salvoconducto fue de lo más complicado.

—Se lo he repetido una centena de veces, soy un fotógrafo solicitado ayer por los altos mandos del Ejército para dejar constancia del hito acaecido en Deusto, antes de que el rey Carlos VII abandonara el campamento.

El centinela no dejó de apuntarle con el fusil.

—Entonces, ¿por qué no le conozco? ¡Yo estuve ayer aquí todo el día, sin moverme!

—Ya le he dicho varias veces que no vine por aquí, subí por la basílica de Begoña para retratar la columna que marchaba hacia Galdácano. Allí me vinieron a buscar, bajamos por la ladera del monte Archanda.

—¿Y a la vuelta? ¿Me va a contar también que regresó por

Archanda pudiendo caminar por la orilla de la ría? Además, ¿dónde tiene los…, los aparatos? ¿No dice que es fotógrafo?

—Estos son mis aparatos. —Javier le enseñó la prensa, que había tenido la precaución de llevar con él—. ¿Ve esto? Es una prensa. Se pone aquí el negativo y en esta parte el papel a la albúmina y se deja a la luz. Cuando en el papel comienza a…

—¿Y dónde están esos negativos?

Entonces le llegó la imagen del mapa que había fotografiado poniendo a Inés como excusa. Nadie podría sospechar nada al ver un retrato del Pretendiente. Don Carlos se dejaba fotografiar y se encargaba de difundir, dentro de España y en el extranjero, su imagen y la de los suyos. La propaganda carlista era parte importante de la guerra. En el interior del país buscaba los apoyos de la población, y fuera, las simpatías de las otras naciones. El apoyo verbal a su causa por parte de Inglaterra, Italia o Francia desataría una oleada de simpatías entre los países extranjeros que haría mucho más difícil la victoria del Gobierno de la República. A nadie le sorprendería ver fotografías de los mandos superiores del Ejército, pero ¿y si encontraban los negativos de los mapas, la imagen de un mapa en el que quizás estaban marcadas las localizaciones de las avanzadas carlistas, o tal vez los planes de ataque?

—Tuve que dejarlos en el campamento. —Aquello se atenía bastante a la realidad. Obvió la palabra «escondidos» y continuó—: Ayer entregué los negativos. Hoy haré los positivos. Esa fue la condición.

—No tengo ninguna noticia de que fuera a venir.

—Eso debe de ser porque como ayer no crucé por aquí, han dado la orden al puesto de Begoña. ¿No irá a hacerme rodear medio monte solo por esa nimiedad?

—¿Y quién me dice a mí que no es un espabilado que quiere escaparse de la villa? Dicen que ahí dentro ya empezáis a comeros la carne de los caballos heridos. —Se rio el muchacho.

A Javier le dio rabia pensar que la desgracia de algunos podía ser el regocijo de otros. Sin embargo, que a aquel soldado le mejorara el humor sin duda le beneficiaba.

—¿Para huir hacia el mayor campamento de la región?

Aquello descolocó al militar, que no había pensado en ello, pero pronto se puso en guardia de nuevo.

—¿Y un espía? ¿Quién me dice que no es alguien que quiere… matar a nuestro rey?

157

—Partió ayer del campamento.

—¿Qué sucede aquí?

¡Por fin alguien que sabía quién era! El recién llegado era uno de los oficiales con los que se había entrevistado la primera vez que acudió a aquel bastión. No era el capitán González Luna, pero esperaba que lo ayudara.

En efecto, por fin lo dejaron pasar y le permitieron ir solo. Javier se pegó a la ría en vez de a la ladera del monte. Encontró mucho movimiento camino de Deusto. Se caló el sombrero y no despegó los ojos del agua. Por si acaso se tropezaba con alguno de aquellos carlistas que los habían obligado a huir. Rezó para no encontrarlos tampoco a la vuelta; pasar desapercibido con el laboratorio portátil sería imposible.

Una vez se ensanchó el terreno, todo el mundo se dirigía a la explanada de la iglesia de San Pedro excepto él, que no se separó de la ribera. Se metió en el bosquecillo de chopos sin que nadie se lo impidiera. En cuanto localizó el laboratorio, lo llevó hasta el campamento carlista con toda tranquilidad. El resto fue muy sencillo: localizar al capitán González Luna y que le cedieran una mesa en la que trabajar fue todo uno. Tardó varias horas en positivar los negativos. Era un día gris y el proceso de positivado tardó mucho más de lo esperado. En entregarlas, apenas un suspiro.

Todavía tuvo que esconderse para acercarse hasta el muelle y encontrar —«¡Menos mal!»— las placas y los salvoconductos.

Salió de allí varias horas después aún con el temor de que le encontraran los vidrios que llevaba ocultos bajo la ropa.

Pero llegó a la batería sin haber sufrido ningún contratiempo.

El soldado estaba en el mismo sitio.

—Me ha dicho el oficial que registre todo lo que lleve.

Javier se apartó del carrito y le dejó vía libre. Se alegró de haber tenido la precaución de esconder las fotografías problemáticas.

—Tenga cuidado con los negativos, son muy delicados. —Le señaló unas placas dentro del laboratorio.

—¿Cómo se cogen?

Javier respiró. Al menos no había plantado los dedos sobre la emulsión y los había echado a perder.

—Por los bordes del vidrio —dijo mientras le mostraba cómo hacerlo.

El soldado los examinó uno a uno.

—¿Estos son todos?

—Todos los que el mando no se ha quedado. Estos son los que puedo utilizar para hacer las crónicas para los noticieros.

—Ahora usted.

—¿Cómo?

A Javier se le encogió el estómago y sintió cómo las placas, que había escondido en la cintura del pantalón envueltas en un paño, se deslizaban hacia abajo.

—¿Ha comprobado bien el carro? No quiero que luego me persiga nadie acusándome de pasar algo fraudulento. ¿Ha mirado el apartado del fondo?

El chico metió la mano hasta la parte trasera del carrito y sacó los positivos que Javier sabía que encontraría. Miró las fotografías de Inés y se le cambiaron las facciones.

—¿Estas... también son para la crónica? —le preguntó sorprendido mientras le mostraba la imagen de la espalda desnuda.

Javier recuperó los retratos y separó el primero de ellos. Se lo tendió al tiempo que le guiñaba un ojo. El chico lo guardó a todo correr dentro de la chaqueta gris del uniforme.

—Estas son para seguir adelante.

Y mientras recorría el camino del Sendeja y entraba en el paseo del Arenal se dijo que, de todo lo que había hablado aquel día, esas últimas palabras eran las únicas que eran verdad.

—Le esperábamos mucho antes —le recriminó Castillo en cuanto puso el pie en el edificio de Gobernación. «Cuartel general de los liberales, debería decir.»

—No he podido venir antes. Ya se lo dije al hombre del telégrafo.

—¿Y qué ha estado haciendo durante más de una semana, si puede saberse?

—Tengo un negocio que llevar ahora que mi patrón y su familia no se encuentran en la villa.

—¡Ah, sí! —comentó el gobernador militar—, uno de esos carlistas que buscan la protección de los pudientes para salir corriendo antes de que el barco naufrague.

—Nada sé de sus razones. Solo que el dueño del estudio fotográfico Bustinza estaba enfermo. La familia decidió aprovechar la oportunidad que le brindaban unos amigos para que se repusiera.

—Mientras la ciudad resiste como puede sin ellos —masculló Castillo.

—¿Para qué me requieren? —preguntó Javier.

—Para hablar de su visita al campamento carlista.

—Entregué al de telégrafos todas las fotografías que pude tomar. ¿No les han llegado?

El gobernador movió un papel que tenía sobre la mesa y destapó las imágenes que Javier mencionaba. Apartó varias en las que aparecía parte de la tropa y se centró en las de los oficiales de mayor graduación.

—Dorregaray, Ollo y Rada. —Señaló uno tras otro a tres de los hombres que aparecían—. ¿Quién es este otro?

—Radica. Siempre lo vi al lado de Ollo.

—A ninguno podremos cazarlo ya en Deusto.

—La información llegó tarde —le echó en cara el mariscal de campo de Bilbao.

—No pude entregar las fotos antes —se defendió Javier.

—Tenía que haberlo hecho el mismo día que las tomó —le recriminó Ignacio del Castillo.

—Ya expliqué en Telégrafos que escondí las placas en el campamento carlista. No pude traérmelas conmigo. Hubo un encontronazo con un grupo de soldados y tuvimos que cruzar la ría a nado.

—¿Ha dicho «tuvimos»?

Javier se encontró entre la espada y la pared, cogido en falta como cuando su madre lo pillaba sorbiendo un huevo recién robado del gallinero.

—Yo y mi ayudante —explicó.

—No sabíamos nada de un ayudante —le echó en cara el militar—. Este trabajo era solo para usted.

—Creí que lo había mencionado. Es imposible sacar todas esas fotografías en tan poco tiempo. Cada una de ellas hay que revelarla antes de quince minutos. Como pueden comprender, no habría conseguido tomar tantas si no llega a ser por él.

Los hombres se miraron. El mariscal hizo un gesto a Castillo y este se encogió de hombros.

—¿Nos asegura que es de su total confianza?

—Absolutamente.

—Más le vale. Será usted el que pague ante la más mínima duda de traición.

—Él nada sabe de esto y no lo va a saber nunca. En eso está como los carlistas, convencido de que no tengo depositados los afectos en ninguna ideología.

Los dos militares liberales compartieron con él una sonrisa cómplice a la que Javier no encontró sentido.

—Contamos con ello —accedió Castillo.

—Y ahora, explíquenos esto —dijo el mariscal y le plantó un dibujo delante.

Los liberales habían copiado el mapa que Javier había fotografiado a hurtadillas, simulando que retrataba a... Entonces se dio cuenta de a qué venían las sonrisas. En la fotografía se veían las manos y parte de la falda de Inés; no había tenido más remedio que retratarla para justificar la fotografía delante de los carlistas.

—¿Qué quiere usted saber?

—¿Dónde estaba este mapa?

—Junto a uno de los carruajes de la administración carlista. Un hombre lo estaba confeccionando.

—No es muy bueno —criticó el mariscal.

—Hice lo que pude, dadas las circunstancias.

—¿Sabe lo que es?

Javier le dio la vuelta para examinarlo. Apenas había unos nombres: San Pedro era uno de ellos; el resto, líneas irregulares que supuso marcaban las distintas alturas de las montañas.

—Un detalle de un terreno, montes y valles.

—Y mar —recalcó el mariscal.

Se fijó bien. Era una parte de la costa vizcaína. En concreto, la línea entre la villa de Portugalete y Santander.

—Usted lo sabe mejor que yo.

—¿Ve estas manchas azules? Marcan nuestras posiciones en la última batalla, el febrero pasado en Somorrostro. Estas rojas, las suyas.

—¿Y bien?

—Perdimos. Tuvimos dos mil bajas frente a las seiscientas de ellos.

—¡Pero si los rumores dicen que...!

—Sí, que el general Moriones venció en la batalla. Por eso son rumores, porque no son ciertos. ¿Cree usted que si fuera verdad no lo hubiéramos gritado a los cuatro vientos?

—¿Por qué…?

—Hay que mantener la moral alta de los ciudadanos —justificó Castillo—. ¿Le parece poco soportar ciento cincuenta cañonazos diarios y pagar un real por una libra de pan?

—Perdimos —interrumpió el mariscal la diatriba del gobernador—. Su artillería era peor, pero nos sorprendió la infantería. Fueron muy superiores en capacidad de maniobra, en el orden de la instrucción y en arrojo. El general Moriones ha sido sustituido por el general Serrano, duque de la Torre, hasta hace unos días presidente del poder ejecutivo del Gobierno de la República. Nuestros asesores han visto el mapa y quieren saber qué son estas manchas verdes.

Se fijó en los nombres anotados en el mapa. Somorrostro, Valmaseda, Portugalete…, y se centró en unas líneas poco perfiladas, intercaladas entre las rojas y las azules.

—Creemos que pueden señalar las previsiones de dónde instalarán los batallones en el próximo combate.

Javier recordó entonces los retazos de conversación que captó en el campamento carlista mientras simulaba que fotografiaba a Inés.

—Zanjas, apostaría a que eso es lo que son esas rayas.

Los militares se miraron sorprendidos. Sin duda era algo en lo que no habían pensado.

—¿Están moviendo las trincheras?

—Eso me pareció entender al hombre que dibujaba el mapa. Hablaba con alguien sobre ello.

Ignacio del Castillo se colocó al otro lado de la mesa, junto al mariscal de campo, y se pusieron a hablar ignorando a Javier por completo.

—Esto lo cambia todo. Tendremos que mover a nuestros confidentes y avisar a Serrano. Habrá que asegurarse cuanto antes. Apenas queda ya tiempo.

Javier no terminaba de entender.

—¿Tiempo para qué?

—Se está preparando otra ofensiva. Nuestro Gobierno está decidido a liberar Bilbao en breve. Ya hay movimiento de tropas en torno al pueblo de San Pedro de Abanto, en Somorrotro —le aclaró Castillo—. Esto, por supuesto, no puede usted comentarlo con nadie.

—Entonces, ¿por qué me lo están contado? Saben que soy reportero.

El mariscal de campo abrió uno de los cajones del escritorio y sacó una carta. En la parte delantera del sobre aparecía su nombre, en la trasera «Redacción del diario *Madrid*». En el interior, una nota.

Este periódico queda muy agradecido por el reportaje recibido el pasado jueves firmado de su puño y letra. Rogamos que en futura crónica adjunte un relato veraz de lo que acontece en el campo de batalla. Sin duda, su nombre se verá favorecido por el agradecimiento del país y de nuestros lectores.

—¿Esto quiere decir…? Pero… si yo no he enviado aún… —titubeó todavía con la nota del periódico en la mano.

—La nota no es real, pero el señor Echevarría está en posición de asegurar que conseguirá que le publiquen la crónica en cuanto usted lo desee. Tiene una semana. El domingo próximo tendrá que salir de Bilbao. Lleve todo lo que necesite para su trabajo. Para todo el mundo será un reportero que trabaja para el periódico *Madrid*. Menos para el general Serrano, que será el único que estará al corriente de la misión. Acérquese primero a las posiciones liberales y preséntese a él. Queremos que le ponga cara antes de que pase al bando carlista.

Castillo sacó un pedazo de papel en blanco y un sello del primer cajón del escritorio. De un golpe, lo estampó en la hoja y se lo tendió. En medio de la mancha azul, Javier vio una gran C rodeada de filigranas.

—¿Y esto?

—Esto es para que se lo enseñe a Serrano. Él conoce la marca, sabrá que se lo he dado yo.

—Si primero voy a posiciones liberales, ¿cómo voy a pasarme desde allí al bando carlista?

—Eso será cosa suya. Recuerde, hágalo en ese orden a no ser que quiera que le tomen por uno de ellos y le vuelen la cabeza en la primera carga.

Cuando salió de la sede de Gobernación, el corazón le palpitaba tan fuerte que los disparos de los fusiles en las laderas de los montes le pasaron completamente desapercibidos.

El salón estaba extrañamente tranquilo. El señor Francisco e Inés llevaban ya más de una semana en la casa y Javier comen-

163

zaba a pensar que podía acostumbrarse a su presencia para siempre. Era lo más cercano a una familia que había tenido desde que se había marchado a Francia su mentor.

Recorrió con la vista la estancia que no hacía mucho utilizaba como estudio fotográfico, sin reconocerla. El biombo había desaparecido para ocupar un lugar en la habitación de Inés y el sofá se había transformado. La culpa la tenían un par de almohadones color marfil que Inés había rescatado de la alcoba junto a la cocina en la que había alojado al anciano. Había bastado arrimar la mesa que usaba él como apoyo en las fotografías de las chicas y un par de sillas más para convertir el espacio en un acogedor y familiar salón de estar. Tan acogedor que Javier había dejado de leer los diarios en los cafés para hacerlo allí; tan familiar que prefería aquel tranquilo rincón a ocupar asiento en cualquiera de las pocas tertulias que aún se celebraban en Bilbao.

Inés ejercía de dueña de la casa desde que había llegado. Javier le había dejado muy claro que él era un pésimo organizador y peor cocinero, y ella había tomado las riendas de la intendencia.

Había reiterado en varias ocasiones que tenía que buscar un trabajo con el cual pagar su manutención y la del señor Francisco, pero Javier le había quitado importancia. Había insistido en que se tomara unos días para sobreponerse de la pena de perder a su abuela y a su hermano. Sorprendentemente, le había hecho caso. Javier intuía que estaba más afectada de lo que aparentaba y que necesitaba un intervalo de tranquilidad, aunque era consciente de que cualquier mañana ella volvería a recorrer las calles en busca de labor. Mientras tanto, pasaba las mañanas entre los fogones y haciendo limpieza, y las tardes, cosiendo en el sofá. Y él junto a ella. Aquella era su vida, tranquila y serena. Y estaba a punto de finalizar.

Tres, tres días era todo lo que le quedaba para disfrutar de ella. Cuatro a lo sumo. Después la cambiaría por el infierno.

—¿Mucho trabajo en el estudio? —le preguntó Inés obligándolo a dejar esos oscuros pensamientos.

—Apenas nada. La gente ya no viene como al principio.

—¿Al principio del año?

—Del conflicto.

—¿Y eso…?

—Los que abandonaron Bilbao antes del asedio tenían necesidad de dejar un recuerdo a los parientes que se quedaban. Además, también estaban los hombres que se alistaron en el Ejército gubernamental y en las compañías de auxiliares voluntarios. Imagino que se desató el nerviosismo ante la posibilidad de no volverlos a ver. Fueron muchos los que acudieron al estudio. Ahora, después de más de un mes, nadie piensa en fotografías.

Inés miró de reojo al señor Francisco. Este utilizaba la mesa para completar un solitario de cartas.

—¿Y el otro trabajo? —musitó en voz más baja.

Aquella era la primera vez que Inés hacía referencia a un tema personal desde que estaba en la casa. Lo cierto era que ni siquiera habían hablado de sus fotografías, tal y como habían previsto hacer el día que la retrató. La muerte de la abuela, la marcha de su hermano al frente y el hecho de quedarse sin hogar lo habían cambiado todo. Como si lo vivido entre ellos antes del 5 de marzo no hubiera existido nunca. Demasiado tiempo si se tenía en cuenta que estaban ya a 18.

—Ayer acabé con él.

Hasta el domingo tenía para vender las fotografías de las chicas. Ese era el plazo antes de marcharse de allí, antes de dejarla atrás.

—¿Te quedaste sin trabajo? —El señor Francisco intervino por primera vez en la conversación. Arrojó el mazo sobre la mesa con fuerza. Algunas cartas se desperdigaron por el tablero, el resto se precipitó al suelo—. ¡Malditos carlistones!

—¡Señor Francisco! —imprecó Inés al anciano alterado.

—¡Por Dios, por la patria y el rey! ¿Alguien cree que todo esto que están haciendo tiene el beneplácito de Dios?

—Tranquilícese, por favor.

—La patria, dicen. ¡La están destrozando con bombas y cañonazos! ¿A cuántos jóvenes han engañado, a cuántos padres que piensan que ceden las vidas de sus hijos por defender una patria de la que se han apropiado sin permiso de nadie?

—Señor Francisco, se lo ruego...

—¡Por el rey! ¿El rey de quién? ¡No el mío, ni el de la gente de bien! ¿Es que no se han enterado de que este país no quiere más reyes, de que es una República?

Javier observó cómo Inés dejaba a un lado la costura y buscaba la manera de tranquilizar al anciano, abochornada por su comportamiento. Optó por salir del salón para no ponerla más nerviosa.

—Señor Francisco —le oyó decir—, ¿no se da cuenta de que enfadarse de esa manera no conduce a nada?

Inés siguió hablando, cada vez más bajo. Javier dejó de oírla cuando se metió en el laboratorio.

Estaba prácticamente vacío. Con la ausencia de su jefe, había trasladado todos los productos al gabinete fotográfico. Apenas quedaban las cubetas para sumergir las placas, ya limpias de cualquier elemento tóxico. Aunque había cosas de las que se negaba a deshacerse.

De una caja de madera sobre la encimera, sacó unos positivos y comenzó a ojearlos. Así fue como se lo encontró Inés, con su imagen entre las manos.

—Perdón por lo del señor Francisco —dijo ella desde la puerta—, a veces se altera por nada.

—No te preocupes.

—No sé lo que le pasa. Antes era más razonable. También se enfadaba bastante, sobre todo cuando se ponía a discutir con mi hermano, pero se tranquilizaba en cuanto Ignacio se marchaba. Ahora en cambio, salta a cada momento sin razón aparente. Ya le has visto, ni siquiera hemos mencionado nada de…

—No es culpa tuya.

Los ojos de Inés se posaron en lo que tenía entre las manos.

—Son mis fotografías.

—Sí. Dijiste que querías verlas antes de…

—Pensé que se habían perdido aquel día.

—Conseguí recuperar el carro y lo traje de vuelta.

Aunque no lo hubiera hecho, las habría tenido igual puesto que guardaba los negativos. Era práctica normal mantenerlos durante unos meses y, después, reutilizar los vidrios de nuevo. Pero Javier sabía que no sería capaz de deshacerse de esos.

—¿Puedo…, puedo verlas? —preguntó ella.

Javier le tendió las fotografías.

—Ese era nuestro acuerdo.

Las fue pasando una a una. Despacio, con miedo. Se detenía unos segundos entre la que estaba mirando y la siguiente. Javier la veía dudar, la veía temblar.

Él las había ordenado varias veces; conocía el orden en que ella las repasaba y observaba su reacción. De alivio, ante la imagen del pelo y la peineta de brillantes; inquieta, ante el cuello desnudo y el perfil de la barbilla; nerviosa, con la caída de la tela sobre la espalda; alterada, ante el eterno escote trasero; exaltada, con la última imagen.

Hasta a él, que la había tomado, le sorprendían las sensaciones que emanaban de aquella fotografía. No se parecía en nada a las que había hecho al resto de las chicas. No tenía nada del agresivo erotismo de Nina ni de las posturas explícitas o de las exuberantes carnes de otras.

Una delicada sensualidad era lo que reflejaba aquella imagen. No eran los brillos ni los diamantes, no eran la suavidad del vestido ni la caída de la tela.

Era ella. Su postura. La forma en que se sentaba de costado, el modo en que apoyaba el brazo sobre el respaldo de la silla. La manera en que se inclinaba hacia delante. Era ella. La sencillez de su actitud y la elegancia de su pose.

Inés rozó la superficie del papel con la yema de los dedos.

—Es... —No lograba poner palabras a lo que sentía.

—Es extraordinaria.

—No imaginé que pudiera parecer tan elegante.

—No es solo elegancia sino algo más.

—¿Tú crees? —Se ruborizó.

Se acercó hasta ella. Dos pasos bastaron. Uno más y se situó detrás. Podía ver la foto por encima de su hombro.

Los separaba una brizna de aire. Notaba el calor que emanaba su cuerpo. Cerró los ojos y la vio otra vez. No como la obstinada joven que había conocido, no como la hermana protectora ni la solícita vecina. No como la amable nieta. Sino como la mujer que era.

Llevó la mano hasta su cuello y lo recorrió por encima del hombro, sin tocarlo. Bajó por el brazo hasta el codo. Despacio, muy despacio. Agitado, muy agitado. Se le antojó como culminar la cima de una montaña; la misma excitación, el mismo entusiasmo. Se le escapó un suspiro cuando llegó a la cintura; dos, en la curva de las caderas. Ella, sin embargo, no respiraba. Solo esperaba. Javier imaginó el cosquilleo de su piel, sospechó la rapidez de su latido, intuyó la agitación de su pulso.

Deseó repetir el recorrido, hacerlo real; sin trabas, sin obstáculos, avanzar por su figura, sentir el contorno de su cuerpo, la tibieza de la sangre corriendo por sus venas, su calor.

Ella tembló.

Y él, que en lo único que pensaba era en darle la vuelta y perderse en el color de su mirada, le apoyó la frente en la sien y contestó:

—¿No te has dado cuenta? Esa mujer de la foto eres tú.

Y

«Eres tú.»

Aquellas palabras se repetían en sus oídos muchas horas después, mientras daba vueltas en el lecho sin poder conciliar el sueño. Todavía sentía la dureza de su pecho contra la espalda. Y su abrazo.

Porque ella se había apoyado en él y se había dejado mecer. ¿Cómo evitarlo? Solo era una simple mujer, que tenía tanto miedo a quedarse sin los seres queridos, que lo único en lo que podía pensar era en la forma de mantenerlos con ella. Sin embargo, de repente, aparecía Javier y la hacía sentirse otra. Más bella, más atractiva, más viva. A pesar del asedio, a pesar del hambre, de la falta de dinero; a pesar de quedarse sin casa, de haber perdido a su abuela y a Ignacio; a pesar de todo.

Habían bastado aquellas dos palabras y sus labios junto al lóbulo de la oreja para llegar a la orilla de los sueños nunca alcanzados. Había bastado un segundo para perderse.

Para perderse en su boca, en sus ojos y sus brazos. Para perderse en su piel, en la rugosidad de su barba y las palmas de sus manos. Había bastado un segundo para besarlo y que la besara a ella, para olvidar lo que era y lo que siempre quiso ser.

Ni siquiera el señor Francisco lo había impedido con sus voces. El hechizo había durado un instante más, lo suficiente para hablar sin palabras. Sin embargo, se había roto al final. Entendió en silencio que lo suyo era imposible. La realidad se imponía entre los dos en forma de novia ausente, de distinta clase social, de intereses diferentes y de un anciano sobre el que ella tenía obligaciones y él no.

Les costó un esfuerzo enorme persuadir al señor Francisco para que cerrara la ventana y dejara de gritar arengas contra los carlistas desde aquel segundo piso cada vez que caía uno de los más de cuatrocientos proyectiles que habían lanzado contra la villa aquel día. Le costó un enorme esfuerzo fingir que no había sucedido nada entre ellos.

El peso de la lana de las dos frazadas que Javier se había empeñado en ponerle sobre la cama la ahogaba. Notó la boca seca. Las preocupaciones le daban sed y falta de sueño.

El pasillo estaba oscuro. Al pasar por delante de la habitación del anciano lo oyó roncar. En cambio, de la de Javier no salía ningún ruido.

Tanteando llegó hasta la cocina. Los carlistas no les habían respetado la víspera de San José, pero el tiempo sí lo había hecho: el cielo no había estado cubierto en todo el día. Inés abrió el cristal de la ventana y se asomó al patio. A la luz de la luna, atisbó el firmamento libre de nubes.

En la penumbra, cogió una taza de la alacena, se acercó hasta el rincón del fuego y palpó hasta dar con el cántaro del agua. Lo alzó con una mano y se lo apoyó en la cadera. Lo inclinó y arrimó la taza de barro al lugar donde calculaba caería el chorro del agua. Se empapó los pies.

—No es necesario que andes a oscuras como una ladrona.

El sonido de la pantalla del candil al ser levantada, el fósforo contra el rascador y Javier sentado a la mesa.

—¿Qué haces aquí?

—Imagino que lo mismo que tú. No podía dormir.

Tenía que haber bebido y haberse marchado. Se sentó en el banco, a su lado.

—Siento todos los problemas que te estamos causando, el señor Francisco no era así, te lo prometo. Entenderé que quieras que nos busquemos otro sitio.

—Podéis quedaros todo el tiempo que necesitéis, incluso aunque no esté yo.

Inés se sobresaltó.

—¿Vas a marcharte? —«Dios mío, otra pérdida no.»

—A trabajar. Por unos días.

—Pero si no se puede salir, ¿cómo…?

—Prefiero no hablar del tema. No será hasta el sábado.

—Te vas con ellos —constató—. Con los carlistas, como Ignacio.

—No voy a decírtelo.

—A hacer fotografías, como el otro día.

—No de la misma manera.

—Pero ¿te vas? —preguntó ella angustiada.

—Sí.

—¿Adónde?

—El diario para el que trabajo pide más información.

Inés se dio cuenta de que solo intentaba distraerla con buenas palabras.

—Te vas al frente —sentenció.

—Aún no lo sé, intentaré acercarme a las baterías que están más allá del alto de Castrejana.

169

—¿Y después? —No pudo controlar el temblor de la voz y Javier fue perfectamente consciente de sus miedos.

—Sé lo que piensas y no va a suceder. —Posó una mano sobre la suya. Empezó a acariciarla distraídamente—. No vas a quedarte sola. Volveré. Ignacio también. Volveremos.

—No soy como esas chicas que se juntan en la plaza Nueva o en el paseo del Arenal y suben a las baterías del monte Pagasarri a divertirse con los muchachos que defienden la villa. Ellas piensan que esto es un juego, una distracción de hombres para olvidarse de las obligaciones que los abruman. Sé bien cómo terminan los hombres alcanzados por las balas o heridos con la bayoneta: muertos, solos, tendidos en el barro como los perros, sin que haya un ser querido que les sostenga la cabeza antes de ofrecer el alma a Dios.

—Yo no soy un soldado. No voy a luchar en esta guerra.

—Hay cosas que uno no puede controlar.

Javier se soltó de ella, alterado.

—No estoy de acuerdo contigo. ¿Qué propones entonces, dejarnos llevar por la voluntad divina? ¿Acatar el Dios, la patria y el rey?

—¿No sería mejor hacerlo? —musitó Inés—. A veces pienso que los cinco últimos años no han servido para nada. Me había creado la ilusión de que habíamos comenzado una nueva vida cuando lo único que hacíamos era recordar la que dejamos en el caserío. No hemos cambiado.

Se sobresaltó cuando sintió las dos manos de Javier apretando las suyas para infundirle un poco de ánimo.

—Inés, mírame. —Ella alzó la cabeza—. Yo lo hice, lo conseguí. Lo seguiré haciendo. Salí de aquel mundo y encontré este. Uno más moderno, más libre, más feliz.

—Más feliz —repitió ella en voz baja, sin creérselo.

—Donde las oportunidades dependen de uno mismo y no están sujetas a las inclemencias del tiempo o a la voluntad de Dios, donde el hombre es el que maneja las riendas y encuentra el éxito si lucha por conseguirlo.

—Yo no quiero ese mundo tuyo. Tú hablas de oportunidades y éxito, y yo, de familia y hogar. —Sollozó—. Quiero volver a oír a mi abuela cantándome nanas como cuando era pequeña, quiero tener de vuelta a Ignacio, quiero que el señor Francisco sea un hombre cuerdo otra vez y tener unas monedas para disfrutarlas con ellos. Nada más.

—¿Ves como no somos tan distintos? Tú tampoco te resignas. Mi trabajo es importante, cambiará el futuro. Tienes que entender por qué tengo que marcharme el sábado.

Inés frunció los labios. Contendría el llanto. Demasiadas lágrimas derramadas en tan poco tiempo. Ignacio, la abuela y el señor Francisco eran su familia; Javier no. Y no pensaba llorar por alguien al que acababa de conocer. Aunque le doliera.

Sin embargo, no pudo evitar poner una mano sobre las suyas y apretar con fuerza.

Él detuvo la mirada unos minutos sobre la mesa. Ninguno deshizo el nudo que formaban sus dedos. Después alzó la cabeza poco a poco. Cuando sus ojos coincidieron, Inés resolvió:

—No, no lo comprendo, ni quiero tampoco.

—¿Qué quieres entonces?

—No lo sé. Olvidarme de todo por unos segundos, unos minutos, un día. Dejar de ser Inés Otaola Azcona y convertirme en una mujer sin nombre, sin pasado ni futuro, solo con presente. Quiero dejar de pensar y empezar a sentir, solo sentir.

—Cierra los ojos —le susurró Javier, tan cerca que notó su aliento acariciándole los labios.

171

Fue la misma maravillosa sensación que cuando sintió su mirada posada sobre ella el día que se puso el vestido de satén, la misma que cuando imaginó sus dedos deslizándose por su cuerpo aquella tarde. La misma.

Abrió la boca para acoger sus labios. Javier no la decepcionó.

Era la cuarta vez que la besaba y le pareció que lo había hecho siempre. Estaba en casa. Tal era la sensación que lo embargaba. Recordó el tierno beso que se habían dado al escapar del campamento carlista, el increíblemente real en el pórtico de la catedral, el erótico de aquella misma tarde. Pero nada comparable con el beso apasionado de ese instante.

Las manos de Javier se soltaron para adentrarse en las profundidades de su pelo. Los labios se separaron para seguir el camino de su piel. Sus ojos no dejaban de mirarse. Su respiración de encontrase. Sus mentes de unirse.

Fue como si la hubiera estado buscando siempre sin saberlo. Como si cerebro y alma hubieran trazado caminos distintos durante toda la vida, como si acabara de encontrarla.

Fue como si aquella profunda y cálida boca hubiera sido hecha para ser besada, para ser mordida, para ser colmada por él.

Los labios tan jugosos, la lengua tan suave, los gemidos tan irresistibles. La respuesta tan apasionada. Tan real.

Javier necesitaba comprobar que aquella cara, aquellos labios, aquella mujer no eran una fantasía ni formaban parte de un sueño.

—Inés —musitó después de dejar un reguero de besos en la base de su cuello.

—¿Sí? —contestó ella con un hilo de voz.

Fantaseó aquella misma respuesta, soñolienta, entre sus brazos, después de haber hecho el amor, y tuvo que hacer auténticos esfuerzos por responder:

—Igual no deberíamos…, igual tú no deberías…

—No me importa —respondió sin dejar de buscar su contacto—. No me importa lo que pase.

Lo besó de nuevo. Javier le devolvió la última caricia antes de separarse de ella.

—El sábado, me marcho el sábado —le recordó de pronto. «Quién sabe lo que sucederá después.»

172 Pero en vez de prudencia, aquel recordatorio solo provocó mayor insensatez en Inés. Le pasó las manos por los hombros, las unió detrás del cuello y lo acercó a ella.

No fue un beso de una virgen sino de una mujer entregada.

—Precisamente por eso.

Eran las palabras que necesitaba. Buscó los prendedores que le sujetaban el pelo y se los quitó. A Inés se le deshizo el moño al mismo tiempo que a Javier los prejuicios.

Los siguientes minutos fueron una mezcla de deseo, ternura y atrevimiento; de sorpresa, arrojo y pasión. Una suerte de locura. Y duraron demasiado poco. Hasta que el estruendo de un obús hizo temblar la luz del candil y la decisión de Javier.

—Es muy tarde. Deberías marcharte a tu habitación —dijo mientras intentaba evitar que volviera a acariciarlo.

—Apaga la lámpara.

La cocina quedó a oscuras. Inés se levantó, lo agarró de una mano y retrocedió arrastrándolo con ella.

—No creo que… —volvió a quejarse él por el pasillo.

—Calla. Vas a despertar al señor Francisco.

Siguiente parada, la habitación. La de ella.

—Es una insensatez —insistió Javier.

Y no porque no lo deseara; se moría por tenerla entre los brazos, como nunca le había sucedido, de una forma muy distinta a como le pasaba a veces con Mercedes o con algunas de las chicas a las que retrataba. Pero seguía pensando que no era la forma, no el momento. Inés tenía los sentimientos a flor de piel. El vacío dejado por la ausencia de sus seres queridos le hacía portarse de aquella manera. La mujer que tenía delante y que estaba decidida a compartir su intimidad con él era serena y cabal; hacía las cosas después de medirlas, como cuando llegó hasta él para que la fotografiara desnuda; sopesaba los riesgos, veía las consecuencias y las asumía. Al menos, hasta entonces.

«No va a suceder», decidió.

Inés dio un último tirón y Javier se encontró dentro de la alcoba. La puerta se cerró tras él.

Oscuridad absoluta. Los brazos de Inés rodeándolo por la cintura. Lo único que separaba sus cuerpos eran dos trozos de tela. Esa idea lo hizo jadear, llevándose lejos la decisión anterior.

Se dio la vuelta y la empujó contra la puerta. Ni el golpe de los cuerpos al chocar con la madera le despistó. La sujetó por la cabeza y le aplastó los labios. Con furia, con fuerza, para mostrarle su peor cara.

Sin embargo, su determinación desapareció cuando ella entreabrió la boca y le rozó con la lengua. En ese instante, se le deshizo la entereza y el juicio. Se le rompió la contención. Aspiró el aire que Inés exhalaba de los pulmones y le asaltó la boca. Quería meterse en ella, devorarla por completo, beberse su voluntad. Y quería que ella lo deseara también. La lengua húmeda y cálida, una espiral de deseo. Los labios hinchados, los besos apasionados, una oleada de fuego.

Deslizó las manos por su espalda. La necesitaba pegada a él. Más cerca, volvió a apretarla contra la pared. La atrapó dentro de las piernas, sin dejar de tocarla, sin dejar de besarla.

Oreja, boca, barbilla. Un reguero de besos, un arroyo de caricias. De un tirón, apartó la tela del camisón. Cuello, clavícula, hombro. El sabor de la piel, brisa fresca del mar, el olor de la marea al anochecer.

Sintió la urgencia del deseo insatisfecho y apretó la pelvis contra ella. Inés dio un respingo cuando lo sintió palpitar.

Aquel ligero ruido, que fue más un gesto que un sonido, fue el que puso fin a la insensatez. Apartó las manos de ella como si se hubiera convertido en el cristal caliente de un candil y puso

173

las palmas sobre la superficie de madera, a ambos lados de su rostro; buscaba un frescor que no llegó. Separó la cabeza de su piel y la apoyó también en la puerta. Y puso distancia con su cuerpo. Toda la que pudo; apenas un palmo.

Oía su propio jadeo y con la boca abierta intentaba recobrar el resuello y la sensatez.

—¿Qué sucede? —musitó Inés.

—No sabes lo que estamos haciendo.

Notó las manos de ella sobre su pecho. Una de ellas descendió por el costado y se detuvo en la curva de su cadera.

—Lo sé perfectamente. He nacido en un caserío. He visto a los toros montar a las vacas.

Hasta en aquellas circunstancias conseguía arrancarle una sonrisa. Deslizó el dorso de la mano por su mejilla.

—No es igual.

—No es tan diferente.

No quiso indagar por qué lo sabía. No era quién para preguntarle por su virtud de virgen cuando había estado a punto de arrebatársela.

—¿Has pensado en lo que puede suceder después…, en unos meses?

La mano de Inés continuó camino hacia la espalda, en la peligrosa línea desde la que nacen las nalgas. No parecía asustada por la insinuación.

—Un niño.

—Un hijo natural. —Javier intentó ser crudo.

—Un niño —repitió Inés como si quisiera fijar la idea en su cabeza.

—Salgo el sábado al frente. No es justo para nadie.

Inés se quedó callada. Si no llega a ser porque sentía su calor traspasar la tela de la camisa, Javier hubiera jurado que se había desvanecido en el aire.

—Supongo que no —dijo después de un rato—. Soy una egoísta, ¿verdad? Es tan difícil ver que todo se derrumba alrededor y no saber cómo detenerlo. Creía estar preparada para perder a la abuela y no era así. —Javier sintió la congoja de su voz—. E Ignacio…

La condujo hasta la cama y apartó la manta. Se sentó en ella y la hizo acomodarse a su lado.

—Hace frío, será mejor que te acuestes.

Si ella pensó que aquello era la continuación de lo que habían dejado a medias, no lo preguntó. Javier notó cómo el colchón de lana se hundía. Se metió detrás de ella.

—Javier…

—Ven aquí.

Le rodeó los hombros y la instó a acercarse. Inés colocó la cabeza sobre su pecho y él los tapó a los dos.

Se quedaron allí, callados, durante un rato. Él le acariciaba el brazo despacio. El movimiento de sus pestañas era lo único que revelaba que ella seguía despierta. Javier empezaba a entrar en la duermevela cuando Inés dijo algo:

—Todos los días me repito que hay personas que sufren como yo, pero que hay otras muchas cuya vida es infinitamente peor.

—Son tiempos complicados —musitó él apretándola más contra él.

—Subí una vez a las minas y vi a todas aquellas mujeres. Pasan el día esperando la salida de los turnos para irse con algún minero. Algunas hasta llevaban a sus hijos en los brazos.

—Ese no es lugar para ti.

—Tampoco para ellas, pero viven allí. Con sus padres, con sus hermanos, con sus hijos, en la miseria, pero viven con ellos. No como yo.

Javier continuó consolándola en silencio. Y en esa calma, pensó en sus padres, en sus nueve hermanos, en los sobrinos a los que nunca conocería.

Mucho tiempo después, en la habitación solo se oía la respiración acompasada de la mujer a la que abrazaba. Los párpados le pesaban; estaba a punto de dormirse.

—Tú no estarás sola, Inés. Lo prometo. No permitiré que pase.

175

12

—¿*A*lguna nueva? —le preguntó un hombre orondo, sin apenas pelo y con un fino bigote que peinaba continuamente con los dedos.

Se hacía llamar el señor García, pero Javier sabía varias cosas de él y una de ellas era su verdadero apellido, y desde luego, no era García.

—Las mismas que la semana pasada —le contestó antes de meter la mano en el bolsillo del abrigo y sacar el envoltorio con las fotografías.

—Les echaré un vistazo de todas maneras.

¿Cómo no?, le compraba una imagen cada semana. Era uno de sus clientes habituales. Hasta les podía seguir el estado de ánimo —y los problemas conyugales— por el tipo de fotos que compraban.

Fue discreto, aunque como no tenía categoría suficiente para acceder al salón privado del café Suizo, el intercambio tuvo lugar en la mesa más escondida del rincón más oscuro. Enseguida llegó la compañía. Uno alto, el otro, flaco, y el tercero, alto y gordo. Uno comerciante, el otro notario y el tercero el secretario del notario. Uno mayor, otro joven y el tercero cincuentón. Y todos, buenos clientes.

El señor García optó por la imagen más provocadora de Nina. El alto, por las enormes caderas de una chica que Javier había visto algún día por la calle Iturribide, y el flaco, por otra de la misma chica cubierta por una bata abierta que dejaba poco margen a la imaginación.

—Son todas repetidas —se quejó el alto y gordo.

—No hay fotos nuevas —repitió Javier—. Nadie se arriesga a andar por la calle con los guiris echándonos de todo sobre las cabezas.

El secretario del notario repasó de nuevo el montón. Pasó

una detrás de otra hasta que finalizó sin elegir ninguna más.

Javier metió la mano al bolsillo derecho. Allí guardaba las fotos de Inés. Su parte racional le había hecho unirlas a las de las demás chicas, al fin y al cabo se las había hecho para venderlas. Sin embargo, la idea de mostrarlas ante otros hombres le había revuelto las entrañas y las había separado del resto antes de entrar en el café.

—Anteriores a esas. Ya las han visto —mintió. Sacó la mano y le ofreció de nuevo el bloque de antes.

Se enteró de lo que había sucedido cuando vio agacharse al cincuentón. A sus pies y por debajo de la mesa, se esparcían las fotografías de Inés.

—Esta chica es nueva.

—Esas no están a la venta. Devuélvamelas.

—¿A qué las trae entonces?

Eso mismo se preguntaba él: ¿a qué? «Porque no consigo separarme de ellas» no valía como respuesta. No podía valer. Sin embargo, las llevaba encima siempre, desde que las había rescatado del campamento carlista.

—Ha sido una equivocación.

El hombre volvió a echar una mirada a la espalda de Inés y después se la mostró a los demás.

—Pues yo diría que estuvo muy acertado al tomar esta imagen.

—Demasiada ropa —dijo el comerciante.

—Demasiada —aceptó el flaco notario.

—Definitivamente, demasiada —confirmó su secretario.

Javier rescató las imágenes y las guardó en el bolsillo interior del abrigo para evitar nuevos contratiempos, a la vez que alargaba la mano izquierda con las fotografías de las otras chicas.

—Son las únicas que me quedan —aclaró con toda intención—. Elijan las que les gusten porque me temo que serán las últimas en algún tiempo.

—No, si al final vas a tener que desprenderte de esas que guardas con tanto ahínco —bromeó el alto y gordo.

Javier lo miró fijamente.

—Eso ni lo sueñe.

Hubo un estallido, otro y otro más. El ruido de los cascotes al caer le indicó que habían dado de lleno sobre un edificio. Inés se abalanzó sobre el señor Francisco para protegerlo.

—Pero ¿qué...? —se irguió el anciano cuando se hubieron alejado los ecos de los bombardeos.

—Espero que no haya sido la torre de la catedral —aventuró ella.

El señor Francisco se puso de pie de un salto y abrió la ventana de un tirón.

—¡Coríferos facinerosos! —gritó con el puño al aire—. ¡Currutacos afeminados! ¿Así es cómo demostráis vuestro amor por Dios, dinamitando su morada?

Cuando Inés llegó a su lado, tenía medio cuerpo fuera. La lluvia entró en la casa y mojó la madera del suelo.

—¿Qué sucede aquí? —preguntó desde el pasillo una voz sin resuello.

«Javier. Menos mal.»

—Ayúdame con él, por favor —le pidió angustiada y sin dejar de tirar de la chaqueta del anciano para intentar separarlo del ventanal.

Entre los dos, consiguieron meterlo en casa y cerrar. Inés resopló más tranquila cuando vio que dejaba de gritar. Paseaba de un lado a otro sin cesar, llegaba hasta la otra esquina y volvía. Una y otra vez.

—¿Por qué está así? —le preguntó Javier mientras se desprendía del gabán y sacudía el sombrero mojado contra el pantalón.

—Has dejado la puerta del laboratorio abierta y ha encontrado los periódicos carlistas. Se ha puesto como loco. Pensaba que se había calmado, pero cuando han caído las tres últimas bombas...

—Me han pillado en el portal. He subido a todo correr cuando he oído las voces.

—No son más que baladronadas de..., aldeanos, no son más que unos... —decía el anciano sin parar.

—No sabía qué hacer, por un momento pensé que se tiraba por la ventana.

—Tenías que haberlo controlado —la amonestó y no se quedó a escuchar la respuesta.

A Inés le dio rabia que él pusiera fin a la conversación de aquella manera. Lo siguió hasta la alcoba y esperó a que colgara el abrigo y el sombrero detrás de la puerta.

—¿Cómo? Es un hombre mayor, pero todavía tiene más fuerza que yo. Tú eres el que no tenías que haber dejado los diarios a la vista.

—Estaban en el laboratorio. Es una habitación sin luz. La puerta estaba cerrada. ¿Qué hacía dentro?

Javier sacó algo de dentro del gabán. Un pequeño paquete al que Inés no atendió. Acababa de convertirla en culpable, aunque no sabía de qué.

—No lo sé.

—¿No estaba contigo?

—Yo no estaba en casa —se justificó.

Javier dio un respingo. Apoyó la mano en la madera, junto a su cabeza, y la puerta se cerró. Ahora la que botó fue ella, bajo el peso de su mirada.

—¿Dónde estabas?

El enfado se delineaba en sus pupilas. Inés echó de menos la sensibilidad de la noche anterior.

—No he salido del edificio si es lo que preguntas.

—¿Dónde estabas? —repitió él cada vez más serio.

—No creo que te interese saber…

—Inés —la frenó él—, ¿dónde estabas?

—¿Acaso no puede una aliviar sus necesidades? —se encaró enfadada, al tiempo que le daba un empujón para alejarlo de ella y abría la puerta.

No logró poner un pie en el pasillo porque él le sujetó la mano antes de poder soltar el picaporte.

—Inés, espera —le pidió despacio.

Ella se volvió sin saber si quería enfrentarse al Javier airado de hacía un momento. Pero se encontró con un hombre preocupado.

—¿Sí? —musitó.

Le apartó un mechón de pelo que se le había soltado del recogido y lo enganchó detrás de la oreja. Internó la palma en su melena y le acarició la nuca mientras el pulgar paseaba libre por la línea de la mandíbula.

—Perdóname —le susurró él junto a la boca. Inés cerró los ojos para paladear el dulzor de su voz—. Un hombre asustado es peor que un hombre enamorado.

Inés no supo decir nada. La velocidad a la que le latía el corazón le hacía imposible siquiera respirar. Javier se inclinó, la obligó a levantar la barbilla y la besó. Apenas la rozó, pero

179

fue un beso húmedo y caliente como el verano. Y una sonrisa. Javier imaginó cómo sería tenerla siempre, verla siempre. Siempre, eterna.

La realidad cayó en forma de obús. Fue en la calle, pero rompió lo que tenían; el momento, suyo, únicamente suyo.

—Será mejor que salgamos antes de que el señor Francisco comience… —sugirió Inés en contra de su propio deseo.

No se movieron. Se miraron, con tanta emoción que Inés supo que nunca, pasara lo que pasase, nunca olvidaría los rasgos de aquel rostro.

Al final, fue Javier el que claudicó. Inés lo vio inspirar con fuerza y lamerse los labios para recuperar el control. Pero como si todavía no estuviera preparado para perderla, apoyó la frente sobre la de ella y esperó unos instantes más.

—Será mejor que salgamos —repitió.

Fue ella la primera en hacerlo. Aturdida por lo que habían compartido, le costó pensar en lo que significaba que la puerta de la vivienda estuviera abierta.

—Señor Francisco —llamó cuando se dio cuenta—. ¡Señor Francisco!

Javier llegó a la escalera casi antes que ella. Se asomaron a la vez por la barandilla.

—¡Señor Francisco! —gritó el fotógrafo hacia abajo, aun a riesgo de que todo el vecindario se enterara.

—¿Crees que se habrá marchado? —Inés hizo aquella absurda pregunta con el deseo de que sus temores no se hicieran realidad.

—No hemos mirado dentro de casa —constató Javier.

No, no lo habían hecho. Pero cuando lo hicieron, tampoco lo encontraron; ni a él ni sus zapatos ni su abrigo ni su sombrero.

—¿Dónde pretenderá ir? —mascullaba Inés mientras se echaba sobre la cabeza una enorme pañoleta para resguardarse de la lluvia que seguía cayendo.

—¿Estás lista? —le preguntó Javier, que la esperaba en el rellano. Volvía a tener puesto el mojado gabán que se había quitado hacía nada. Esta vez se había equipado también con un paraguas.

Inés no pudo menos que apreciar de nuevo las diferencias que los separaban. Él calzaba buenas botas; ella solo unas albarcas de cuero. Él se protegía con un buen sombrero de fieltro y paraguas, ella se echaba una tela por la cabeza. Él era un ciudadano en toda regla; ella siempre sería una campesina, por más tiempo que pasara en la villa.

—¿Lista? Sí, claro.

—Vámonos entonces.

Corto fue el avance. Porque dos pisos más abajo se detuvieron. Abrieron la puerta de la finca y se encontraron con una cortina de agua.

—Tenemos que encontrarlo —dijo Inés con miedo.

—Sería mejor que te quedaras dentro. Yo iré a buscarlo —se ofreció Javier.

—No no. Yo voy contigo, ya has visto cómo estaba. Creo que estará más tranquilo si me ve a mí.

No se lo dijo, pero tenía miedo de que huyera de Javier. Hacía un rato que lo había acusado de ser un carlista.

—¿Hacia dónde crees que ha podido ir? ¿A vuestra antigua casa?

—No lo creo. Desde que llegamos, no la ha vuelto a mencionar ni tampoco el barrio. Está completamente obsesionado con la política.

—¿Al Casino?

—No no —musitaba Inés esforzándose por recordar los lugares a los que iba antes del asedio.

—¿Frecuentaba alguna tertulia?

—Antes sí, y hablaba mucho sobre economía, política, el Gobierno y esas cosas, pero hace tiempo que se limita a quedarse en casa y a soltar sentencias e insultos contra los partidarios de don Carlos. Está completamente obsesionado con la contienda.

—¿A las baterías liberales? —se le ocurrió a Javier.

—¿A las de los montes? No no. Tiene que estar en la villa.

—¡Con los grupos de defensa, con los auxiliares voluntarios! —dijeron al unísono.

Sin embargo, no se pusieron de acuerdo en dónde.

—A la subida de Begoña —dijo Inés.

—Hacia la plaza Nueva —dijo Javier.

—Iremos a los dos lugares.

—Vamos pues —sentenció él al tiempo que abría el paraguas y esperaba a que ella se refugiara debajo.

Inés dudó si levantarse las faldas para evitar el barro y los charcos. «Tengo otras preocupaciones más importantes», pensó y salió del portal decidida a no regresar sin el anciano.

181

La plaza Nueva estaba desierta. Aunque los soportales parecían la salida de la iglesia el día de la Virgen de Begoña.

Dieron la vuelta a la plaza, miraron todos los rostros, los de los auxiliares y los de los acompañantes, y hasta los de las chicas que habían acudido a encontrarse con sus enamorados.

Se separaron. Cada uno recorrió los soportales en un sentido. Se reunieron a la puerta de la Sociedad Bilbaina.

—No puede estar muy lejos. Igual no lo hemos visto —comentaba Inés mientras se acercaban al arco que separaba la explanada de la calle Correo.

—No estaba, Inés. ¿Has visto a esos hombres? Los que no son soldados, son mujeres. Un anciano con el pelo completamente blanco no pasaría desapercibido.

—¿Al paseo del Arenal?

—¿Con esta lluvia? No lo creo. Probemos primero en la batería de Solocoeche, en el barrio de Iturribide, si ha oído que… —Sin terminar de contar lo que fuera que iba a decir, la detuvo antes de salir a la calle—. Tú te quedas aquí, voy yo solo.

—¿Por qué? El señor Francisco es mi familia, no la tuya.

—Está lloviendo a mares. Ya es bastante absurdo que estemos en la calle, no hay ninguna necesidad de que nos mojemos los dos.

—Se va a asustar de ti. Tengo que acompañarte.

—No voy a ceder, Inés —replicó él categórico—. No voy a dejar que vayas.

—¿Qué sucede? —Porque había pasado algo. ¿Y si no a qué venía ese cambio de actitud desde que salieron del portal?

Inés vio cómo Javier se debatía entre la verdad y la mentira. Por fortuna, ganó la segunda.

—Los carlistas han destrozado la escuela de párvulos de Iturribide, acaban de contármelo. Dicen que la han dejado reducida a escombros.

—¿Los niños?

—Estaba vacía. No quiero que te acerques por allí.

A Inés le subió al pecho un calor que no quiso analizar.

—No puedes protegerme, no tienes que hacerlo.

—No lo estoy haciendo.

—Ya. ¿Crees que ha oído la noticia y se ha acercado por allí?

Javier salió de la protección del arco a la humedad de la calle.

—Lo creo tan loco como para pensar que puede salvar a todos los infantes de la villa. No te muevas de aquí.

—¿Y si no lo encuentras?

—Volveré a buscarte —dijo simplemente.

Inés lo vio partir bajo la lluvia. Volvería, pero solo. Estaba segura.

Lo vio partir solo y solo regresó.

Había dejado de llover cuando apareció empapado. Tenía los bajos de los pantalones hasta casi las rodillas llenos de barro. Estaba claro que no había hecho uso del paraguas.

Antes de que llegara al arco bajo el que la había dejado, Inés se apretó el manto, nerviosa por las noticias, ansiosa por su regreso. No pudo contenerse y le salió al encuentro.

—¿No lo has encontrado? —le preguntó en cuanto se paró delante de ella.

—Por ningún sitio. He estado en la batería de Iturribide, en la galería de la plaza Vieja, hasta he cruzado el puente hasta vuestra casa. Ningún vecino lo ha visto desde que os fuisteis.

—¿En la catedral? ¿Debajo del pórtico?

—Tampoco.

—¿Seguro? Siempre hay un montón de mendigos. Mira que el día aquel que tú y que yo… —«nos besamos»—, el día que la abuela… —«se murió»—, en la zona más oscura había personas que apenas se distinguían. Igual ha podido esconderse allí y…

Las gotas volvieron a mojarles la cabeza. Javier abrió el paraguas y los tapó a ambos.

—Todo es un caos por aquella zona. Dos proyectiles han impactado contra la torre. La plaza está cubierta de charcos, montones de piedras y los cristales del templo. No se puede acceder a la puerta principal porque los cascotes bloquean el acceso.

—Pero… ¿has preguntado por él a la gente?

—Sí, y nadie da razón alguna. Claro que, con lo que nos está cayendo del cielo, nadie se fija en nadie. La gente solo piensa en buscar refugio para su familia.

—Dios del alma —suspiró Inés—. ¿Dónde se habrá metido este hombre?

La oscuridad comenzaba a cernirse sobre Bilbao. Había perdido la cuenta de la hora que era.

—No vale de nada que nos quedemos aquí —sugirió Javier.

183

Y como si los carlistas apostados en los montes lo hubieran oído, sonó una explosión y, después, el sibilante sonido de un obús cruzando el aire sobre los tejados.

Javier se encogió sobre Inés para protegerla. La detonación fue en ese instante. Inés se cubrió los oídos para amortiguar el estruendo.

—Ha sido cerca del teatro. Esta mañana ha quedado en muy mal estado. Como no hagamos algo, nos van a freír en esta ratonera —farfulló Javier mientras la empujaba contra el edificio.

El cuerpo de auxiliares, concentrado en la plaza Nueva, se puso en marcha. Un grupo de hombres salió hacia donde había caído la bomba. Detrás de ellos, varias chicas, divertidas, les llamaban valientes a gritos. Inés pensó en lo extraño que era el ser humano, que acogía desgracias y alegrías con la misma rapidez.

—Empezaremos por los cafés —decidió ella cuando se quedaron solos de nuevo—. Primero iremos al Suizo, luego al Casino, después…

Javier le cogió las manos.

184

—Tú misma dijiste que ya no frecuentaba esos sitios, ¿crees de verdad que habrá ido a alguno de ellos? —Javier debió de ver la aflicción en su rostro y accedió—: Primero al Suizo.

Enfilaron la calle en dirección al cercano parque del Arenal. A pesar de que apenas distaba cien pasos, tuvieron que detenerse antes de llegar. Una nueva detonación y las campanadas les dieron aviso de que los carlistas no cejaban en el empeño. De nuevo estaban contra una pared, Inés bajo su abrigo, de nuevo bajo su protección.

—Ya pasó —lo tranquilizó ella.

Javier aflojó la presión e Inés salió de la seguridad del abrazo.

—Vamos pues —ordenó irritado.

Dos pasos más y el agua volvió a arreciar. Las bombas también.

Esta vez se lanzaron contra un portal. Se apretaron bajo el dintel como pudieron. El ruido fue mucho más fuerte. Y más cercano. Inés hasta notó caer sobre ellos el polvo de la argamasa de la fachada.

Javier recogió del suelo el paraguas que había soltado. Tenía la boca apretada, como si controlar la furia se le estuviera haciendo un trabajo demasiado pesado.

—Al Suizo —dijo con firmeza y comenzó a caminar.

Salieron a la explanada del Arenal. Inés no quiso mirar la fachada del teatro, llena de agujeros, ni los árboles, destrozados por los impactos de las baterías, ni los sacos terreros que ocultaban las ventanas del hotel Antonia y servían a veces como parapetos para la protección de los auxiliares.

Se cayó en medio de un charco. Tropezó con uno de los sacos, se torció un tobillo y rodó por el suelo, en medio del peligro.

Javier la ayudó a levantarse y la cogió en brazos.

—Pero ¿qué…? —empezó Inés cuando vio que él echaba a andar hacia las Siete Calles de nuevo.

—Se acabó —dijo él simplemente.

Le sorprendió la serenidad con la que hablaba.

—Tenemos que ir a buscar al señor Francisco —reclamó ella señalando hacia el paseo que quedaba atrás.

Javier se limitó a seguir andando con ella a cuestas y la boca fruncida. Cuando llegaron a la embocadura de la calle del Perro, la depositó en el suelo.

Inés se dio cuenta de que había perdido el paraguas, probablemente cuando ella tropezó. El agua seguía cayendo, pero ya daba igual.

—No vamos a ningún sitio. Nos volvemos a casa.

—¡No podemos!

—Sí podemos y es lo que vamos a hacer. —Él la empujaba, con suavidad pero con firmeza.

Su determinación la obligó a seguir andando hacia la casa de Javier. Algo le decía que aquel hombre había tomado una decisión definitiva.

Cuando sacó la llave del gabán —era de los pocos que preferían acarrearla para no tener que llamar al sereno, e Inés sospechaba que el negocio secreto tenía bastante que ver—, ella no había encontrado nuevos argumentos para convencerlo de que regresaran en busca del anciano.

Javier la instó a cobijarse en la seguridad de la finca. Y la obligó a subir los escalones. Tres había salvado cuando se dio la vuelta.

—Es lo único que me queda —rogó.

Estaban de frente, y muy cerca. Él llevaba en la mano una lámpara que había cogido de algún sitio. La observaba apesadumbrado. Inés pensó que aquello le estaba costando a él casi más que a ella.

Despacio, muy despacio, Javier le pasó el dorso de la mano por la mejilla. Ella cerró los ojos y se apretó contra la caricia, dispuesta a dejarse mecer por el silencio.

—A veces —murmuró él con mucha dulzura—, hay que dejarlos marchar aunque uno no quiera. Todo el mundo tiene derecho a recorrer su propio camino.

Inés no supo si se refería al señor Francisco o a Ignacio. No supo si hablaba de él.

186

13

—*D*uele —contestó ella con sinceridad.

De nuevo aquellos dedos en la piel, esta vez en la frente. Él apartó un mechón de pelo que se le había escapado del recogido.

Inés pensó que estaría mojado y alzó la mano para comprobarlo. Se trabaron sus manos. Y sus miradas.

Un lazo de dedos, un nudo de caricias. Su reflejo en la pupila de Javier. Inés lo sintió muy hondo dentro del pecho. Miró embelesada cómo le rozaba con los labios la palma de la mano. Estuvo a punto de cerrarla, de atrapar aquel beso y guardarlo para siempre. Ansiaba otro, dos más, diez, cien, mil, cientos de miles. No quería que parara nunca de besarla.

Fue como si le leyera el pensamiento; Javier volvió a hacerlo, una, dos, tres y hasta cuatro veces más. Y ella lo único que pudo hacer fue seguir respirando. Lo logró. A duras penas.

Los interrumpieron las voces de la calle. Hasta ellos llegaron gritos de gente llamando a otra. Javier fue el primero en reaccionar.

—Será mejor que subamos.

El momento se escurrió entre los dedos de Inés cuando él la liberó de sus ternezas. El aire se le antojó frío y húmedo; apretó su manto contra el pecho. Javier esperó a que retomara el ascenso. Inés intuyó su miedo a que ella volviera a salir a la calle. No quiso que él se angustiara por su culpa. Él la siguió escaleras arriba.

Cuando alcanzaron el piso principal, Inés temía que él la tocara; cuando llegaron al primer piso, que no lo hiciera. El último temor se confirmó cuando la puerta de la vivienda se abrió y Javier se echó hacia atrás para dejarla pasar y se mantuvo lejos de ella, más de tres pies.

Él dejó el farol en la escalera y encendió el candil que siempre tenía en la entrada.

—Javier —susurró al tiempo que apoyaba la mano sobre su pecho.

Él la atrapó bajo la suya y la mantuvo allí. Inés podía sentir los latidos de su corazón a través de las telas del chaleco y de la camisa. Y no eran los de un hombre que mantenía la templanza.

—Deberíamos secarnos —dijeron sus labios; «no te alejes de mí», sus ojos.

Inés tenía que separarse de él. Sabía lo peligroso que era quedarse allí, igual que lo había sabido dos noches antes cuando quiso que la acompañara a su habitación. No se movió.

—Si no lo hacemos, cogeremos un buen resfriado.

—Será mejor que te vayas a tu habitación —la aconsejó después de recorrer el perfil de sus labios con la yema de los dedos y mientras le liberaba la mano.

«¡No no no!», gritó algo dentro de la cabeza de Inés. Sin embargo, atendió a lo que le hubiera recomendado un sacerdote en confesión.

—Sí, será lo mejor —aceptó.

188

Todo se rompió en cuanto llegó a la alcoba y cerró la puerta. La esperanza, la ilusión, el ánimo. Ella se rompió.

Dejó caer el manto sobre una silla y la humedad apareció en el borde de los párpados. La toquilla siguió la misma suerte. De un tirón, soltó la lazada de la falda y rompió a llorar. La ropa se desplomó. Igual que su alma.

Los sollozos apagaron el ruido de los goznes de la puerta. Por eso se sobresaltó cuando notó que la rodeaba desde atrás.

—Lo siento, lo siento, lo siento —murmuró Javier mientras le besaba el pelo y la mecía suavemente.

Ella lo abrazó y contuvo el llanto. No así las lágrimas, que siguieron fluyendo en silencio.

—No es culpa tuya.

—No podíamos hacer otra cosa. No lo vamos a encontrar en una noche como esta. Los cafés estarán cerrados a estas horas. La ciudad está llena de casas en ruinas. Hay muchos lugares donde refugiarse.

—¿Crees que alguna de las personas que viven en los locales le habrá dado cobijo?

—Seguramente.

Inés sabía que Javier lo decía solo para tranquilizarla.

—Odio esta guerra. Odio a los que la han organizado y a los

que la alimentan a diario. Odio a los que luchan con el fusil en la mano y a los que lo hacen con palabras.

—Hay cosas que son necesarias. Defenderse de quienes quieren instaurar una monarquía obsoleta es una de ellas.

Ella se soltó de su abrazo.

—Matar o morir por unas ideas. ¿Hay algo más absurdo y más cruel?

Javier cogió una toalla del respaldo de la silla.

—Sí, vivir con la sensación de que estuviste siempre en la cuneta, sin atreverte a salir al centro del camino —contestó al tiempo que se dedicaba a soltarle las horquillas del pelo.

—¿Aunque te quedes solo? Nada compensa el desamparo de recorrer el camino sin compañía.

Él le echó la toalla por la cabeza y comenzó a masajearle el cabello para secárselo. Inés sujetó una esquina que le caía sobre la frente.

—Hay veces que hay que hacerlo. Es preferible apartarse de los que amas para salvarlos a ellos.

«¿Eso es lo que hiciste tú siendo niño?»

—¿Eso es lo que vas a hacer? —preguntó en vez de lo que había pensado.

—Prométeme que no te dejarás caer en la desesperación —le pidió él mientras escurría la melena.

—No voy a quedarme aquí.

Javier soltó el lienzo y puso las manos sobre sus hombros.

—Prométeme que, por mucho que te duela, seguirás adelante —le exigió con más vigor.

—Mañana mismo voy a buscar al señor Francisco —siguió Inés sin contestar a sus demandas.

—Prométeme que vas a pensar en ti, solo en ti, y vas a hacer lo posible por seguir adelante.

—No pienso quedarme a esperar a morir de hambre.

Los dedos de Javier, que hacía unos minutos la acariciaban, se le clavaron en los hombros.

—¡Prométemelo, maldita sea! —La sacudió—. ¡Prométeme que te levantarás todos los días como si fuera el primero!

Inés lo desafió con el gesto, con la postura y con la mirada.

—Solo si tú también me haces una promesa.

—¿Cuál? —preguntó alterado.

—Que regresarás.

Javier la sujetó por la nuca y la cintura.

189

—Prometido —masculló antes de sellar el compromiso con un beso.

Aquella vez no se detuvieron. Ni ella ni él. Enterraron los convencionalismos, el decoro y la pureza bajo más candados que la cámara acorazada del Banco de Bilbao.

A pesar del sufrimiento de Inés por su desaparición, Javier se alegró de que el anciano no estuviera en la casa.

Notaba las manos de Inés volar entre el pelo, la sentía pegada al pecho. A través de la camisa mojada, se traspasaban las turgencias de sus senos. A toda prisa, se desembarazó del chaleco para notarla más, más caliente y más cerca.

La sujetó para que no se alejara y siguió besándola. Como si fuera la primera vez, como si fuera la última, como si no fueran a encontrarse de nuevo. El terror a perderla se instaló de nuevo en él. Era miedo a que los temores de la mujer que abrazaba se hicieran realidad. Era el miedo a la guerra, a la muerte. Casi podía sentir el sonido de la tierra cayendo sobre su tumba.

En las ansias por aferrarse a ella, chocó contra la cama. El mueble se deslizó sobre el suelo ligeramente. El chirriante sonido se le antojó a Javier una funesta despedida. La necesitó aún más.

Ahondó en el beso, penetró en su boca, buscó su lengua. La instó a participar en aquella erótica caricia. Inés respondió de nuevo. Una y otra vez. Hasta que se quedaron sin aire en los pulmones.

—Parecemos dos locos —musitó ella.

—Todavía puedes apelar a la cordura —le ofreció Javier sin dejar de rogar al Altísimo para que no se detuviera.

—Imposible, la cordura se ha quedado en alguno de los charcos en los que nos hemos metido esta tarde.

Javier le levantó la barbilla.

—Puedes hacerlo si quieres. Sabes que tienes mucho que perder.

Las palabras «pureza» y «castidad» quedaron flotando en el aire. Hasta que Inés las tiró al suelo de un plumazo. Salvó el chaleco desabrochado, lo sujetó por la pechera de la camisa y tiró de la prenda hacia abajo.

—Solo hay una cosa que temo perder y no está debajo de mi vientre, sino delante de mis ojos.

—Entonces, tenemos suerte —sonrió él.

—¿Por qué?

—Porque yo solo hay una cosa que deseo esta noche y también la tengo ante mí.

La declaración dio alas a Inés y tiró del chaleco hacia atrás. Javier se deshizo de él y se prendó de la camisa de Inés. Tiró de las dos cintas con las que se cerraba el escote de la sencilla prenda de hilo tejido en casa, y esta se abrió. La parte baja del cuello y el canal de los pechos quedaron expuestos a la luz del candil, y a los ojos de Javier.

Si el fotógrafo esperaba que Inés se quedara clavada mientras él la desnudaba, se confundió de lado a lado. Con manos expertas, ella levantó el cuello duro y desabrochó el botón que lo mantenía unido. Los puños siguieron el mismo camino y la pechera de la camisa, también.

Javier recorrió el contorno de la piel expuesta. No estaba tan suave como la de otras, no tanto como la de Mercedes, estaba seguro aun sin haberla tocado nunca. Era el pasado de campesina de Inés, que siempre la acompañaba. Por alguna razón, le pareció tan familiar que quiso hundirse en aquel trozo de piel. Un tirón en la entrepierna iluminó el último poso de lucidez en el cerebro.

—Todavía podemos…, todavía estamos a tiempo de…, si no quieres…

—Quiero.

—Igual no…

—Sí.

—Pero seguro que tú no…

Ella le puso la mano sobre la boca.

—Este es el momento, tú eres la persona. Es mi decisión.

Ella, con delicadeza, terminó de soltarle los botones y tiró de la tela para liberar la camisa del pantalón de Javier.

La intensidad de la mirada de Inés al verle el pecho desnudo terminó con las dudas. Era una mujer adulta y sabía lo que quería. Ya era hora de que cada cual asumiera las consecuencias de sus decisiones. La suya igual lo llevaba al cementerio, o a la cárcel por jugar con los dos bandos. «Pero eso ocurrirá a partir de mañana», pensó antes de que Inés tuviera la osadía de internar las manos por debajo de la camisa y recorrer los músculos de su espalda.

—Este es el momento —repitió ella—, el tuyo y el mío. No hay otra cosa.

Javier se soltó del abrazo y la obligó a levantar los brazos.

191

Cogió el ruedo de la camisa y se la sacó por la cabeza. Las enaguas se unieron a la prenda en un santiamén. Desnuda ante él, expuesta ante él, como nunca la había imaginado.

—No me he quitado esto —se disculpó al tiempo que se agachaba para soltarse el humilde calzado.

—Yo lo haré.

Con delicadeza, desató el nudo de una de las cintas y, poco a poco, fue desenroscándola para liberar el calcetín del agarre.

Inés tenía los pies pequeños, los tobillos finos y las piernas torneadas. Las rodillas huesudas y la piel de las corvas muy suave. Y temblaba.

Se incorporó poco a poco, trazando en su cuerpo un camino que deseó recorrer una y otra vez el resto de la vida. Evitó el monte de Venus. Delineó la línea donde se unía la delicada piel con el vello púbico, paseó los dedos por su vientre y trazó una línea de besos en torno a su ombligo.

Un ligero movimiento de Inés lo hizo salir del letargo en el que la visión del cuerpo desnudo lo había sumido. Lo que sucedió después resultó confuso para Javier. No supo quién había tomado la iniciativa, el caso era que estaban en la cama, libres ya de ropas y telas que le impedían tenerla como deseaba. Lejos ya de los convencionalismos sociales que les impedían dejar aflorar sus instintos, los deseos más íntimos. Lejos ya de todo lo que no fuera ellos dos. Solos. Juntos. Amándose.

Entre las sombras, el rostro de Inés le pareció cincelado por un escultor. Alargó un brazo hasta la mesilla y abrió la espita del candil. El aceite empapó la mecha y la luz inundó el cuarto, haciendo a Inés más presente y, de alguna manera, más humana.

—¿Qué haces? —le preguntó ella con una sonrisa mientras le tocaba los labios.

—Mirarte.

—La mirada del fotógrafo.

—Tenerte.

Pero las palabras no eran suficientes, bajó la cabeza hasta el lóbulo de la oreja y lo lamió. Después lo atrapó entre los dientes y lo mordisqueó. Respiró pesadamente para que Inés escuchara los efectos que ejercía sobre él. Quería darle al menos esa ventaja; tenía el resto en sus manos. Él sabía que ella se agitaría debajo de él, tal y como hizo cuando le recorrió el cuello con la punta de la lengua. Imaginaba la forma en la que Inés le introduciría las manos en el cabello cuando besó los montes de sus pechos. Anticipaba el modo en que vibró al sentir su boca sobre los pezones oscuros, la manera en la que se arqueó cuando los mordisqueó, los pellizcó, los besó, cuando absorbió su esencia. Intuía cómo contendría el jadeo cuando sus manos volaron por su estómago, seguidas de sus labios. Previó el nerviosismo al dibujar el pliegue de sus muslos y, después, al descubrir su intimidad.

Sin apartar la mano de aquella maravillosa calidez, trepó de nuevo por ella. Quería conocer el efecto de sus caricias, necesitaba mirarla y deleitarse con los labios hinchados, los ojos vidriosos, la irregular cadencia de su respiración. Seguir el rastro del placer que provocaba en ella. Quería que lo mirara a los ojos y que fuera consciente de quién era el que saciaba sus deseos.

Sus dedos treparon por su sexo, rozándolo sin prisa y sintiendo cómo la humedad crecía, empapándose con su deseo. Sintió el placer de Inés como el suyo propio y la presión de su entrepierna aumentó. La imagen de Inés consiguió desbocarlo por completo.

Sonrió cuando ella, sin darse cuenta, abrió las piernas para acogerlo. Apretó el pubis contra ella y se apartó después. Inés alzó las caderas en un gesto involuntario para buscar lo que acababa de perder. Él descendió de nuevo y la encontró otra vez. Presionó. Con el miembro rozó el lugar que había masajeado antes, sin entrar, sin apurar el momento. Inés era virgen, ella misma se lo había confesado y Javier necesitaba que ella supiera que el momento de dolor cuando la penetrara no sería sino el inicio del entendimiento de los cuerpos.

Siguió empujando, asomándose a ella por un instante y retirándose con rapidez mientras le frotaba el botón del placer. Con alegría, vio cómo se mordía los labios, cómo se aferraba a las sábanas, cómo se retorcía. Continuó enloqueciéndola con la mano, cada vez más rápido, y entrando en ella, cada vez con más fuerza. Hasta que encontró el obstáculo de la virginidad.

—Inés —la llamó con urgencia—. Inés, abre los ojos, mírame, Inés.

A ella le costó entender lo que decía, pero le mostró las pupilas dilatadas y brillantes.

—Javier —susurró—, ¿qué...?

—Sabes que solo será un segundo, ¿verdad?

—Sí —dijo sin apenas voz.

Sin pensarlo más, se apropió de su boca. Y cuando estuvo

193

seguro de que también había ocupado sus pensamientos, empujó, al tiempo que la enredaba entre besos imperiosos.

Ella sufrió una sacudida cuando el dolor se extendió. Javier no quiso salirse, aunque se detuvo para darle un respiro.

—Se acabó —aseguró—. Ya no habrá más dolor. —Comenzó a moverse, despacio, pero sin pausa y cuando se convenció de que continuaba con él, le pidió—: Mírame a los ojos, no dejes de hacerlo y verás en ellos mi deseo por ti.

Ella parpadeó un par de veces hasta que, por fin, asintió.

—Bésame otra vez —le rogó.

—A los pies de la dama. No tenéis más que pedirlo —bromeó antes de atraparle el labio inferior entre los dientes y tirar de él.

La boca de Inés era jugosa y tierna, el cuerpo de Inés, voluptuoso y sensible. Y se pegaba al suyo como la emulsión al vidrio. Mientras se movía y la sentía agitarse, mientras se tocaban, se separaban y el sudor de ambos se mezclaba sobre sus cuerpos calientes, Javier se dijo que aquel era el positivo perfecto contra el negativo del primer encuentro. Y después, cuando las amplias caderas, las redondas nalgas y una generosidad sin fin lo enloquecieron de tal manera que explotó entre sus piernas, decidió que regresaría de la guerra solo para fotografiarla desnuda sobre la cama, después de hacerle el amor de nuevo.

—¡No no no no! ¡Ignacio!

—Inés.

—¡No, al señor Francisco no!

—¡Inés, por Dios!

—¡No!

—¡Inés!

Pero a Inés le costó un buen rato reparar en lo que Javier decía. Lo veía mover los labios, lo sentía enjuagándole las lágrimas, pero no lo oía. Lo único que percibía eran los latidos de su corazón desenfrenado. La única imagen que se dibujaba en su mente era su hermano Ignacio apuntando con un fusil a un hombre arrodillado que le imploraba desde el suelo.

—Estaba soñando —reconoció.

Javier la abrazaba y la apretaba contra el pecho.

—Tranquila. Solo era una pesadilla.

—Pero era tan real... —Se estremeció solo de pensarlo.

—¿Quieres contármelo?

—No sé si...

—Te ayudará a tranquilizarte.

Javier se recostó y ella se tumbó boca abajo, a su lado, y posó una mano sobre su estómago. Él le besó un hombro.

—Era horrible. El señor Francisco iba por un bosque. Yo lo seguía a pocos pasos, en medio de una espesa niebla. Él desaparecía a ratos y yo corría para volverlo a encontrar. Intentaba hablarle, pero no me oía por mucho que le gritara. Se caía todo el rato, tropezaba con las raíces y con los arbustos que aparecían detrás de los árboles, pero nunca conseguía socorrerlo.

Inés tragó saliva. Javier trazaba círculos sobre su piel.

—¿Qué pasó después?

—De repente apareció un hombre. No podía verle la cara. Le gritaba al señor Francisco, lo obligó a agacharse, le decía que no era más que un viejo loco que no valía para nada y que iba a encargarse de librar al mundo de él.

—Era tu hermano. Gritabas su nombre antes de despertarte.

—No podía verle la cara, pero yo sabía que era él. Era Ignacio, estaba segura.

—Solo era un sueño —volvió a susurrarle.

Inés se acurrucó contra él.

—Para mí era como si estuviera ocurriendo de verdad. ¿Crees en las premoniciones?

—Nunca me lo había planteado.

—Mi abuela aseguraba que existían. Yo siempre me reía cuando lo contaba, pero ella insistía que siempre supo cuándo uno de sus hijos moriría. Lo soñaba y al poco tiempo, sucedía. ¿Y si a mí me pasa lo mismo?

Javier se separó de ella, que oyó el roce de un fósforo contra el rascador y percibió una pequeña luz que iluminó su lado de la cama. Había encendido una lamparilla de aceite. A pesar de que su rostro estaba en sombra, Inés supo que tenía el ceño fruncido.

—¿Piensas que tu hermano va a matar al señor Francisco?

—No, eso no. No puede ser. No quiero ni imaginarlo. Ignacio no lo haría, no sería tan... inhumano.

—Además, por lo que sabemos, hace días que salió de Bilbao y el señor Francisco sigue aquí.

—¿Cómo sabes que no se ha marchado también al frente?

—Recuerda que estamos sitiados. No habría podido salir.

—¿Seguro?

195

—Seguro —confirmó él.

Javier se tumbó y le hizo apoyar la cabeza sobre su pecho. Estuvieron así mucho rato. Los latidos del corazón de Javier la ayudaron a tranquilizarse. Notaba los ojos fatigados, la conciencia pesada, pero, antes de dormirse, sacó fuerzas para un último ruego:

—Tenemos que encontrarlo, mañana tenemos que encontrarlo.

Javier no supo por qué se había despertado. No podía ver nada; el aceite de la lamparilla se había consumido y no entraba nada de luz. Debía de ser aún de madrugada.

El simple hecho de recordar el nombre de la mujer que dormía a su lado lo hizo acurrucarse contra su espalda. Le pasó un brazo por la cintura y apoyó la cabeza en su cuello. Inés inspiró profundamente al sentirlo. Le besó el pelo sin intención de perturbarla. Bastante accidentada había sido ya la noche. La pesadilla que había despertado a ambos había sido solo la primera. La siguieron otras dos. Y después, el sueño de Inés había sido lo suficientemente agitado como para desvelarlo.

Había tenido muchas horas para pensar en lo que sería de ella ahora que estaba sola y en lo que podría ocurrirle a él en el campo de batalla. La visión no le había agradado lo más mínimo. Lo que podía depararle el futuro, si sus más funestos pensamientos se confirmaban, no le dolía. Al fin y al cabo, lo bueno que tenía terminar con el «valle de lágrimas» —tal y como las mayores beatonas de San Antón llamaban a la vida— era que se acababa todo, hasta el sufrimiento. Lo único que temía era lo que vislumbraba para Inés. Su futura soledad se le clavó en las entrañas, tan hondo como profunda sería la fosa común en la que podría terminar él.

Antes del alba tomó una decisión: a pesar de la orden de los liberales, no saldría de Bilbao sin dejar a Inés en compañía de alguien. Aunque fuera en la de aquel chiflado vecino suyo que, estaba seguro, acabaría siendo más una carga que un apoyo.

Inés se movió. Él se apretó aún más contra ella para absorber los últimos instantes de felicidad.

—¿Qué hora es? —preguntó soñolienta.

—Todavía no amanece. Duérmete de nuevo. —Sin embargo, sabía que no lo haría.

196

Le rozó el hombro con embeleso. La instó a darse la vuelta hacia él. Quedaron prácticamente pegados. Depositó un beso en la punta de su nariz, otro en los párpados, que se agitaron bajo sus labios como las alas de una libélula. Recorrió las mejillas, el hueso que perfilaba el rostro, el cuello, la barbilla y, por fin, la comisura de los labios. Los delineó con ligeros mordiscos. Ella abrió la boca invitándolo a entrar. Javier se internó dentro de ella. Jugó, la obligó a moverse, a enlazarse con él. Lo acompañó de buena gana y él desterró el temor que mantenía escondido.

Saber que no se arrepentía de haberse entregado a él y que lo aceptaba de nuevo fue como un chaparrón en un día caluroso de verano. Sobre todo cuando ella le pasó los brazos por detrás del cuello y lo atrajo aún más. Javier posó una mano sobre su pecho y lo masajeó. Cerró los dedos contra el botón y apretó. Inés lanzó un gemido que murió dentro de la boca de Javier. Este siguió apretando, besando y susurrando al oído cuánto la deseaba.

De costado como estaban, puso la pierna de Inés sobre él y pegó el pubis contra el de ella, dejando claro la necesidad que tenía. Inés no se retiró sino que le salió al encuentro.

Ambos se fundieron en un solo cuerpo, una sola mente, un único deseo. Se unieron en la esperanza de lo imposible. Fueron las personas más dichosas porque en ese espacio y en ese tiempo el mundo no existió. Solo él y ella.

Hasta que dejaron de amarse y el silencio ocupó las sombras del cuarto y se fue haciendo más frágil a medida que estas perdían la batalla contra el amanecer.

—¿Dónde habrá dormido el señor Francisco?

Nada más hacer Inés aquella pregunta, el sonido de los primeros cañonazos del día, lanzados por los carlistas contra Bilbao, rompió la quietud del alba.

La cruda realidad vencía de nuevo al ensueño. El instante de felicidad había terminado.

197

14

*P*asaron una y mil veces por los mismos sitios. Recorrieron las Siete Calles, cruzaron los dos puentes que quedaban en pie, preguntaron a los vecinos. Estuvieron en las pensiones, las casas de patronas y hasta en el hotel Boulevard. Para nada. El señor Francisco había desaparecido. Nadie lo había visto.

Al final de la mañana, Inés sugirió ir al único sitio donde no habían estado. No había querido pensar en el Instituto Vizcaíno, convertido en hospital cuando aquella locura había comenzado.

Javier hizo un simple gesto para indicar que la seguiría allí donde fuera. A Inés le dio un salto el corazón por lo que significaba: Javier era un hombre acostumbrado a tomar decisiones sin dejar que nadie le marcara el camino.

—No tenemos a ningún anciano como el que usted indica —le contestó la portera que los recibió en la calle, debajo de la bandera de la Cruz Roja.

—¿Seguro? Se fue de casa ayer por la tarde, ha podido caerse y hacerse daño, romperse una pierna…

—O que le cortara el paso un obús —comentó la mujer antes de santiguarse. Pero el daño ya estaba hecho.

—Dios no lo quiera —contestó Inés con voz cortante a la paisana, que no parecía una devota de Dios sino del Ángel Caído—. ¿Puedo entrar a la sala de enfermos a comprobarlo?

—Haga lo que quiera —aceptó al tiempo que se apartaba de la puerta.

Javier fue a seguirla, pero la guardiana no se lo permitió.

—Una persona sola. Bastante tienen los enfermos con sus dolencias para que encima llegue gente a molestarlos.

—Pasaré yo en vez de ella.

Inés le tocó un brazo de forma tranquilizadora.

—Yo lo haré. Tú fuiste el motivo de que se alterara tanto.

No quiero que vuelva a suceder. —Cruzó el umbral del hospital improvisado sin esperar respuesta.

Y reapareció al cabo de pocos minutos.

—No está dentro —informó.

—Ya se lo había dicho yo —contestó la portera con impertinencia—. No tenemos a ningún anciano canoso. Los que hay o son calvos o son jóvenes. Pero hombres, ancianos y con pelo, no.

—Tenía que intentarlo. Usted podría no haber estado. Imagino que se marchará a su casa en algún momento —respondió Inés.

—Solo por las noches. Ayer tarde entraron unas mujeres, ningún hombre. Una murió en cuanto llegó, no les digo más que el cura ni llegó a darle la extremaunción. Claro que no es raro en estos días que corren. No será el primero que se entierra a toda prisa para que los familiares no vean lo que ha quedado de él.

—¿Y por la noche? ¿No pudo entrar nadie?

—Usted misma lo ha visto, ha estado en la sala de heridos y ha bajado al sótano.

—¿Al sótano? ¿Hay más heridos en el sótano?

—Lo siento, tengo que marcharme a atender un mandado de la superiora —se disculpó la guardiana cuando oyó que la llamaban desde dentro.

—¡Pero…! Voy a entrar otra vez.

—Voy contigo.

Atravesar la primera barrera fue fácil, puesto que nadie sustituía a la portera, lo difícil fue la segunda, que apareció en forma de religiosa en cuanto pusieron los pies en el vestíbulo.

—¿Qué se les ofrece? —les gruñó una monja alta y enjuta.

—Buscamos a un hombre —se anticipó Javier—, es un anciano que pudo llegar ayer por la tarde.

—¿Nombre?

—Francisco Alberdi Bernaola —dijo Inés.

La religiosa no hizo ni amago de dirigirse a la mesa de la que terminaba de levantarse para consultar el libro de registro.

—Nadie hay que atienda a ese nombre, aunque tenemos a uno del que desconocemos la identidad. Lo trajeron de madrugada con un golpe en la cabeza. Parte de la torre de la

199

catedral se vino abajo. Las piedras cayeron sobre varias personas. No lo encontraron hasta entrada la noche; estaba debajo de los cascotes.

—¿Bajito, canoso? ¿Podemos verlo?

La monja se acercó a la mesa y cogió un farol.

—En el sótano. —Señaló unas escaleras al tiempo que le pasaba la luz a Javier—. Necesitarán esto. Es la morgue.

Javier fue el primero en reaccionar. Puso la palma de la mano en la espalda de Inés y le dio un ligero empujón. Apenas había dado dos pasos cuando sintió los dedos de él deslizándose entre los suyos. El apretón fue fuerte, consolador. Ella le dio las gracias con la mirada.

Juntos iniciaron el descenso.

Hasta para morirse hay que ser rico. Cuatro cuerpos yacían sobre una mesa improvisada con varios tablones. Nada les cubría sino la propia desnudez. Al lado de cada uno, unos montones de harapos que Inés imaginó serían las ropas que vestían a su llegada.

A pesar de que estaban buscando al señor Francisco, los ojos se le quedaron clavados en el primero. Era una mujer madura, atenta, estupenda. No hacía mucho tiempo se manchaba las manos en la cocina donde ella planchaba.

—¡Dios mío!

Javier se interpuso entre ella y los cadáveres.

—No hace falta que los mires. ¿La conoces?

—Se llamaba Dominga. Trabajaba en la casa de los Allendesalazar. Éramos compañeras.

—Escúchame. No tenías que haber bajado. No deberías estar viendo esto.

—Tengo que hacerlo. El señor Francisco es lo único que me queda. Se lo debo a él y a su bondad con nosotros durante todos estos años.

—Esos cuerpos de ahí atrás están medio destrozados. No voy a permitir que los examines.

—Hay que asegurarse si es el señor Francisco el que…

—Yo lo haré. Lo conozco perfectamente. Date la vuelta. Por favor.

Debieron de ser unos segundos, pero se le hicieron interminables. El silencio de aquel lugar le puso los pelos de punta.

Estaba tan concentrada en el tiempo que pasaba sin noticias que ni siquiera oyó regresar a Javier.

De nuevo su mano en la de ella. Se vio llevada hacia las escaleras.

—¿Javier?

—No está aquí —contestó él sin detenerse.

Sin embargo, Inés se detuvo.

—¿Seguro?

—Segurísimo. Vámonos de aquí. Este sitio me da escalofríos.

Javier no recuperó el color hasta que salieron a la calle. Tampoco la soltó. En ningún momento. Inés notó la mirada de desaprobación de la religiosa cuando pasaron a su lado; sin embargo, siguió aferrada a él, a la única persona que la acompañaría en el siguiente paso.

El señor Francisco decía que las casualidades no existían, pero fue precisamente una de ellas la que les trajo nuevas de él. Descendían la escalinata cuando reapareció la portera.

—¿Qué, han encontrado a su pariente?

—No estaba —contestó Inés.

La mujer apretó la toquilla contra el pecho.

—Ya se lo había dicho yo. No hay nadie como el que ustedes decían. No se preocupe, todos terminan aquí o en el camposanto. Que no esté son buenas noticias. Si fuera en el cementerio, ya se habrían enterado.

—Sí, supongo que sí.

—Igual ha tenido más suerte que ellas. —Señaló a un par de monjas que los adelantaban en dirección a la puerta del edificio—. Ayer intentaron salir por el camino de Achuri y, mírelas, aquí siguen. No las dejaron pasar. ¡Hermanas! —llamó la atención de dos chicas más jóvenes que Inés—. ¿No verían ayer a un señor bajito y canoso que quería salir de la ciudad?

La que estaba más atrasada se dio la vuelta.

—Había dos familias.

—Sin familia —intervino Inés—, un hombre solo, mayor.

—También también. Fue al único al que dejaron pasar. Dijo que se dirigía a Durango, al parecer tiene un familiar en esa ciudad.

Inés apenas reparó en las quejas de la portera sobre que los carlistas querían llenar de gente las zonas ocupadas por ellos

201

«para que parezca que son más». Lo único que sentía era alivio al saber al señor Francisco a salvo.

Se levantó del sofá de repente. Llevaba más de una hora en el salón, oyendo a Javier trastear de un sitio a otro. Pasó por delante de su habitación y vio ropa amontonada sobre la cama; al lado, una maleta vacía, abierta, a la espera de ser llenada.

La luz del laboratorio estaba también encendida. Se asomó. Sobre la mesa, había apilado montones de placas de cristal junto a una colección de botellas de distintos tamaños. Todas ellas etiquetadas con sus rótulos.

Se había quitado el traje y se había puesto un blusón de lino, pantalones azules y unas alpargatas de esparto. Más parecía estar a punto de salir hacia la romería de Santa Águeda en Castrejana que al frente.

—¿Qué haces?

Javier se volvió sorprendido.

—No te había visto.

—Estaba cansada de mirar las imágenes de los diarios.

—Deberías haber aprendido a leer.

—Nunca tuve tiempo.

—Tú mejor que otras. Tu hermano te habría enseñado.

—Debería haber hecho tantas cosas...

—Todavía puedes.

—Habría que encontrar primero quien quisiera enseñarme ahora que Ignacio no está.

—Yo lo haría.

La apostilla «si regreso» quedó flotando entre ellos.

—¿Adónde vas?

—Ya lo sabes, a la segunda línea del frente.

—¿Adónde? —insistió ella. Lo imaginaba, pero tenía que asegurarse.

—A Somorrostro.

—¿A qué hora te marchas?

Javier regresó a sus líquidos.

—Antes del alba. No creo que estés despierta para entonces.

Inés captó la advertencia: nada de despedidas.

—¿Tienes que llevar todo eso?

—Aún me faltan muchas cosas, los papeles a la albúmina,

por ejemplo. Y otra cámara. Tengo que pasar por el estudio para cogerla.

—Tendrás que meterlo todo en un solo carro.

—Cabrá. Tiene otro nivel, a la altura de las rodillas.

Inés se quedó perpleja. Aquel descubrimiento acababa de deshacer el argumento que llevaba preparado.

—¿Cuántos vidrios llevas?

—Cincuenta.

—No serán suficientes.

Él sonrió ante el conocimiento que esgrimía de su profesión.

—¿Desde cuándo sabes tanto de las necesidades de un fotógrafo?

—He visto trabajar a uno y saca muchas más fotos de las que utiliza. Además, los vidrios pesan mucho.

—Lo que igual no sabes es que se pueden reutilizar.

—No, no lo sabía.

—Se hace continuamente. Se positivan las fotos y, después, solo hay que quitar la emulsión una vez seca y el cristal queda limpio para añadirle una nueva capa de colodión.

203

—Pueden romperse —se le ocurrió de repente—. Tendrás que andar por el monte; un traqueteo en el camino, una grieta en la tierra y el carro puede volcar.

—Para eso estoy yo, para cuidar de que no suceda.

—Sería mejor que lo llevaras repartido en dos carros. De esa manera, aseguras que si a uno le sucede algo, todavía te quede lo que transportas en el otro.

—Yo solo puedo empujar uno. —Javier se dio cuenta entonces del juego de Inés—. No no no. Ni se te ocurra pensarlo siquiera. De ninguna de las maneras.

—¿Por qué no?

—No vas a venir conmigo.

—Quiero volver a mi casa. Galdames está en esa dirección.

—Se te olvida que nadie puede salir de Bilbao.

—¿Y eso lo dices tú, que te mueves de aquí para allá con el beneplácito de los carlistas?

—Es parte de mi trabajo.

—También del mío. Tú mismo les dijiste hace quince días que me necesitabas como ayudante. Si los convenciste entonces, podrás hacerlo ahora.

—No lo permitirán.

—Di más bien que no lo permitirás. No eches la culpa a otro por lo que haces tú.

—Un campo de batalla no es lugar para mujeres.

—¿Y qué me dices de las esposas que acompañan a los maridos? No es la primera vez que oigo hablar de ellas. ¿Y las mujeres de la vida que montan campamentos a un lado de las tropas para deleite de los soldados?

—¡Ellas no tienen nada que ver contigo!

—¡No! Ellas tienen un negocio que atender, yo ni siquiera tengo el valor de hacerlo. ¿Qué hago en Bilbao, sin familia y sin trabajo? —«¿Y ahora sin ti?», quiso gritarle—. Quiero volver a la casa de mi hermano.

—Ya te echó una vez de allí.

—Lo convenceré para que me acoja. No será capaz de abandonarme ahora que regreso sola.

—Estás más segura aquí.

—¿Aquí? —Señaló hacia la calle—. ¿Lo dices por Dominga, que yace muerta, sola, desnuda, encima de una mesa en un sótano húmedo, sucio y oscuro? ¿Más segura, dices?

—No quiero que te suceda nada, Inés.

—Vivimos en medio de una guerra. Las bombas nos sacuden noche y día. Sabes lo que le sucedió a mi abuela por quedarse en casa y has visto lo que le ha ocurrido a Dominga por estar en la calle. Según tú, ¿qué debería hacer? ¿Esconderme debajo de una cama, enterrarme en un sótano, como hacen muchos vecinos, y dejar que la vida pase de largo sin tocarme? Y todo, ¿para qué? Para salir días, quizás meses después, y enterarme de golpe de los nombres de las personas que han pasado a mejor vida en ese tiempo. ¿Crees que eso dolerá menos? Pues yo creo que lo hará más, porque además de la noticia de quiénes son los muertos, estará la culpabilidad de no haber estado allí ni siquiera para rezar un responso por su alma.

»Protegerme no es la solución, Javier. No sé por qué has decidido que soy una muñeca de porcelana, que se romperá al primer contratiempo. Me retrataste una vez. En este laboratorio siguen las copias, igual ese es el problema, que me ves como una imagen lejana y exótica. Yo también me dejé llevar por la ilusión cuando me vi con aquel vestido sobre la piel, pero no, esa no soy yo. Yo soy esta. —Se golpeó en el pecho—. Una mujer de carne y hueso; con fallos y aciertos, que lleva la ropa del paño más burdo, la misma desde hace más de tres años porque no tiene otra que ponerse. Soy una mujer que cae en el desaliento cuando la vida la golpea, pero que también sabe sobreponerse cuando descubre que no le queda otra salida. Soy una mujer como cualquier otra, exactamente igual que las que ves por la calle.

—No intento protegerte.

—¿Que no? «No vayas a buscar al señor Francisco, ya voy yo.» «No entres en el hospital.» «No vengas conmigo a…»

—A la guerra —terminó él—. Está claro que no lo entiendes. Me voy a retratar a hombres que se matarán entre sí al segundo siguiente. Puede que hasta me maten a mí si me cruzo en su camino.

La furia de Inés se aplacó, pero no se rindió.

—El ejército está en Somorrostro, mi casa en Galdames, mucho más allá. Allí estaré a salvo, mi hermano mayor cuidará de mí.

—No será fácil avanzar por esos caminos, no creo que…

—No quiero quedarme sola aquí, Javier. —«No me dejes sola», quería haber dicho—. No entiendo por qué insistes en que lo haga.

El gesto de Javier se dulcificó y sus facciones se relajaron. Dejó el embudo que estaba usando para rellenar los frascos. Se limpió las manos en las perneras, se aproximó a ella y la abrazó.

—¿No lo sabes? —le susurró al oído.

Javier hubiera dicho algo más, si no llega a ser porque alguien golpeaba la puerta de la vivienda con mucha insistencia.

Sabía que algo así ocurriría. Estaba previsto que partiera aquel sábado a primera hora y, en vez hacerlo, lo había aplazado para el día siguiente. No era un iluso. Las autoridades liberales no se quedarían de brazos cruzados esperando a que cumpliera la palabra que les había dado. No se había ido y por eso lo hacían llamar, para pedirle las explicaciones pertinentes.

«El espía, espiado. ¡Tamaña ironía!»

Javier se movió en el banco donde se sentaba por indicación de un soldado. Desde que estaba allí, hacía una hora, había visto entrar a cinco hombres. Llegaron tan deprisa que ni tiempo le había dado a fijarse en ellos. Estaba claro que detrás de la puerta que custodiaba un joven soldado tenía lugar una importante reunión.

—¿Piensa usted que tardarán mucho rato más? —se dirigió al muchacho, harto ya de la espera.

El otro se comportó igual que una estatua. Javier resopló, apoyó los codos en las rodillas y comenzó a hacer rodar el sombrero entre las manos.

No estaba nervioso. Al fin y al cabo, ¿qué le iban a decir? Hasta ellos, que enviaban batallones enteros unos contra otros con un solo gesto, tendrían humanidad suficiente para permitirle buscar a un familiar perdido. No, no estaba nervioso, solo preocupado.

Una hora había tenido para meditar en las palabras de Inés. ¿Qué derecho tenía para dirigir su vida? «El que da saberme beneficiado por su... afecto.» Hasta le costó poner nombre a lo que habían compartido. Le hubiera gustado llamarlo amor, pero en aquellos días de incertidumbre, ¿quién no se veía afectado por una falsa alegría que lo empujaba a realizar toda clase de insensateces? Que se lo dijeran a las muchachas que, contraviniendo toda cordura, subían al monte a encontrarse con los soldados de las baterías u organizaban un baile en cuanto los cielos de Bilbao se veían libres de los cañonazos. En el fondo sabía que, en otras circunstancias, lo que había sucedido entre Inés y él no habría ocurrido, no al menos de igual manera.

No era que se arrepintiera, no. Había sido maravilloso; ella era maravillosa. «Generosa, entregada por completo, sincera en su pasión, sin dobleces.» La sonrisa acudió a su boca solo de imaginarla acurrucada contra él, piel con piel. Un ciento de hormigas le subieron por las piernas y se le colaron en la columna, haciéndole revivir por un instante el gozo de la noche anterior.

Un golpe de tacón del soldado anticipó la apertura de la puerta. Los cinco hombres salieron igual de apresurados que antes. Aunque esta vez pudo reconocer a algunos de los próceres de la villa. Se trataba de los componentes de la Junta de Armamento y Defensa al completo. Allí estaban don Ramón de Salazar y Mazarredo, don Vicente de Uhagón, don Luciano de Urízar, don Eustaquio Allendesalazar y don Adolfo de Aguirre. Echó en falta a don Cosme Echevarrieta, a don Ramiro de Orbegozo y a otro, del que nunca recordaba el nombre.

Don Ignacio María del Castillo, gobernador militar de Bilbao, lo esperaba dentro.

—¡Soldado! —oyó llamar desde el despacho abierto—. Haga usted pasar a la visita.

—Con su permiso —dijo en cuanto cerró la puerta.

El gobernador militar no levantó la cabeza de los papeles que leía.

—Tenía usted que haber partido esta mañana antes del alba. Eso era lo acordado.

—Sí, lo sé. Perdone el retraso, pero me ha sido del todo imposible.

—¿La causa?

—Un problema con un familiar desaparecido.

—Espero que no imaginará que hemos confiado en usted sin haber estudiado primero sus antecedentes.

—¿Me han estado investigando?

—Usted no tiene familia en la villa.

—Es un amigo, un familiar de una amistad, en realidad.

—La labor que ha prometido acometer está por encima de la amistad y hasta de la familia.

207

—Lo tengo todo preparado. Mañana al amanecer saldré de la ciudad, tal y como estaba pactado.

—Más le vale —farfulló con los ojos clavados de nuevo en lo que leía— o lo haré detener por traición. Puede marcharse.

—No saldré solo. Lo haré con mi ayudante.

Lo vio saltar de la silla antes de oír el bramido.

—¡Imposible! Va usted a una guerra.

Si no hubiera estado tan seguro de que quería hacer feliz a Inés, no se habría atrevido a decirlo.

—Usted me pidió confianza y se la di. Yo no he roto mi palabra, a nadie he hablado de la misión. A nadie —recalcó—. Arriesgo mi vida sin pedir nada a cambio, solo para conseguir información que haga vencer a la causa liberal, y lo hago porque creo en la legitimidad del poder constituido; espero que usted sepa atender mi única demanda.

—Hable.

—Mi ayudante es una mujer, quiero que salga conmigo.

—Usted no es un hombre casado.

—No, no lo soy —dijo sin más explicaciones.

—Entiendo.

—¿Y bien? —le apremió Javier.

—Hasta donde yo sé, usted tiene cierto trato con los carlistas. Ellos son los que le van a permitir salir de la villa y moverse entre sus tropas; tendrá que pedírselo a ellos. Puede irse.

—Gracias —le correspondió Javier antes de salir.

El gobernador lo miró un instante y Javier hizo un gesto de reconocimiento con la cabeza por dejarle que Inés se marchara con él. Y es que ambos sabían que si la mayor autoridad militar de Bilbao hubiera decidido que partiera solo, Inés se habría tenido que quedar en la villa.

15

*L*as siguientes horas fueron agotadoras. Ahora podrían cargar con más material, tal y como ella había sugerido. Al principio, Javier se resistió. No hacía ninguna falta, puesto que solo él se acercaría al frente de batalla. Ella se quedaría en el caserío de su familia. Sin embargo, Inés sabía que el material que llevaba no le duraría ni un par de días. Al final, lo convenció con el argumento de que, si llevaban dos carros, su presencia como ayudante estaría mejor justificada.

Abandonaron Bilbao al día siguiente antes de que amaneciera. Para cuando alcanzaron la zona de Basurto, Inés ya estaba exhausta. Empujar el carro cuesta arriba era más duro de lo imaginado. Y la parada ante el primer puerto de control carlista, donde fue consciente de que caminaba hacia la guerra, mucho más. Tanto los carlistas como Javier parecían tener prisa por terminar con los trámites lo antes posible. Un vistazo rápido a los papeles por parte del responsable de la batería, un sello estampado en ellos y estaban al otro lado.

Inés se detuvo en el alto de Castrejana. La luz del día asomaba por los montes del Duranguesado y apenas llegaba al estrecho valle en el que se amontona Bilbao.

—Parece mucho más pequeño desde aquí, ¿verdad? —comentó Javier.

—Ayer pensaba que no me iba a dar pena marcharme y ahora…, fíjate, me emociono.

Javier afianzó el laboratorio con un par de piedras contra las ruedas y le pasó un brazo por los hombros.

—A mí en cambio, me pasa lo contrario. Pensé que me iba a costar más separarme de esas calles después de tantos años.

—Tú volverás a Bilbao. Es el lugar que elegiste para vivir.

Javier la apretó contra él.

—Tú también.

209

Inés se resistía a pasar el brazo por la cintura de Javier, no quería caer en la tentación de acurrucarse y dejar aflorar las penas de nuevo.

—No, fue Bilbao como podían haber sido Durango o Vitoria si hubieran estado más cerca. La abuela quería ir a la zona de las minas, a Galdames o a Triano. Yo me negué. Había oído a mi padre y a los vecinos del caserío hablar de la forma en que se malvivía allí. Hablaban de ladrones, de los crímenes que cometía la gente que llegaba de fuera, de lo que hacían algunas mujeres para sobrevivir. Nadie se atrevía a acercarse por si terminaba contagiado por las miles de enfermedades que se decía que tenían. No, vinimos a Bilbao por cobardía, porque yo no me atrevía a ir a ningún otro sitio. Tú, en cambio, viniste buscando un futuro.

—Un futuro —repitió él dejando que su voz se perdiera en el alba.

—Futuro, nuevas oportunidades, valentía para cambiar, llámalo como quieras, pero nada tiene que ver con lo mío. Huir y correr hacia delante no son lo mismo —musitó ella.

210

Javier le levantó la barbilla.

—Hay veces que la decisión de algunos es el escondrijo de su miedo.

—¿Qué quieres decir?

Él depositó un beso suave sobre los labios de Inés.

—Que ya no estoy seguro de que seamos tan distintos. —Se separó de ella despacio—. Termina de despedirte; aún nos queda un largo camino.

Inés le agradeció que le permitiera estar unos minutos más a solas con parte de su pasado. Miró por última vez el Agujerito, el Bochito, como a los bilbainos les gusta llamar a su villa; pidió a la Virgen de Begoña por los que se quedaban, se santiguó por sus almas y, después de un largo suspiro, siguió a Javier, que la esperaba unos metros más abajo.

—Están ustedes locos —fueron las palabras del capitán que los detuvo en la iglesia de Alonsótegui cuando se enteró de su intención de acercarse al frente—. ¿No saben qué sucede allí?

—Soy reportero de guerra —insistió Javier—. Me respetarán.

—Los *negros* no respetan ni a Dios ni a la familia ni a la tierra que los vio nacer. —El capitán escupió al suelo como si este encarnara a sus enemigos—. Su esposa y usted están en este momento bajo mi mando. No dejaré que pasen.

—La familia de mi mujer es de Galdames y quiero llevarla hasta ellos antes de comenzar a ejercer mi oficio. Usted mejor que nadie sabe lo que ocurrió en la primera batalla de Somorrostro de hace un mes. ¿Quién sabe cuáles serán las consecuencias de la que se está fraguando? Yo no soy un soldado, pero allí estaré. Entiéndame, tengo que dejarla con los suyos antes de que sea demasiado tarde y se vea sola.

—La familia de su mujer ha elegido un mal lugar para vivir.

—Allí tienen el caserío desde hace más de doscientos años.

—Pues vaya a decirle a su esposa que no podrá ver a los suyos hasta que esto haya concluido. No podrá pasar por Güeñes. Si quiere ir al frente, hágalo por Baracaldo. Y ahora, si me disculpa, tengo muchas otras cosas que atender.

Javier volvió a buscar a Inés con un mal presentimiento: si las cosas empezaban así de mal, podían terminar mucho peor. No les quedó más remedio que retroceder para seguir la ruta indicada por el capitán.

El movimiento de tropas fue acrecentándose según se adentraron en la Vizcaya afín a los carlistas. Los soldados aumentaron y los civiles decrecieron. En San Salvador apenas encontraron un puñado de aldeanos intentando vender a los militares lo poco que tenían. Ellos, leche y castañas, y ellas, mantas de lana tejidas con la prisa que da saber que los compradores pueden desaparecer en cualquier momento.

Los iban parando cada vez que aparecía un oficial de rango superior. Los soldados de la tropa se limitaban a mirar a Inés y los oficiales a pedirle los papeles a Javier. No les pusieron pegas gracias al salvoconducto de González Luna y a la cantidad de utensilios de fotografía que transportaban.

Javier no quiso detenerse en ninguna población. Llevaban todo el día caminando, sin apenas descansar. Después de dejar atrás el pueblo, llegaron a Ortuella y siguieron adelante. Ella estaba visiblemente agotada. Una mujer les había ofrecido cama en Ugarte y otra paisana en San Salvador del Valle. Javier había rechazado los dos ofrecimientos. Compró a la última un pedazo de queso, cuatro puñados de nueces y una hogaza de pan cocida el día anterior. La mujer les regaló un poco de conversación y unas indicaciones sobre dónde pasar la noche.

—Creo que esta es la chabola de la que hablaba la aldeana.

—«A los pies de un manzanal, entre una campa y la linde» —recitó Inés—. Podría ser. Aquí tienes el prado, allí los robles y eso de ahí, la separación con el pueblo siguiente. —Señalaba una gran piedra clavada en la tierra.

—¿No tienes ganas de descansar?

—Podría dormirme de pie.

Javier la tomó de la cintura y le besó la sien.

—Anda, vamos a ver con qué nos encontramos.

La puerta era demasiado estrecha para que pasaran los carros y los tuvieron que dejar en la parte trasera de la caseta, resguardados bajo el pequeño alero.

—Esperemos que no llueva esta noche.

Javier levantó el faldón delantero de uno de ellos y sacó un farol y un yesquero. La puerta estaba más dura de lo previsto y tuvieron que empujarla un par de veces. Javier se empleó a fondo para conseguir una chispa que encendiera la mecha del candil.

—No está tan mal —aceptó Inés cuando el interior quedó iluminado—. Mucho mejor de lo que esperaba.

El hueco era pequeño pero confortable. Javier se descolgó el morral que contenía la sencilla cena y la curiosidad lo dirigió hacia tres sacos apoyados en la pared del fondo. Abrió uno.

—Después de todo, no vamos a pasar hambre.

—¿Qué hay?

Metió la mano y sacó una manzana, pequeña y arrugada. La limpió en la chaqueta y se la ofreció a Inés con una gran sonrisa.

—La fruta de los pobres.

Ella le dio un gran bocado. Despacio y sin dejar de mirarlo, extendió el brazo hacia él. Javier, con expresión pícara, mordió otro trozo. En el mismo lugar en el que lo había hecho Inés.

Y así, a turnos y encajando los labios en el bocado del otro, compartieron la comida, el momento y los silencios.

Cuando la fruta se acabó, él se acercó a la puerta aún abierta, tiró el corazón y cerró. Dejando fuera al mundo.

Se abrazaron a la vez. Porque ambos sabían lo que sentían, lo que querían. Roces, caricias, la yema de los dedos por la piel, el contacto de los labios. Sentirse amado. Quizás, por última vez.

—No me condenes por haberte hecho caminar hasta aquí sin descanso —musitó Javier mientras le recorría el cuello a besos—. Solo pensar en pasar la noche con otras personas me ponía malo.

Inés buscó su boca antes de responder.

—Nunca te condenaría, hicieras lo que hicieses y pasara lo que pasase.

A Javier se le deshizo el alma, oprimida ante aquella revelación tan simple y tan profunda. Sencilla, como ella; penetrante, como su esencia. Apenas la había encontrado y estaba a punto de perderla.

La emoción se le subió a la garganta. Se alejó un paso de Inés y se dio la vuelta para que no lo viera llorar.

Ella supo de su turbación y lo abrazó por detrás.

—Sentémonos —sugirió ella.

Javier no estaba seguro de poder seguir en pie. No hasta que se serenara. Apoyó la espalda en las manzanas. Inés se tumbó en el suelo de madera y descansó la cabeza sobre sus piernas. Javier comenzó a acariciarle el pelo.

—¿En qué piensas? —le preguntó un rato después, cuando su respiración se hizo regular.

Él le delineó las cejas con un dedo.

—En que estás preciosa con esta luz. ¿Y tú?

Inés le cogió la mano, le besó la palma y se quedó con ella, junto al pecho.

—Que me gustaría guardar un retrato tuyo.

—Imposible, nunca me he hecho ninguno.

El rostro de Inés se relajó divertido.

—Viajas con todo lo necesario, eres fotógrafo, ¿y nunca has dejado que te retraten?

—Nunca.

—¿Por qué?

—No es más que un papel. Me parece un absurdo mirar la imagen de alguien cuando puedes contemplar el natural.

—¿Y si no puedes? ¿Y si no cuentas con su presencia?

—Pues entonces piensas en él y creas su figura en tu memoria.

—Llega un momento en que no se puede.

—Siempre se puede.

—¿Recuerdas las caras de tus padres y de tus hermanos?

—Lo hago —mintió, en alerta ante la referencia a su familia.

—Yo no. No me acuerdo de mi madre. Últimamente tampoco de mi padre. Estoy segura de que llegará un día en que hasta la cara de Ignacio se me desdibuje.

—Una fotografía no sustituye a la persona —comentó Javier para aliviarle la pena.

213

—Puede ayudar a soportar el dolor.

—¿Cómo?

—Yo creo que un retrato sujeta al ser querido contigo. Cuando lo miras, aparecen los momentos pasados junto a él, los juegos compartidos, las heridas que le has curado, las carreras que te ha ganado. —Sonrió al acordarse de Ignacio—. Las veces que lo mandaste a por agua y que regresó con el cántaro roto.

—Eso de lo que hablas son recuerdos y no se borran nunca.

—Pero de nada sirven si no te vienen a la mente. Solo existen si piensas en ellos y para hacerlo tienes que tener presente a la persona. Las fotografías lo hacen posible. —Ella apretó la mano de Javier, que todavía mantenía cogida, y la besó otra vez.

—La mirada de la ausencia —dijo él.

Se quedaron callados. Disfrutando simplemente de la quietud de la noche, de la mutua presencia y del roce de las manos.

—¿Sabes? —preguntó Inés al cabo de un rato—. Llevo todo el día pensando en cómo me va a recibir mi hermano mayor.

—¿Tienes miedo?

—Ayer dije que no, hoy no sé qué contestar.

—¿Crees que hay una sola posibilidad de que no acceda a que te quedes con él?, porque si es así…

Inés se levantó, se puso de rodillas ante él y le cogió la cara.

—No, Javier, no. Me aceptará, bien o mal, eso me da igual, pero lo hará. Soy su hermana, la única que tiene.

—Primero tenemos que llegar —musitó Javier, que todavía no sabía cómo iba a conseguir atravesar las líneas liberales llegando desde el lado carlista.

—Lo haremos. Me llevarás sana y salva hasta el caserío.

—Veo que tienes confianza en mí —bromeó él para rebajar la tensión—. Y en él, también —añadió refiriéndose a su hermano.

—Ya te lo he dicho: soy su familia.

Él le cogió también la cara.

—Eres preciosa —susurró antes de atrapar el labio inferior y mordisquearlo con delicadeza.

Inés se unió a sus besos, a los suaves y a los precipitados.

—¿Nunca piensas en ellos? ¿En los tuyos? —fue la última pregunta antes de hundirse en su boca y que Javier se tumbara sobre ella.

—No —respondió él categórico.

Y se apresuró a finalizar la conversación con sus caricias.

—Dilo otra vez, llámame de nuevo.

Ella negó, juguetona, mientras se dejaba desnudar.

—Repite mi nombre, Inés. Necesito oírtelo decir durante toda la noche. —Le acercó la boca y le rozó los labios—. Por favor.

—Javier —suspiró ella.

Lo enredó con las piernas para evitar que se alejara de nuevo y se unió a él. Con codicia. Prendida a su cuerpo, era ritmo, sudor y deleite.

Cuando todo hubo acabado, se dejaron caer en el valle más placentero, unidos en el olvido de la aurora. A lo lejos sonó el sibilante sonido de una lechuza e Inés supo que siempre lo recordaría unido a aquel momento.

Mucho más tarde, después de protegerse del frío nocturno, cuando el sueño debería haberlos rendido, Inés sintió que Javier la acurrucaba contra él.

—No estás dormido —murmuró mientras se aferraba a los brazos de su amante.

Él la besó en la nuca.

—No creo que pueda.

215

—Deberíamos descansar.

—Tú tampoco lo haces. Es difícil cuando puede ser nuestra úl...

Inés se volvió y apagó la frase con un beso triste.

—No lo digas, por favor.

—Las cosas no van a cambiar porque no hablemos de ellas.

—Lo sé —reconoció ella.

—Quisiera dar marcha atrás al reloj, parar el mundo, detener el tiempo, congelarlo de algún modo —dijo Javier.

—Si pudieras hacerlo, ¿en qué momento te quedarías?

Él frotó la punta de la nariz con la de Inés. Ella notó la sonrisa de su cara.

—En este mismo instante. Me quedaría aquí, tumbado en el suelo de esta caseta, contigo entre los brazos —susurró—. ¿Y tú?

—¿Yo? —Ella tenía la voz estrangulada—. Yo lo quiero todo. Quisiera atrapar este instante y juntarlo con mi vida de hace unos meses. Te quiero a ti, pero también a mi hermano y al señor Francisco.

—Dicen que la felicidad es la aceptación del destino.

—Suenas a sermón de un domingo cualquiera —bromeó.

—Se me habrá pegado de los seguidores del Pretendiente —continuó él con la chanza.

—Tengo un sueño que se repite estos últimos días. Me encuentro en una playa, dividida entre coger una barca y partir en pos de otra que se aleja, y en la que creo que van Ignacio y el señor Francisco, o quedarme. Tú me miras desde lo alto del acantilado, atento a mi decisión. Noto cómo me duele el corazón.

—No es más que un sueño, Inés. No tienes ninguna seguridad de que en esa barca vayan tus seres queridos.

—Pero sé que lo tengo que intentar; algo me dice que me arrepentiré toda la vida si no lo hago.

—¿Y qué haces al final?

—Me quedo de pie, en la arena, sin saber qué elección es la correcta.

—Sea como sea, yo me quedaré en la orilla, esperando tu regreso.

Él le regaló esa promesa y ella el alma en forma de beso. Y sus lágrimas.

216

Cuando por fin el cansancio los derrotó, mucho tiempo después, Inés se durmió con el tranquilizador sonido de las olas en los oídos.

Javier llevaba dos días retratando a soldados. Avanzando hacia Galdames desde Gallarta con el único objetivo de conducir a Inés hasta las tierras de su familia.

Como hacían desde que salieron de Bilbao, se había presentado ante el capitán de la guarnición carlista de Ortuella a primera hora de la mañana y le había entregado el documento del capitán González Luna. Para su alivio, no le habían dado un uniforme, aunque sí una boina roja con el emblema CVII bordado. Tenía orden de no quitársela bajo ningún concepto a menos que quisiera que su cabeza terminara con un agujero en medio de la frente. «Ninguno de mis hombres —le había asegurado— lo reconocerá como carlista sin ella.»

El movimiento de tropas era incesante. Las columnas de soldados se sucedían desde el Nocedal y ocupaban casi todos los montes aledaños. En las laderas se apreciaban grupos de hombres moviéndose de un sitio a otro como filas de hormigas. Algunos se afanaban por cavar las trincheras que les salvarían la vida y otros oteaban la lontananza fusil en mano. Javier calculó en varios miles el número de carlistas con los que se habían topado desde el día anterior.

A pesar de aquel despliegue, el silencio era total. El nerviosismo se palpaba en el ambiente.

Llevaban todo el día subiendo y bajando colinas con idea de rodear la línea carlista y llegar hasta el río Barbadún de una vez por todas; la casa de Inés se encontraba en la otra orilla. Por suerte, durante la subida a la cima del Portillo no se habían encontrado con ningún grupo de soldados. Bastante tenían con empujar el laboratorio e intentar que los vidrios no se quebrasen y las botellas con los líquidos reveladores no se volcaran. Ya solo les quedaba un carro. El otro lo habían dejado escondido tras la caseta en la que habían pasado la noche. Javier había trasladado al suyo lo imprescindible y había abandonado el resto. En aquel terreno tan accidentado era imposible arrastrar todo aquel peso y mantener un ritmo adecuado de avance.

Según Inés le había explicado, el caserío de la familia Otaola aún quedaba lejos. Rezó para que la contienda se restringiera a las cercanías de Bilbao y no avanzara hacia el interior de Vizcaya. 217

—¡Allí está! —exclamó Inés cuando llegaron a la cumbre.

—¡¿Allí?! ¡¿Allí…, enfrente?! —tartamudeó Javier.

—Sí, es aquel —confirmó con el corazón a punto de escapársele por la garganta.

Javier ya podía distinguir los pueblos de alrededor que le iba señalando ella: Las Carreras, San Juan de Somorrostro, Musques, el mar… Aquellos eran los escenarios de la batalla del mes de febrero y en los que, por lo que sabía, se repetiría la contienda. Apenas distaban dos pasos del caserío. Soltó el laboratorio, sin importarle si este echaba a rodar y se despeñaba colina abajo.

—No me lo puedo creer. ¿Por qué me has dicho que estábamos aún lejos?

—No está tan cerca —intentó justificarse ella.

—¡¿Que no qué?! ¡Dios! ¿Cuánto es eso? ¿Cinco kilómetros?

—Algo menos de una legua.

—Cuatro kilómetros —reconoció él derrotado—. Si llego a saber que el caserío de tu hermano está encima del campo de batalla, te quedas en Bilbao.

—Por eso precisamente no podía decírtelo. Estamos aquí y no hay marcha atrás —sentenció ella—. Esa es la ferrería.

Javier vio debajo de ellos una torre y otro edificio más sencillo al borde del río.

—¿Y tu casa?

Inés elevó la vista hasta la cima del promontorio que se alzaba en la otra ribera.

—Allí arriba. En un llano. Montellano lo llaman.

Javier resopló. Demasiado cerca, demasiado peligroso, demasiado doloroso pensar en dejarla allí. Y sin embargo, sin más opciones. Aferró el carro de nuevo.

—Será mejor que empecemos a andar.

—Eso —dijo una voz por detrás de ellos—, será mejor, mucho mejor.

El instinto lo incitó a arrancarse la boina roja de la cabeza antes de verlos aparecer. La tiró detrás de unos matorrales y le echó una última ojeada para cerciorarse de que quedaba oculta a la vista.

En cuanto se dieron la vuelta, fueron conscientes de que estaban en un lío. Los soldados que tenían delante les apuntaban con sus armas, vestían de azul con cuello grana y se cubrían con un capote parduzco. Lo más significativo era que se protegían la cabeza con un ros negro. Habían llegado a la línea de los liberales.

El soldado más gordo, que parecía al mando de la patrulla, hizo un gesto con el fusil para indicarles que se hicieran a un lado, pero no pudo decir nada más porque un estallido al fondo del valle de Somorrostro los hizo volverse hacia allí. Una columna de humo era arrastrada por el viento al tiempo que el estruendo llegaba hasta sus oídos.

El ruido se convirtió en un fragor interminable. Javier tardó en saber que se trataba de las voces de los soldados cargando contra el enemigo.

Era el día 25 de marzo de 1874. La segunda batalla entre carlistas y liberales para liberar Bilbao del asedio había comenzado.

16

$\mathcal{L}$os soldados los obligaron a separarse del laboratorio fotográfico. Ellos obedecieron sin rechistar, pero en cuanto uno de ellos descubrió la lona negra del carro y se puso a hurgar entre los utensilios, Javier no pudo contenerse:

—¡No toque eso!

Dos fusiles apuntaron a su pecho al instante. Inés se pegó a él.

—¿Qué lleva aquí? —le pidió explicaciones el gordo—. ¿No será para hacer explosivos?

—¿No ve que son cosas de fotografía?

—¿Fotografía?

Javier se adelantó y sacó una de las dos cámaras del compartimiento inferior. Pero hasta que desplegó el fuelle y el objetivo quedó situado en el lugar que le correspondía, no se lo creyeron.

—Estos son los vidrios para meter en la cámara. Estos los papeles para revelarlas y estos los líquidos necesarios para... Trabajo para el diario *Madrid*. —No se atrevió a meter la mano en la chaqueta y sacar el documento que le había dado Castillo y que le identificaba como reportero. Tenía miedo de que malinterpretaran el movimiento—. Llevo una autorización. Puedo enseñársela.

Los tres soldados se miraron. El más gordo hizo un gesto de aprobación a sus compañeros y cortó su discurso:

—Andando, por delante de nosotros.

Javier miró con aprensión la bayoneta que sobresalía por el cañón del arma.

—¿Los dos?

—Sí, a menos que quiera abandonar a la mujer. —Se rio otro

Javier asió la mano de Inés con fuerza y sujetó también el carro.

—Eso se queda aquí —ordenó el responsable de aquella partida.

—De ninguna de las maneras.

—Usted acatará lo que yo digo o...

—Esto se viene con nosotros. Soy fotógrafo y nadie va a impedir que haga mi trabajo. Llevo un salvoconducto del gobernador Castillo.

Se negaba a abandonar sus útiles también porque se habían convertido en su salvación: aquel carro lo distinguía del resto de los mortales y suscitaba el interés de todo el mundo. Mientras conseguía llegar hasta los mandos liberales, su oficio le servía para salvaguardar sus vidas. Apretó de nuevo la mano de Inés.

—Para abajo. Los dos.

—¿Adónde nos llevan?

—A que le enseñe ese documento a los de arriba. Que sean ellos los que decidan qué hacer.

El puente de la ferrería de El Pobal había sido volado. Apenas quedaban de él los bloques de las orillas. Sin embargo, habían cortado un par de troncos y los habían cruzado sobre el cauce del río.

Tuvieron que apañárselas para pasar el carro al otro lado porque los soldados se limitaron a mirarlos sin dejar de apuntarle con las armas mientras ellos dos se tambaleaban sobre los troncos.

El resto del camino por la ribera opuesta fue más sencillo, pero mucho más aterrador. Las detonaciones sordas de los cañonazos se mezclaron pronto con los estallidos y estos con las nubes de polvo y humo. Cada vez más densas, cada vez más cerca.

Javier sabía que los estaban conduciendo hacia el valle de Somorrostro, en dirección a la batalla. Justo en sentido contrario al caserío de los Otaola. Y no tenía ni idea de qué hacer para evitar que Inés los acompañara.

—Mi esposa es de Galdames. La familia tiene un caserío en lo alto de esa loma, deberían dejarla ir.

—¿No es su mujer?

—Sí —aseguró él.

—En la salud y la enfermedad —citó uno de ellos.

—Hasta que la muerte los separe —continuó otro.

—Sigan andando —ordenó el más gordo.

—Ella no tiene nada que ver con esto. Es una mujer.

—No una mujer cualquiera. Es la suya. Sigan adelante.

Algo más de una hora después llegaron a San Juan de Somorrostro. Los obligaron a entrar en el pueblo. La calle principal estaba llena de hombres. Javier no podía estar más sorprendido: parecían estar de paseo.

Pararon delante de una casa. El escudo y la enorme balconada de su fachada le dejaron claro que era la principal del pueblo. Un soldado les apuntó con su fusil, los otros dos entraron en el edificio. No tardaron mucho en regresar.

—Suba —le ordenó el gordo.

—¿Y mi esposa?

—Ella se queda aquí.

Javier buscó su mano entre los pliegues de la falda y se la apretó para infundirle valor.

—No te preocupes —la tranquilizó—. No pasará nada.

—¿Estás seguro?

—Recuerda que yo no cogí esa barca —le susurró.

—Aquí estaré cuando salgas —aseguró ella.

Pero no estuvo.

Estaba aterrada. No hacía ni cinco minutos que Javier había entrado en aquella casa cuando apareció otro soldado. Tan pronto como la vio se dirigió a ella, sin pararse a preguntar a los que la custodiaban quién era o qué estaba haciendo allí:

—Acompáñeme.

—Perdone, señor, pero... —Señaló hacia dentro.

—¿Algún problema para que me la lleve? Necesitamos ayuda. —Los soldados se encogieron de hombros—. Sígame.

Volvía la cabeza a cada paso, esperando que Javier saliera y la rescatara. Pero pronto perdió de vista la casona.

Cruzaron el puente de Somorrostro y la dejó a la puerta de la iglesia de San Juan de Musques, entre cuerpos sanguinolentos y silencio. Le dio un vuelco el corazón cuando vio a todos aquellos soldados tumbados en el suelo y con la ropa hecha jirones.

Tuvo que contenerse para no ponerse a examinar las caras de los heridos en busca de su hermano. Se esforzó en recordar que Ignacio luchaba en el bando enemigo y que podía ser el causante de las heridas de aquellos hombres.

Miró al soldado que la había conducido hasta allí. Podía imaginar cuál era la misión que le iban a encomendar.

—¡Doctor, aquí le traigo el apoyo que pidió! —gritó el soldado desde la puerta del templo. Luchaba en una guerra y ni siquiera se atrevía a pisar las losas que separaban el mundo de los vivos del de los muertos.

Un hombre, alto, delgado y con un sobretodo más encarnado que blanco, salió a las voces del militar.

—¿Sabe curar heridas? —le preguntó a ella el que parecía médico.

—No —confesó estremecida. Oyó los lamentos de los militares tumbados en la hierba y no pudo menos que añadir—: Pero puedo aprender.

—Es mejor que el anciano que me trajeron ayer. Me sirve —le dijo el médico al soldado.

Este se cuadró y salió corriendo como si lo persiguiera un batallón entero de carlistas. El doctor se dio la vuelta y entró de nuevo en la iglesia sin dirigirle la palabra.

Lo siguió y en cuanto traspasó el umbral dejó de pensar en aquel espacio como en un templo. Solo el altar, al fondo, y la estructura del edificio daban idea de estar en un lugar sagrado.

El suelo estaba cubierto de hierba cortada y los cuerpos de los heridos yacían sobre ella. Junto a la entrada, a los pies de la nave, los heridos estaban sentados, algunos incluso permanecían de pie y, lo más extraño de todo, en silencio. Inés dejó atrás el primer arco que sujetaba la techumbre. Los heridos situados en el centro estaban más graves. Lo dedujo porque estaban todos tumbados y por los gemidos. Prefirió no posar los ojos en ninguno de ellos por miedo a lo que pudiera faltarles. Pero la más aterradora era la zona del altar. Sobre el manto verde habían colocado unos jergones. La mitad estaban ocupados. El resto, llenos de la sangre de los que habían pasado antes. Se le erizó el pelo de la nuca cuando imaginó a qué habían llevado allí a aquellos hombres. A esperar a que Dios tuviera a bien bajar a buscarlos. El ambiente olía a muerte.

Inés miró el crucifijo que colgaba sobre el altar y se santiguó.

—Venga usted conmigo y le diré por dónde empezar.

La metió en la sacristía. Vio a un soldado sentado en el suelo con una venda en la cabeza. Pero antes de que le diera tiempo a hacerse cargo de él, un alarido la paralizó. El médico desapareció en otra sala adyacente.

—¿Qué es… eso? —preguntó con temor.

—El soldado al que operaba el doctor cuando usted lo interrumpió.

Inés se hizo cargo de que en aquel hospital de campaña operar y cortar un miembro eran una misma acción. Intentó tragar saliva para asimilar la información, pero tenía la boca y la garganta igual de secas que el esparto.

—¿Qué necesitan que haga?

El herido le señaló unos lienzos amontonados en el suelo. A su lado, otro montón de jirones de la misma tela.

—Se necesitan vendas.

En un rincón había una silla con un agujero en el asiento. Se sentó, cogió una de las telas por una esquina, aplicó los dientes sobre ella y estiró hasta separar un jirón.

Durante unos minutos el ruido del hilo desgarrado cubrió los lamentos de los heridos, pero el soldado no era de los que se quedaban callados mucho tiempo.

—El bueno de Serrano ha conseguido veinticinco mil hombres, cuarenta y ocho batallones. Ellos, solo quince, diez mil soldados menos. Sin duda, ganaremos esta vez.

Inés se conmovió al pensar que fuera de aquel lugar había cuarenta mil hombres esforzándose en matarse unos a otros. Se horrorizó al darse cuenta de que uno de ellos era su hermano. Ignacio podía estar herido, o algo peor. Si el destino la hubiera llevado al hospital carlista en vez de al liberal, nada la habría retenido en un asiento. Se habría levantado de un salto para inspeccionar a todos y cada uno de los heridos.

—Dicen —continuó él— que los mandos planeaban entrar por Algorta desde San Sebastián para liberar Bilbao por el lado derecho de la ría, pero que ha sido imposible. El mar, ya sabe, traicionero como nadie. Da igual, esta es nuestra oportunidad. Los pillaremos esta vez.

—¿Tan seguro está?

—Yo y todo el bando. Y si no, espere a que caigan sobre ellos los generales Letona, Loma y Primo de Rivera. ¿No ve que les ganamos en número y no tienen artillería?

El soldado siguió hablando mientras el montón de telas bajaba y el de vendas subía, mientras Inés no paraba de rezar.

El hombre con el que se había entrevistado tenía la frente ancha, una más que incipiente calvicie y un enorme bigote que le tapaba los labios casi por completo. A pesar de la edad, no estaba entrado en carnes. En ningún momento sonrió ni dejó aso-

223

mar una pizca de simpatía por él. Era el general Serrano, duque de la Torre, hasta hace unos días presidente del poder ejecutivo del Gobierno de la República, y estaba allí, según sus propias palabras, «para terminar de una vez por todas con esto».

Javier le explicó quién era y qué hacía allí. Le enseñó el papel con el sello del gobernador Castillo. El militar le dijo que no era el único que cubría la contienda, que lo quería junto a ellos en todo momento y que no se saliera del lugar que le adjudicaran.

—No soy hombre que se fíe de lo primero que oye o ve.

—¿Lo dice por esto? —Javier señaló los documentos.

—Lo digo por todo. Tampoco soy de los que da segundas oportunidades. Espero que no tome estas palabras en vano. No he llegado a donde estoy por confiar en la gente. —Y le hizo un gesto para que se marchara.

Javier estaba a punto de abandonar la estancia cuando el intendente del general le dio la noticia:

—No encontrará a su esposa donde la dejó. Se la ha requerido para aliviar la situación de nuestros heridos.

—¿Qué ha sucedido con ella?

—Está en el hospital de sangre, en la iglesia del barrio de San Juan. Media milla más adelante.

Javier fulminó con la mirada al joven intendente que había seguido en silencio toda la conversación y se dirigió al general:

—¡Eso es el centro de la línea de combate! ¿Cómo lo ha permitido? ¡Es una civil! ¿No han podido consultarlo conmigo antes?

Serrano se puso en pie tras su mesa y dio una fuerte palmada sobre la superficie de madera.

—Esto es una situación de guerra y no tengo que dar explicaciones de mis decisiones, menos a usted. Por más sello de Castillo que me haya enseñado, todavía no me creo que sea quien dice ser.

—Me da igual si piensa que no soy el que ha conseguido el mapa con las posiciones y las trincheras de los carlistas. Créase esto: soy fotógrafo, estoy aquí para hacer un reportaje de esta contienda y la mujer que ha enviado al frente es la mujer a la que amo.

Su insolencia debió de causar impresión en el mando liberal porque volvió a sentarse.

—Ni se le ocurra cruzar la línea carlista hasta que yo dé mi consentimiento.

224

—¿Va a vigilarme?

—Quédese en este lado y no le sucederá nada.

—¿Nada? —Se rio Javier con sarcasmo—. Estamos rodeados de disparos de fusil, gritos de heridos, explosiones de granadas, cañonazos, muertos, polvo y pólvora. Tiene ahí fuera varios miles de hombres esforzándose por matar a otros tantos, ¿y dice que no va a sucederme nada?

—Si tanto horror le provoca, salga ahí fuera, capture lo que quiera con la cámara y publíquelo en el diario que le dé la gana —le exhortó Serrano—. Que todo el mundo vea a lo que nos han obligado los carcas.

El general sabía lo que conllevaba hacer una fotografía. La técnica había evolucionado mucho en las últimas décadas, pero aun así se necesitaba congelar la imagen unos segundos para que saliera nítida. Javier necesitaba que los modelos posaran. Aquello no era más que una bravuconada de la principal autoridad del país.

—Espero que no pretenda mantenerme alejado de las víctimas de la batalla.

—No voy a ponerle un guardián, dentro de nuestras líneas vaya a donde se le antoje, pero como se acerque a cincuenta metros de un carlista, tenga por seguro que no llegará al cuarenta y nueve.

Era triste la gracia: estaba allí para espiar a los carlistas y eran los propios liberales los que le prohibían acercarse a ellos por dudar de su lealtad.

Salió del despacho desaforado y bajó los escalones de la casona de tres en tres. Apenas le quedó tiempo para soltar el aire que retenía cuando vio que el carro con el laboratorio seguía allí, intacto. Lo empujó con fuerza y salió corriendo por la calle principal de San Juan de Somorrostro. Derecho hacia las balas.

225

17

—¡*S*eñorita! ¡Zeñorita! ¡Senyoreta! ¡Andrecho!

Había acentos de todas las partes de España e Inés se desesperaba por atender a todo el que la llamaba. Lo peor era que nada podía hacer, salvo acercarles un poco de agua o cambiarles el vendaje cuando este se empapaba en sangre. Y ya hasta eso había dejado de hacerlo.

—No merece la pena —le había dicho el médico cuando vio la rapidez con la que bajaba el montón de vendas—. Solo a los que parezca que se pueden recuperar.

¿Recuperar? Buen Dios. En el tiempo que llevaba allí —ni sabía si habían pasado dos horas o dos días— había visto llegar a un centenar de heridos y más de la mitad había salido del templo minutos después con los ojos cerrados y la orden «A la morgue» planeando sobre sus cabezas inertes.

Había intentado no fijarse en ellos, no adivinar sus nombres, no imaginar sus vidas, no quedarse con sus caras. Lo había intentado, pero allí estaban, todos aquellos retratos en su mente. Los había jóvenes y mayores. De nombre Luis, Felipe o Victorino, los castellanos; Antonio, Manuel y Francisco, los andaluces; Antón e Ignacio, los vascos; Javier, los navarros, y otros muchos más que no sabía de dónde procedían.

Pero lo peor no era recordar sus rostros desencajados y sus nombres y apellidos, sus cuerpos mutilados ni aquellos enormes agujeros en los pechos o estómagos.

Lo peor era verlos llorar.

Había empezado a pensar en sus familias desde que salió de la sacristía acompañando al médico militar.

—No se apure, no le pediré grandes esfuerzos, solo que sujete el estómago a pesar de lo que vea y que los trate como si cada uno de ellos fuera su propio hermano, marido o padre. ¿Cree que podrá hacerlo?

Inés imaginó a Ignacio o al señor Francisco en circunstancias similares y no tuvo ninguna duda.

—Ahí tiene el botijo para los que pueden sujetarlo, este cubo de agua y ese cazo para los que no pueden incorporarse. Para el resto, coja un paño, humedézcalo y enjuágueles la cara. Podrá hacerlo, hasta el viejo de ayer podía.

—¿No hay que darles algún tratamiento?

—Mientras lo hace, rece. Un milagro, es todo lo que pueden esperar muchos de ellos.

Aquella había sido la última vez que había hablado con el médico antes de que desapareciera en la estancia donde tenía instalada la mesa de operaciones.

Según pasaba el tiempo y los menos graves parecían recuperarse de las heridas superficiales, el ambiente, que a la llegada le había parecido el de un velatorio, se fue tornando un encuentro de conocidos. Y ella formaba parte de la distracción.

—Venga, muchacha, no te hagas de rogar y di cómo te llamas.

—Déjala en paz, murciano, bastante tiene con atender a los que han tenido menos suerte que tú.

227

—Pues por eso lo digo, para que se distraiga.

—No es el momento.

—Es que vosotros, los del norte, sois unos siesos. ¡No te digo! Si parece que estáis todo el día enfadados.

—No me jodas, murciano, no me jodas.

Inés miró hacia la zona central del templo. Los heridos graves se movían en los lechos como si la discusión removiera un dolor silencioso.

—¡Todo el mundo fuera de aquí! —farfulló.

—Muchacha, ¿no ves que estamos heridos?

—Si tienes fuerza suficiente como para discutir, también la tienes para recuperar la que te falta en la calle. Salid al pórtico.

—Mira tú a la chiquilla, si al final tenía más sangre de lo que parecía.

Las risas del soldado arrastraron al resto, que lo siguieron en busca de distracción.

Inés esperó a que el último traspasara el umbral y empujó la puerta para entornarla. No podía cerrarla ya que a cada rato llegaban nuevos heridos por oleadas, algunos por su propio pie; otros, apoyados en un compañero; los más, sujetos por hombros y tobillos entre dos soldados con heridas menos graves.

Apenas había vuelto la madera un poco cuando alguien la empujó desde fuera. El movimiento la pilló por sorpresa y a punto estuvo de derramar el agua sobre la hierba que servía de lecho.

—¡Pero ¿quién...?!

Ni tiempo le dio a pensar qué estaba sucediendo cuando unos brazos le rodearon el talle.

—Menos mal que te encuentro.

—¡Javier! ¿Estás bien?

La respuesta fue una boca contra la suya. El ansia con la que Javier la buscó dejó patente el grado de desesperación que traía.

—Todo lo bien que se puede estar cuando te dicen que tu mujer está en el frente.

—¿En el frente?

—¿No oyes los disparos y los rumores de la contienda?

—Sí, pero...

—Podrías verlos a nada que te asomaras. Se lucha por conseguir todas las cimas de alrededor. Te han metido en una madriguera. ¿A quién demonios se le ha ocurrido montar el hospital de sangre a dos pasos de los carlistas? Como avancen un poco más, los van a cazar como conejos. ¡Vámonos de aquí!

—No puedo, Javier.

—Lo que no puedes es quedarte.

—Tengo que hacerlo. Solo estamos el doctor, otro hombre y yo.

—¿Y dónde están los ayudantes?

Inés hizo un gesto en dirección al quirófano improvisado. Como si lo hubiera pactado, en ese mismo instante un alarido animal salió de la estancia. Javier dio un paso atrás impresionado.

—El ayudante dentro, operando junto al médico. No hay nadie más para atender al resto. No puedo abandonarlos. —«Podría ser Ignacio, podría ser el señor Francisco».

Javier la arrastró hasta un rincón, debajo de un vano.

—Vale. Nos quedamos. En realidad, no hay otro remedio. Imposible seguir con los planes que traíamos. —Le acarició la mejilla—. Lo siento, Inés, pero no puedo llevarte con los tuyos, ni tampoco acercarme a los carlistas.

—¿Y eso?

—El general Serrano me ha prohibido pisar otra tierra que no sea la liberal.

—Entonces no podrás realizar tu trabajo.

—Aún no sé cómo, pero lo haré. Tengo el laboratorio, por suerte está intacto.

Hasta ellos llegaron las risas de los soldados que Inés había mandado al pórtico. Se le ocurrió de repente:

—Puedes empezar haciendo retratos a los soldados de ahí fuera.

Javier elevó la vista hacia la ventana desprovista de cristal.

—¿A esos? ¿Los estás oyendo? Se encuentran en medio de una guerra y se ríen —dijo con un deje de incredulidad.

—Déjalos que rían. Quizás sea su última oportunidad para hacerlo.

Javier reconsideró la idea.

—Empezaré por retratarlos a ellos. Me han dicho que hay más periodistas. Me gustaría localizarlos, pero no quiero alejarme demasiado de aquí. Prométeme una cosa.

—Dime.

—Que en el momento en que oigas que los liberales ceden en sus posiciones, saldrás de aquí y me buscarás.

—Lo prometo —aceptó Inés. Lo besó por última vez antes de separarse de nuevo.

229

Inés se arrodilló junto a uno de los soldados que yacía en el suelo desde que ella había llegado de mañana y cuya respiración se hacía más ligera según pasaban las horas.

Era muy joven, no debía de tener más edad que Ignacio. Se le escapaba un mechón de pelo oscuro por debajo de la venda que le cubría la cabeza. Inés lo retuvo entre los dedos un instante. Después lo incorporó con dificultad y le puso un tazón en los labios. El agua se le escurrió por las comisuras. Probó de nuevo con el mismo resultado. Rezó para que le entrara algo de líquido y pudiera tragarlo. Mantuvo la mano sobre su pecho por si él notaba el contacto y le servía de alivio.

Pensó en que aquel muchacho tendría una madre o una esposa que estarían rezando por él sin conocer su destino. Otras ni siquiera imaginaban que sus hijos o esposos yacían amontonados a la espera de que la batalla finalizara y pudieran trasladarlos al camposanto más cercano.

El soldado realizó una respiración más profunda y a Inés le pareció que se ahogaba. La cabeza del joven se desplomó hacia atrás, sin vida. Su cuidado llegaba tarde. Hacía el número treinta y tres que se le moría entre los brazos.

Inés lo depositó despacio sobre el jergón. Hizo la señal de la cruz y le cerró los ojos con cuidado.

Se volvió hacia los dos encargados de los muertos. Apenas cabeceó y se acercaron hasta ella.

Inés miró de nuevo al joven. El vendaje no podía ocultar la herida de aquel hombre. Era mortal. ¿Cómo había podido soñar que sobreviviría? Le angustió no conocer su nombre.

—¿Señora, está bien?

—Creo…, creo que sí.

—Debería salir un rato, le vendrá bien el aire fresco.

El otro soldado cogió el cubo de agua y el tazón.

—No se preocupe, nosotros nos haremos cargo de esto mientras esté fuera.

Inés apenas pudo esbozar una sonrisa de agradecimiento.

Dio la vuelta a la iglesia, cruzó por delante de los tres arcos del pórtico y siguió la línea de piedras. A la altura del ábside se apoyó en el frío muro. El aire del atardecer le hizo bien. Volvió a ver los resplandores de la pólvora y dejó resbalar la espalda por la pared. Enterró el rostro en las manos y lloró con toda el alma.

Fue peor, inmensamente peor que cuando murió la abuela. De ella, al menos, guardaba los más dulces recuerdos y el consuelo de saber dónde yacía.

—¿Inés?

Reconoció la voz de Javier, pero su respuesta se ahogó en medio de los sollozos incontrolables. Él le ofreció el único consuelo que necesitaba: su abrazo.

Y así, entre besos y susurros de enamorado, se fue tranquilizando.

—Ya estoy mejor —hipó mientras se limpiaba los ojos con las manos—. Ha sido un mal momento. Tengo que entrar, me necesitan.

—Escucha. ¿No oyes que la ofensiva disminuye? Se acerca la noche y, al parecer, a los mandos no les gusta la oscuridad.

—Alguna vez tendrán que dormir los que hayan conseguido salir con vida del día de hoy —murmuró ella.

—Sí, los que lo hayan conseguido. Escúchame bien; voy a acercarme.

—¡Estás loco!

—Me he pasado el día retratando a los soldados heridos que llegaban al hospital. He venido a hacer un reportaje. He encontrado a los otros periodistas debajo de una barraca, en el campamento de La Rigada. Ya va siendo hora de que haga lo que he venido a hacer.

El sonido de un cañón lo contradijo.

—¡Espera al menos a que dejen de luchar!

—Me quedaría sin luz, Inés. Tiene que ser ahora. He venido a decírtelo y a insistir en que no salgas de la iglesia. La zona sigue en poder de los liberales.

—¿Sabes cuál ha sido el resultado? —Le temblaba la voz mientras volvía a imaginar lo que podría haberle sucedido a su hermano pequeño.

—Ha habido tres asaltos. Por lo que me han contado, uno a pocos pasos de aquí, en Abanto, en el barrio de Las Cortes; otro para tomar la Pucheta y otro para tomar Las Carreras, asaltar las baterías carlistas de Murrieta y llegar hasta San Pedro de Abanto.

—¿Y cómo ha terminado?

—Dicen que el general Loma ha conseguido avanzar por Las Carreras, los de Las Cortes han llegado hasta la línea del ferrocarril, pero no está nada claro que hayan conseguido hacer retroceder las posiciones carlistas. La pendiente es muy elevada.

Se quedó unos minutos más allí después de que Javier se fuera. Necesitaba recobrar el ánimo antes de entrar de nuevo. La noche prometía ser muy larga.

El rumor de la corriente del río Barbadún, fluyendo a un costado de la colina donde se encontraba el improvisado hospital, le despejó la mente. Imaginó que el frescor del agua en la piel aligeraría parte de la tensión. Sería un momento, solo bajar, mojarse la cara, subir y retomar la responsabilidad de poner un poco de alivio en la vida de los hombres que agonizaban en el templo.

Dejó resbalar los pies entre los árboles hasta llegar a la orilla. Le llegaban las voces de los heridos del pórtico amortiguadas por la distancia. Metió las manos en el agua. Estaba muy fría. Deseó que lo estuviera aún más, como los témpanos en enero que había visto colgar de las ventanas del caserío, tan fría que le cortara la piel. Prefería mil veces sentir el dolor del cuerpo antes que el del corazón.

—El infierno provocado por los hombres —clamó a media

231

voz—. Provocado por ti, Ignacio, y por el señor Francisco. Ninguno de los dos sois inocentes.

—¡I… Inés?

Se llevó la mano a la boca para ahogar la conmoción. Si hacía un rato había temido por la vida de su hermano, saberlo junto a ella la sobrecogió de espanto.

Era mentira, tenía que serlo. Desear con tanto anhelo encontrar a Ignacio hacía que viera y oyera fantasías que no podían ser ciertas.

Ir hacia la voz fue un arranque sin sentido. Apartó a toda prisa los arbustos de la ribera sin ninguna protección. Fue una imprudencia, un disparate.

Pero la locura se tornó sentimiento cuando se lo encontró, dentro del agua, frente a ella.

Estaba agazapado, detrás de un pequeño roble que inclinaba las ramas hasta meterlas en la corriente, empapado y abrazado a sí mismo.

—¡Hermano! —musitó lo más bajo que pudo—. ¡Ignacio! Estoy aquí.

Hubo un instante de silencio. Después pasos en el agua y lo tuvo en tierra.

Y como hacía como cuando él tenía cinco años, lo cubrió con los brazos para protegerlo.

Inés siguió hablando entre susurros; Ignacio, temblando. Hasta que él se convenció de que estaba a salvo y abandonó su regazo.

Notó su mano en la mejilla. La tenía húmeda de las lágrimas, y fría.

—¿De verdad eres tú? —musitó él.

—¿No me ves, no me sientes?

Pero la alegría del milagro pronto desapareció bajo el peso del espanto más absoluto. Los dedos de Ignacio se clavaron en sus brazos.

—¡Sácame de aquí, Inés! —La súplica se convirtió en sollozo desesperado—. ¡Tienes que sacarme de este infierno!

Ella apenas pudo llevarlo detrás del árbol más grueso del bosquecillo.

—¡Tranquilízate! —farfulló—. ¡Estás en el lado liberal!

—Ya lo sé, ya lo sé. —Se tapó el rostro al tiempo que se bamboleaba adelante y atrás para tranquilizarse como hacía cuando era pequeño.

—¿Cómo has terminado aquí, Ignacio? ¡Eres carlista, el enemigo para esta gente!

—Yo qué sé, no lo sé bien. Estábamos en lo alto de una loma, ellos llegaban desde abajo. Nos reíamos porque no podían alcanzarnos. Nosotros teníamos la ventaja y los recibíamos con fuego y piedras. Entonces alguien gritó «¡A por ellos!» y salimos de las trincheras. El chico que estaba a mi lado dijo que era hora de que los pasáramos a bayoneta. Yo tenía un nudo en el estómago, pero salí, como los otros. Disparábamos cada vez que daban la orden. A distancia, entre el humo, los veía caer y me parecían muñecos de trapo. Los cañones tronaban por encima de nuestras cabezas y dejaban agujeros en la tierra. Me tropecé varias veces, dejé de ver a mis compañeros con la humareda, pero seguí adelante. Oía sus gritos, pero no los veía. Noté una brisa y, de repente, la niebla se abrió. Estábamos en un claro en medio de una marabunta. Soldados de uno y otro bando disparándonos sin cesar. Delante de mí había un chico, un enemigo. Tenía el fusil en la mano. Nos apuntamos a la vez. Casi nos rozábamos con las bayonetas de tan cerca que estábamos. Yo iba a disparar cuando noté algo en sus ojos. Lo vi bajar el arma despacio. Yo no me fiaba y seguí apuntándole al pecho. Pero cuando vi que apoyaba la culata del fusil en el suelo…, quise hacer lo mismo.

—Pero no lo hiciste —adivinó Inés.

—No lo hice. Alguien gritó a mi lado: «¡Dispara, Otaola, dispara a ese negro!». Era un alavés que había conocido en la trinchera. Apreté el gatillo.

—¡Por Dios, Ignacio!

—El muchacho me miró como si no se creyera que lo hubiera hecho. En el pecho le apareció una mancha oscura y lo vi caer ante mí. Se le doblaron las rodillas y se inclinó hacia delante hasta quedar tumbado.

—¿Y qué hiciste?

—El alavés me gritaba que lo rematara con la bayoneta en el estómago.

Inés dio un respingo Y preguntó con temor:

—¿Lo hiciste?

—No fui capaz. —Las lágrimas aparecieron otra vez—. Estaba vivo, ¿sabes? Me miraba desde el suelo. Parecía triste, como si se afligiera por mí y no por él.

—¿Qué hiciste después?

—No lo sé. El humo cubría de nuevo la explanada. Solo oía

disparos, gritos y lamentos. Me volví loco. Tenía que alejarme de allí. No soportaba la idea de matar a otro hombre. Solté el arma y empecé a correr hacia delante sin saber adónde. Nada me detuvo, ni los hombres contra los que me choqué ni las veces que me caí ni los cuerpos que pisé. Ni siquiera cuando sentí aquel punzante dolor en la pierna.

—¿Qué dolor?

Inés apartó el vuelo del capote mojado de Ignacio. Encontró un agujero cerca de la rodilla. No había mucha sangre. Después de todo el día en el hospital, sabía que la sangre era un enemigo muy poderoso. No se atrevió a tocársela.

—Atravesaste las líneas liberales.

—Quería llegar al caserío. Me metí en el río para cruzarlo, pero no conseguí nadar corriente arriba. ¡Estaba tan cansado! Al final, me dejé llevar. —Volvió a enterrar la cara entre las manos—. Quiero llegar a nuestra casa y que todo sea como antes.

Aquel desconsuelo infantil le dolió a Inés más que la desapasionada explicación. Conteniendo la emoción, lo atrajo hacia ella. Ignacio se apoyó en su regazo como si fuera un niño.

—No te preocupes —lo tranquilizó mientras dejaba que su corazón llorara por dentro.

Una mujer piadosa hubiera dado gracias al cielo por el milagro de haber encontrado a su hermano, pero Inés solo sentía amargura ante la brutalidad de los hombres.

Eran tres los reporteros que cubrían la contienda desde el campamento de La Rigada. Para encontrarlos, siguió las indicaciones que le habían dado: «Junto al camino, a los pies del monte Janeo». Javier los halló enfrascados en la crónica del día. Se habían fabricado una barraca uniendo unos palos. Las paredes eran unas gruesas lonas que cubrían el techo y colgaban por tres lados. Allá donde el grueso lienzo no llegaba, habían tapado los huecos con finas ramas y brazadas de hierba.

La mesa sobre la que trabajaban era pequeña. Absortos en su trabajo no eran conscientes uno de otro, ni por supuesto se percataron de que se acercaba.

—Buenas tardes —saludó a cierta distancia—. Alguien me ha dicho que encontraría aquí a los periodistas.

Uno de ellos, sin despegar los ojos del papel, alzó la mano.

—Un momento. Una frase más... —Levantó la pluma en alto y la bajó directa al objetivo. Golpeó el papel con la punta. Después se levantó de un salto y le ofreció la mano—. Simón García, de *La Gaceta Liberal.*

—Javier Garay, fotógrafo.

—¿Un fotógrafo? Le contrato para mi periódico. ¿Cuánto pide?

Los otros dos reporteros despegaron la cabeza de los escritos dejando sus crónicas a medias.

—¿Lo dice usted de verdad? —preguntó uno de ellos.

—¿Dónde tiene la cámara? —añadió el otro.

La agitación que mostraban ante su oficio divirtió a Javier.

—A buen recaudo. Con esta luz ya es imposible hacer nada. Tendrán que esperar a mañana.

Simón García le pasó el brazo por el hombro como si lo conociera de toda la vida. Javier no lo rechazó. Al fin y al cabo, aquellos hombres tenían más de compañeros que de otra cosa. Mucho más, desde luego, que los soldados que los rodeaban o que el médico que organizaba el trabajo de Inés.

—¿Desde cuándo está por aquí?

235

—Desde esta misma mañana.

No explicó la forma en la que había llegado y mucho menos su intención de colarse en el bando contrario.

—¿Y aparece a estas horas?

—Uno nunca hace las cosas cuando quiere sino cuando puede. Había otros asuntos que resolver.

—Al menos habrá tenido ocasión de analizar la situación.

Javier no sabía a qué se refería, pero hizo como si lo entendiera.

—Por supuesto.

—¿Qué piensa que sucederá mañana? Manuel y Ramón —dijo en referencia a los otros dos— apuestan a que caerán los de Las Cortes. Yo digo que no, los guiris se defenderán con uñas y dientes, como en el monte Montaño o en el pueblo de Las Carreras.

El tal Manuel desplegó una silla, que acomodó junto a las otras tres. Lo hicieron sentarse en ella. Los papeles desaparecieron dentro de las chaquetas; tinteros y plumas se hicieron a un lado, en el suelo.

—Tú, Ramón, saca ese coñac que guardas —soltó Simón.

—Lo dejaba para el día de la victoria.

—¿Y quién te ha dicho que está cerca? Sácalo, anda, esta es una ocasión especial. Nos tomaremos un trago antes de la cena, que parece que la comida se retrasa. —Señaló a un chico que, un poco más allá, daba vueltas al contenido de una olla sobre un fuego improvisado.

—¿Tenéis cocinero?

—Al muchacho le pagamos un pico por hacer la faena. Hay que alimentarse, ya sabes. —Soltó una carcajada—. Anda, ¡que si me viera mi parienta! ¡Con los guisados tan ricos que me prepara! Ya queda menos para regresar. Dos días más y me largo.

—Estabas tardando mucho —le censuró Manuel.

—Los muertos siempre son iguales y las piernas amputadas también. Ahora a esperar hasta el día que se termine esto y cuenten los cadáveres. Ya tengo lo que necesito. Un poco de «las tropas avanzaban en el barro bajo un plomizo cielo», otro poco de «llevando con ellos el ímpetu de la victoria» y otro de «la decisión estaba tomada. La balanza se decantó por el lado de la justicia». Después haces el recuento de víctimas, firmas la crónica y se acabó.

—Cualquier día se enteran en el periódico y te echan —insistió Manuel.

—¿Y quién se lo va a decir? —se defendió Simón. Los otros compañeros agacharon la cabeza—. Lo que pasa es que soy el más práctico. Vosotros os quedáis a mirar, yo me lo imagino. Resultado: el mismo. Todos sabemos ya lo que sucede en las guerras, unos se mueren, otros no y todos se matan entre ellos. Punto final.

Por la mente de Javier pasaron los moribundos del hospital de sangre a los que Inés intentaba paliar el sufrimiento. La insensibilidad de aquel colega le revolvió las entrañas. Esperó que los otros dos fueran más profesionales y tuvieran la dignidad de no engañar a los lectores con crónicas inventadas.

La botella apareció sobre la mesa. Simón la cogió por el cuello. Vertió el líquido en el centro de su boca como si estuviera bebiendo de un porrón.

—¡Eh, que la tenemos que catar todos! —se quejó Ramón.

Simón se la pasó a Javier. Este dio un trago rápido intentando no rozar el vidrio con los labios.

—¿Hasta dónde habéis llegado? —les preguntó.

Los tres periodistas se miraron entre ellos.

—¿Como que hasta dónde?

—Con la ofensiva, me refiero. Porque imagino que iríais detrás de las filas, ¿no?

—¿Detrás? —La carcajada de Simón lo decía todo—. Nos hemos quedado aquí sentados.

—¿Aquí aquí?

—Sí, hombre, ¡parece que no te enteras!

—Pero ¿no habéis estado junto a los soldados en la ofensiva? ¿No habéis visto de primera mano lo que contáis en las crónicas?

—Pues ahora que lo dices, mañana me hago con unos prismáticos. —Simón le palmeó la espalda—. Mira este qué espabilado. Oye, lo de antes de la foto no era broma. ¡Chaval! ¿La comida viene o qué?

El muchacho se cogió el ruedo del blusón, asió las asas de la olla con la tela para no quemarse y la situó en medio de la mesa. Después acercó cuatro cucharas que sacó de algún lugar. Los reporteros se abalanzaron sobre el guiso. Javier no se quedó atrás. Llevaba todo el día sin probar bocado. Pensó en Inés y esperó que alguien tuviera la misma deferencia con ella.

Cuando el ansia por meter algo en el cuerpo hubo pasado, hizo una declaración de intenciones:

—Pues yo mañana estaré en la ofensiva. —Contuvo las ganas de añadir: «Como haría un buen reportero de guerra».

Lo único que ganó fue otra palmada en la espalda.

—Muy bien, chaval, pues ya nos contarás cómo te va.

237

18

*I*nés observó que el doctor se acercaba a ella. Hacía tiempo que había pasado la medianoche y era la primera vez que salía del quirófano desde la mañana. No se sabía cuál era el color original de la bata con la que cubría su uniforme. Nadie diría que no había estado en medio de la batalla. Tenía peor cara que si hubiera pasado el día en las trincheras y con el fusil en la mano.

—¿Qué está haciendo?, ¿no ve que este hombre está agonizando?

Inés mantuvo la compresa húmeda en la frente del soldado con determinación.

—Aún está vivo —desafió al cirujano.

—Olvídese de él y céntrese en otro que la necesite.

No lo aguantó más. Se puso en pie de un salto.

—Este es el que más me necesita. Intento aliviar sus últimos momentos.

—Para eso está el capellán.

—Los rezos no bajan la fiebre.

—Dedíquese a otro. De hecho, este no debería estar aquí. Precisamos sitio para el resto de los heridos.

—¿Y qué quiere que haga? ¿Que lo eche a la fosa antes de que expire?

—¡Señora! —la reprendió ante la falta de respeto. Al fin y al cabo, era un militar de graduación—. Lo que pretendo es que usted no pierda el tiempo.

—Yo lo llamo tener un poco de humanidad.

—¡Mujeres! —farfulló el doctor—, no comprenden nada. Señora, sepa que ahí fuera hay cientos de hombres que esperan a ser asistidos.

—Si lo que necesitan es otro médico, sabe que yo no puedo ayudarle en eso.

—Ni en esto tampoco, por lo que veo. —Señaló al moribundo—. Para hacer lo que usted hace puedo reclutar a cualquiera. El ayudante que tuve anteayer no lo haría peor.

—Muy bien, pues si para dar la extremaunción tiene al padre y para las operaciones está usted, busque a ese hombre para que me sustituya.

Inés volvió a enjugar el paño en el agua fría que había subido desde el río, rezó un avemaría por el alma de su paciente, que sin duda alcanzaría el cielo en unas horas, y salió del templo.

Sentir el fresco de la noche en la cara le hizo sentirse algo mejor. Nada podía hacer por los heridos que no hiciera otro. Nadie la echaría de menos.

Pudo ver por dónde pisaba gracias al resplandor de dos hogueras que los soldados habían encendido. Le extrañó lo cotidiano de algunas situaciones a pesar de la tragedia en la que estaban inmersos. Los hombres tumbados en la hierba húmeda se apiñaban unos junto a otros, tal vez para darse calor, tal vez para no morir solos. Los menos graves se arremolinaban en grupos a charlar.

239

Hubo cuchicheos a su paso. Alguien exclamó «¡Envido!» y a Inés se le escapó una mueca trágica; luego pensó que el mus era una buena manera de alejar el espíritu de la muerte, agazapada quizás en cualquier cortada de los montes aledaños.

—Señor, cuida de los míos —musitó.

Los suyos: Javier, Ignacio y…, y nadie más.

Llegó a la parte trasera de la iglesia y se arrebujó en la manta que le había prestado un soldado. Se escondió entre las sombras y esperó; quería cerciorarse de que nadie la seguía.

Javier había pasado dos veces por el hospital aquella tarde. La segunda, después de que Inés encontrara a Ignacio. Había entrado en la iglesia mientras ella atendía a un herido al que le había explotado una granada y le faltaba parte del pie izquierdo. Inés no se había atrevido a contarle lo de Ignacio, para que ningún liberal se enterara de que un enemigo se escondía a pocos metros.

Él le había llevado una pequeña olla con una ración del guiso de los reporteros que ella se dio prisa en apurar. Apenas habían conseguido intercambiar unas frases y dos sonrisas. En cuanto el médico lo vio hablando con ella, lo echó de allí.

No había vuelto a verlo.

Agazapada en la oscuridad bajo el ábside, Inés rogó para que el doctor encontrara un par de ayudantes cuanto antes. Ella se iba a centrar en la persona que realmente la necesitaba. Tenían que alejarse de los bastiones liberales cuanto antes. El amanecer debía encontrarlos lo más lejos posible.

Se separó de la protección de los muros de la iglesia y avanzó hacia el bosquecillo donde se escondía Ignacio. Se tropezó con un matorral. Tuvo que agacharse y palpar la vegetación para encontrar hueco entre las plantas y evitar caerse. Recorrió una distancia que le pareció razonable. No quería llamarlo, no fuera que la oyeran, pero no lo vislumbró tras el árbol y no tuvo más remedio.

—¡Ignacio! —susurró.

Ante la falta de respuesta, imaginó que podía haber sido descubierto y capturado. Le entró el pánico.

—¿Ignacio?

—¿Inés?

Se chocaron de repente. Se sujetó a él para no caerse.

—Nadie ha venido por aquí. Solo una persona.

—¿Una persona? —preguntó alarmada—. ¿Te vio?

—Creo que no. Me escondí entre las zarzas, ahí detrás. No me he atrevido a salir hasta que te oí llamarme. Encontré algo.

Inés echó de menos al muchacho seguro de sí mismo y pensó que había heridas para las que no había vendaje.

—¿Algo como qué?

—Algo con ruedas, las vi entre las ramas cuando me acerqué.

—¡El carro de Javier! —adivinó ella—. ¿Dónde está? Llévame hasta allí.

—Pero...

—Ignacio, necesito dejar una cosa para ese hombre.

No podía marcharse sin avisarlo. Necesitaba dejarle una pista de que estaba bien y que se había ido por su propio pie. Javier conocía la loma sobre la que estaba la aldea de Montellano. Se la había señalado el día anterior. Sabía también su anhelo por estar con su familia.

—¿Lo conoces?

—Vinimos juntos desde Bilbao.

—¿Dónde está la abuela?

—Es una larga historia. No hay tiempo ahora, tenemos que irnos de aquí cuanto antes. Dime dónde has visto esas ruedas.

—Lo cogió de la mano y tiró de él.

Inés rebuscó entre el material fotográfico hasta que dio con lo que buscaba. Puso en las manos de Ignacio la libreta en la que Javier anotaba las fotografías.

—Escribe —le instó—: «Te espero en el caserío».

Sin luz, Ignacio escribía despacio y mientras lo hacía, ella recordó el primer momento de intimidad que había compartido con Javier. Se llevó la mano al cabello y desprendió la peineta. Esta no era la que él le había puesto en el estudio, pero el gesto le evocaba igual aquel momento. Un hormigueo le recorrió el cuello hasta la nuca. La escondió entre los botes de cristal de los líquidos de revelado junto con el cuaderno y el lápiz.

—¿Para quién es la nota?

Agarró a su hermano con fuerza. Ya se habían demorado demasiado.

—No perdamos más tiempo. Nos vamos a casa.

Antes tuvo que volver a las inmediaciones del templo para robar un gabán y el gorro del uniforme que pertenecía a uno de los últimos liberales muertos.

Tuvieron suerte al cruzar el puente. Había dos soldados a cada lado, pero no los molestaron. La habían visto durante todo el día trajinar en el templo y la conocían. Ignacio, con el abrigo largo, encorvado y con la cabeza cubierta por el ros, no les produjo ninguna sospecha.

Cuando dejaron atrás el río, Inés se dirigió hacia la salida del pueblo.

Avanzaron en silencio. Rodearon San Juan de Somorrostro con mucho cuidado de que nadie los viera. Si a uno de ellos le parecía oír algo, se tiraban al suelo e intentaban fundirse con la tierra. Inés apretaba contra ella la manta para que no se le despegara del cuerpo. La camisa no estaba ni la mitad de clara de lo que había salido de Bilbao, llena de manchas; debajo del gabán robado, Ignacio iba casi desnudo. Inés lo había obligado a quitarse el uniforme gris de los carlistas.

Aprovecharon para avanzar cada vez que las nubes se abrieron y se paraban cuando cubrían la luna en creciente, porque no podían guiarse con aquella oscuridad.

No fueron por el camino más corto. Tuvieron que separarse de la corriente de agua para luego volver a encontrarla. El problema era que no tenían ni idea de dónde podrían tropezarse con liberales.

A la altura de Santelices, se toparon con un destacamento. Prácticamente se metieron en el agua.

—Trasladan los cañones —susurró Ignacio cuando pasaron—. Preparan la ofensiva de mañana.

—No te preocupes. Mañana estaremos en casa.

—¿Cómo lo sabes?

—Porque yo te llevaré hasta allí.

Esperaron a que la escasísima luz del farol del grupo de militares se disipara para salir.

—Nos encontraremos con más —le advirtió Ignacio—. Se aprovecha la noche para distribuir a los soldados, afianzar posiciones y cavar nuevas trincheras.

—Lo conseguiremos. —Inés le apretó con fuerza el brazo.

«Lo haré, llegaré.» Necesitaba creerlo, porque todo dependía de ella. No le había preguntado si se acordaba del caserío, si tenía algún recuerdo del emplazamiento y de los prados que lo rodeaban.

El objetivo volvía a ser el mismo que días antes con Javier: llegar hasta El Pobal. Cuando viera la ferrería, sabría encontrar el camino. Solo tenían que continuar por el río hasta el barrio de La Olla, localizar el sendero y subir hasta Montellano.

Lo consiguieron no sin dificultad. Ignacio estaba en lo cierto y se tropezaron con un par de grupos más de soldados. Se escondieron entre los matorrales y a Inés le pareció inaudita la banalidad de sus conversaciones.

—¿Y qué otra cosa se puede hacer? —le espetó su hermano dejando aparecer por primera vez desde que lo encontró el mismo carácter que se gastaba en Bilbao—. Algunos prefieren no dormir y se pasan la noche jugando a las cartas o contando sus hazañas con las mujeres.

—No lo entiendo.

—Es mejor que cerrar los ojos y ver al último hombre al que disparaste, tumbado en el suelo y bebiéndose la sangre que tú mismo le has hecho derramar.

—¿No sería mejor encomendarse al Altísimo?

—La primera noche rezas más que en toda tu vida. ¿Qué queda para el resto? El miedo, solo el miedo a que sea la última

vez que ves las estrellas y a que llegue un tiempo en que hasta
tus familiares se olviden de ti. Que su único recuerdo sea el
epitafio «Murió en el campo de batalla» no es fácil de digerir.

Inés supo entonces que el hermano al que había encontrado no era el mismo que se había marchado de Bilbao. En apenas veinte días había dejado de ser un muchacho y se había
convertido en un hombre aterrorizado ante sus propias accio-
nes. Lo que no tenía tan claro era si también habría pensado
en que después de caer no quedaba otro remedio que levantarse y seguir viviendo.

Emprendieron la subida cual ciegos, de la mano, por el
estrecho camino. Inés lo recordaba mucho más ancho y menos frondoso. Avanzaron paso a paso; palpaban lo que tenían
delante y avanzaban, un pie tras otro, un palmo tras otro;
despacio y con mucho cuidado. Y aun así, se salieron del trazado más de una vez.

Arañazos en los brazos, en los tobillos y hasta en la cara
consiguió hacerse Inés, que una vez arriba, no pudo distinguir
el contorno de las casas y se desorientó.

—¿No te acuerdas? —la apremió Ignacio muy nervioso.   243

—Déjame un momento.

Apenas cerró los ojos retrocedió cinco años atrás. La abuela
iba delante, ella la seguía con Ignacio de la mano. Ella cometió
el error de volverse. Ricardo tenía las manos en la cintura y los
miraba con gesto amenazador. Su esposa estaba dentro del
portal, unos pasos detrás de él, con los hombros bajos, atemorizada como siempre. Memorizó el recorrido que habían hecho
hasta llegar al punto donde el camino descendía hacia el río, el
mismo en el que estaban ahora.

Tragó saliva cuando la idea, que había rechazado hasta ese
momento, de que su hermano volviera a abandonarlos a su
suerte le cruzó por la cabeza. Ricardo sería ahora padre de familia. «Se le habrá ablandado el corazón», deseó.

—Hacia la derecha —sentenció.

Volvieron a cogerse de la mano para terminar de recorrer
la distancia que los separaba del caserío familiar. Ignacio le
apretaba tanto la suya que estuvo a punto de gritar. Casi podía
sentir la velocidad a la que le latía el corazón, «a la misma que
el mío».

La mole del edificio se les echó encima antes de lo que esperaba.

—Ya estamos —musitó Ignacio.

Sí, ya estaban. Y llegar podía suponer no el final de las penalidades, sino el principio de otras.

Ninguno de los dos se atrevía a despertar a los moradores de la vivienda. Ninguno se acercó a la puerta.

—Esto es absurdo —determinó Inés al fin.

Dos pasos adelante y, sin más, golpeó la madera. En tres ocasiones. Ni a la primera ni a la segunda obtuvieron respuesta, solo después de la tercera oyeron unos cuchicheos en la casa.

—¡Ricardo! ¡Ricardo!

—¿Quién es? —preguntó alguien desde dentro.

Inés frunció el ceño. No era la voz de su hermano, desde luego.

—Mónica, ¿eres tú? Somos Ignacio e Inés, los hermanos de Ricardo.

La puerta se abrió poco a poco.

No esperaba una gran acogida, pero tampoco que la recibieran con el cañón de un fusil a dos palmos de la cara.

244

—¡Atrás! —ordenó la voz que salía desde la culata.

Ignacio retrocedió y obligó a Inés a seguir su ejemplo. Su cuñada movió ligeramente el arma e Inés supuso que los observaba, ahora que los había obligado a salir de la sombra que proyectaba el balcón.

—Mónica, somos los hermanos de Ricardo. ¿No nos reconoces? Si nos dejaras pasar, podrías vernos mejor junto a una luz y convencerte.

—¡No te muevas! ¿Qué queréis?

—Hablar con Ricardo. ¿Por qué no ha salido él?

El arma se inclinó como si pesara demasiado.

—Está descansando. ¿Qué hacéis aquí?

—Bilbao está asediado por los carlistas. Nosotros hemos podido salir. Necesitamos un lugar para refugiarnos.

Nada dijo sobre que Ignacio era un prófugo, bastantes trabas tenían para que su cuñada los aceptara como para darle otros argumentos y que los echara del caserío.

—¿Qué hace él aquí? —preguntó apuntando a Ignacio.

—Ya te he dicho que venimos de Bilbao…

—Eso es mentira. —Mónica dio un paso fuera de la protección de la puerta. Inés entendió el acercamiento como un comienzo—. Él no estaba en Bilbao, lleva el gabán de un liberal.

—¿Están los liberales instalados aquí? —preguntó Inés con voz agónica.

—Aquí no está instalado nadie y por eso se creen con derecho los dos bandos a quitarnos la comida de la boca —le espetó la mujer de Ricardo—. ¿Por qué no está en la batalla?

—No todo el mundo es soldado.

—Él sí. En el pueblo se alistaron todos los hombres.

Fue entonces cuando Inés entendió qué hacía su cuñada con un arma defendiendo el hogar en plena noche.

—Ricardo también, ¿verdad? No está en casa, se ha marchado a la guerra y te ha dejado sola.

—¡No estoy sola! —Blandió el fusil ante ellos.

Inés vio moverse algo detrás de la camisa de noche de Mónica.

—¿Madre?

Su cuñada se movió y dejaron de ver a un niño que se había asomado. Inés aprovechó la ocasión.

—Mónica, si dejas que nos quedemos, tu hijo estará más protegido. Seremos tres a enfrentarnos con quien venga.

—Mi esposo os echó de estas tierras.

—No venimos a reclamar nada. Solo queremos un lugar donde quedarnos mientras se libera la ciudad. No podemos volver y no tenemos otro lugar a donde ir.

La boca del arma fue apuntando hacia el suelo poco a poco. Inés respiró más tranquila mientras crecía su esperanza.

—¿Y tu esposo?

—No tengo, nunca lo tuve. Hemos vivido juntos, con la abuela.

—No podéis quedaros. Ricardo no lo quería así.

—¡No puedes hacernos esto!

Pero con su enfado solo consiguió que el fusil volviera a apuntarles.

—Yo no soy la dueña del lugar, no puedo contravenir el deseo de mi marido.

—Lo eres. Eres la madre de su hijo. En su ausencia, tú eres la que tomas las decisiones. ¿Se lo pensó mucho antes de abandonarte y dejarte sola con el niño?

—No. Es un patriota, tuvo que alistarse.

—Ya, los hombres hacen la guerra y las mujeres se encargan de todo lo demás. Déjanos quedarnos esta noche y mañana decides lo que sea.

—No. Tenéis que iros del pueblo ahora.

—¿Los vecinos están con los liberales? —preguntó Inés alarmada.

—No, con los carlistas.

—¿Por qué entonces no quieres que nos vea nadie?

—Ricardo no tiene que enterarse de que habéis estado aquí.

—¿Crees que hará algo en nuestra contra?

La falta de respuesta resultó esclarecedora para Inés. Lo que Mónica temía era lo que le podía hacer a ella su propio esposo. A pesar de la situación y de que la mujer que tenía delante no los estaba tratando como lo haría una buena cristiana, le tuvo lástima.

Así que apeló a lo único que creía que podía temer más que a su marido.

—Estaréis más protegidos —insistió—. Los soldados están por todas partes, dices que vienen y se apropian de animales y comida. Seremos más para trabajar y más para esconderla después. Tres para defender a tu hijo.

—Dos.

—¿Qué?

—Tengo dos hijos.

El niño se asomó de nuevo. Y una niña detrás de él. Mónica los empujó hacia atrás sin quitar los ojos de encima a Inés.

«Y otro en camino», pensó Inés cuando le vio la prominente tripa.

—Tenemos dos sobrinos —reflexionó Inés en alto—. Los defenderemos. Y cuando sean mayores, estarán orgullosos de una madre valiente que dejó a un lado la cobardía y eligió la vida de sus tíos a las indicaciones de nadie. Cargar con dos muertes sobre la conciencia puede ser insoportable.

Su cuñada se inclinó y dijo algo al niño. La niña se aferró a sus faldas. El pequeño entró en la casa y apareció momentos después con un farol en la mano.

El corazón de Inés dio un salto de alegría. Tenían cobijo; lo había conseguido.

Javier apenas había dormido en toda la noche. Por la impaciencia de lo que ocurriría al día siguiente, por la preocupación por Inés en el hospital y por el constante trajín del campamento liberal.

La lona de la tienda de campaña donde le habían acogido los periodistas no resguardaba del frío y mucho menos del ruido. Tenía que levantarse antes de que la línea del alba asomara tras las montañas.

—Esto ya empieza. ¿Es que no vais a despertaros? —Fue incapaz de callarse cuando vio que los reporteros seguían roncando.

—Estás completamente chiflado para querer aproximarte al frente —le espetó Simón a bocajarro.

—Lo que no entiendo es qué hacéis vosotros aquí. Escribís las crónicas a cubierto. ¿Qué diferencia habría en hacerlo sentados en la oficina del diario?

—La que da tener declaraciones de primera mano.

—¿De primera mano? De segunda o de tercera diréis más bien. He visto cómo trabajáis, habláis con el general, que a su vez pregunta al coronel, que habla con el oficial, a quien se lo cuenta el capitán, quien, con mucha suerte, ha estado en primera línea.

—¿Y eso a quién le importa? Contamos lo que sucede.

—¿Y eso a quién le basta? —se burló Javier.

—A los lectores les basta.

—No a todos.

—A la mayoría.

—¿Y el resto?

—El resto es minoría.

—Llenáis las crónicas una y otra vez con los mismos textos —criticó.

—Ya lo dije ayer, con cambiar los lugares y el número de muertos es suficiente.

—¿Números?, ¿eso son para vosotros?

Simón se encogió de hombros.

—Como para el resto. ¿Qué son para ti?

—Hombres, seres humanos, con sus propias historias, con sus propias familias. ¿Es que no lo veis?

—Ya, y tú has venido a retratarlos.

—Y a contar esas historias.

—Dispuesto a seguirles los pasos.

—Lo estoy.

—Pues si al finalizar la jornada aún estas vivo, ya sabes dónde encontrarnos.

Simón le tendió la mano muy solemne.

247

—Yo desaparezco hoy de aquí. Ten por seguro que si sales de esta, el reportero jefe de *La Gaceta Liberal* sabrá quién eres. Le hablaré de ti.

Javier llegó a la iglesia de Somorrostro antes de amanecer. La tranquilidad de los alrededores del hospital contrastaba con el trajín de los campamentos llenos de combatientes. Delante del pórtico, se disponía una fila de camillas. Al lado, todavía dormidos, varios grupos de hombres que Javier no supo distinguir si estaban heridos o eran camilleros. Observó la entrada del templo, que permanecía con las puertas cerradas.

Dentro…, Inés. Con su preocupación permanente y su paciencia infinita. Dentro, la mujer a la que amaba. La compañera perfecta. El futuro.

Entró en la iglesia. Pensó que encontraría los mismos gemidos callados del día anterior y a Inés arrodillada junto a quien los profería; sin embargo, descubrió al cirujano dando órdenes a media docena de hombres llenos de vendas. Los heridos leves se esforzaban en atender sus demandas y juntar a sus compañeros más graves.

Se acercó hasta el médico y preguntó por Inés.

—Aquí no está. Búsquela por ahí fuera. He estado operando más de media noche. Me descuido un momento, echo una cabezada y me encuentro con esto.

—¿No sabe dónde está?

—Es mujer, ¿no? Habrá salido a lavarse.

Salió, se acercó hasta el ábside y se internó entre la vegetación hasta dar con el laboratorio portátil. Apartó el toldo e inspeccionó su equipo con rapidez. Primero vidrios y líquidos de revelado. Lo importante era conseguir buenos negativos, los positivos siempre había tiempo para hacerlos. Guardó el papel en el compartimento de abajo y contó las placas: veinticinco.

Calculó cómo iba a conseguir positivar parte de los retratos tomados el día anterior y volver a usar los cristales para hacer nuevas fotografías. Levantó los botes del colodión; confirmó que estaban llenos, tal y como los había dejado y los volvió a colocar en su lugar. Tropezó con algo y sacó lo que impedía situar el frasco en la posición original.

Lo reconoció al instante. Era la sencilla peineta de metal con la que Inés sujetaba su melena. Apretó el tesoro en el puño, sin imaginar por qué ella la habría dejado allí. Hasta que sus ojos se posaron sobre el cuaderno de apuntes. Lo cogió y pasó las páginas una a una hasta que encontró una anotación que no era suya: «Te espero en el caserío».

—Pero ¿qué...?

Se había marchado, sola, sin él. Una mujer sola en la guerra en medio de cuarenta mil hombres. El corazón le empezó a latir con fuerza. ¿Por qué? ¿Cuándo? ¿Sin esperarlo?

Javier se volvió en la dirección donde sabía que estaba la cima de Montellano, a pesar de que los árboles le impedían verlo. ¿Habría llegado?

«¿Por qué, Inés, por qué? Por Dios, que esté a salvo», rogó en silencio.

—Así que era aquí donde escondías las herramientas de trabajo.

Ramón, uno de los periodistas, lo había seguido. Javier guardó la peineta en el bolsillo interior de la chaqueta, el mismo en el que atesoraba la fotografía de la espalda de Inés, lo más cerca que podía del corazón.

—En algún lugar tenía que dejarlas.

—Al amparo de la casa de Dios.

—Convertida en la de aquellos que han tenido la desgracia de caer en combate. ¿Qué haces aquí?

—Quiero acompañarte.

Ahora que Javier se debatía entre seguir a su corazón o a su cabeza.

—Pensaba que a ninguno de los tres os interesaba palpar la realidad.

—He cambiado de opinión.

Javier apretó los labios y respiró con fuerza un par de veces. Se dijo que si Inés se había ido era porque tenía una razón poderosa. Se convenció —o lo intentó al menos— de que las pistas que le había dejado eran una misiva de tranquilidad.

La ofensiva se centraba en el valle de Somorrostro, los montes de Galdames quedaban fuera de ella, y cada vez se alejaría más si, como se preveía, el ejército liberal empujaba al carlista hacia la ría bilbaína. Con un contingente que casi los doblaba en número no era previsible que la victoria se inclinara esta vez del lado del Pretendiente. Aquello terminaría pronto. Unas horas más y la seguiría.

El fuego comenzó en el instante en que salieron de entre la maleza. Los camilleros se levantaron de golpe y los heridos que pudieron también.

249

—¿Hacia dónde vais? —preguntó a los sanitarios cuando les vio coger las parihuelas.

—A Las Cortes —contestó uno de ellos.

—¡Vamos con estos! ¡Date prisa! —le instó Ramón viendo que los camilleros ya se alejaban.

Javier dudó de nuevo entre seguir a su deseo o a la obligación. «Estará bien», se convenció y salió corriendo detrás del gacetillero.

19

*D*ebería estar contenta ahora que habían construido un cubículo en el pajar para que Ignacio se escondiera. Habían aprovechado la puerta en altura, desde la que se tiraba la hierba una vez seca. Bajar desde el piso primero hasta el suelo trepando por los huecos de las piedras de la pared del caserío era fácil. Debería estar tranquila. Su hermano estaba a salvo, su cuñada parecía aliviada y hasta los niños los habían acogido con menos recelo del que Inés esperaba. Sin embargo, la angustia ocupaba todo su ser.

Dos días llevaban en el caserío, dos días de congoja. A cada rato, dejaba el puesto en la cocina, daba la vuelta a la casa, cruzaba el prado, se asomaba al monte y miraba hacia abajo. A los pies: humo, tiros, bombas y el estruendo del vocerío humano, mezclado con los relinchos de los caballos. El día 25 en el pueblo de Las Cortes, el día 26 en el de Pucheta y en Las Carreras. Aquellos eran los puntos donde se centraba la batalla. Inés, desde el privilegiado balcón, podía ver, a poco que se esforzara, lo que sucedía en el valle.

Y cada vez que miraba, se le desgajaba un pedazo del alma.

Esta vez se llevó la mano al estómago por ver si de esa manera paliaba el vacío que sentía no solo por no probar bocado.

Se volvió hacia la casa al oír las voces alegres de sus sobrinos. Ángel y Ascen se llamaban. Tener a los niños alrededor provocaba en ella la obligación de sentirse animada. Echó un último vistazo al valle, encomendó las almas de los caídos a la Señora de los Dolores y se santiguó dos veces, a pesar de saber que todo ello estaba de más.

Retrocedió hacia la vivienda al tiempo que Mónica entraba en el prado con la ropa recién lavada. El sol no sabía de guerras y brillaba en el cielo; los niños también eran ajenos a ella y reían pegados a las faldas de la madre.

251

Mónica había dejado el barreño en el suelo y se llevaba la mano a la espalda. Estaba claro que el embarazo le pesaba más de lo que quería aparentar. Era un par de años mayor que Ignacio, pero con apenas diecinueve años la vida la había tratado peor que a él. Se comportaba como una matrona en toda regla. Su cuñada sacudió al aire la camisa del uniforme de Ignacio y la extendió sobre la hierba para que el sol la secara.

—Te ayudo —se ofreció. Cogió el lienzo que habían usado para asearse y lo colocó al lado de la otra prenda.

—Puedo apañármelas —rechazó Mónica.

—No hemos venido aquí a ser una carga para nadie.

—Este es mi trabajo. Lo estaría haciendo yo sola si no estuvierais.

—Pero estamos y lo hacemos entre las dos.

—¿También vais a cavar la huerta?

—Y a coger la borona para el ganado. Y a limpiar la cuadra de las bestias y a dar de comer a las gallinas. Ya te lo dije cuando llegamos.

—¡El puchero! —gritó Ignacio desde la casa.

Inés salió corriendo antes de que se le quemaran las alubias que llevaba cuidando con mimo desde primera hora.

—Echa una mano a Mónica —soltó cuando pasó a su lado.

—¿Yo?

—¿No ves que está encinta?

A pesar del riesgo de terminar comiendo judías negras cuando eran blancas, esperó hasta que su hermano arrancó hacia el tendedero. Y no tardó en volver, después de apartar la olla del fuego. Se cruzó con Mónica de regreso a la casa. El barreño estaba vacío y la ropa tendida. Los niños jugaban a rodar monte abajo. Buscó a Ignacio con la mirada. Lo encontró en el mismo punto en el que se solía instalar ella.

—Debería estar allí —dijo cuando la sintió llegar—. No soy más que un cobarde.

—No es más cobarde el que huye sino el que no toma decisiones.

—Ya oíste a Mónica, Ricardo está luchando.

—No desde luego por su familia, bien que la ha abandonado. ¿Llamas a eso valor?

—Él hizo lo mismo que yo, ¿verdad? Me marché sin pensar en lo que dejaba. No me has contado cómo murió la abuela.

—Cayó una bomba sobre la casa. Se desplomó el tejado y la buhardilla.

—¿Sufrió?

Inés le dijo lo mismo que se había repetido ella miles de veces.

—No tuvo tiempo.

—¿Y el señor Francisco?

—Se marchó.

No le dio más explicaciones. Si lo hacía, tendría que mencionar también a Javier y contar que estaba en el infierno que ambos miraban a salvo desde las alturas.

—¿Murió con la abuela?

—No, él sobrevivió. ¿Por qué piensas eso?

—Porque no estarías aquí, sin ella ni el vecino, si algo no les hubiera sucedido. Tú no eres como yo, nunca abandonarías a la gente que amas.

No, no era de las que se desentendía de la gente que quería. Por eso había decidido marcharse y caminaba de nuevo junto al río, deshaciendo el trayecto recorrido con Ignacio dos días antes.

A punto había estado de irse sin avisar, por si su hermano intentaba impedírselo. Pero después recordó la agonía al saberlo desaparecido y pensó que no podía hacerle lo mismo. Pasó por el pajar. Ignacio dormía apaciblemente medio tapado por la hierba seca. Parecía el niño que un día fue. Se permitió el deleite de apartarle el pelo de la frente. Después le sacudió un hombro levemente. La rapidez con la que se incorporó le aclaró que su descanso no era tan profundo como ella había supuesto.

—¿Qué sucede?

—Me marcho.

—¿Cómo…, qué…?

—No tengo tiempo de explicártelo. Me voy al valle, a buscar a una persona.

—¿Al frente?

—Sí.

—¿Estás loca? ¡No puedes meterte allí!

—Tú mismo lo dijiste, no puedo abandonarlo porque lo amo.

Notó el momento en que Ignacio comprendió a qué se refería porque los rasgos se le relajaron.

—Hay un hombre.

253

—Lo hay y está allí abajo.

—¿En qué bando?

—¿No da igual?

—En el liberal —comprendió él—. Por eso estabas con ellos. Lo detendrán como lo pillen desertando.

—No es soldado, sino reportero. Por eso tenía el carro con…, con todo aquello.

No intentó detenerla. Tal vez porque se le dibujaba la determinación en el rostro.

—Mejor, mucho mejor. Ve con cuidado. —Echó un vistazo a la puerta—. No te preocupes, yo me quedo con ellos. Nada les sucederá.

Inés se permitió el gesto de darle un beso y, para su sorpresa, fue la primera vez desde hacía mucho tiempo que él no lo rechazó.

San Juan de Somorrostro seguía siendo liberal. Lo atestiguó tras ver al primer soldado en las calles. No supo por qué, pero la alivió saberlo. Probablemente porque se había hecho la vana ilusión de que las cosas siguieran igual a cuando ella se marchó y que encontraría a Javier en los lugares que ya conocía.

No le gustó la forma en que el muchacho le sonrió, como si acabara de encontrar una moneda de oro. Decidió que lo mejor sería llegar al hospital por el mismo camino por el que había salido, dando un rodeo. Aprovechó la aparición de un compañero del soldado para darse media vuelta y salir corriendo. Aún no había perdido de vista los tejados del pueblo cuando los cañones volvieron a sonar.

Acababa de ver la espadaña de la iglesia cuando volvió a oír el atronador rugido de las huestes cargando una contra la otra. Después de los gritos, la voz de los fusiles.

Los muertos volverían a tapizar la tierra que tanto amaba.

Su frustración fue en aumento, creció al mismo tiempo que la duda sobre qué hacer si no encontraba a Javier. Marcharse sin él y volver a caer en la incertidumbre de lo que le habría sucedido se le antojaba la mayor de las agonías, por eso se dirigió directa al sitio donde el carro había quedado escondido.

Buscó y rebuscó, sin éxito. A punto estuvo de meterse en el río por si había resbalado colina abajo y terminado en el agua. No quería llegarse hasta el hospital, pero terminó dándose de bruces con él. Si el día 25 de marzo había heridos en el pórtico de la iglesia, el 27 formaban un círculo trágico alrededor del templo. Se vio en medio de los heridos graves que yacían tumbados sobre la tierra. Ni tiempo ni brazos había para extender unas brazadas de hierba debajo de cada cuerpo.

Había ido a buscar a Javier, pero no tuvo estómago para marcharse sin hacer nada. Encontró al doctor apoyado en el marco de la puerta con una pipa en la mano.

—Ha regresado.

—Tuve que marcharme.

—Vino a buscarla.

—¿Quién?

—Su esposo —añadió y se llevó la boquilla a la boca—, al menos eso dijo. Anteayer se pasó medio día sacando fotos por aquí. Ayer apareció otra vez.

La palabra «ayer» le sonó a Inés mejor que cualquier música que tocara la orquesta del quiosco del Arenal.

—¿A qué hora? —preguntó ansiosa.

—Por la noche seguía vivo.

Tuvo que arrimarse a la pared; las piernas le flaqueaban de puro alivio.

—He venido por él —se sinceró—. Le parecerá absurdo.

—Dice bien. Absurdamente absurdo: una mujer en medio de una guerra en busca de su marido. —El médico inspiró de nuevo el humo.

—¿Dijo si volvería?

—Tiene una disparatada costumbre: sacar fotografías a estos desgraciados. —Señaló al montón de heridos esparcidos entre los árboles—. Ayer lo hizo, anteayer también, ¿por qué no iba a hacerlo hoy?

—¿Puedo quedarme?

El médico militar se encogió de hombros. Inés intuyó que la incapacidad de hacer algo por aquellos hombres lo había vuelto insensible.

—Si es lo que desea, ya sabe lo que hay que hacer.

—¿No le han traído nuevos ayudantes?

—Alguno. —Torció el gesto—. El hombre viejo del que le hablé.

Entró en el templo sin el temor de la primera vez. La hierba, que el primer día cubría todo el suelo, había ido desapareciendo. Los heridos se tumbaban directamente sobre las irregulares losas. Se apretó el pañuelo para que el pelo no la molestara y se volvió hacia el médico.

255

—¿Por dónde empiezo?

Este señaló a un anciano arrodillado en una esquina.

—Remplace a aquel, es más un estorbo que una ayuda.

Según se aproximaba al hombre que le había señalado, la sensación de alarma creció en su interior. Poco a poco fue acortando los pasos hasta que fue incapaz de continuar.

No. No podía ser. Pero si...

El hombre levantó la cabeza e Inés no supo si lo que veían sus ojos era un sueño o una pesadilla.

—¡Detrás, detrás! —les gritaban cada vez que se aproximaban a los primeros de la columna.

Ramón con el cuaderno y él con la cámara intentaban plasmar el horror en el que estaban inmersos.

Los habían asignado a un capitán de una de las compañías del Cuarto Batallón de Castilla. Lo único que habían averiguado de él era que había nacido en Cáceres y que «le hacía maldita gracia tener a dos intrusos merodeando entre sus hombres».

Apenas los dejaba acercarse a la línea de combate. Estaban limitados a acompañar a las piezas de artillería, dispuestas para ocupar los lugares que tomaban las tropas liberales. Avanzaban por la carretera, junto a los cañones que habían salido del campamento de La Rigada.

A falta de otra cosa, Javier fotografiaba los cañones y a los artilleros que los trasladaban. Junto a las piezas de calibre 12, estaban las de los cañones Krupp y las de los Plasencia. Por lo que pudo enterarse, el objetivo era llegar hasta el estribo derecho del monte Montaño, situarse entre este y los montes de Triano, y montar tres baterías justo enfrente de los carlistas, instalados en los pueblos de Santa Juliana y San Pedro de Abanto.

La batalla se desencadenaba mucho más adelante. Javier se desesperaba porque estaba lejos de alcanzar lo que había venido a hacer. A punto estuvo varias veces de dejarlo todo y marcharse en busca de Inés. Sin embargo, la presencia de Ramón ratificaba a todas horas su objetivo y le contenía las ganas de buscarla.

«Está bien, ella está bien», se repetía de vez en cuando. Porque si no era así, se moriría.

Y fue precisamente el deseo de estar a su lado lo que acabó con su paciencia. Tenía que acabar cuanto antes con el trabajo.

—No pienso quedarme aquí —le susurró a su compañero cuando vio alejarse al extremeño.

—¿Y qué vas a hacer?

—Tengo que subir hasta allí.

El periodista siguió con la mirada el trazado de la vía del ferrocarril minero entre el bosque de castaños. Era la línea que separaba los dos bandos en aquella zona; por debajo, el avance liberal; por encima, la defensa carlista.

—Simón tenía razón, estás completamente loco.

—Somos reporteros; no se atreverán a hacernos nada.

—¿Y cómo vas a librarte de él? —dijo refiriéndose al capitán que tenían asignado.

—No hay nada como desear una cosa para conseguirla.

La oportunidad les llegó antes de lo esperado. A los cañones acompañaban carros, llenos de municiones y pólvora, tirados por mulas y caballerías. En una ocasión, Javier había visto a un caballo desbocarse en medio del Arenal, aquella fue la segunda.

Solo necesitó un pedazo de vidrio de una placa rota y apretarlo con fuerza contra la grupa como imaginó que se haría con una espuela.

El revuelo que se organizó cuando el animal se irguió sobre los cuartos traseros fue monumental. Las cajas de pólvora y los proyectiles de los cañones rodaron hasta el suelo cuando el carro se elevó por la parte delantera. Decenas de soldados y oficiales se arremolinaron en torno a él mientras dos de ellos intentaban tranquilizar al animal. El extremeño era uno de ellos.

Fue entonces cuando los dos periodistas echaron a correr. No necesitaron más que una mirada y las piernas para internarse entre los árboles colina arriba.

A pesar de que Javier empujaba el laboratorio fotográfico, no se quedó atrás. Cuando alcanzaron la línea del ferrocarril, se preguntó cómo los liberales llevaban más de un mes intentando conseguir lo que a ellos les había costado menos de una hora.

—¿Y ahora qué? —lo interrogó Ramón cuando saltaron sobre los raíles y pisaron las traviesas del tren minero.

Las balas silbaban a la derecha, en la ladera del pico Ventana.

—Ahora, a lo que hemos venido a hacer. —Javier colocó el carro en aquella dirección.

Se encontraron con el primer muerto doscientos metros después. Estaba boca abajo y solo, con los brazos en cruz entre los raíles de la vía. El fusil a escasa distancia de la mano derecha. La bayoneta guarnecida en el cañón. Lo habían matado a distancia.

No había rastro de soldados. Ramón expresó su sospecha:

—Ha llegado caminando.

—Es lo más probable.

—¿Crees que buscaba un sitio donde refugiarse?

—¿En un lugar desprotegido como este? Más bien pienso que quería largarse de este infierno.

—Y regresar a su casa.

—¿Sería de la zona?

—¿Aldeano y liberal? No lo creo; en todo caso, uno de ciudad.

—¿Bilbaino?

A Javier le entró una necesidad rabiosa de saber quién era aquel hombre. Le dio la vuelta con mucho cuidado.

—¿Lo conoces?

Maldijo el momento en que lo reconoció.

—Sí, no directamente, pero sé quién es.

Ramón sacó la libreta y el lápiz y empezó a garabatear en el papel. A Javier le costó reaccionar y siguió en cuclillas, con los codos apoyados en las rodillas y las manos colgando entre las piernas, sin poder apartar la mirada.

Se llamaba Luis Goirigoizarri y lo conocía de las tertulias del café Suizo. Tenía un comercio de telas en la calle Somera, mujer y cuatro hijos. Lo había visto por el paseo del Arenal a la salida de misa los domingos. Se preguntó qué fuerza habría hecho que abandonara lo que más quería para enrolarse en aquel barco a la deriva.

Parpadeó un par de veces y la cara del muerto se confundió con la de su padre, después con la de su hermano mayor y, poco a poco, con la del resto de su familia. Volvió a escuchar la pregunta que le había hecho Inés la última noche que pasaron juntos: «¿Piensas alguna vez en ellos?».

No había sido sincero. Hacía semanas que los recordaba. Mucho, demasiado. Desde que conoció a Inés y se dio cuenta de lo que significaba la familia para ella. Al principio rememoró solo situaciones vividas, pero pronto empezaron a aparecer las caras de los compañeros de juegos, de su madre dando vueltas al puchero sobre el fuego, de su padre con la azada en la mano e intentando arrancar a la tierra algo con lo que dar de comer a sus vástagos. Y por primera vez, echó de menos una fotografía de su familia a sabiendas de que la memoria de un niño de diez años no era suficiente.

Parpadeó una vez más mientras apelaba a las fuerzas para sacar la cámara del carro y atornillarla al trípode, para abrir los frascos de colodión y humedecer las placas, para colocar el chasis en la máquina y apretar el disparador. Para inmortalizar la muerte de un hombre como quizás nunca lo hizo nadie en vida.

—¿Vas a quedarte ahí?

Ramón se guardaba ya la libreta en el bolsillo del gabán.

—No, desde luego que no.

Goirigoizarri fue el primer muerto del día; en las siguientes horas llegaron muchos más. Algunos tuvieron la fortuna o la desgracia de estar en las imágenes que Javier tomó. De otros, solo apareció su nombre en la lista de bajas. Sin embargo, todos los rostros se le quedaron impresos, a fuego, en la memoria.

20

Javier obvió la presencia del intendente y se limitó a escuchar al general Serrano. Expresiones como «no voy a permitir», «controlar la información» y «destruir las fotografías» cayeron sobre él como el martillo del herrero sobre la pieza de metal incandescente.

—¿Han comprendido todo lo que les he ordenado?

Ramón se encogió a su lado.

—Entonces —se oyó decir a sí mismo—, es una orden.

El general se levantó de la silla ante el desacato. Las medallas que lucía en la parte derecha del pecho chocaron unas contra otras.

—¡Una orden mía! ¿No lo ha escuchado?

—Perfectamente. —Antes de que Serrano le instara a ello, comenzó a repetirlo—: No podemos acercarnos a los lugares de enfrentamiento. Tenemos prohibido sacar fotografías de los caídos en la contienda y de cuerpos mutilados o heridos. Tampoco podemos mencionar el número de muertos a diario ni la crueldad con los enemigos ni, muchísimo menos, hablar de la victoria de los carlistas a pesar de que están en inferioridad numérica.

El cabeza del Ejército gubernamental relajó el gesto y se sentó.

—Veo que lo ha entendido. —Se dirigió al otro periodista—. Espero que usted también.

Por supuesto, señor —murmuró Ramón tan bajo que Javier dudó si el general se había enterado.

—Sería muy beneficioso para todos que utilizaran su posición para explicar al país los éxitos conseguidos por nuestro Ejército.

—¿Éxitos? —Javier pensó que los oídos se le habían llenado de tierra—. Yo no llamaría así a tener cientos de muertos desperdigados por las laderas de los montes.

—Sí, lo son, siempre que nos permitan avanzar.

—Los carlistas con su política de trincheras están diezmando a los que usted llama suyos.

Serrano tomó aquellas palabras como muestra de que Javier no estaba de parte de los liberales. Y al parecer no estaba dispuesto a mantener una discusión en público.

—Usted, puede marcharse —despidió a Ramón.

Ambos se dieron la vuelta.

—Usted, el fotógrafo, quédese.

Javier hizo un gesto en dirección al reportero y este se encogió de hombros y se marchó dejándolo solo. Tomó aire antes de encararse de nuevo con el general.

—¿Qué quiere de mí?

—Espero que sus afectos no estén tan lejos de nosotros como parece. Le recuerdo que llegó aquí con el encargo de pasarnos información del enemigo.

—Y yo le recuerdo que fue usted quien con sus dudas no me permitió cruzar al otro bando.

—Será más útil aquí si hace lo que yo le mando.

—Si escribo una crónica falseando lo que sucede, querrá decir.

261

—Si cuenta única y exclusivamente lo que ve.

—Ganar una colina no es ganar una guerra. Y eso es lo que quiere que digamos.

—Primero es una colina, luego una montaña y al final toda la sierra. Antes del 1 de abril entraremos en Bilbao.

—No lo sabe, en realidad.

—Cuente eso. Lo haremos posible.

—No pienso faltar a la verdad, y la verdad es que no hay indicios de que esta campaña vaya a terminar de distinta manera a como lo hizo en el mes de febrero.

—¡Lo hará! —Golpeó con la mano sobre la mesa—. ¡Usted escribirá lo que yo digo! Retratará a las tropas alegres y victoriosas para que todo el país hable de nuestro próximo triunfo sobre los enemigos de la patria. ¿Ha entendido?

—¡No haré nada de eso!

—Usted ha venido aquí a conseguir que la balanza se incline de nuestro lado y eso es lo que se le pide.

—Yo he venido aquí a facilitar la victoria liberal con los medios que tengo, eso incluye fotografiar campamentos y baterías y mostrárselos a usted, pero de ninguna manera mentir y manipular a la opinión pública. No hay función más importante de un reportero que mostrar aquello que ve, que es, ni más ni menos, la realidad. Y eso es lo que voy a hacer, me ordene usted lo que me ordene. Desde este momento, considéreme un periodista neutral.

Se dio la vuelta para salir del despacho a pesar de que Serrano no había hecho ni un solo gesto que se lo permitiera.

—¿Qué quiere decir con eso?

Javier, que había llegado hasta la puerta, se dio la vuelta para explicárselo:

—Que voy a contar lo que vea, fotografiaré con mi cámara la derrota del perdedor y la victoria del ganador, pero sobre todo, retrataré los horrores de la guerra, los de uno y otro bando, y contaré también el daño que hombres como usted hacen a la política de este país con sus manipulaciones.

El portazo resonó en todo el edificio.

Recorrió el pasillo de la casa señorial convertida en el cuartel general del Ejército liberal sin mirar atrás. Por eso no vio que la puerta se abría de nuevo y el intendente de Serrano, que había permanecido como ausente durante toda la entrevista, salía en pos de él.

Se asió al laboratorio fotográfico como a una tabla de salvación, al fin y al cabo lo que almacenaba en él era lo que iba a acercarlo a la realidad de la que había alardeado hacía un momento. Era su fortaleza y su salvación. Lo tacharían de traidor, bien le había quedado claro, pero lo sería si atendía a las exigencias de Serrano.

Había tomado la decisión correcta: ser fiel a sí mismo, al periodismo y a todos aquellos hombres cuyos anhelos y esperanzas habían quedado derramados junto a su sangre en tierras ajenas.

Atrás dejó el cuartel general, los hombres que lo protegían y una fila de caballerías; atrás, las calles de San Juan de Somorrostro. Cambió la decisión de regresar al campamento liberal y puso rumbo hacia el Montaño, tomado por los carlistas desde el mes anterior.

Varias jornadas llevaba en campo liberal, utilizaría la acreditación del capitán González Luna y saltaría al bando contrario. Compartir horas de trabajo con ambos contendientes era la única manera de mantener la neutralidad.

El lejano eco de los cañonazos se hizo más intenso según se acercaba a la falda del monte. Al resguardo de unos árboles, decidió preparar todo lo necesario para cuando llegara el momento de empezar a tirar imágenes.

«Nadie va a impedir que fotografíe lo que vea», se dijo mientras apartaba el toldo del carro de un tirón y dejaba los útiles a la vista.

Enfrascado en la labor de humedecer las placas con el colodión y de tener a mano el nitrato de plata y el chasis de madera en el que introducir los vidrios, ni se enteró de la presencia del militar que lo había seguido durante todo el camino; mucho menos de cuando este hincó la rodilla en la tierra, apoyó el fusil en el hombro y le apuntó en medio de la espalda.

Los liberales preferían un traidor muerto a un hombre vivo. Sin embargo, fue la hostilidad de los carlistas lo que lo salvó.

El ruido fue atronador. Primero, una explosión; luego, un ruido sordo. Le ardió un costado y la tierra desapareció bajo los pies. Cayó hacia atrás. Un dolor insoportable le recorrió el cuerpo. Intentó levantarse, arrastrarse, llevarse la mano a la cabeza y comprobar qué era aquello que le chorreaba por la cara. Lo intentó, pero una niebla espesa se levantó de repente y dejó de ver, de oír, de pensar. La oscuridad se lo tragó y lo arrastró hasta el vacío.

Fue como no haber existido nunca.

—¡Señor Francisco!

El viejo ayudante del médico militar no se volvió, a pesar de que Inés estaba convencida de que la había oído. Avanzó los escasos metros que los separaban en el interior de la iglesia y le tocó el hombro derecho.

—¿Qué hace usted aquí? —le preguntó él por fin.

Inés respiró aliviada al ver que la reconocía. Las últimas horas que pasó con él en Bilbao la habían hecho dudar de su estado mental. Lo abrazó con la emoción de haber recuperado a una parte de su familia.

—Eso mismo le pregunto yo —dijo ella—. ¿Cómo ha llegado aquí? Lo hacíamos en casa de su hermana, en Durango —susurró para que ni siquiera el herido a sus pies oyera el nombre de una de las más importantes plazas rendidas a los carlistas.

—Señorita, sepa usted que yo no tengo hermanos. Además, no sé lo que hace usted aquí —la riñó mientras miraba hacia todos lados—. Este no es lugar para mujeres. ¿Es usted del pueblo? ¡Váyase a su casa y ciérrela bien!, aquí pasan cosas horribles. Los montes de alrededor están plagados de traidores a la patria que solo buscan matarnos a todos.

Inés se quedó de la misma roca que conformaba esos montes desde donde acechaban los carlistas. El anciano no sabía quién era ella.

—Pero… pero, señor Francisco, ¡soy Inés!, la nieta de la señora Consuelo, su vecina en Bilbao.

El hombre la miró con el ceño fruncido, en un esfuerzo por atrapar los recuerdos que se le escapaban.

—Inés —concedió con un gesto de aceptación—, una chica muy buena. La quise como a una nieta. Se quedó en Bilbao.

—No no no, señor Francisco, soy yo, estoy aquí. —Inés tomó sus manos arrugadas y las apretó entre las suyas—. He venido a buscarle y a llevarle conmigo.

—Daría lo que fuera por tenerla junto a mí. —Se soltó y se santiguó—. Rezo al Señor para que la cuide y la proteja y para que un día podamos reunirnos de nuevo.

El anciano se arrodilló de nuevo junto al herido al que estaba atendiendo.

—¿Le gustaría volver a verla? —le preguntó Inés aún aturdida.

—¿A quién? —le preguntó el señor Francisco como si la conversación anterior no hubiera tenido lugar.

—¡A Inés! —gritó ella más alto de lo que deseaba. Había perdido los nervios. Vio que algunos heridos levantaban las cabezas hacia ellos. Se obligó a serenarse—. Ella está muy cerca de aquí y está deseando encontrarse con usted.

Contempló algo parecido a una sonrisa. La promesa de reencontrarse con ella llegó adonde no lo había hecho su propia presencia. El anciano se apoyó sobre el cubo que tenía al lado para incorporarse.

Cayó al suelo como un fardo. El estruendo del caldero de metal contra las losas rebotó contra los muros de aquel templo convertido en hospital. El recipiente rodó varios palmos hasta chocar con un herido. El agua se esparció mojando los andrajos de los hombres a su alrededor.

—¡Ay, ay, ay! —gritaba el señor Francisco con las manos en la cabeza.

—¿Qué pasa por ahí? —preguntó alguien.

En medio del revuelo ocasionado, Inés solo intentaba controlar la pequeña inundación para que los heridos no se mojaran en pleno invierno. La estaba enjugando con su propia manta.

—¡Con este follón no se puede ni oír el ruido de los cañones! —atronó el médico desde la puerta de la sacristía.

Inés le señaló el balde en el suelo y al señor Francisco, que seguía lamentándose como un niño perdido.

—No sé a qué ha regresado usted —rezongó el doctor—, pero si conoce a este hombre, lléveselo de aquí.

—Se quedará sin cuatro manos —le desafió ella.

—Llamaré a dos camilleros. Ese es mi problema, atienda usted el suyo —le ordenó señalando al anciano.

Inés estrujó la manta de lana sobre el caldero, metió el brazo bajo el de su antiguo vecino y lo empujó hacia la salida.

—Vamos, señor Francisco —murmuró con cariño—. Venga usted conmigo.

—¿Dónde me lleva? —preguntó asustado.

—Con Inés, ¿no decía que quería reunirse con ella?

Al anciano le brillaron los ojos. Ella siguió hablando mientras buscaba los huecos entre los heridos para no tropezarse con ninguno.

265

—Le llevaré hasta ella. Verá lo contenta que se pone.

El señor Francisco salió de la iglesia de San Juan de Somorrostro con una sonrisa; ella, con los ojos anegados. Lágrimas vertidas por los sueños perdidos de los vivos.

Horas más tarde, acostada en la cama, no dejaba de dar vueltas a la dura jornada. Había partido para encontrar al hombre al que amaba y había regresado con otro.

Estaba triste y alegre a la vez. Javier aún seguía en el campo de batalla, en medio del peligro. El señor Francisco dormía unos metros más allá, en el pajar, junto a Ignacio, del que no había querido separarse desde que lo vio. Su hermano ejerciendo de padre de un niño de cinco años, de una niña de cuatro y de un anciano de más de sesenta cuando hacía menos de un mes era ella la que se preocupaba por él.

Notó en la espalda la dureza de la lana aplastada y se movió para aliviar la incomodidad. Con la vista clavada en el ventanuco dio gracias al cielo por haber recuperado a parte de su familia.

Mónica había montado en cólera cuando apareció por el caserío con el señor Francisco. ¡Una boca más que alimentar y, además, liberal! Su cuñada había apelado otra vez a la figura de Ricardo como dueño de aquellas tierras y a sus convicciones políticas.

Pero Inés había tenido mucho tiempo para preparar su defensa; el camino había sido largo, debido a las veces que habían tenido que esconderse en el bosque y al paso con que avanzaba el anciano. «Es como de la familia. Apelo a tu condición de cristiana. Si no se queda él, yo, tampoco.»

Ignacio había llegado corriendo al oír las voces, aún frotándose la tierra de las manos en la pernera. Traía al pequeño Ángel pegado a los talones.

Se plantó frente a su cuñada y realizó una declaración que Inés nunca pensó que escucharía de sus labios referida al señor Francisco:

«Los Otaola cuidamos de los nuestros, y Francisco Alberdi Bernaola es uno de ellos, aunque no tenga nuestro apellido.»

Inés aprovechó que su cuñada daba un paso atrás para empujar al anciano hacia la cocina.

266 Después, por la tarde, en un momento en que Mónica se había llevado a Ascen y a Ángel para dar de comer a las gallinas, Inés se acercó hasta la huerta, en la que Ignacio trabajaba desde la mañana, para advertirle que no iba a consentir que discutiera sobre política con el señor Francisco.

—¿Crees que alguna vez confiarás en mí?

—La confianza es algo que se gana.

—Ganaré la tuya. —Ignacio echó una ojeada rápida a los muros del caserío—. Y la del resto.

La cena de los niños, la de los mayores y el silencio habían ocupado el ocaso del tercer día de la batalla. Mónica fregaba y ella secaba los cacharros mientras los dos hombres, uno demasiado joven y el otro demasiado mayor, compartían miradas y sonrisas ausentes. A Inés le pareció que se trataba de los primeros ramalazos de cordialidad.

La imagen de la abuela se coló entre ambos, pero pronto fue sustituida por la de Mónica. Su gesto rígido delataba que era demasiado joven para haberse casado, para llevar una casa, para tener hijos y para quedarse sola. Inés se alegró de la vida que había tenido. Muchos considerarían que estaba a punto de convertirse en «moza vieja», pero no cambiaba la soledad, en la que con toda seguridad terminaría sumida al final de sus días, por los últimos cinco años de su cuñada.

Desde que habían llegado al caserío había pensado mucho en Ricardo, en cómo reaccionaría cuando los encontrara allí. Los echaría, sin duda. A Ignacio, por miedo a que le reclamara parte de las tierras; al señor Francisco, porque era un enemigo, y a ella, por haber conducido a ambos hasta él.

Aguantarían hasta el regreso de su hermano mayor. Igual la guerra obraba un milagro y los aceptaba, igual hasta no regresaba...

De repente, sintió una presencia en la noche y abrió los ojos asustada. Desde la repisa del ventanuco, la contemplaba una lechuza. Evitó moverse para no asustarla. El ave parpadeó un par de veces. A pesar de la quietud, levantó el vuelo y le dejó a Inés el recuerdo de su última noche de felicidad.

Se levantó de un salto. El piso estaba helado, pero no le importó. Abrió el ventanuco de golpe y dejó que el frío de la noche le apaciguara los temores. Había llegado a imaginar que Javier no aparecía por el caserío porque no la quería y a continuación había asumido la opción más realista y cruel: que estaba muerto.

Se acostó de nuevo, dispuesta a coger el sueño y encarar el nuevo día con esperanza. Pero el sueño se alejó como briznas de hierba arrastradas por el viento del oeste.

267

Seguía ciego, ahora por la espesa bruma que cubría el valle antes del amanecer.

Tumbado entre las nubes, tan bajas estaban. Sus gotitas se le adherían al cabello y a la ropa y se le metían en la boca cada vez que respiraba. Javier alimentaba la esperanza de que se hubiera obrado un milagro y los cielos hubieran bajado a la tierra para poner fin a la guerra.

Después de tantas horas, no sabía qué le dolía y qué no. Solo estaba seguro de una cosa, estaba vivo. Aún, y a pesar de todo.

A ratos creía que había sido víctima de una granada perdida, otras veces estaba convencido de que no había sido un accidente. El resultado era el mismo: no podía moverse y apenas conseguía razonar.

Debía de llevar mucho tiempo inconsciente pues la oscuridad se cernía sobre él. A lo lejos, oyó los últimos sonidos de la escaramuza, y luego, el silencio de la noche.

En algún momento decidió que no podía seguir tumbado en el suelo ni dejarse morir allí. Comprobó el alcance de sus heridas. Dejar de vivir no era la peor de las opciones. Le aterraban las piernas y los brazos solitarios, abandonados en la tierra.

Pero si le faltara alguna parte del cuerpo, el cerebro no le funcionaría puesto que se habría desangrado durante aquellas horas que había permanecido sin consciencia. Se dejó envolver por la alegría.

Despacio, y con mucho cuidado, movió los dedos de una mano y los de la otra. Disfrutó del dolor cuando los músculos agarrotados se extendieron. Más tranquilo, repitió el ejercicio con los pies. Primero los dedos, luego los tobillos y las rodillas. Sus articulaciones se quejaban por la rigidez, pero nada más.

La confianza al saberse entero derribó su precaución e intentó levantarse. Si lo que le había dejado inconsciente era una bala de cañón, lo que le explotó en la cabeza fue un polvorín entero. Sintió como si el cerebro se le hinchara de repente y se comprimiera contra el cráneo. Incapaz de sostenerse, se dejó caer al suelo.

El costado. Le dolía como un demonio. Se lo palpó y los dedos se toparon con la herida. Lo peor: no hubo piel que los detuviera y tocó una pasta viscosa y medio seca. Apretó los dientes mientras intentaba determinar el daño. Detectó su sangre mezclada con tierra y trozos de tejido.

La herida no era grande, más o menos la mitad del objetivo Wray Luxor de su cámara de 13x18 cm, pero Javier sabía que el peligro de una herida no dependía del tamaño sino de la suciedad que entrara por ella. Cuanto más tiempo estuviera sucia, más posibilidades había de que apareciera la calentura. Se preguntó si sería capaz de orientarse en la oscuridad y llegar hasta el hospital de sangre. Desde luego, la noche no corría a su favor. Y el lacerante dolor de cabeza, tampoco.

Esperó a que se le pasara. Consiguió darse la vuelta para separar la herida de la tierra y cuando unas voces lejanas, procedentes de alguna batería, carlista o liberal le daba igual, empezaron a imponerse sobre los latidos de su cerebro, decidió que era hora de moverse. Consiguió ponerse de rodillas, adelantar las manos y arrastrarse. Un poco. Salir del agujero de tierra en el que estaba metido y avanzar. Otro poco. Y así fue progresando en el recorrido hacia donde creía que estaban la iglesia de San Juan de Somorrostro e Inés. Volver a ella se convirtió en una necesidad imperiosa que lo ayudó a seguir arrastrándose sobre la tierra húmeda.

Hasta que se topó con otra cabeza, otros hombros, otro cuerpo. A pocos metros, yacía un hombre. Javier no se preguntó quién sería ni por qué estaba tan cerca de él, en un lugar en el que no se estaba luchando. Le siguió la línea del brazo. Palpó para ver si identificaba insignias y medallas. Quería asegurarse de su grado y bando. No estuvo seguro de que era un militar liberal hasta que encontró el ros a pocos pasos de él. «Un soldado de artillería», confirmó cuando reconoció la forma del gorro.

Junto a la gorra encontró lo que no buscaba: el cañón de un fusil y la explicación de la herida de su costado. La boca del arma no era grande: más o menos la mitad del objetivo de su cámara de 13x18.

En ese instante, tuvo dos cosas claras: Serrano no era de los que aceptaban un no por respuesta y él debía buscar el laboratorio fotográfico y quitarse de en medio antes de que el general se enterara de que seguía vivo e intentara meterle otro tiro por la espalda.

Cambió la idea de alejarse de allí por la de quedarse hasta que localizara sus cámaras y su laboratorio. Pero el 28 de marzo de 1874 fue como si la costa vasca no existiera, oculta tras las nubes bajas.

Por fin pudo ver el cuerpo del hombre que, estaba convencido, había estado a punto de matarlo.

Le costó darle la vuelta. Había desgajado unas tiras de la camisa y se había tapado y vendado la herida con ellas. En cualquier caso, le dolía horrores cada vez que hacía un esfuerzo con el brazo izquierdo.

Miraba su rostro, tan corriente que no habría sido capaz de reconocerlo si se lo encontrara de nuevo. Aparentaba estar ileso. No pudo apreciar herida en su primer vistazo. Pero después de agacharse junto a él, descubrió la mancha oscura en el suelo, a un lado de la cabeza. Se preguntó qué demonios habría sucedido. Medio recordaba una explosión, pero mientras la tierra se había deshecho debajo de él, aquella sobre la que yacía el hombre seguía intacta.

Fue entonces cuando se fijó en una piedra manchada de sangre. «Algunos llamarían mala suerte a caer sobre una roca y desnucarse.» Dio las gracias a los carlistas por arrojar la granada justo cuando la necesitó.

—¡Eh! —oyó una voz casi encima de él—. ¿Hay alguien por ahí?

Javier dio un brinco. Rechinó las muelas cuando el dolor de la herida lo atravesó de parte a parte.

—¡Sí, aquí! —contestó sin recordar que alguien pudiera estar buscándolo para terminar el trabajo del soldado muerto.

Como salido de entre los humos del infierno, apareció un farol sujeto en lo alto por una mano. El rostro que descubrió después no parecía el de un asesino. El soldado era liberal.

—¿Está solo?

—Solo y en mal estado —dijo sin apartar la mano derecha de la herida. Señaló hacia el suelo con la izquierda—. Él no ha tenido la misma suerte.

—Esto está lejos de donde luchábamos ayer. ¿Qué hacían aquí?

Javier decidió jugárselo todo a una carta:

—Soy periodista —confesó sin apenas poder respirar—. Nos despistamos. Me acompañaba para protegerme. Lo convencí para acercarme a las líneas enemigas y nos cayó encima una granada.

—Pues ha tenido más suerte que él. —El soldado le señaló su tosco vendaje—. ¿Es grave?

—Espero que no.

—¿Podrá caminar?

—Podré.

El soldado se agachó junto al muerto y le quitó el gabán.

—Póngaselo.

—Pero...

—Usted lo necesitará más que él, tiene la ropa hecha jirones. —Esperó a que metiera el brazo izquierdo con cuidado y después el derecho antes de echar a andar—. Ha tenido suerte, si no llega a ser porque me he despistado con esta maldita niebla, no lo habría encontrado.

—¡Espere! —Lo detuvo Javier—. Tenemos que encontrar mis instrumentos.

—¿Instrumentos, qué instrumentos?

—¡Los míos! Soy periodista y fotógrafo.

—¿Fotógrafo? ¿De los que hacen retratos?

—Necesito las cámaras y el laboratorio. Lo traía todo en un carro. Tiene que estar por aquí en algún lugar.

—Está bien. Lo buscaremos. No es lo que me han mandado, pero... —resopló.

—¿Qué se supone que tenía que hacer?

—Buscar a los vivos. Más tarde vendrán a recoger a los muertos.

—Tiene que estar por aquí. Este es el socavón que hizo la granada —revivió Javier—. Yo me caí y solté el carro. No puede estar muy lejos con este suelo tan irregular. ¿Después, a los muertos de hoy?

—¿De hoy? Los de estos cuatro días. Hoy no habrá muertos.

—¿Por qué no? —El corazón le palpitaba en el pecho—. ¿Acaso...?

—¿Ha oído algún disparo en lo que lleva de día?

—No —reconoció Javier.

—Es esta niebla, ella ha podido más que cuarenta mil hombres armados.

—¿Quiere decir que se ha puesto fin a...?

—Una tregua —le cortó el militar—. Estamos como hace un mes.

—Un descanso.

—Para enterrar a los muertos. Están decidiendo juntos dónde abren las fosas.

—¿Quiere decir que los mandos hablan para tratar este tema?

—De eso o de lo que les dé la gana —le contestó el soldado—. Nosotros aprovechamos para pedirles cigarros y ellos para buscar a alguno del pueblo mientras les damos tierra.

A Javier le pareció esperpéntico: los que un día antes se mataban hoy fumaban juntos, y juntos sepultaban a los muertos... hasta que alguien diera la orden de coger las armas y cargar unos contra otros.

En su interior creció la imperiosa sensación de capturar con la cámara lo que aquel hombre acababa de narrarle y mostrar al mundo que aquella contienda era contra natura. Miles de inocentes matándose entre sí para colmar la vanidad de algunos y el orgullo de otros. ¿Para conseguir qué? «Que los cadáveres reposen en tierra extraña y la miseria y la tristeza se apodere de sus mujeres e hijos. Muchos de ellos ni tendrán una imagen del padre o del marido y no podrán recordarlos pasados los años.»

—Ahí, a la derecha hay algo oscuro.

—Traiga el farol. ¡Sí! Es este. Ayúdeme. Si lo coge por detrás, podremos levantarlo. Con más cuidado, que hay...

Ambos oyeron el ruido de los botes de cristal chocando entre sí. Uno de ellos se rompió.

271

Javier se apresuró a revisar lo que quedaba en buen estado. Las cámaras, bien. Estaban todas las placas enteras, menos una; otras dos con grietas. Las utilizaría si fuera necesario. Se habían roto cuatro frascos de tiosulfato y uno de nitrato de plata. Tendría que posponer el positivado. Lo malo era que también había perdido dos de colodión. Eso era lo que más le preocupaba porque sin colodión no había negativos. Sin embargo, había tenido la precaución de incluir varias botellas de nitrato de celulosa. Le bastaría con disolverlo en alcohol para fabricar el líquido necesario para humedecer las placas de vidrio antes de meterlas en la cámara.

—Dice usted que cambian cigarros con los carlistas. ¿Cree que podría conseguir una botella de aguardiente?

—Le costará sus buenos cuartos, pero seguro que algo se puede hacer. ¿Lo quiere del bueno?

—Del malo, lo quiero del malo —contestó al tiempo que empujaba el laboratorio y echaba a andar entre la niebla, que parecía despejarse.

El soldado echó una carcajada detrás de él.

Y Javier pensó que era la primera vez que oía reír a alguien desde que había hecho el amor con Inés. Sin duda, era una buena señal.

21

*I*nés levantó la cabeza hacia el cielo. Las nubes no habían dejado de echar agua desde la mañana. El camino hasta el caserío estaba tan embarrado que los obligaba a quedarse en casa casi durante todo el día.

Ignacio llevaba varias horas encerrado en la cuadra con las bestias, utilizando la piedra de afilar que se guardaba allí desde siempre. De vez en cuando pegaba una voz y Ángel acudía a recoger un cuchillo, una navaja o una lima que su tío había dejado como nueva.

El niño había andado en una sola tarde el equivalente a la distancia que separaba Galdames de Bilbao y vuelta. Inés dejó el remiendo de una camisa de Mónica para otro momento y fue a decírselo a Ignacio. Este se limitó a guiñarle un ojo a su sobrino y a tenderle las tijeras con las que esquilaban las ovejas en verano.

—La tía no entiende que eres el ayudante principal y que eres imprescindible.

La sonrisa de orgullo que apareció en la cara del niño fue tal que a Inés le quedó claro que Ignacio no tenía más intención que regalarle la satisfacción de saberse necesitado.

—¡Es verdad! —continuó ella con la parodia—, ¡no me había dado cuenta!

—Necesito la caja de herramientas. Está en el pajar, entre el heno seco de avena, ya sabes, para resguardarlas de la humedad —le pidió al chiquillo, que salió corriendo otra vez escaleras arriba.

—Mónica te lo agradecerá cuando se entere de esto —le dijo Inés a su hermano.

Ambos habían notado que su cuñada era una madre de las mejores, siempre atenta a los estados de ánimo y las reacciones de los pequeños.

273

—No lo dudo, sobre todo cuando caiga rendido en el catre como un fardo.

Ignacio se limpió de las manos la limadura que se le había quedado entre los dedos y la acompañó hasta el portal. Se quedaron de pie con los ojos fijos en el monte de enfrente.

—¿Has visto con qué admiración te observa? No creo que Ricardo haya gastado un solo instante en él.

—El chico sabe labrar un campo —comentó Ignacio como si aquello disculpara al padre.

—Obligarlo a trabajar no es cariño ni indica preocupación, más bien lo contrario.

—¿Crees que Ricardo la quiere?

Ignacio no tuvo que pronunciar el nombre de Mónica, Inés entendió a quién se refería. Las miradas que ambos cuñados se dedicaban no eran ni castas ni puras, sino llenas de intención.

—No lo creo. Y ella a él tampoco. Le tiene miedo, no hay más que verla cuando lo menciona.

Por un lado, aquella incipiente relación la preocupaba. Por otro, se alegraba sobremanera. Estaba convencida de que si pudieran quererse, unirse, estar juntos —ni sabía cómo explicarlo—, ambos saldrían beneficiados. Ya era hora de que Mónica riera, viviera y se acostara con alguien de su edad. Se rio en silencio. Y a Ignacio le venía bien, muy bien, la enorme responsabilidad que representaba ejercer de padre, de dueño del caserío y, ¿por qué no?, de marido seguro que también.

—Sé que soy un monstruo, pero a veces me gustaría que se muriera ahí abajo —le confesó Ignacio.

—A mí también —refrendó Inés sin un atisbo de arrepentimiento.

Ignacio la miró con los ojos muy abiertos: la Inés que él había dejado en Bilbao no pensaba esas cosas ni, mucho menos, las decía.

Desear la muerte ajena, mucho menos la de un hermano, no era propio de buenas personas. Inés cambió el hilo de la charla:

—Ayer no hubo combates. Con esa niebla no habrían reconocido ni a su propio padre aunque lo hubieran tenido delante. Hoy tampoco se ha oído nada.

—¿Crees que se habrá acabado todo? —La voz de Ignacio estaba cargada de esperanza.

—No tengo ni idea...

Para Inés el fin de la guerra no era en absoluto tranquilizador. Si la ofensiva se había detenido el día anterior, ¿dónde estaba Javier?

—Se lo preguntaremos al señor Francisco cuando regrese. Igual se ha enterado.

—¿Cuando regrese de dónde?

—Salió.

—¿Adónde? —se alteró Inés.

—No sé, supongo que a pasear.

—¿Con esta lluvia? ¿Lo has visto irse? —insistió cada vez más alarmada.

—Sí.

—¿Hacia dónde?

—Por el camino, hacia el pueblo.

—¿Y no se lo has impedido? —le reprochó ella.

—Pues no, hermana, no. Iba cubierto. Es un hombre mayor y no le pido explicaciones de los lugares que frecuenta.

—¡Ignacio, él no está bien! Lo tratas como si nada hubiera cambiado, ¿no te das cuenta de que no está en sus cabales?

—Cuando llegasteis ya empezaba a recobrar la memoria.

—En cualquier caso, ¿te parece normal?

—Sí. Ha estado en la guerra. Me parece perfectamente normal que prefiera encerrarse en un mundo propio antes que abrirse a ese que otros quieren construir para nosotros. —Ignacio se volvió al interior del caserío sin esperar a que Inés lo rebatiera—. ¡Y deja de preocuparte por todo! —le gritó desde la cuadra.

¿Cómo iba a dejar de preocuparse cuando el señor Francisco llegaba a la carrera al caserío con la cara desencajada y el aspecto de haberse topado con un espíritu?

—¡Lo traen muerto, lo traen muerto! —gritaba sin detenerse.

Mónica bajó las escaleras a todo correr.

—¿Qué sucede? ¿Qué es lo que grita, qué ha visto?

El anciano miró primero a una y luego a la otra. El agua le caía por la cara.

—¡Lo traen muerto!

—¡¿A quién?! —preguntaron las mujeres al unísono.

—A su hombre.

A Inés se le detuvo el corazón. Hasta que distinguió el uni-

275

forme carlista de la comitiva que se acercaba al caserío. No podía tratarse de Javier.

Pero no podía apartar los ojos del cuerpo que traían en las parihuelas. Cubierto por una manta vieja y rota, que había perdido el color bajo el barro y la sangre, era imposible reconocerlo.

—¿La viuda del soldado Ricardo Otaola Azcona? —se dirigió a Inés uno de los recién llegados.

—La viuda soy yo —murmuró Mónica.

Inés disimuló su alivio y deslizó un brazo por la cintura de su cuñada.

—Él nos explicó que vivía aquí —dijo el mismo soldado.

—Nos hizo prometer que no dejaríamos que lo enterraran en la fosa común —añadió otro—. Al fin y al cabo, estaba al lado de su casa.

—Gra… gracias —consiguió pronunciar Mónica.

Los soldados carlistas levantaron la camilla del suelo.

—Si nos dice dónde quiere que…

—Arriba.

Inés se hizo a un lado y apartó a Mónica también, que se había quedado clavada como una estaca.

—¡No! —Los detuvo el señor Francisco—. Mi nieto, el mayor, está arriba —explicó enfatizando la palabra «mayor».

Inés identificó un brillo de reconocimiento en los ojos del anciano. No sabía hasta qué punto la mente se le había despejado, pero fue el único en percatarse de que Ignacio estaba en peligro, como prófugo del Ejército al que ellos pertenecían. En el peor de los casos, podían reconocerlo; en el mejor, se preguntarían qué hacía un joven en casa tras los reclutamientos forzosos que ambos bandos habían hecho en la zona.

—Déjenlo aquí por ahora. Tenemos que desmontar la habitación primero —indicó Inés a los soldados.

Los carlistas miraron la puerta de la cuadra y de las otras dos estancias en las que se guardaban aperos, una parte del heno y el maíz que serviría de alimento para las bestias.

—¿Aquí?

—Solo mientras sacamos los muebles y preparamos el velatorio.

—Les ayudaremos.

—¡No! —Inés intentó calmarse—. Podemos arreglarnos. Seguro que tienen mejores cosas que hacer.

Por fin posaron la camilla en el suelo y retrocedieron. Inés los acompañó hasta el camino.

—Les estamos muy agradecidos. Mi hermano será enterrado en tierra consagrada, tal y como era su deseo. Y todo gracias a ustedes.

—Estaba muy orgulloso de estas tierras, no hablaba de otra cosa.

—No lo dudo —contestó ella—, las quería por encima de todo.

—A su disposición para lo que guste.

Inés los vio calarse la gorra antes de alejarse bajo la lluvia y recordó que no les había hecho la pregunta que más le importaba:

—¿Cómo han conseguido llegar hasta aquí?

Ese lado del río y los montes hacia Galdames quedaban detrás de la línea liberal.

—Una tregua. ¿No se han dado cuenta de que no se combate desde ayer?

—¿Se ha terminado todo?

—Eso no lo sabe nadie, señora, ni los generales. Una cosa le puedo garantizar: los guiris no han conseguido que se muevan nuestras posiciones.

—Que nos vuelvan a buscar —intervino el otro, exaltado—, que nos encontrarán.

Inés alejó los cuervos que revoloteaban en su mente: si se había detenido la batalla y Javier había visto su nota, ¿por qué no había ido a buscarla? Esperó hasta que desaparecieron y, entonces, entró a toda prisa en el caserío.

—Ya se han ido.

Ignacio bajó las escaleras como un enloquecido.

—¿Es...?

—Sí, es Ricardo.

—¿Seguro?

Inés dudó por primera vez. Ni siquiera lo habían comprobado, habían confiado en los soldados. Mónica dejó a sus hijos en manos del señor Francisco y destapó el rostro del cadáver.

Llevaba cinco años sin verlo, pero no había cambiado ni un ápice.

—Es él —confirmó.

Ignacio salvó los últimos escalones y su hermana reconoció una mezcla de odio y curiosidad en la mirada que dedicó a quien

277

los había echado de aquella misma casa. Decidió que no iba a permitir que nada aumentara la pesadumbre de su cuñada.

—Habrá que preparar el entierro. Señor Francisco, suba usted a Ángel y a Ascen y quédese con ellos en la cocina. Mónica, el cobertor de la abuela que había en la cama principal cuando nos marchamos, ¿dónde está?

—En el arcón de la alcoba grande.

—Sube, quita manta y sábanas y cubre el lecho con él. Ignacio, lo subiremos nosotros. Lo asearemos entre Mónica y yo. Luego ella se meterá en la cocina a preparar unos dulces. El día será largo y los vecinos no tardarán en acercarse. Los del caserío Echeandía han de saberlo; los soldados pasaron por delante para llegar hasta aquí. Me extrañaría que Carmela no haya salido a preguntarles a quién traían.

—¿Y al cura? ¿Quién avisa al cura?

—Lo haré yo —confirmó Inés—, yo iré a avisarlo.

—Iré contigo —propuso Ignacio.

—¿Estás loco? De eso nada. Tú te escondes en el pajar en cuanto lo hayamos arreglado y no sales hasta después del entierro.

—Alguien tiene que acompañarte.

El señor Francisco asomó por la escalera.

—Yo lo haré. Yo iré con Inés.

Era la primera vez que el anciano la mencionaba por su nombre desde que se separaran en Bilbao. Fue como si dos trozos de su vida se solaparan en ese instante: perder a un hermano desaprensivo y encontrar a un abuelo ausente. Prefería no poner las dos cosas en una balanza, estaba claro cuál pesaba más para ella.

Cuando Inés vio las heridas en pecho y abdomen entendió que hubiera sido imposible que su hermano sobreviviera. Los dos balazos a la altura del corazón le habrían segado la vida de inmediato, pero el enemigo no había dejado su destino a expensas del Creador y le había clavado la bayoneta en el estómago. Una costra dura y oscura se había formado alrededor de los orificios.

Lo limpiaron con paños calientes, sin tocar las lesiones. Bastante duro estaba siendo para Mónica amortajar a su esposo, más aún llevando en las entrañas un niño sin padre. Para ella era distinto. Hacía veinte días lo había hecho con la abuela. Con Ricardo, a pesar de ser su hermano, ni siquiera le unía el lazo del cariño.

Le pusieron el mismo traje con el que se casó. Le estaba estrecho. La vida de casado lo había hecho engordar.

—Tendremos que enterrarlo en traje de faena —se lamentó Mónica—. El ataúd hecho con cuatro maderos y ahora esto. Los vecinos dirán que somos más pobres que las ratas.

—De eso nada —resolvió Inés—. Trae las tijeras de las labores y lo solucionamos.

Durante el velatorio, Ricardo reposó en el cajón mortuorio con la costura trasera de los pantalones abierta y un enorme corte en la espalda de chaleco y chaqueta, pero con los botones abrochados.

La noche fue larguísima y, a la mañana siguiente, el funeral apresurado. Apenas las acompañaban los más ancianos del lugar, las mujeres y los niños. Menos de quince personas. Ni al cura habían podido avisar. El día anterior, Inés y el señor Francisco se marcharon con idea de andar más de dos horas con tal de llegar hasta la aldea de San Pedro, donde residía el sacerdote. Ni siquiera consiguieron llegar a la ribera del Barbadún. A media ladera, se encontraron con una treintena de liberales que ascendía hacia el barrio de Montellano. Se identificaron como parte del batallón de Cazadores de Las Navas.

—¡Segundo cuerpo, a las órdenes del general Primo de Rivera! —se cuadró el portavoz.

Los carlistas que habían llevado el cuerpo de Ricardo habían dicho que la situación se había relajado con la tregua, pero debía de ser solo para los soldados y no para los civiles, porque aquellos hombres no los dejaron pasar.

De nada sirvieron los ruegos de Inés ni las imprecaciones del anciano contra los que, hasta hacía poco tiempo, eran para él los salvadores del mundo y ahora un ejército de demonios surgidos de los infiernos que destruían todo lo que tocaban con sus tridentes. Inés tuvo que mediar ante la impasibilidad de unos y las incoherencias de otros. Que Ricardo fuera un carlista y que hubiera podido matar a compañeros suyos no lo puso más sencillo.

Al final, solo consiguieron sacarles la promesa de que al día siguiente se presentaría un capellán castrense a darle cristiana sepultura. Los obligaron a retomar el ascenso con ellos. Según

279

dijeron, exploraban los alrededores aprovechando la tregua. Entre comentario y comentario, Inés consiguió entender que su misión era estudiar casas, tierras y animales y calcular qué podrían robar en caso de necesidad.

Llevaba desde entonces pensando en cómo y dónde esconder lo poco que tenían y lo peligroso que era para Ignacio que aquellas tropas anduvieran por allí. Por el momento, habían respetado el dolor de la familia y no se habían acercado a sus propiedades, pero temía que se presentaran en cuanto las últimas paladas de tierra cayeran sobre Ricardo. Ya debían de saber que la suya no era una de las familias menos favorecidas.

—*Memento mei Domine, dum veneris in regnum tuum* —oyó terminar al capellán.

—Amén —respondieron los presentes y se persignaron.

Inés vio de reojo a su sobrina santiguarse y sintió una enorme ternura por aquellos niños y por su madre, que se había quedado sola para sacarlos adelante siendo aún tan joven. Decidió que permanecería en Montellano solo por ellos, conseguiría convencer a Mónica. Serían una familia: Mónica, los pequeños Ángel y Ascen, el señor Francisco, Ignacio... y Javier. Si aún seguía vivo.

Inclinaba la cabeza cada vez que uno de los paisanos pasaba ante ella para ofrecer su pésame. A su lado, Mónica continuaba con los labios apretados y el rictus impávido desde que habían instalado el cuerpo de Ricardo en la alcoba del matrimonio.

El camposanto se quedó vacío. El sacerdote cerró la Biblia de golpe y se acercó hasta ellas, que aún permanecían a los pies de la tumba.

—Señoras, Dios lo acoja en su seno.

Mónica empujó a Ángel para instarlo a besar el anillo que el capellán lucía en la mano. Después, lo hicieron ella y la niña. A Inés, su condolencia le sonó vacía; se limitó a inclinar la cabeza en señal de respeto.

—Deberías marcharte a casa —sugirió a su cuñada, pero fue el señor Francisco el que asió el brazo de Mónica.

La viuda comenzó a andar hacia la salida con paso ligero; sus hijos iban detrás, cogidos de la mano. Inés, en cambio, se acercó hasta el muro que separaba el camposanto de la iglesia de Santa María, quería visitar el lugar donde estaban enterrados sus padres.

Se agachó un momento para arrancar unas malas hierbas

que brotaban ahora que se aproximaba la primavera. Frente a las tumbas, descubrió que la cruz de metal se inclinaba hacia la derecha. Se prometió que acudiría a enderezarla en cuanto pudiera. Rezó a la Virgen por el alma y el descanso de sus progenitores. Nunca imaginó volver a estar allí. Volver a pisar aquella tierra, volver a dormir bajo el techo del caserío, volver a tener una familia. Recordó a la abuela, las sonrisas y la calidez de su voz. Recordó sus abrazos. Respiró hondo para no dejarse caer en los recuerdos.

Se lo impidió una presencia extraña que la atrapó por la espalda sin darle tiempo a reaccionar. Inés intentó patearle para librarse del único brazo que la sujetaba por la cintura, pero solo consiguió clavarle un codo en el costado. La soltó de inmediato y gruñó:

—¡Inés!

Se quedó lívida al reconocer la voz. Y se dio la vuelta con miedo de que fuera un ánima y desapareciera. Él levantó la cabeza sin terminar de erguirse.

—¿Javier?

No pudo contestarle hasta recobrar el aire que ella le había hecho perder:

—¿Por qué te marchaste sin esperarme? ¿Por qué no te quedaste hasta hablar conmigo? ¿Por qué…?

—¡Dios mío! —Se abalanzó al suelo y lo abrazó.

Él volvió a lamentarse. Mantenía una mano debajo del gabán que sin duda había robado a algún soldado liberal.

—¿Qué te sucede?

Javier separó el lado izquierdo de la prenda y se abrió la camisa. Una venda le rodeaba el torso y comenzaba a teñirse de grana en el costado donde ella le había golpeado.

—Un liberal, que decidió que yo le molestaba más que los carlistas.

—¿Un liberal, dices? Pero si tú…, pero si ellos…. ¡Ay, señor!

Le cubrió la mancha con la mano. Él cerró el gabán y la dejó dentro. Inés lo sintió relajarse.

—Ven, acércate hasta el muro. Apóyate aquí.

Se sentaron en la tierra húmeda y notó su cabeza sobre la de ella.

—No pensaba que llegaría este momento —murmuró él.

—¿Cómo estás?

—No podía estar mejor.

—¿Dónde te han curado?

—En la iglesia de San Juan de Somorrostro.

—¿El médico militar, mi doctor?

—Es el único que hay.

—Pero ¿no dices que te lo han hecho ellos?

Javier cerró los ojos, como si los párpados le pesaran y no pudiera mantenerlos abiertos.

—Es una larga historia —le musitó al oído. Inés sintió el calor de sus labios sobre la sien y ella también cerró los ojos—. ¿A quién habéis enterrado?

—A mi hermano.

Javier se separó de ella alarmado.

—¿A Ignacio?

—No, al otro, al mayor.

—Justicia divina.

—Ignacio está conmigo.

Javier intentó levantarse.

—Entonces…, los carlistas han llegado hasta aquí. —Empezó a quitarse el gabán—. Tengo que desembarazarme de esto, si me encuentran con este uniforme…

Inés le sujetó la cara con ambas manos y lo obligó a mirarla.

—Escúchame bien. No están aquí. Aún estamos tras las filas liberales. No sé por cuanto tiempo, pero sí por ahora.

Javier dejó caer la cabeza contra el muro. Inés notó la vibración de las piedras con el golpe.

—Da igual, creo que tengo que esconderme de ambos.

Lo besó para acallar las palabras, para no enterarse de lo que sucedía en realidad. Lo besó porque había regresado de nuevo junto a ella. Porque era el hombre al que amaba. Y seguía vivo.

Javier le pellizcó los labios y la retuvo junto a él.

Habían pasado cinco días desde la última vez que estuvieron juntos. En aquella ocasión, la suerte había estado de su parte y ahora lo tenía entre los brazos, la besaba y le acariciaba la cara. La miraba con aquellos ojos tan profundos que Inés olvidó el momento y el lugar. Movió los labios bajo los de Javier, capturó la humedad, aquella calidez que emanaba de ellos.

La sensación de estar a salvo la llenó por dentro.

Javier unió la lengua con la suya, ansioso, como si fuera la primera, la última vez.

—¡Hija!, ¿por qué no vienes?

El susto fue tal que Inés se separó tan deprisa que se golpeó la cabeza contra el muro.

Las sombras empezaban a cernirse sobre el pueblo, pero pudo distinguir la figura del anciano recortada en la puerta del camposanto.

—¿Ese no es…? —musitó Javier.

Inés le tapó la boca, no fuera a reconocerlo.

«Otro problema más.» No olvidaba que el anciano huyó de la casa de Javier porque lo había creído carlista. Y aunque el señor Francisco ya comenzaba entonces a dar muestras de tener la conciencia perdida, los días que pasaron en el piso de la calle de la Pelota no habían contribuido a su estabilidad mental.

—Ahora mismo voy —dijo en voz alta al tiempo que se levantaba.

La precaución no sirvió de nada porque el anciano llegó junto a ellos en un visto y no visto.

—¡Ah!, no estabas sola. Si lo llego a saber…

—No pasa nada —le disculpó Inés mientras se interponía entre él y Javier, que seguía en el suelo.

—No te preocupes. Me llevaré a Mónica y a los niños de vuelta a casa. Ignacio debe de estar preocupado por la tardanza.

—Sí, será lo mejor. Yo no tardaré.

Inés notó su mano sobre el brazo.

—Tómate todo el tiempo que quieras. Los liberales aún andan por las calles del barrio y no creo que tu hombre quiera encontrarse con ellos.

La referencia a la relación que tenía con Javier dejó a Inés completamente estupefacta.

—Le diré a Mónica que ponga un plato más en la mesa y a Ignacio que prepare otro jergón. Esta noche tendrá con quién hablar de política.

Inés intentaba dilucidar si aquellas palabras eran producto de la casualidad, el delirio de un demente o lo había reconocido.

—Gra… gracias.

—Esperad a que el sol haya desaparecido por completo y la luna brille con fuerza; los liberales se habrán marchado para entonces.

—¿Cómo lo sabe?

El señor Francisco se dirigió a la salida.

283

—Porque es la hora en la que se sirve el rancho. Todo el mundo lo sabe. ¿Acaso los fotógrafos no comen? —Y el señor Francisco salió del camposanto.

—¿Cómo diantres ha llegado hasta aquí? —Javier solo hizo esa pregunta, pero en la cabeza le bullían muchísimas más: «¿Cómo has encontrado a tu vecino? ¿Y a Ignacio? ¿Cómo has conseguido traerlos contigo?».

Inés se dejó caer a su lado. Javier la abrazó como pudo. La herida le lanceó el costado una vez más. Rogó para que no sangrara de nuevo. El médico le había recomendado evitar que se abriera. «Cuanto más cerrada, menos posibilidades de que coja unas fiebres», le había dicho.

—¿Crees que te ha reconocido?

—A mí me ha quedado claro. Sabe quién soy: tu novio, el fotógrafo. Solo le ha faltado llamarme por mi nombre.

—No lo entiendes. Desde que lo encontré, no sabe quién es y apenas quién soy yo. Se comporta como el abuelo de la familia, pero no menciona Bilbao ni la vida que dejó allí. No habla de política… —se lamentó Inés.

—Lo encontraste, ¿dónde?

El nerviosismo y la tensión se le acumularon de repente y le entró la risa.

—En el hospital. A él y a Ignacio.

—¿Abajo, en San Juan de Somorrostro?

—En efecto. Deberíamos marcharnos.

Javier señaló el cielo. Todavía se apreciaba el velo luminoso que precedía al ocaso.

—Ya has oído al señor Francisco, hay que esperar a que den las ocho.

—¿Vas a confiar en él? Javier, no está bien, no estoy segura de que sepa dónde está, con quién habla ni lo que dice.

—Pues a mí me ha parecido la persona más lúcida con la que me he topado desde hace días. —La besó en la punta de la nariz mientras sonreía—. Aparte de ti y de mí, se entiende. Cuéntamelo.

Inés se acurrucó en su regazo y compartió con su amado las desdichas de su hermano pequeño.

—Vivo con el temor de que vengan a buscarlo —finalizó su relato.

—No lo harán.

—¿Cómo lo sabes?

—No has estado allí; si no, lo sabrías. Dicen que hay tres mil muertos y más de ocho mil bajas en total. La mayoría, del bando liberal.

—¡Pero si eran muchos más que los carlistas!

—Ya ves, tu hermano tenía razón y Dios se ha puesto de su parte.

—Que hayan ganado los carlistas no favorece en nada a Ignacio; es un prófugo, vendrán a por él.

—Para cuando terminen de contar muertos y de verificar las identidades habrán empezado a luchar de nuevo.

—¿Empezar? ¿No se había acabado todo?¿De verdad crees que van a volver a...?

—No pararán hasta que gane uno de los dos bandos.

—¿Y cuándo será eso?

—Cuando a algún dirigente se le revuelvan las tripas de ver la tierra cubierta de carne, de sangre y de miembros separados de sus cuerpos. Cuando alguien con un poco de cordura sepa imponerse al resto de los que forman la cabeza del Ejército.

—No crees que suceda pronto.

—Ojalá esté equivocado.

285

Una ráfaga de aire interrumpió la infausta conversación.

—¿Cómo has llegado hasta aquí? —preguntó Inés al abrigo del calor compartido.

—Escondiéndome, como tú y como Ignacio. Pasé un día en el hospital, tirado en un rincón y con la cara vuelta contra la pared, pero en cuanto aparecieron los de administración preguntando nombres para hacer recuento de los heridos, me marché.

—¿Y por qué no viniste a buscarme?

—Creí que me encontraba mejor, pero no llegué ni a atravesar el puente. El costado me dolía como mil demonios y apenas podía caminar.

—¿Y cómo te las apañaste?

—Gracias a Ramón, uno de los reporteros, que se acercó conmigo al frente. Estaba apoyado en un árbol cuando apareció. Me sostuvo antes de que me cayera. Quería volver a llevarme al hospital, pero le convencí para que me acompañara hasta el río. Por suerte, los liberales tenían cosas más importantes de qué preocuparse que de un par de tipos cogidos por los hombros. Él había estado conmigo en una reunión con el general Serrano y sabía que no nos tenía ninguna simpatía.

Tenía que llegar aquí y prefería pasar lo más desapercibido posible. Él me trajo comida ese día.

—Pero ¿cuántos días has estado escondido?

—Dos. Hasta esta mañana, que he podido caminar erguido.

—¿Cómo has sabido llegar?

—Me diste las referencias principales. Por el río hasta la ferrería y después buscar un camino en la montaña de enfrente. Hubiera venido antes si no llega a ser por la cantidad de liberales que se mueven por los caminos. He tenido que parar a cada rato y pasar mucho tiempo agazapado entre los matorrales para librarme de ellos. ¿Crees que se habrán marchado?

El ocaso ya había alcanzado Montellano.

—Si te refieres a si han abandonado el pueblo, no cuentes con ello.

—El señor Francisco dijo que…

—Dijo que estarían cenando. Comer en las casas de los vecinos es gratis, ni siquiera lo piden. Los campesinos no se atreven a negarse por posibles represalias. Aunque deberíamos comprobarlo. No podemos quedarnos aquí toda la noche.

Javier recogió el bulto y los palos que llevaba. El trípode, puesto que no era más que eso, tenía partida una de las patas. Manipuló con cuidado la bolsa, muy pendiente de lo que guardaba dentro, pero en cuanto se la echó a la espalda, las dudas regresaron:

—¿Y si han establecido guardias? ¿Y si no todos están a la mesa? ¿Y si…?

Inés le tomó la mano para infundirle los ánimos que parecían haberle abandonado.

—Este es mi pueblo, conozco a la perfección caminos, senderos, atajos y escondites.

«¡Menos mal!», se dijo Javier unos minutos después, cuando descubrieron que el hambre no había atacado a todo el batallón de liberales a la vez. A la puerta de cuatro casas que formaban una pequeña plaza vieron a media docena de hombres. Se entretenían jugando una partida de cartas. Voces, procedentes de una vivienda, indicaban que los de fuera esperaban el segundo turno. ¡Sin duda, un duro golpe para la economía familiar! Inés confiaba en que los liberales respetarían su duelo y no se instalarían en el caserío Otaola.

Inés lo empujó y retrocedieron hacia el caserío que acababan de sobrepasar. Se escondieron en una destartalada chabola.

—Aquí guardan los hierros los Escorza.

—No sabrás exactamente dónde —gruñó cuando descubrió que estaba oscuro como boca de lobo—. Lo digo por no pisarlos. Tendría triste gracia salir casi indemne de una guerra y cortarme un pie con un hacha o una guadaña para segar la hierba.

—Vete a la izquierda. Ahí solían estar los sacos.

Inés lo siguió con una mano apoyada en su espalda. Por un instante saboreó la sensación de tenerlo a su lado, unida a él por un lazo invisible, y deseó que no se rompiera nunca. Llegaron hasta la pared del fondo. Un poco más abajo, unos enormes bultos. Ella metió la mano dentro de uno y la sacó rebosante de castañas.

—Y la cosecha —comentó sin poder evitar que se le hiciera la boca agua—. ¿Tienes hambre?

—Ni sé cuándo fue la última vez que metí algo al cuerpo. Hoy no, desde luego.

—¿El ejército liberal no da de comer a los reporteros?

—Al ejército liberal no le interesan los reporteros —masculló—, menos si no obedecen las órdenes ni escriben las crónicas que ellos les dictan, menos aún si además toman imágenes no deseadas.

—¿Qué tipo de imágenes?

—Fotos de soldados con nombre y apellidos, con familia, trabajo y aspiraciones. Las fotos de lo que les sucedió a todos ellos.

—¿Y eso les extraña?

—No, pero la verdad les resulta peligrosa.

—¿Los retratos de los soldados? ¿En qué pueden perjudicar al Gobierno?

—Deforman la visión que la mayoría del país tiene de él, compromete lo que le cuentan a la opinión pública.

—¿Dónde están las imágenes?

Javier palpó el macuto militar que había hecho a un lado.

—A resguardo, por ahora.

—¿Y el laboratorio? ¿Dónde lo has escondido?

—En algún lugar del valle. Le falta una rueda. Nos explotó una granada, a mí y a un soldado. Yo tuve más suerte que él.

La referencia al accidente —Javier prefería no mencionar la palabra «atentado» delante de Inés— hizo que ella recordara que estaba herido.

Notó el calor de su mano sobre la herida, a través de la venda que le había colocado el médico castrense.

—¿Es grave?

Se sintió besado por sus palabras. Le acarició el rostro.

—El doctor no le dio mucha importancia. «Cuídela, manténgala limpia y puede que no se muera de esto», me dijo.

—Me lo puedo imaginar, serio y sin mover una ceja. ¿Ahí tienes los vidrios y los reveladores juntos?

—He tenido buen cuidado con ellos. No les ha pasado nada.

—Realmente esto es importante para ti, ¿verdad?

Javier se inclinó y la besó en la boca con ternura.

—Más de lo que imaginas. ¿Has estado alguna vez convencida de algo? Sabes que tienes que hacerlo porque de otro modo te estancarías y no podrías avanzar. Eso es lo yo siento. Hoy he descubierto lo que es verdaderamente importante. Y no es el éxito, el dinero, ni siquiera ser un buen reportero o sacar fotos especiales a chicas preciosas —bromeó.

—¿Y qué es?

—Tú, tú eres lo que me importa, lo principal en mi vida —ronroneó al tiempo que frotaba la mejilla contra la de ella.

Después de lo vivido aquellos días, necesitaba creer en algo, sujetarse a algo. Necesitaba aferrarse a ella.

Tuvieron que hacer varias paradas antes de dejar atrás la silueta del pueblo. El caserío Otaola quedaba separado del barrio de Montellano. Por suerte para todos.

—Ya estamos —le anunció Inés cuando salieron al claro y vio el farol colgado en el arco del portal.

No pudieron dar más de cuatro pasos antes de que unas carcajadas masculinas que procedían de la vivienda los detuvieran.

—¡Liberales! —exclamó Inés incrédula.

—Tengo que marcharme.

Inés no quería que se fuera. No lo perdería. Le apretó la mano para que no se soltara.

—Podemos hacerlo.

—¿Entrar sin que se percaten? Como me descubran, sabrán que me estoy escondiendo y tomarán represalias. Con todos, contigo también. No puedes ocultar a un fugitivo.

—Ya lo estoy haciendo. Mejor dicho, estamos, porque mi cuñada está también en esto. Ella es la que más tiene que perder.

—Me marcho, Inés, no puedo hacer que pases por esto.

—¿Adónde vas a ir? ¿Volverás con los liberales para ver si consiguen meterte otro tiro por la espalda o te vas con los carlistas? Eso suponiendo que logres cruzar la línea del Ejército del

Gobierno. Podemos despistarlos, mañana se irán; con suerte, no los volvemos a ver. ¿Confías en mí?

—Claro que sí —aceptó él odiando sentirse en esa encrucijada.

Lo condujo hasta la cuadra y empujó la gruesa puerta de madera. Los animales los recibieron con nerviosismo y lo vio arrugar la nariz ante el olor. El portal estaba lleno de mochilas, fusiles y botas sucias. Prefirió no contar cuántos podían ser pero le urgía conocer cuál era la situación dentro, también por su hermano Ignacio.

—Voy a subir.

—Yo me escondo en cualquier parte. Entre las bestias si hace falta.

—¿Dónde crees que van a dormir los liberales? Arriba no hay más que tres cuartos. Mónica y yo dormimos juntas, luego están el de los niños y el del señor Francisco. Y no podemos ofrecerles el pajar porque ya tiene inquilino, Ignacio se esconde allí. Tienen que dormir aquí abajo.

—Entonces...

—Sígueme hasta la mitad de las escaleras. En cuanto te avise, subes sin hacer ruido y te metes en la alcoba detrás de mí.

Inés no le dejó tiempo para tomar aire, mucho menos para rechazar el plan que había proyectado con tanta rapidez.

Salvó el último tramo de la escalera y se plantó delante de la puerta de la cocina.

—Buenas noches nos dé el Señor —dijo en voz alta para que todos los comensales se volvieran hacia ella.

—¡Inés! —exclamó Mónica con más entusiasmo del razonable.

Ella le hizo un ligero gesto, de saludo y de contención. Necesitaban tener los nervios templados. Cinco desconocidos se levantaron de los asientos.

—Señorita... —comenzó el que tenía más medallas prendidas del pecho.

—No se preocupen por mí, sigan con la cena. —Inés calculó que se trataba de un capitán porque sus galones coincidían con los de un herido que atendió en el hospital de sangre.

Los soldados se sentaron y volvieron a clavar los ojos en los platos. Estaba claro que ni la palabra era lo suyo ni tenían interés en ella. «Bien», se felicitó Inés.

El señor Francisco la miraba desde el fondo de la cocina como si quisiera preguntarle algo. Tenía una jarra en la mano; Mónica, una cacerola.

—Mi cuñada se quedó en el cementerio —explicó la viuda al militar de mayor graduación—. Yo me vine antes, por los niños.

Inés aprovechó el comentario de Mónica:

—¿Y mis sobrinos?

—Los mandé a dormir.

—Seguro que Ascen todavía está despierta. ¿Dejaste la puerta abierta?

—Como siempre...

—Con este ruido, no podrán pegar ojo. Si no les importa, cerraré la puerta de la cocina y comprobaré si mis sobrinos han conseguido descansar.

—No, claro que no —se apuró el de mayor rango.

Dicho y hecho. Salió, cerró la puerta y ya tenía a Javier al lado. Recorrieron el pasillo deprisa. Ella hizo todo el ruido que pudo, en un intento de silenciar los pasos de Javier. Puerta abierta. «Escóndete.» Puerta cerrada. Un vistazo a la habitación de los niños —que dormían, como ya imaginaba—, y de regreso a la cocina.

Se acercó hasta Mónica, la cogió por los hombros y la empujó con disimulo hasta la puerta.

—Deberías ir a descansar, en tu estado. Además, los niños están intranquilos, será mejor que pases la noche con ellos. Señor Francisco, ¿quiere hacer el favor de ayudarme a preparar el lugar de reposo de estos señores? Dormirán abajo.

Mónica la miró con los ojos muy abiertos cuando ya estaba en el pasillo mientras Inés hacía un gesto al anciano para que la acompañara de inmediato.

Inés tenía prisa, tenía mucha prisa. Quería que aquellos soldados terminaran la cena cuanto antes y salieran de su cocina, que llegara el día siguiente y se marcharan, que aquella maldita guerra terminara e Ignacio pudiera salir del pajar y trabajar al sol, como le gustaba hacer. Tenía prisa por vivir y por dejar vivir. Pero sobre todo tenía prisa por saber si, después de que todo aquello finalizara, Javier seguiría a su lado.

Inés discutía con Mónica. Los liberales ya estaban en el portal y el señor Francisco descansaba también hacía rato, pero ellas seguían cuchicheando en la cocina con la puerta cerrada.

—¿Dónde querías que lo metiera?

—A Ignacio no le gustará. Espera a que se entere.

Inés se apartó el pelo de la cara y resopló en silencio. ¿Desde cuándo su cuñada se preocupaba por lo que decía su hermano menor?

—Mañana se lo explicaré todo. —«Todo» era lo que aún no había contado a nadie—. Esperemos que se marchen al amanecer.

—Antes de que las cosas se compliquen demasiado —apostilló Mónica.

—Deberíamos irnos a la cama.

—Buenas noches. —Mónica se levantó de la banqueta de madera.

—Buenas noches, cuñada. Perdóname por complicarte la vida.

Pero Mónica, la arisca viuda de su hermano mayor, hizo algo que nunca hubiera imaginado. En vez de darle la espalda y salir de la cocina con la barbilla por delante de la barriga de embarazada, se acercó a ella y la abrazó.

—No te disculpes. De alguna manera, me alegro —añadió antes de repetir las palabras con las que Inés la había convencido para que los acogiera en el caserío a Ignacio y a ella—: Así seremos más a enfrentarnos con quien venga.

291

Inés se emocionó como pocas veces en los últimos tiempos, tiempos llenos de desdichas y de echar para adelante antes que de ternezas inútiles.

—Que descanses —le susurró tras cogerle una mano y apretársela con fuerza.

Mónica salió con el mayor sigilo. Inés se dejó caer sobre el banco, incapaz de hacer frente en ese momento al hombre que escondía en la alcoba.

No sabía cuánto rato pasó sola en la cocina, al calor de los últimos rescoldos de la lumbre. Mucho, hasta que al fin se sintió más serena.

Avanzó por el pasillo a oscuras. Era la única que quedaba despierta en la casa. Había bajado las escaleras a hurtadillas, con una lamparilla de aceite en la mano, y había visto a los cinco soldados en el suelo del portal. Roncaban como hacía años que no oía.

Pasó por delante de la puerta que daba al pajar. Tuvo la tentación de entrar y asegurarse de que Ignacio estaba bien.

No lo hizo. No quería correr el riesgo de que el ruido de la puerta, de sus pasos sobre la madera o del sobresalto de su hermano al sentir que entraba alguien interrumpieran el sueño de alguno de los liberales.

Se detuvo ante la alcoba principal que había compartido con su cuñada. Ahora era su habitación. Y aquella noche también la de Javier.

—Soy yo —susurró mientras se colaba a toda prisa y cerraba nada más entrar.

Nadie le contestó. Desorientada, no entendía dónde podía haberse metido. Hasta que consiguió oír algo por encima de su maltrecho corazón.

Tuvo que dar la vuelta a la cama y allí estaba. Tumbado en el suelo, completamente dormido. Envuelto en el gabán.

Inés se acercó muy despacio. Le dio pena despertarlo y se sentó en el suelo, junto a él. Acercó la candela para contemplarlo dormido. Encontró el rastro de la guerra en su rostro. Tenía varias heridas en una mejilla.

Pasó el dorso de la mano por ellas. Sobresaltado, Javier abrió los ojos de golpe, la cogió por la muñeca y se incorporó con brusquedad. Inés descubrió entonces que la contienda le había causado algo más que las lesiones de la cara. El que tenía delante era un hombre asustado.

—No sucede nada —lo tranquilizó.

Todavía pestañeó varias veces seguidas antes de dar señales de reconocerla.

—Lo siento —musitó y se llevó una mano a la cara, aturdido.

—Estabas dormido y no quería despertarte.

Javier tiró de ella y la invitó a tumbarse. La abrazó por la cintura y la pegó a él. Volvió a cobijarla bajo el abrigo, como en el camposanto.

Inés suspiró, contenta, cuando vio que reanudaba los mimos.

—Me alegro de que lo hayas hecho.

—¿Cómo sigue la herida? Tendremos que limpiarla, cambiarte las vendas…

—No te preocupes. —Señaló la palangana y la jarra con agua que Inés y Mónica tenían en el alfeizar de la ventana para lavarse por las mañanas. Y se levantó la camisa.

Se notaba que había movido el vendaje porque la mancha de sangre, ahora seca, estaba en otra posición.

—Igual debería traer un paño limpio y...

—Ahora no, Inés, ahora no. Está bien, de verdad. No sangra. Es muy tarde, será mejor que descansemos.

—Tienes razón, será lo mejor. Mañana podría ser un día muy largo.

Se levantó decidida. Javier se acomodó de nuevo en el suelo.

—¿Qué haces? —le recriminó ella.

—Dormir.

—No pienso dejar que te quedes ahí cuando hay un colchón en la habitación. Estás herido.

—Inés, ¿estás segura?

La intensidad de su duda traspasó todas las líneas que ella se hubiera marcado nunca. Aquella era la tercera vez que estaban juntos, pero de alguna manera, era distinta a las anteriores. Las otras dos habían sido un momento íntimo, conocido por nadie y del que no tenían que dar cuentas si no querían. Ahora estaban en la casa familiar, a pocos pasos de su hermano, su cuñada, sobrinos y del hombre al que podía considerar su abuelo. Vivía con ellos y no pensaba mentirles.

Sería más sencillo contestar que no y dormir por separado. Ya buscaría cualquier oportunidad para dejar claro ante la familia que no había sucedido nada entre ellos, y asunto solucionado. La creerían. De ese modo, Javier no se vería comprometido y tendría vía libre para hacer lo que quisiera cuando la lucha finalizara. «Sería lo mejor», concluyó. Sin embargo, deber y querer eran conceptos demasiado dispares.

—Completamente segura.

—No lo afrontarás sola. Ellos sabrán que yo...

Inés lo hizo callar con un beso. No era el momento de hacer promesas que solo Dios sabía si se cumplirían.

Ella se empeñaba en controlar la vida, aunque a veces, como en aquel instante, se sentía como la arena de la playa de sus sueños, arrastrada hacia el océano por la resaca del mar sin poder hacer nada para evitarlo.

Los labios se separaron y Javier cogió la lamparilla, en la que apenas se apreciaba el cabo encendido flotando sobre el aceite, y la dejó sobre el arcón, a un lado de la cama, que, sin duda, iban a compartir aquella noche.

Inés le deslizó el gabán por los hombros y los brazos hasta dejarlo caer a los pies de la cama. Después cogió el ruedo de la

293

camisa y la subió. Javier levantó solo un brazo cuando ella intentó sacársela por la cabeza. Protegía la herida con el otro. Lo ayudó a tumbarse.

—No sabes lo que haces.

—No, y no me importa.

Acercó la cara a él, entreabrió los labios y se los humedeció. Le rozó los suyos despacio. Con suavidad. Paseó la punta de la lengua por el hueco abierto de su boca. Respiró sobre él. Javier se agitó. Ella se arremangó la falda y metió una rodilla entre sus piernas. Se subió sobre él, con cuidado de no rozarle el costado herido. Javier la sujetó por la cintura. Inés imaginó que en parte por miedo a que le hiriera y en parte para detenerla.

Inés sonrió, se inclinó hacia delante y le metió la lengua en la boca. Lo obligó a besarla. Lo obligó a seguirla con movimientos acompasados, a compartir labios y piel.

Javier no había apartado las manos de su cintura; sin embargo, la presión que ejercía sobre ella para contenerla se diluyó poco a poco hasta desaparecer. Inés unió la pelvis con la suya. Notó el deseo por encima del pantalón y se apoyó en él.

—Sí, lo sé. Sé perfectamente lo que hago.

Lo deseaba, lo tomaba. Se rio de repente al fantasear con convertir aquellas cuatro palabras en su lema. Su relación con la vida había cambiado en apenas unas semanas, darse cuenta de la crueldad del destino había sido más efectivo que los sermones de la iglesia durante los veintidós años previos. Tres mil hombres caídos en la batalla del valle avalaban la decisión que acababa de tomar.

Antes de que Javier intentara detenerla de nuevo, metió las manos entre el montón de tela, le soltó los botones del pantalón y liberó su miembro. Se quedaron piel contra piel, como ella deseaba.

Ella empezó a moverse, a rozarse, a disfrutarlo. Se desprendió de la camisa. La prenda interior también estaba abierta.

Javier la observaba con mirada tórrida. Inés deslizó los tirantes por los brazos y los hizo bailar ante él. La camisola resbaló por falta de sujeción y se quedó colgando del borde de los senos.

Él le bajó la prenda hasta la cintura de un tirón y, de un tirón, la acostó sobre él. La obligó a abrir la boca y se hizo paso en ella.

Verlo perder el control alentó aún más a Inés. Notó la facili-

294

dad con la que se movía sobre él, la humedad que envolvía su sexo. Estaba preparada. Asió el miembro, se colocó y empujó. El gesto pareció sorprenderlo. Pero aún no había visto a la Inés más arriesgada. Dispuesta a disfrutarlo, se sentó sobre él e inició de nuevo la provocación. Aumentó el ritmo hasta conseguir que la siguiera. Apoyó las manos a los lados de su cabeza y siguió moviéndose. Arriba y abajo, arriba y abajo. Fuerte, fuerte, más fuerte. La respiración de Javier se hizo más intensa y la mirada más profunda. Una y otra vez, adelante y atrás. Javier gemía, movía la cabeza a uno y otro lado. Sintió sus manos recorrerle los muslos como si intentaran aferrarse a ellos. Los pechos de Inés se movían sin control ante su rostro.

Hasta que él levantó la cabeza y atrapó un pezón con los labios. Ella sintió el pellizco de los dientes. Vio el pecho en su boca y las brasas que crepitaban dentro de ella se transformaron en llamas. Cada vez más vivas, cada vez más enérgicas, cada vez más intensas. Se mordió los labios para no gritar. Javier le mordió el otro pezón. E Inés estalló como un leño en una pira ardiente.

Sin fuerzas, se dejó caer sobre él. Un momento antes estaba viva y ahora apenas podía mantener los ojos abiertos de lo que le pesaban los párpados. Javier la tendió en el lecho. Entre la niebla del deseo saciado, ella imaginó que le dolía la herida.

Pero el cuerpo de Javier volvió a agitarse y el ritmo acelerado le dijo que buscaba solo el desahogo que ella no le había dado. Inés se relajó. Los ojos cerrados, los labios fruncidos y un gemido ahogado que se le escapó de la garganta fueron las señales inequívocas de que él estaba alcanzando la cima.

Inés quiso compartir el momento y le mordió los labios. Justo cuando él veía el paraíso, la candela de la lamparilla se apagó y se quedaron sumidos en la oscuridad. El silencio se apropió de la alcoba y la anterior conversación inacabada, de los pensamientos de Inés.

—No quiero promesas, no las necesito.

—Pero yo sí, yo quiero hacértelas, necesito ponerles voz para saber que esto que siento aquí dentro —se golpeó el pecho— no es la quimera de un hombre solo.

—Tú no estás solo.

—No desde que te conozco.

—Antes tampoco. Tenías tu trabajo, tu novia y su familia. Las chicas…

—Nada en realidad. Pero no puedo echarle la culpa a nadie más que a mí mismo. Se cosecha lo que se siembra. ¿No es eso lo que me diría cualquier confesor?

—La gente no es culpable de los avatares de la vida. Las personas vienen y van. Las familias se separan. Ahí abajo tienes un buen ejemplo. En ese caso, son los políticos quienes deciden el destino de esos hombres.

—Hace mucho tiempo que yo elegí marcharme lejos de los míos. No hay otro a quien echarle esa carga encima. Es toda mía.

—Tenías diez años…

—Nunca regresé ni me interesé por ellos. Nadie me lo impidió. Si no los busqué ni volví de nuevo, si no me interesé por lo que les podía pasar, es solo porque yo lo decidí de esa manera.

—Cualquiera hubiera hecho lo mismo. A veces, los años y la distancia pesan demasiado.

—Tú no lo hubieras hecho nunca. No los has abandonado, a Ignacio, al señor Francisco, a Mónica, a tus sobrinos. Como tampoco puedes abandonarlos ahora. No lo harías, aunque yo te lo pidiera.

296

Ahora sí que estaba completamente aterrada.

—¿Lo vas a hacer?

—Solo contéstame a una pregunta: ¿serías feliz lejos de ellos?

La idea de que el hombre al que amaba estuviera pensando en separarla de su familia la mataba por dentro. Inés estaba segura de que Javier podía oír los latidos de su corazón. ¿Para qué iba a negarlo entonces?

—Ni lejos de ellos ni lejos de ti.

Javier le pasó la rasposa barbilla por el hueco de la clavícula.

—Después de lo que hemos hablado, ¿me crees capaz de llevarte lejos de aquí? Sin embargo…, no voy a mentirte diciéndote que me quedaré contigo.

Fue como si le aplicaran un hierro incandescente en el centro del pecho. La herida sangraba y era tan profunda que no había venda para cubrirla ni ungüento para sanarla.

—No voy a pedirte que te quedes.

—Lo sé.

—No porque quiera que te vayas.

Javier la inmovilizó entre su cuerpo y el colchón. La calló con un beso, otro y otro más. Hasta que consiguió suavizar lo que estaba a punto de decir:

—No voy a quedarme, es cierto, bueno sí, solo hasta que me recupere o hasta que la ofensiva se inicie de nuevo. Tengo que permanecer con ellos hasta el final.

—Porque eres reportero —constató ella aparentando ecuanimidad.

—En efecto, porque lo soy, y porque esos chicos se merecen que alguien hable de ellos después de que todo esto termine.

—Por favor, abrázame fuerte, hasta que el sol aparezca.

Javier se tumbó de espaldas y la acomodó sobre su pecho. La rodeó con los brazos, él también lo necesitaba.

—Hay una promesa que sí puedo hacerte. Tú constituyes mi mundo y siempre lo harás. Te lo prometo.

Inés parpadeó varias veces para no dejarse ganar por la congoja. Depositó un beso sobre su cuerpo desnudo y jugueteó con los rizos de su vello. El sueño los venció a uno en brazos del otro. El amanecer los encontró dormidos, uno soñando con el otro.

22

*I*nés se despertó con las risas de sus sobrinos. Era tarde, muy tarde, debía de hacer horas que había amanecido. Sintió la claridad que entraba por la pequeña ventana. Aun así, le costó abrir los ojos.

Disfrutó del hecho de desperezarse y se estiró dentro de la cama. Las sábanas estaban frescas, deliciosas, como las mañanas de primavera. Sin abrir los ojos, se llevó las manos al pelo y lo peinó con los dedos. Estuvo a punto de gemir como un gatito. Fue el más delicioso de los últimos despertares, esos segundos que necesitó para que comenzara a funcionarle la mente.

No hubo caos ni confusión. La situación apareció muy clara ante ella. Tenía en la casa a tres hombres que representaban sendos problemas, de los grandes: un desertor, un enemigo y otro... al que los liberales tenían poco aprecio, por decirlo con suavidad.

Se levantó por fin, mucho más rápido cuando advirtió que Javier no estaba en la habitación. Se lavó a todo correr, se puso una ropa limpia que sacó del arcón, sin pararse a pensar que estaba de luto y que, como cualquier vecina se acercara a reiterar el pésame, sería la comidilla de Montellano y alrededores durante unos cuantos meses.

Su pánico aumentó al salir al pasillo y descubrir la puerta del pajar abierta. Se oyó un golpe procedente de la cocina y corrió hacia allí. La necesidad de saber la hizo llegar en dos zancadas.

Mónica, de luto de la cabeza a los pies, limpiaba el fuego del día anterior arrodillada en el suelo. Rascaba las piedras con una pala y echaba los restos en un cubo de metal.

—¿Dónde están todos?

Su cuñada se dio la vuelta. Dejó la pala sobre el montón de

ceniza y comenzó a frotarse las manos en el trapo que colgaba de su cintura. Le sonrió. A pesar del color negro de los vestidos, Inés nunca la había visto tan hermosa. Pensó que haberse quedado viuda le sentaba muy bien.

—¿Ya te has levantado? No quise despertarte cuando se marcharon.

—¿Se marcharon, quiénes?

—Los liberales. Fueron los primeros en levantarse. Menos mal que los oí subir la escalera y me vine corriendo a atenderlos.

—¿Tú a solas?

No era que Inés fuera una mojigata, sino que veía a Mónica como una chica joven y atractiva, a pesar del embarazo.

—El señor Francisco salía en ese momento de su habitación. Me mandó a vestir y se encargó de entretenerlos hasta que llegué.

—¿Y los niños?

—Ángel y Ascen se despertaron a la vez que yo, pero los obligué a quedarse en la cama hasta que los fuera a buscar.

—¿El resto?

—Hubo un momento complicado. Fue por culpa del hambre que tenían los liberales. ¡Cómo si no hubieran cenado bien! Estaban comiendo las sopas de pan que les había preparado cuando uno dijo que no se marcharía sin ellos. Empezaron a discutir, uno decía que si se los llevaban, tendrían que entregarlos al superior y que quién sabe qué haría con ellos.

—¡¿Entregarlos?!

—Eso dijeron. Dos decían que no, los otros tres que sí. Y yo, mientras tanto, sin saber qué hacer. El señor Francisco estaba igual que yo. Él era de la opinión que teníamos que abrirles la puerta para que escaparan.

—¿Lo hizo?, ¿los dejó marchar?

Su cuñada afirmó con la cabeza, muy seria.

—Claro que lo hizo, como que salieron corriendo hacia el bosque. Los vimos dirigirse monte abajo. Será complicado encontrarlos de nuevo.

Inés se echó las manos a la cabeza. El estómago le empezó a doler.

—¿Complicado? ¿No te das cuenta de que se dirigen hacia su encarcelamiento por no decir otra cosa? ¿Cómo se les ha ocurrido semejante cosa a Javier y a Ignacio?

Su cuñada dio un paso atrás, estupefacta.

299

—¿A Javier y a Ignacio? ¿Qué tienen que ver ellos con esto?

—¿No los dejasteis escapar?

—Estoy hablando de los *charris*. De los cerdos —le aclaró cuando vio que su cuñada no reaccionaba, convencida de que los cinco años en Bilbao le habían borrado parte de su vocabulario.

Inés se quedó turbada, como quien recibe un golpe brutal. Se acercó hasta una banqueta y se dejó caer sobre ella. Después se empezó a reír. Primero despacito, para ella misma. Luego más abiertamente. Al final, sin control.

—¿De los *charris*? —Hipó más de una vez, intercalando palabras y carcajadas—. ¡Hablabas de los cerdos!

—No le veo la gracia. Ahora habrá que ir a buscarlos y, como los encuentren antes que nosotros, ya podemos ir despidiéndonos de ellos. Dos *charris* estupendos. No llevo cinco meses cebándolos para que ahora los disfruten otros.

Inés se limpió las lágrimas.

—Mucho han durado. Con los dos ejércitos por la zona, es extraño que no los hayan requisado, unos u otros.

—Los supimos esconder, y si no llega a ser por esto...

Inés le puso una mano en el hombro.

—Los encontraremos, no te preocupes. ¿Dónde están los soldados?

—Los vinieron a buscar unos compañeros. Les metí en el saco la mitad de las hogazas que horneamos anteayer y se marcharon. Habrá que volver a amasar.

—¿Y los hombres de la casa?

—Ignacio marchó a buscar a los animales. —Mónica debió de ver el miedo en los ojos de Inés porque se apresuró a añadir—: Tendrá cuidado. Me prometió que no se internaría mucho en el bosque. Los soldados bajaron por el camino hacia el río. Él fue por el monte, cruzando el avellanal.

—Iré a buscarlo.

Mónica puso un tazón en la mesa y lo llenó de leche.

—Siéntate primero y desayuna. Ha llevado al señor Francisco con él. Les gusta estar juntos y sabe manejarlo. Sabe el cuidado que tiene que tener.

A Inés le sorprendió la confianza de su cuñada en su hermano. Mientras mojaba en la leche los trozos que pellizcaba al pan, se preguntó si no estaría siendo un poco injusta con Ignacio y con Mónica. Estaba claro que ambos se las arreglaban mejor que bien para llevar las tareas del caserío. A Mónica no la amilanaba el duro trabajo en la huerta, a Ignacio tampoco los arreglos de la casa. Ninguno penaba por tener que dar de comer a los animales. Los había visto haciéndolo juntos. Por primera vez desde que estaba allí, se preguntó si no estaría de más, si no era ella la que sobraba.

—¿Y Javier? —preguntó con miedo a que Mónica aprovechara el momento y le interrogara sobre él.

—Dijo que necesitaba un lugar donde trabajar. Le dejamos la leñera. Se quedó limpiándola y apartando los enseres contra una pared. —Señaló dos lavamanos desconchados almacenados en un rincón de la cocina—. Me dijo que le vendrían bien. Le prometí bajarlos después.

Inés apuró el último trago de leche y llevó el tazón a la pila de fregar.

—Ya se los bajo yo, no te preocupes.

Si no llega a ser porque conocía el laboratorio del piso de la calle de la Pelota, habría pensado que entraba en la trastienda de un boticario.

Javier se las había apañado para colocar un tablero sobre dos enormes troncos de roble que siempre habían estado allí. Sobre él, había dejado las dos cámaras, seis cartuchos en los que se cargaban los vidrios listos para meterlos en las máquinas y, al menos, una docena de cristales encajados en los carriles en los que había practicado unas hendiduras para que se sujetaran. Un poco más allá, algo que le parecieron trapos viejos. El macuto en el que había llegado todo aquello estaba tirado sobre la pila de la leña.

—Mónica me ha dado esto para ti —dijo y le tendió los dos aguamaniles que él cogió distraído.

—Gracias.

Inés, aturdida ante su indiferencia, le señaló el costado.

—¿Qué tal la herida?

—Todavía duele.

—¿Ha sangrado?

—Un poco esta noche, aunque espero que vaya a menos.

—Habrá que atenderla.

—Ya lo he hecho yo. Traje un trozo de lienzo para sustituir al de ayer hasta que esté limpio y seco.

El silencio que siguió fue incómodo para ambos. Inés no pudo aguantarlo y preguntó lo primero que se le ocurrió:

—¿Qué estás haciendo?

—Intentar que el esfuerzo de los días pasados no haya sido en vano.

—Parece que lo estás consiguiendo.

—¿Quieres ayudarme?

Compartir algo más que las noches fue un aliciente para ella.

—¿Qué puedo hacer?

—Voy a intentar positivar todos esos negativos. —Señaló los vidrios sostenidos en los carriles de madera—. ¿Te apetece comprobar si alguno de ellos está partido o agrietado? Solo tienes que cogerlos con mucho cuidado por los bordes y mirarlos a la luz de esa vela.

—¿Y cómo los clasifico?

Javier puso al lado de los dos carriles otro más.

—En este, los enteros, y los rotos en los otros dos.

Inés se echó a reír ante la previsión de que la mayoría se habría estropeado.

—Seguro que es al revés y solo se han perdido unos cuantos.

—Espero que tengas razón —contestó Javier mientras se acercaba al montón de troncos y empezaba a revisar unos frascos de cristal que había guardado entre ellos.

—¿Son los líquidos de revelar?

—Los que quedan. Entre los que he gastado y los que se me han roto, no sé si voy a conseguir algo.

Javier estaba concentrado en su trabajo. Inés simulaba hacer la tarea que le había encomendado, aunque en realidad no miraba las placas sino su espalda. Le sería muy fácil acostumbrarse a aquello. Ser la ayudante de su... ¿amante, marido?, trabajar junto a él. Le gustaría aprender a usar aquellas enormes cámaras de madera, abrirlas con cuidado, hacer girar la rueda que extendía el fuelle y elegir el objetivo apropiado para cada toma. Colaborar con él. Compartir tiempo y trabajo. Servirle de apoyo. Hacerse imprescindible.

Le había dicho que ella lo era todo para él, pero también que no iba a quedarse. La sola idea de perderlo la paralizaba por dentro. Podría llorar, implorarle que se quedara; sin embargo, no lo haría. Ella lo amaba por cómo era. Al principio, le había llamado la atención por su forma resuelta de moverse en la vida y por la fortaleza que demostraba. Ahora que lo conocía mejor y que había compartido con ella los peores momentos, lo amaba por sus debilidades.

302

Decía que estaba en aquella guerra para explicar al mundo lo que sucedía. Decía que no se acordaba de su familia, pero el día anterior le había confesado que le atormentaba haberlos abandonado durante todos aquellos años.

Javier la sorprendió con los ojos fijos en él.

—¿Te ocurre algo? —La cogió de las manos y la llevó hasta un madero para que se sentara en él. Se arrodilló ante ella—. ¿Ha ocurrido algo con los soldados de ayer? ¿Es tu cuñada? ¿Tu hermano?

Sin soltarlo, Inés se inclinó un poco hasta posar la frente sobre la de él.

—Un momento de debilidad —susurró sin explicarle que se refería a la agitación del espíritu—. Se me pasará en un instante.

—Dime que estarás bien, o no podré marcharme.

Las manos de ambos se enlazaron en el cuello del otro.

—Estaré bien —le prometió ella—. ¿Y tú?

—Me las arreglaré —dijo y le dio un beso.

—Eso no es lo que preguntaba.

—Ya lo sé —contestó él y volvió a besarla. Con rotundidad, con hondura. Con pasión.

Un carraspeo en la puerta puso término a la intimidad. Era el señor Francisco. Se levantaron a la vez.

—Esto..., hemos encontrado a uno de los cochinos. Ignacio ya lo trae.

Este ya estaba dentro del portal. Encerró al animal en la cuadra y se los quedó mirando como lo haría un padre que ha pillado en falta a la hija menor. Inés no supo qué decir, ni siquiera si los tenía que presentar. No tenía ni idea de si Javier y él ya se conocían, igual se habían encontrado por la mañana en la cocina. Se aturulló.

—Bueno..., yo tengo cosas que hacer.

Se hizo paso entre los hombres y salió de allí sin saber si estaba haciendo lo correcto.

Llevaba casi cuatro semanas en el caserío. Había pasado días malos a cuenta de la herida y había tenido que guardar cama tres días a causa de la fiebre. Por suerte, la infusión de saúco que Inés lo había obligado a tomar tres veces al día durante una semana completa había funcionado.

Ya estaba recuperado. Se marcharía pronto. Veintitantos días eran muchos para mantener a dos ejércitos esperando. Un mes había pasado entre la batalla de febrero y la de marzo. Otro había transcurrido ahora. Ya tenían que haberse recuperado de bajas y pérdidas de material. Ya debían de haber enterrado a los muertos y evacuado a los heridos. Javier imaginó las filas de hombres movilizados de los dos bandos llegando a Somorrostro. Unos, por Baracaldo desde Valmaseda y Sodupe; los otros, por el valle de Carranza.

Los primeros días después de su llegada recorría las cumbres de los montes aledaños y llegaba hasta donde el valle se abría para atisbar lo que sucedía abajo. Invertía dos horas en el paseo de reconocimiento. Pero la falta de fuerzas y las ganas de alejarse de la guerra, aunque solo fuera durante unas horas más, le habían hecho espaciar las caminatas.

Sin embargo, aquella mañana la actividad del campamento liberal que intuyó desde la cima lo había puesto nervioso. No le quedaban muchos días junto a Inés. Las ganas de interrumpir las tareas femeninas en el caserío y hacerla presente en sus brazos, en sus besos y en su mente lo habían llevado a refugiarse en el laboratorio, con las fotografías.

Gran parte de los negativos se habían convertido en positivos, gracias al sol de la primera semana y a un pequeño frasco de tiosulfato de sodio que se había salvado de la destrucción. Se alegraba de haberse llevado papeles a la albúmina ya sensibilizados, eran más caros pero infinitamente más prácticos.

Sacó las fotografías de debajo de un pedazo de hierro que en algún momento perteneció a un arado. Les había puesto peso encima para que no se deformaran. Empezó a pasarlas. Había visto más de cien veces aquellos rostros. Hombres jóvenes y adultos. Allí estaba los que habían posado para él el día de su llegada al bando liberal y también a los que había fotografiado en el campamento, los de la batalla, incluso el hombre que lo encontró después de ser herido en la explosión.

—¿Los conociste?

Javier observó la figura de Ignacio recortada en la puerta de la leñera. Estaba apoyado en la azada; acababa de llegar de la huerta. Durante la comida había comentado que ya estaban listos los semilleros y que aquel mismo día empezarían a plantar acelgas, cebollas, remolachas y patatas.

—No, solo los fotografié. Ni siquiera sé cómo se llamaban.

—Igual ya no tienen nombre.

—Probablemente. Ni siquiera sé para qué las he revelado si no puedo hacer nada con ellas aparte de mirarlas y preguntarme si la suerte se habrá puesto del lado de alguno.

—Hay cosas que uno hace porque tiene que hacerlas.

Javier estudió la juventud de Ignacio y se preguntó si era justo que un chico se convirtiera en hombre en tan poco tiempo. Por lo que le había contado Inés, en Bilbao no era precisamente la persona sensata y prudente que estaba en Montellano.

Ignacio apoyó el palo de la azada en el marco de la puerta y entró. Era la primera vez que se encontraban a solas. Javier controló los nervios. Ignacio no tenía nada que reprocharle con respecto a su hermana, si acaso haber pasado la primera noche en el caserío con ella, ya que, por decisión propia, dormía en un jergón a los pies de la cama del señor Francisco. No sabía si regresaría de la siguiente batalla. Si Dios le daba la espalda y no volvía, no pensaba ofender a Inés durmiendo con ella sin que los unieran los votos pronunciados ante el Altísimo. A pesar de sus encuentros detrás del caserío, de los besos aturullados y de los arrumacos controlados cuando nadie los veía, ambos habían sido capaces de contener las ansias por compartirse.

Ignacio señaló el trípode apoyado en la pared.

—Lo arreglaste al final.

—Gracias a la rama de castaño que me conseguiste.

El hermano de Inés miró hacia la cámara y al paño que tapaba las placas de vidrio para resguardarlas del polvo.

—Tiene pinta de que sabes lo que haces. Buen profesional, ¿también buena persona?

El impacto en Javier fue similar al de una bala de cañón contra una pared. Le quedó claro que a Ignacio no le dejaba indiferente lo que le sucediera a su hermana.

—Hablas de Inés.

—Hablo.

La escueta respuesta lo puso más incómodo aún.

—Lo que sucede con Inés es algo entre ella y yo.

—Ya.

—No voy a quedarme, si es lo que has venido a preguntar.

—No he venido a preguntar nada.

A pesar de aquella supuesta renuncia, Javier se vio obligado a explicarse.

305

—Voy a marcharme otra vez ahí abajo.

—¿Le prometerás regresar?

—¿Lo harías tú? ¿Le dirías esas palabras y dejarías que las repitiera en la cabeza día y noche y alimentara la esperanza? Tú sabes lo que es aquello. ¿Cuántas familias se levantarán aguardando noticias de los soldados y cuántas se acostarán sin saber su paradero? ¿Cuántas no lo sabrán nunca? No puedo permitir que le suceda eso a ella.

Ignacio se sentó en el suelo, muy cerca de él.

—¿Cuándo te irás?

—Estaba decidiéndolo. Muy pronto. En un día, dos a lo sumo.

El hermano de Inés apartó la mirada de él y la fijó en las piedras de la pared de enfrente. Se frotó los ojos antes de volver a hablar:

—No sé cómo puedes volver.

Javier utilizó sus mismas palabras:

—Hay cosas que uno hace porque tiene que hacerlas.

306

Lo anunció a la hora del desayuno.

—Hoy me marcho.

A Inés casi se le cae la cuchara en el tazón de leche. Aquella era la noticia que había estado temiendo durante las semanas anteriores, pero la impresión fue tal que se echó a temblar.

Javier estaba sentado a su lado; Mónica terminaba de servir a Ignacio y también se había sentado con ellos. Hubiera querido arrojarse a su cuello y rogarle que no lo hiciera, que se quedara con ella; asegurarle que lo acompañaría a la orilla del mar y que, por mucho que partiera esa barca que veía en sueños, nunca se iría porque él la esperaba en lo alto del acantilado.

Estuvo a punto, pero Ignacio se lo impidió:

—Te acompañaré hasta el río.

—¿Estás loco? —Mónica no se contuvo.

—No lo voy a permitir —se apresuró a asegurar Javier—. Iré por las cumbres. Lo he hecho ya muchos días. No necesito acompañante.

—¿Por qué hoy y no ayer o mañana? —quiso saber Ignacio

«O nunca», quiso añadir Inés.

—Ayer tarde la actividad era frenética en los dos bandos.

Pude ver varias columnas carlistas dirigiéndose hacia la zona de Valmaseda, más allá de Galdames.

—¡Llegarán hasta aquí! —exclamó Mónica muy alterada.

Inés no estaba más tranquila que ella, pero intentó mantener la calma.

—Lo más probable es que esperen una ofensiva desde la zona de Carranza. Lo lógico sería que el Gobierno haya mandado más tropas. Antes llegaron desde Castro Urdiales, ¿por qué iban a cambiar de estrategia?

—De Castro Urdiales a Valmaseda por Carranza —comentó Ignacio con la mirada perdida más allá de la ventana.

—Carranza es territorio liberal, solo tienen que subir los montes que lo separan de la zona de Mena y entrar siguiendo el río Cadagua hasta Valmaseda. Como los carlistas no se desplieguen en aquella zona, será un paseo para ellos.

—Está visto que se han hecho fuertes en Somorrostro. Crees que la próxima batalla se dirimirá allí también. Entonces ese será tu destino.

—Sería un atrevimiento pensar que soy un estratega mejor que los que tienen ellos. No es más que una suposición. Iré de nuevo a los lugares en los que se toman las decisiones y me ofreceré como lo que soy: un reportero independiente.

La entrada del señor Francisco dejó la conversación en suspenso, como si se hubieran puesto de acuerdo para no alterar al anciano con menciones a la guerra en su presencia.

Inés terminó de desayunar y se levantó de la mesa. Echó una mirada rápida a Javier, que evitó encontrar sus ojos. Antes de salir de la cocina, se prometió que no permitiría que el hombre que decía que la amaba, y por el que daría la vida, desapareciera sin despedirse, como lo haría un desconocido. Estaba convencida de que esa era la intención que tenía.

El cielo se puso en contra de ella. Ángel había amanecido con calentura e Inés insistió en que Mónica se quedara junto a él para atenderlo. El niño se había hecho el día anterior un corte en una mano con el hacha de partir la leña y temían que fuera la causa de la dolencia. Además, el embarazo seguía su curso y su cuñada estaba ya muy pesada. Como consecuencia de esos contratiempos, Inés tuvo que cubrir todas las tareas de la madre y también las del niño.

Dar de comer a las gallinas y a los cerdos no era ni tan complejo ni tanto trabajo, pero sí una pesada carga después de fre-

307

gar, barrer y lavar. De hacer la comida, restregar la ropa y tenderla. De llenar de agua las tinajas de la cocina. Y mucho más, si todo eso se hacía con el corazón herido.

Terminaba de estirar unas camisas y las estaba guardando en los cajones de la cómoda de la habitación que compartía con Mónica cuando lo vio partir desde la ventana. Solo, vestido con la ropa de Ricardo que ella misma había arreglado, y con el macuto como única compañía.

Bajó a toda prisa la escalera y salió a la calle. Tuvo que rodear el caserío para verlo alejarse por el prado, camino del bosque. Intuyó la figura de Ignacio sembrando las patatas a su derecha, pero lo pasó por alto y comenzó a correr.

—¡Javier! —gritó con todas sus fuerzas.

Los pasos de él no se detuvieron, aunque fue acortándolos según ella se acercaba. La alegría se instaló en el pecho de Inés al confirmar que en realidad no quería marcharse.

Estaba a punto de alcanzarlo cuando él se paró. Ella también lo hizo. Lo oyó inspirar y llenar los pulmones. Lo sintió a punto de hablarle. Podría tocarlo con solo estirar el brazo.

—No lo hagas —le advirtió como si tuviera ojos en la espalda—. No podría soportarlo. Si me tocaras, me daría la vuelta, te rodearía con los brazos y me quedaría.

—¿Por qué? ¿Por qué tienes que irte? Quédate.

—No me pidas eso, Inés. No lo hagas, por favor. Tengo que hacerlo. Se lo debo a mucha gente, me lo debo a mí mismo.

No supo qué responder. Sabía que no podía salvarlo del peligro. Si su amor no era tan fuerte como para mantenerlo a su lado, no le quedaba otro remedio que dejarlo marchar.

Él se colocó de nuevo la carga al hombro y partió.

Inés se quedó con la vista clavada en su figura, que cada vez se iba haciendo más pequeña. Alcanzó el límite del bosque y se internó entre los árboles. Sin mirar atrás.

Se sintió exhausta. Todavía esperó un momento más, como si creyera en milagros, antes de darse la vuelta y regresar al caserío.

Ya casi llegaba a la pared trasera cuando sintió su presencia. De nuevo él. La rodeó con los brazos como dijo que no podría hacer. Inés apoyó la cabeza en su pecho y se dejó envolver por la ternura y el calor.

—Dime que estarás bien, dímelo otra vez —la apremió—. No puedo marchar sin escuchártelo de nuevo.

—Te lo prometo —susurró ella sin apenas voz.

Sintió un beso en la coronilla y una mano rozándole el pelo. La soltó. Ella esperó otra caricia, otro beso, otro roce, una ternura más. Esperó el amor eterno.

Pero cuando se dio la vuelta, él ya no estaba. Lo vio atravesar el prado, esta vez con paso decidido, e internarse en la arboleda. Aquel último contacto y sus palabras desaparecieron en el aire como si nunca hubieran existido.

309

23

*T*roncos, ramas y la hojarasca del suelo. Adelante, adelante, solo adelante. Con el macuto bien sujeto y las muelas apretadas. Y la sensación de haber muerto antes de haber sido herido.

Sin pararse a pensar, sin detener los pies, con la única idea de que volvería. Se iba a la guerra, a una en la que habían caído miles de hombres en cuatro días. Y no para quedarse en retaguardia precisamente. «Nadie reclamaría mi cuerpo.» Y no quería que Inés lo hiciera. La sola idea de imaginarla de rodillas ante su tumba en el cementerio le revolvía las entrañas.

Javier la amaba y por eso no le había dicho que volvería, por si no lo hacía. La amaba y la quería feliz. Aunque fuera olvidándose de él, aunque fuera odiándolo, aunque fuera casada con otro.

Sabía lo que encontraría tras la fila de montañas.

Una agitación continua. Hombres, caballos y cañones yendo de un lugar a otro. Columnas de soldados cargando carretas con todos los enseres.

Se equivocó por completo. Una extraña quietud se había apoderado del valle de Somorrostro. Allí estaban los soldados, los carros y las carretas, los caballos, los oficiales y los cañones. Los soldados parecían pequeños muñecos de plomo, sin vida ni movimiento. Desde donde estaba, Javier podía ver la línea del mar, dos o tres kilómetros más atrás. Era un día despejado, sin apenas nubes. Si no hubiera sido así, podría haber soñado que una tormenta los había convertido en piedra.

Eso era el campamento liberal. Ni rastro del enemigo.

Javier calculó que los carlistas habían trasladado parte de sus tropas. Era imposible que se hubieran volatilizado miles de hombres movilizados. Gran parte de las bajas de la batalla anterior eran pérdidas del Ejército liberal. Pero habían tenido tres semanas para reforzar los batallones diezmados con nuevos soldados.

Frunció el ceño. No podía volver con los liberales después de que el general Serrano hubiera intentado quitarlo de en medio. Si quería encontrarse con el bando contrario, tendría que dirigirse hacia Valmaseda. Tenía el mapa que había fotografiado en Deusto, en el campamento del rey don Carlos, dibujado en la cabeza. Había tenido que entregar negativo y positivo, pero no se lo habían borrado de la mente.

Dejó el macuto en el suelo con mucho cuidado y se sentó medio escondido tras el tronco de un castaño. Si no estaba muy equivocado, la línea de montes que tenía delante separaba el valle de Somorrostro del de Valmaseda, Sopuerta y Güeñes. Quien controlara esa zona tendría entrada directa a Bilbao. Todas las poblaciones de la ría, empezando por Portugalete, estaban en manos carlistas. Y con la ría bloqueada y el centro de Vizcaya afín al Pretendiente, no había duda de que los liberales intentarían atacar Valmaseda. Estaba convencido de que los partidarios de don Carlos habían movido una gran parte de sus efectivos para proteger aquella zona.

Se alegró de llegar a aquella conclusión. Valmaseda estaba más lejos de Inés que Somorrostro. Cuanto más se alejaran los contendientes de allí, menos posibilidades habría de que se acercaran a Montellano. Ignacio también estaba más seguro escondido en el lado controlado por los liberales. Un desertor era un traidor para los suyos; para los otros, un cobarde. La traición se pagaba en tiempos de guerra hasta con la muerte; la cobardía, con unas simples carcajadas.

Se acordó de los insultos que el señor Francisco dedicaba a los carlistas en los días que lo trató en Bilbao y sonrió. Empezaba a estar de acuerdo con los «facinerosos». Definitivamente, esta vez iba a fotografiar la guerra al lado de los «coríferos» carlistas.

A pesar de haber tomado la decisión, no se movió. Rodeó las piernas con los brazos y se quedó allí, cogiendo fuerzas para continuar.

No fue él quien escogió el momento de volver a ser un profesional al que no importaba nada más que el trabajo, sino los liberales. Desde Castro Urdiales, por la línea de la costa, llegaron dos caballos a galope. Javier los vio pasar varias decenas de metros por debajo de él. Castro Urdiales estaba en el lado del Gobierno. No podía ser otra cosa que un mensaje del alto mando. La intuición le dijo que algo gordo estaba a punto de suceder.

311

Abrió el macuto y sacó una de las cámaras, la lente, el cartucho con los vidrios y el frasco con el nitrato de plata. Del bolsillo del gabán, la libreta con el lápiz.

Miró el número anotado en el soporte del cristal y, tal y como había hecho infinidad de veces, apuntó: «Placa 9. El valle antes de la tercera batalla de Somorrostro, fecha 26 de abril de 1874, tamaño negativo 9x12 cm».

Ya no había marcha atrás.

Javier intentó calmar los latidos del corazón al tiempo que buscaba las palabras necesarias para que los cuatro carlistas que tenía delante no le descerrajaran un tiro en medio del pecho.

Elevó aún más los brazos para que quedara claro que no tenía intención de moverse.

—Soy un reportero. Estoy cubriendo la contienda para un periódico nacional. —Se giró un poco y dejó el bolsillo izquierdo del chaleco a la vista—. Tengo un papel firmado por el capitán González Luna que lo corrobora. Si pudiera mostrarlo...

—¡No baje los brazos! —gritó uno de ellos.

—En la bolsa llevo los utensilios para...

—¿Quién es este? —preguntó otro militar recién llegado.

—Uno que dice ser periodista.

—¿Otro más que viene a mirar? Este es el segundo que encuentro. Hay otro en Aranguren.

—Demasiados. ¿Lo matamos? Nadie se enteraría.

Javier se encogió por dentro. Dio un ligero puntapié al macuto para que los hombres pudieran examinarlo.

—¡Soy fotógrafo! —exclamó agarrándose a la profesión como a una tabla de salvación—. Ahí llevo las cámaras y todo lo necesario para las imágenes. Estuve en Deusto a la vez que el rey y pude retratarlo.

El recién llegado dio un codazo a uno de los que le apuntaban.

—¿No lo recuerdas? ¡Si es el que nos hizo los retratos cuando marchábamos a Galdácano!

—¡Ahí va, pues es verdad!

El primero hizo un gesto a los demás para que se relajaran y retiraran las armas. Javier, por si acaso, no bajó los brazos.

—¿Las envió a la familia?

La voz de Inés diciéndole el día que lo acompañó al campamento carlista que alguno de los soldados había dejado la dirección de sus familiares para que les remitiera las imágenes surgió de repente desde el fondo de los recuerdos.

—Mi... mi mujer lo hizo. Sí, por supuesto —mintió.

—Vicente, vas a tener suerte. Seguro que tu novia ya te ha visto de uniforme. —Después se volvió y tranquilizó a sus compañeros—. Dice la verdad, estaba con los nuestros en Bilbao.

—Que nos enseñe el papel ese que dice que tiene.

El muchacho que lo había reconocido se acercó hasta Javier y le sacó el salvoconducto del bolsillo. Le echó una ojeada antes de pasárselo al que lo reclamaba. Y este se lo pasó al que estaba a su lado sin mirarlo.

—Tú, Licenciado, lee lo que pone.

—«Javier Garay Zabala, de profesión fotógrafo y sito en Bilbao...».

—Vale —lo cortó y extendió la mano para que le devolviera el documento—. Nos vamos de aquí. Este se viene con nosotros.

Con un poco de suerte, lo conducirían al sitio al que quería llegar. De algo podía estar contento: había alcanzado el bando correcto.

Anduvieron durante un rato monte arriba. Llegaron a la cima y empezaron a bajar a un valle similar al que dejaban atrás. Javier estaba completamente desorientado. Aprovechó que uno de los chicos a los que había fotografiado en el monte Archanda se quedaba rezagado para preguntarle:

—¿Hacia dónde vamos?

El carlista esbozó una leve sonrisa y levantó una ceja.

—A reunirnos con el resto del batallón.

—¿En Aranguren? —aventuró, puesto que había hablado antes de aquel lugar.

—No tendrás esa suerte. Un poco más cerca de aquí.

—¿Valmaseda?

—No tan lejos. Podrás descargar dentro de po...

El soldado cayó al suelo, desplomado. Javier lo miró sin terminar de entender lo que sucedía. Tenía los ojos muy abiertos y un agujero en medio de la frente.

—¡Liberales! —gritó alguien—. ¡A cubierto!

Carreras, gritos y el silbido de las balas. Javier se tiró a tierra y protegió el material con el cuerpo. Apretaba la cara contra el suelo hasta masticar la tierra. Si hubiera podido, se habría enterrado vivo.

313

Supo que le estaban disparando cuando oyó las detonaciones y las piedras empezaron a saltar a su alrededor. Debería haber intentado huir y ocultarse entre la vegetación. Pero eso significaba dejar cámaras y placas al descubierto.

Se limitó a apretar las muelas y a rezar al Señor.

Pasados unos minutos, no sabía por qué no le habían dado a él también cuatro tiros como al resto. Seguía sin moverse, pero la ansiedad lo obligó a hablar:

—¿Vais a matarme? —Lanzó la pregunta al aire, sin saber siquiera si quienes habían acabado con los carlistas estaban cerca.

Un golpe en los riñones lo dejó sin aliento y el pinchazo de una bayoneta en medio de la espalda lo convenció para no moverse aun antes de que la orden llegara:

—¡Ni se te ocurra volverte! ¿Les habéis quitado ya todas las armas?

—Y revisado los bolsillos.

—¿Algo por lo que nos vayamos a ganar unas medallas? —gruñó el liberal que estaba a punto de dejarlo como un colador.

—Habrá que esperar a que alguien lea esto. Lo tenía uno de ellos.

Javier cerró los ojos y elevó una plegaria al cielo para que «esto» no fuera su autorización.

—¿Qué crees que será?

—¡Y yo qué sé! Si supiera leer, ya lo habría hecho antes de dártelo.

Javier oyó las pisadas de varios hombres que llegaban corriendo.

—Todos muertos.

—Menos este. ¿Qué hacemos con él?

—¡Soy civil! —gritó—. ¡No soy uno de ellos, me llevaban prisionero!

De nuevo notó el pinchazo.

—Date la vuelta. Ponte en pie.

Nunca se había movido tan despacio ni había hablado tan deprisa:

—Soy reportero, periodista, fotógrafo. Ahí llevo la cámara. —Fue señalando sus pertenencias desparramadas al borde del camino—. Eso también es mío, es para posar la máquina. En esas dos cajas guardo los cristales y los líquidos para sensibilizar y revelar las placas, porque…

—Como digas una palabra más, te dejo seco como a ese con el que ibas. ¡Gallego! Mira a ver si el tesoro que guarda en ese talego es lo que dice.

Los soldados no pudieron resistirse a la pieza más importante del tesoro y las últimas postales de chicas pasaron a manos de nueve liberales. Se le escapó un suspiro de alivio ante sus sonrisas bobaliconas. Cuando empezaron a enseñarse unos a otros a la chica que les había tocado, Javier pensó que lo dejarían libre.

Pero lo llevaron a empujones por el monte, sin que nadie le diera una explicación. En algún momento de la marcha alcanzaron una montaña más alta y consiguió reconocer el lugar. Se dirigían hacia la costa. Salían de Vizcaya hacia Santander, lejos del valle de Somorrostro y lejos de Valmaseda, lejos de la línea de batalla y lejos de Inés. Lo llevaban a donde no quería estar. Siguió caminando y rezando para que allá donde fueran nunca hubieran oído hablar del odio de Serrano por un determinado fotógrafo, y también para que el documento que uno de aquellos hombres guardaba en la mochila, y que lo identificaba como afín a los carlistas, siguiera en manos de analfabetos.

A pesar de la oscuridad, Javier pudo enterarse de lo que había al otro lado de la colina: varios miles de soldados preparados para entrar en combate.

A lo largo del valle y por las laderas, se veían decenas de antorchas y otras tantas hogueras; por doquier, los cuerpos de los hombres cubiertos por lonas que los protegían de la humedad de la noche.

Se internaron entre ellos. Avanzaba sin pararse a mirar; se limitaba a pisar sobre la huella del soldado que lo precedía. De vez en cuando, lo hacía en blando y el bulto del suelo soltaba un juramento, pero él no se detenía. Tampoco habría podido, con los otros tres liberales empujándolo en cuanto aflojaba el paso.

Comenzó a ver más tiendas de campaña, cada vez más grandes. Algunas iluminadas por dentro y con varias personas alrededor de una mesa. Todo confirmaba que al día siguiente se retomaría la ofensiva. Empezó a ensayar cómo se las iba a apañar para convencer a quien fuera de que le permitiera hacer su trabajo. Le daba náuseas pensar que se había alejado de Inés para terminar en una prisión liberal.

El piafar de unos caballos le devolvió a la realidad. Habían llegado a la zona de la caballería. Se fijó en la enorme tienda

315

custodiada por dos soldados. Entrevió la figura de un hombre por el hueco de la lona. Alguien a quien Javier no pudo ver le dijo algo. El militar levantó la cabeza y lo miró. Era mayor, de frente despejada, lucía bigote y una pequeña perilla. El reflejo del candil sobre las condecoraciones del pecho dio la clave a Javier de su rango: debía de ser el general responsable de aquel campamento y de la ofensiva que estaba a punto de lanzar el ejército gubernamental.

El soldado que lo seguía le dio un empujón para meterlo en otra tienda, bastante más pequeña que la que acababan de dejar atrás.

—Ahí os lo entregamos. No le permitáis salir para nada —dijo el responsable del grupo que lo había capturado a los guardianes.

—¿Por qué está detenido? Es un civil, no puede estar aquí, hay órdenes de arriba. La cárcel es solo para los nuestros.

—Y para los carlistas.

—¿Es uno de ellos?

—Seguramente. Voy a dar parte, necesito que me miren una cosa. No dejéis que se os escape. Igual tenéis entre las manos un espía y podemos sonsacarle algo.

Si la situación no fuera tan trágica, hasta se hubiera echado a reír. En efecto, era un informador, pero a favor de los liberales, no de los carlistas. O lo había sido al principio, no ahora después de lo visto y lo vivido.

Se acomodó al fondo de la tienda con el macuto a un lado. A tientas metió las manos en él y repasó las cajas en las que guardaba los utensilios. Ninguna estaba abierta; no había nada mojado. Agitó la de los vidrios con mucho cuidado; ningún cristal roto. Las cámaras seguían bien plegadas. Era fotógrafo, podía seguir siéndolo.

Apoyó la cabeza en la lona, cerró los ojos y se perdió durante mucho tiempo en los ruidos ahogados del campamento.

Había conseguido que lo atrapara la duermevela cuando una conversación atropellada y los gritos de un borracho le espantaron el sueño. La lona se apartó y un hombre fue obligado a entrar en la tienda. Javier arrugó la nariz cuando le llegó el hedor del alcohol destilado. El soldado tenía una buena curda.

—¡Dejadme salir! ¡El general Concha se enterará de esto! —gritó el borracho haciendo que Javier se volviera para no soportar su aliento.

—Claro que se enterará —dijeron los de fuera—. Como que ha sido él quien dio la orden de encerrar a pendencieros y borrachos. Espera a que se tenga que quitar el uniforme y no aparezcas. No le va a hacer ninguna gracia que el primero en probar la medicina haya sido su propio asistente personal.

—¡Vete al infierno!

—¡Ahí es donde vas a acabar tú, junto a todos esos facinerosos carlistas!

—Con tu mujer —farfulló el borracho.

—Ya puedes rezar para que no se haya enterado de la ofensa —intervino Javier.

El hombre se pegó contra la pared asustado.

—¿También te han pasado tres botellas de coñac?

Javier no pudo menos que sonreír al imaginar lo que aquel hombre podía saber. Si había entendido bien, era la persona más cercana al mando que movía los hilos de todo aquello.

—Más o menos. Así que te vas a llevar una buena bronca del general Concha.

—Esos de ahí fuera no tienen ni idea. El general es un hombre cabal y yo soy para él mucho más que su asistente. Me sacará de aquí en cuanto se entere de esta afrenta. Me necesita. 317

Estaba claro que podía contarle muchas cosas más.

—Mañana es el gran día —aventuró Javier al azar.

—Se dará la orden antes de amanecer —arrastró las palabras el borracho.

—El encuentro tendrá lugar en...

—Nosotros, con la Primera y la Segunda División del Tercer Cuerpo del Ejército regular llegaremos a Las Muñecas —recitó de corrido—. Serrano y Laserna irán hacia Sopuerta, y Palacios y Morales de los Ríos a Arenillas. Los envolveremos desde el sur.

A Javier solo le sonaba el pueblo de Sopuerta y sabía que se encontraba camino de Valmaseda. Su intuición de que el siguiente ataque sería por allí había resultado certera.

—¿Y dices que el general al que asistes es un hombre cabal?

El asistente había dejado caer la cabeza y apoyaba la barbilla sobre el pecho.

—Muy... cabal —acertó a pronunciar.

—¿Y justo? ¿Es el general Concha un hombre justo? —No obtuvo respuesta y elevó la voz—. ¿Me escuchas? ¿Es justo tu general, es justo el general Concha?

La lona se abrió y el hombre que Javier había atisbado hacía un rato dentro de la otra tienda apareció por ella con un farol en alto:

—¿Quién pregunta por mí? ¿Quién es usted? ¿Qué le ha hecho a mi asistente?

Javier se cubrió los ojos para evitar el destello de la llama y se levantó. No pensaba desperdiciar la oportunidad.

—Apenas he cruzado unas palabras con él. Me temo que cuando llegó aquí venía de tener una conversación con dos o tres botellas de coñac francés.

—¡Robledo! —se dirigió al ayudante—, ¿otra vez? ¡Que alguien saque a mi asistente de aquí y lo espabile de inmediato!

—Pero, general, ¿ha visto como está, cómo cree que...? —dijo uno de los guardias.

—Me da igual cómo lo hagan. Llévenselo hasta Castro Urdiales y métanlo en el mar si hace falta, pero lo quiero en condiciones de empuñar un arma dentro de cuatro horas.

Los dos guardias lo cogieron por debajo de los brazos y se lo llevaron a rastras. Robledo ni se inmutó.

318

—Si me permite, general —se apresuró Javier antes de que el general que dirigía el Tercer Cuerpo del Ejército regular del Gobierno le diera la espalda.

—¿Qué quiere? Imagino que pedir clemencia. —Levantó el farol para examinarlo—.¿A qué compañía pertenece? ¿Por qué no lleva el uniforme?

Tal era el ataque verbal que Javier levantó las manos como si le estuviera apuntando con la pistola que llevaba sujeta a un costado de la pierna.

—No soy soldado, sino reportero. Estaba prisionero de los carlistas cuando una avanzada de sus soldados nos interceptó. A ellos los mataron, a mí me trajeron hace un rato.

El general Concha lo miró como a un insecto al que aplastar de un pisotón. Javier se temió que fuera de los que odiaban a la prensa escrita. Y es que en España estar en las filas liberales no significaba abrazar su ideología sino, simplemente, ser fiel al Gobierno establecido. Y para aquella gente, los carlistas no eran más que unos insurrectos, tuvieran las ideas que tuviesen.

—¿Reportero, dice?

—Fotógrafo —rectificó—. Dispuesto a retratar todo lo que suceda en los próximos días. Aquí llevo una muestra de mi trabajo.

Como el general no se lo impidió, Javier se agachó y sacó de la bolsa algunos positivos.

—Sus soldados. En la batalla de marzo, retraté a muchos de ellos.

—¿Dónde estaban? —El militar sucumbió al hechizo de las imágenes y no paraba de pasarlas.

—En Somorrostro, junto al hospital de sangre.

—Fueron unos valientes —añadió Concha con orgullo—. Resistieron como jabatos.

Javier pensó que en la guerra, como en los negocios, cada uno inclinaba la balanza hacia el lado que mejor le iba.

—Cuando les hice los retratos, estaban deseando regresar al combate. —En aquello, al menos, no mentía.

El general Concha pasó unas cuantas fotografías más y se las entregó. Dio media vuelta y se marchó sin decir palabra.

—¡Guardia! —le oyó gritar—. ¡Saque a ese hombre de la cárcel!

—Pero, general, necesito una orden…

—Yo soy la autoridad en este campamento. ¿Ha entendido bien?

Cuando la loneta se volvió a abrir, Javier ya cargaba con la mochila y esperaba junto a la puerta.

319

24

*T*engo que salir a ayudarte. Déjame hacerlo —insistió Mónica levantándose del jergón que compartían en el pajar.

Inés se negó en rotundo.

—Ni hablar. Tú te quedas aquí. Necesitas descansar —añadió con los ojos fijos en la barriga de su cuñada, que en los dos últimos días se le había bajado mucho.

Le había preguntado en más de una ocasión para cuándo esperaba la llegada del niño y ella insistía que todavía faltaba tiempo, pero a Inés le parecía que el bebé de Mónica estaba pidiendo a gritos que lo sacaran de allí cuanto antes.

—Pero no puedes atender a todos tú sola.

—El señor Francisco me echará una mano. Puede servir a algunos hombres.

—¿Lo hará?

—Sí, si ella se lo pide —dijo una voz desde detrás de un montón de heno.

Inés y Mónica dieron un bote.

—¡Ignacio! —susurró Inés—. ¡Cállate! ¡No ves que pueden oírte y entrar!

Unas brazadas de paja les cayeron sobre la cabeza cuando Ignacio se deslizó por la hierba seca.

—¿Por qué estáis discutiendo?

—¿No has estado escuchando?

—No creas que es tan fácil entender las palabras desde ahí atrás.

—Eso nos salva. Pero como salgas muchas veces, se van a enterar de que estás escondido aquí.

—¿Y qué?

—Con una muerte en la familia es suficiente. No quisiera que te sucediera nada a ti —susurró Mónica.

Inés, como le había ocurrido cada vez que estaban los tres

320

solos, sintió que sobraba. Aprovechó la confusa afirmación de su cuñada para volverla contra ella.

—Tú lo has dicho, una muerte es suficiente y tú tienes que velar por ti y por ese chiquitín que llevas contigo. Hoy te quedas a descansar. Yo serviré la comida a todos esos…, esos… asaltadores de casas y ladrones encubiertos. —Puso una mano sobre el brazo de Ignacio—. Cuídala.

—No te preocupes. Soy el hombre de la casa, ¿no? No dejaré que le pase nada, ni a ella ni a los niños.

Inés paseó la mirada por las cabezas dormidas de los dos sobrinos y la ternura le inundó el pecho. Deseó, con todas sus fuerzas, que los niños pudieran salir a la calle sin el miedo de ser víctimas de una bala perdida o de un desalmado, de los muchos que se escondían entre los batallones de ambos ejércitos. Deseó que todo terminara. Y que Javier regresara.

—Los dejo a tu cuidado. —Se volvió hacia su cuñada—. Oblígalo a esconderse de nuevo.

—Odio ese cubículo.

Inés estuvo a punto de contestar a Ignacio que le daba igual, que las cuatro paredes que había levantado en una esquina del pajar bajo el tejado habían resultado ser el escondite perfecto. Mónica se le adelantó:

—No te preocupes. Haré que se meta en cuanto salgas de aquí.

Un silencio absoluto se hizo en el pajar durante el tiempo que Inés tardó en abrir y cerrar la puerta detrás de ella. Se quedó escuchando hasta asegurarse de que ni un solo susurro procedía del interior; claro que era imposible con las voces que llegaban desde el resto de la casa.

Al día siguiente de que se fuera Javier volvieron las explosiones y los tiros. Ignacio se había marchado al bosque a por leña; Mónica, el señor Francisco y ella estaban desayunando. Se quedó helada como si estuviera en medio de un prado el día más frío y ventoso de febrero. No tuvo más que mirar a su cuñada y al anciano para sentir que Javier no se había equivocado: la ofensiva comenzaba de nuevo.

—No pasa nada. No llegarán hasta aquí, si acaso una partida de reconocimiento como la otra vez. Ya lo veréis.

Pero según transcurría la mañana, el sonido de la muerte estaba cada vez más cerca. Pasada la hora del ángelus, los ecos de la batalla no procedían solo del valle de Somorrostro, a la

321

izquierda, sino también de los montes en dirección a Santander, a la derecha.

A cada rato, Inés se acercaba hasta el cruce del camino. El miedo a encontrarse con una partida de militares era mucho, pero peor la incertidumbre de que cayeran sobre la aldea uno y otro ejército y convirtieran Montellano en primera línea de batalla. El resto de los vecinos estaban igual de asustados. En más de una ocasión, Inés había contado la gente que quedaba en el pueblo para defenderse. Ignacio era el único hombre joven para hacer frente a cualquier peligro. No podía hacer otra cosa más que pasar miedo, mucho miedo, también por lo que le pudiera suceder a Javier, y continuar adelante.

Al final, las malas noticias se las trajeron a la puerta. La hija de Susana la Milagrosa, la mujer que ejercía de curandera en el pueblo, llegó corriendo al atardecer.

—¡Suben! ¡Suben por el camino desde el río!

Inés no supo ni cómo bajó las escaleras.

—¡¿Quién, quién viene?!

—¡Liberales! Dice madre que son muchos más que antaño, que escondáis los animales y la comida. ¡Se llevarán todo lo que puedan!

—Vete a casa, chiquilla, antes de que lleguen. ¡Y dile a tu madre que muchas gracias por el aviso!

Los soldados no llegaron para expoliar los caseríos. La compañía de Cazadores del Ejército gubernamental ocupó Montellano el 28 de abril. De esto hacía ya dos días y no tenían intención de marcharse.

Inés lo intentó por todos los medios, pero no valió ninguna resistencia. Alegó el embarazo de Mónica y discutió con el capitán. La mera idea de que una partida de liberales encontrara a Ignacio dentro del caserío la dejaba paralizada.

No hubo ninguna posibilidad de que la casa no fuera invadida. Toda oposición terminó con la sentencia del militar de mayor graduación:

—Una palabra más y duermen todos al raso, esta noche y las siguientes.

No le quedó más remedio que hacerse a un lado y dejar que su hogar y el de los suyos fuera pisoteado por dieciocho pares de botas negras.

Los oficiales comían en la cocina y dormían en los cuartos de la familia, los soldados vivían en el portalón; les habían dejado el pajar para ellos. No les habían despojado de los animales y del grano, como habían temido al principio, sino que se lo comían poco a poco todos los días. Pero lo más humillante para Inés era tener que servirles.

Mientras ella trajinaba, el capitán y otros tres hombres que no se separaban de él mantenían las apariencias y se limitaban a lanzarle algunas miradas que Inés prefería no analizar. Sin embargo, dar de comer a la tropa era una tortura.

«En cualquier caso, tengo que hacerlo», se dijo mientras pensaba en los que había dejado dentro del pajar.

Se cercioró de que los hombres de la cocina tuvieran el plato lleno y de que el señor Francisco les hubiera servido el agua y el pan, y se dispuso a hacer lo mismo con los catorce hombres instalados en la planta baja.

—Voy yo —la sujetó el anciano por el brazo cuando estaba a punto de bajar la escalera.

—No, usted quédese por si ellos necesitan algo.

—Yo voy donde me necesiten los de mi casa, que es abajo.

Inés seguía sin saber si la reconocía del todo. A veces se comportaba como si lo hiciera, como el día que descubrieron a Javier en el cementerio, y otras no parecía tener ni idea de quién era ella. Lo cierto era que no la había vuelto a llamar por su nombre. Probablemente porque hasta eso había olvidado.

Inés le dio unos golpecitos en la mano y accedió:

—Baje usted entonces, pero déjeme que le ayude con el caldero.

No se había alegrado tanto como aquellos días de tener la cocina de humo en el piso superior y mucho más de que estuviera instalada en el hueco más estrecho del caserío. Eso le permitía cocinar a solas y sin la constante vigilancia de los liberales. Bastante era saberse presa en su propia casa como para encima notar los ojos de cualquiera clavados en la espalda «o donde sea que miren».

Se alegró de no haber dejado al anciano solo. El peso del perol era demasiado para él y tuvo que sujetarse a la pared un par de veces para no caer escaleras abajo.

Apenas habían llegado al último escalón y los hombres empezaron a protestar.

—¡Ya era hora!

—¡Cada día más tarde!

323

—Puedes subirte —le dijo el señor Francisco en cuanto hubieron puesto la marmita en el suelo.

Inés se marchó dispuesta a meterse directamente en el pajar. Si no llegar a ser por el miedo a que alguno la buscara y descubriera a Ignacio, lo habría hecho. Por el contrario, entró en la cocina y comprobó que las patatas seguían calientes.

—¿Un poco más?

La contestación quedó diluida por un alboroto procedente de las escaleras.

—¿Qué sucede abajo?

Dos oficiales se levantaron. El resto intercambió unas miradas y los siguieron. Ella también bajó, solo por confirmar que el señor Francisco estaba bien.

En el portal, Inés solo veía cabezas y hombros. Parecía que la mitad del Ejército liberal había decidido instalarse en el caserío de los Otaola.

—Miguel Ramón Santamaría Sevilla, señor, para servirle —oyó que se presentaba alguien.

Buscó al señor Francisco y lo encontró junto a la puerta de la leñera que Javier había utilizado como laboratorio. Estaba asustado, se lo vio en los ojos.

—¿Quién es usted y qué hacen estos hombres aquí?

—Somos de la Segunda División, Tercer Cuerpo del Ejército regular. Nos han ordenado que nos presentemos ante usted.

—No tengo ninguna orden al respecto.

El cabecilla del grupo de recién llegados le entregó un papel al oficial de Cazadores que este leyó con lentitud.

—Se nos conmina a establecernos aquí hasta nueva orden. El objeto es fortalecer el avance hasta Portugalete en el momento en que los reductos del valle queden aplastados.

—Sí, eso es lo que pone. Parte de su tropa tendrá que acudir a los otros caseríos.

—Ya lo hemos hecho. Nosotros somos los que no hemos conseguido alojamiento.

Inés contuvo el aliento. Allí había más de quince personas.

—De acuerdo, parte de los hombres que se queden aquí abajo; el resto tendrá que hacerlo en el pajar.

—¡No!

Todos se volvieron hacia ella.

—Los hombres se quedan en esta casa.

—El pajar es el sitio reservado para mi familia. Es el lugar que nos dejasteis. Nos hacinamos niños, mujeres y un anciano.

—Tendrán que apretarse más aún.

—¡De ninguna manera! —Inés vio el gesto de enojo del oficial e intentó suavizar el tono—: Mi cuñada está embaraza, puede dar a luz en cualquier momento.

—Si llega el caso, sabremos respetar su intimidad.

—No pueden quedarse más que unas horas, un día a lo sumo.

El silencio se había hecho en torno a ellos. Ni los animales de la cuadra se movían.

—Se quedarán el tiempo que mis superiores consideren.

—No lo acepto. Hasta ahora hemos colaborado de buena fe. Las vituallas de la casa daban para eso, pero no podrán alimentar tantas bocas. No hay grano suficiente.

—Comeremos la borona de los animales.

—¿Y por qué no a los cochinos? —gritó alguien desde la izquierda.

325

Los demás se rieron ante lo que pretendía ser una broma, pero ni a Inés ni al militar les hizo una pizca de gracia.

—No lo permitiré.

—Señora, le repito que no tiene ninguna decisión en esto.

—Esta es mi casa y digo que no entrará ningún hombre más.

No pensaba ceder esa vez. Dejar entrar a los liberales en el pajar era conducir a Ignacio al matadero.

—Pone usted en peligro la seguridad de los suyos como persista en esa actitud.

—No creo que su general apruebe estos métodos.

—A mi general le alegrará saber que los habitantes de la aldea de Montellano han acogido a sus soldados con alegría.

—Sabe que no es cierto. Ninguno de mis vecinos se prestaría a dejarse arrebatar el pan de sus hijos si no es por la fuerza que está ejerciendo.

—Señora, para echarse un farol hay que saber jugar al mus. ¡Sargento Pulido!

—¡Sí, señor! —Se cuadró el aludido.

—Haga el favor de acompañar a la señora y ayúdela a recoger sus cosas y las de los suyos. Acaban de «ceder con toda generosidad» las propiedades al Gobierno.

A Inés le salieron las palabras a borbotones, y el corazón con ellas.

—¡No puede hacer eso!

—Ya lo estoy haciendo —le contestó el oficial muy ufano al tiempo que le daba la espalda.

25

¿*C*ómo se hace para llegar hasta el enemigo? Se avanza sin pensar.

¿Cómo se puede no percibir el áspero olor de la pólvora ni oír el estruendo de los cañones? Bloqueando los sentidos.

¿Cómo se hace para tomar fotografías de una masacre? Se quita la tapa del objetivo, se calcula el tiempo de apertura y se cierra después. Se saca el negativo y se mete el siguiente. Se repite todo el proceso una y otra vez. Todo sin ver, mirando hacia delante, con los ojos perdidos en los bultos informes.

¿Cómo se puede estar en medio de una batalla y no pensar en la vida de los hombres ni en sus familias, en la sangre derramada ni en sus heridas, en sus sueños, sus penas o sus amores? Dejando parado el corazón, cerrándolo por completo. A todo. Sin pensar. En nada.

Era la única manera de soportarlo.

Durante el día, almacenaba imágenes de la desolación más absoluta. De campos que hasta hacía dos días eran fértiles praderas de pastos, convertidos en cementerios. Elegía lo que deseaba mostrar al país, aunque no fuera más que para denunciar la barbarie de la guerra. En las horas de luz que podía arañar a las batallas, recorría el campamento retratando a todo aquel que estuviera dispuesto a ponerse delante de la cámara. Las anotaciones de la libreta, de la que nunca se separaba, habían pasado de ser una sucinta relación del número de placa y fecha a contener una lista de nombres, apellidos y direcciones. Los retratos de los hombres se habían convertido en lo más importante para él, más que las tomas de la batalla.

Dos días de ofensiva y ya había establecido una rutina. Tomaba seis fotografías y las revelaba debajo de la loneta remendada de una tienda pintada de brea. Había aprendido a hacerlo deprisa y contra el suelo. A pesar de los guantes que se enfundaba casi sin pensar, no había podido evitar algunas quemaduras provocadas por el nitrato de plata. En algunas zonas se le había levantado la piel y tenía dos enormes ampollas en el dedo corazón de la mano derecha. Aquel era el menor de los problemas.

Solo le quedaban una cámara y quince placas sin romper, podía hacer quince negativos. Los positivaba cuando podía. La mayoría de las veces al lado de cualquier fuente o arroyo que encontraba al paso, ya que necesitaba lavar las fotografías después de aplicar una cantidad mínima de tiosulfato de sodio. La noche anterior había llenado con agua de lluvia la cantimplora que le habían proporcionado los liberales y la había usado para ello.

También le habían dado una manta. Dormía donde podía, como el resto, solo que los miles de hombres —por lo que había podido entender, las tropas mandadas por el general Concha superaban el número de cinco mil efectivos— lo hacían juntos mientras que él buscaba la linde de los bosques e instalaba entre los árboles su laboratorio provisional. Nadie le preguntaba nada. Esperaba que la cuerda con las fotografías puestas a secar fuera explicación suficiente para su alejamiento, aunque la razón era otra. Se sentía más protegido por la maleza que por cinco mil fusiles y otras tantas bayonetas. Por mucho que fuera el Ejército que conseguiría la victoria.

Dos días llevaba con ellos y Javier ya sabía el resultado de la contienda. Los carlistas, con su coraje, habían logrado mantener las posiciones en febrero y en marzo, pero no lo conseguirían en abril.

Había llegado a Las Muñecas a las nueve de la noche del día 27. Se había luchado durante más de ocho horas en dos de los picos que protegían el pueblo: el de La Haya y el de Mello. Las viviendas habían quedado destrozadas. Los carlistas no habían conseguido mantener la posición y se replegaban ante la presión de los negros, como llamaban a los liberales. Llevaban dos días retrocediendo al tiempo que ellos avanzaban.

Habían pasado más de cincuenta y seis horas y no había vuelto a ver ni al general Concha ni a su asistente Robledo. Tampoco había vuelto a pensar en los soldados que lo habían capturado hasta que estuvo a punto de pisar a uno de ellos.

Tirado en el suelo, entre la maleza, no parecía más que un pobre hombre, sin una pizca de la arrogancia que mostraba cuando estaba vivo. Era el que mandaba el grupo, el mismo que se había quedado el documento que le habían entregado los carlistas, el que podía ponerle en peligro ante los liberales, por el que lo podían fusilar.

El soldado tenía la boca y los ojos abiertos, como si la muerte lo hubiera pillado por sorpresa. Javier se encontró arrodillado a su lado. Los bolsillos del gabán del liberal le llamaban poderosamente la atención. Todavía el humo de la pólvora flotaba en el ambiente y los sonidos de la lucha seguían presentes. En cuanto ambos desaparecieran, los enfermeros no tardarían en pasar buscando a los vivos para llevarlos al hospital de sangre instalado un kilómetro más atrás. El turno de los muertos no sería hasta más tarde. De los bolsillos del muerto sacó un documento plegado y una caja de su mochila.

Un solo movimiento, el acre olor a fósforo y una ligera llama.

El único papel que lo unía a los carlistas se convirtió en cenizas.

Habían separado su lado del pajar del de los soldados con unos troncos traídos del bosque y dos mantas colgadas. Eran cinco personas y tenían que dormir en menos sitio que los pollinos.

A Inés la humillaba aquella situación, pero sobre todo la alteraba el hecho de haber puesto en peligro a los suyos. Si los llegan a echar del caserío, ¿dónde los habría llevado? «A la iglesia, a que Mónica dé a luz a los pies del Sagrario.» Se santiguó ante la blasfemia que acababa de pensar.

—No te castigues más, has hecho lo que tenías que hacer —le susurró Mónica bajo la manta que ambas compartían.

—¿Cómo puedes decir eso? ¿Por qué eres tan amable conmigo? Te han estado a punto de echar de tu casa. A ti, embarazada de siete meses, y a tus hijos, y yo he sido la culpable.

La cariñosa sonrisa de Mónica no correspondía al enfado que debería tener. Le habló con ternura. Como lo haría una hermana.

—Sois mi familia.

—A la familia también se le grita, algunas hasta dejan de hablarse.

—Depende de las familias y de los familiares. Yo no podría hacerlo.

—Deberías hacerlo. Deberías gruñirme, gritarme y hasta pegarme por lo que ha estado a punto de suceder por mi culpa.

—¿Eso te consolaría?

—Mucho más que tus palabras.

—No te voy a decir que estoy contenta, ni siquiera que no he pensado en gruñirte, en gritarte y hasta en pegarte, porque lo he hecho. He pensado en hacerte probar el remedio en tu propia piel y decir al capitán que te sacara a dormir a la calle.

—¿Y qué te ha hecho cambiar de opinión?

—Saber lo mucho que te extrañaría si te perdiera, si os perdiera. Prefiero estar contigo, con el señor Francisco y con… —dudó un instante antes de mencionarlo— Ignacio antes que sola en el caserío. Y estoy segura de que los niños también. Hacía muchos meses que no sonreían. Me di cuenta el otro día cuando el abuelo jugaba con ellos a lanzar piedras a los árboles.

A Inés le enternecía que sus sobrinos hubieran empezado a llamar «abuelo» al señor Francisco, pero seguía sin entender a su cuñada.

—No sé cómo no te ofendes cuando ves a los soldados patear las maderas del suelo, de tu suelo.

—No se van a quedar para siempre. Si lo que ellos dicen es cierto, en un par de días los mandarán hacia Bilbao. Tienen que echar de allí a los carlistas, ¿no?

—Espero que tengas razón.

—Ya verás como sí. Al fin y al cabo, esto no es más que una casa de pueblo en la cima de un monte. ¿Qué podemos ofrecerles? Cuando se vayan, se habrán comido las ovejas, los cerdos, las gallinas y hasta la vaca si la tuviéramos. Lo demás son cuatro campos de cultivo, una huerta, la recolección de algunos árboles y la madera de otros, que no sirven ni como carbón para esa fábrica de hierro que han creado en la ría y que Ricardo aseguraba que sería la ruina de nuestros campos. —Inés captó su gesto en dirección al cubículo en el que estaba Ignacio, y del que no había salido—. ¿Crees que lo descubrirán?

Esperó a que los ronquidos de los soldados y los del señor Francisco cubrieran los murmullos; aquel no era un tema para tratar con tanta compañía.

—Lleva un mes entrando y saliendo por el ventanuco trasero del pajar y nunca nos hemos enterado de cuándo lo hacía.

—Sí, pero antes el pajar estaba vacío. Ahora está lleno de soldados.

—Seguiremos comiendo aquí. Ellos lo hacen en la cocina o abajo. Habrá que tener cuidado para que no se den cuenta del número de platos que manejamos. Solo hay que conseguir que ninguno se acerque a la puerta en esos momentos. El resto del tiempo se tendrá que quedar detrás de la hierba.

—Como dure mucho, se va a volver loco —musitó Mónica afligida.

—¿No eras tú la que decías que se irían pronto?

—Recemos para que así sea.

—Por eso y por que no te pongas de parto estando ellos aquí.

Su cuñada le cogió una mano y se la puso sobre la enorme barriga.

—Está despierto. ¿Lo notas?

El movimiento fue más una sensación que una realidad, pero confirmó que aquel niño, dijera Mónica lo que quisiera, no iba a aguantar allí dentro mucho tiempo más.

Inés no podía estar más contenta. Por fin había llegado el día en que los soldados desaparecerían. La orden para que se reintegraran a las tropas gubernamentales había llegado con la aurora. Se marchaban de una vez y los dejaban en paz. La guerra había terminado; el valle y las montañas recuperarían la vida anterior. Al parecer, el Ejército se encaminaba a liberar Bilbao y la villa de Portugalete, en poder de los carlistas desde el mes de enero anterior.

Mónica y ella deambulaban simulando recoger y poner orden en el caserío. Gabanes y petates, armas, mochilas y soldados esperaban en el exterior. Lo mejor: el pajar ya había sido desalojado. El riesgo de que encontraran a Ignacio se había reducido al mínimo. Lo peor: el capitán y sus tres hombres de confianza no parecían tener prisa; seguían sentados en la cocina, fumando y hablando tranquilamente, como si el documento que los llamaba a la movilización no hubiera llegado nunca.

Mónica llevaba días sin poder descansar. Inés la sentía moverse y despertarse en medio de la noche. Y es que el suelo no era lugar para una mujer embarazada. Urgía que recuperara su alcoba y su cama.

Inés la miró a hurtadillas mientras ayudaba a vestirse a Ascen; estaba más blanca y con el gesto más cansado de lo normal. Hizo un hatillo con las sábanas que había quitado de las camas de los liberales y suspiró. «Trabajo y más trabajo. Como si no fuera bastante atender familia, huerto y animales.» Mónica dio un beso en la mejilla a la niña y la mandó con su hermano.

—¿Nos ponemos a lavarlas? Habrá que darles varias pasadas. No quiero que nadie, mucho menos los niños, duerma en eso. Habrá que asegurarse de quitar chinches, pulgas, sarna o lo que hayan traído esos hombres.

Estaba claro que su cuñada no podía ni con las sábanas ni con nada.

—Hoy no.

—Inés… —la llamó apoyada en la pared, con los ojos fijos en un charco a sus pies.

—¡Mónica!

—Podía haber esperado un poco más —bromeó ella con un rictus cargado de preocupación—. Hace ya rato que sentía que…, pero esperaba que se hubieran marchado antes.

Inés arrojó las sábanas sobre el charco y la cogió por la cintura.

—Vamos a la cama.

—No no. No quiero tener a este hijo ahí.

—Venga, te acompaño —insistió y la arrastró hacia el lecho recién desalojado.

—No quiero que mi hijo nazca entre los sudores de esos hombres. No quiero hacerlo, no. Inés, te lo suplico, no me obligues.

—¿En dónde, entonces? Todas las habitaciones han estado ocupadas.

—Llévame al pajar.

—¿Estás loca? No vas a tener a ese hijo como si fueras una bestia.

—Un pajar no es una cuadra. Llévame al pajar. Ha sido nuestra casa estos últimos días, que lo sea por un día más.

—Prometo que lo primero que haré en cuanto oiga el llanto de ese niño es frotar cada centímetro de este cuarto con sosa. Mañana tú y el niño dormís en esta alcoba como que me llamo Inés Otaola Azcona.

Mónica detuvo el paso y dejó de respirar unos segundos. Inés notó cómo su cuerpo se ponía igual de rígido que las losas del cementerio.

—Llé… vame al pajar —jadeó—. Creo que este bebé tiene mucha prisa. Con Ascen… me pasó lo mismo.

Nunca había ayudado a traer al mundo a ningún niño, ni siquiera había visto cómo se hacía. En Bilbao, la gente llamaba a la partera; en Montellano, cada familia se apañaba como podía.

Cerró la puerta del pajar, con cuidado para no despertar sospechas. Ignacio se asomó por encima de la paja.

—¿Qué sucede?

—Lo que tenía que pasar: Mónica está de parto.

Su hermano apiló un montón de hierba y puso una manta encima. La ayudaron a tumbarse. Mónica no les soltó las manos una vez que estuvo acomodada e Inés no quiso apartarse de ella. Ignacio tampoco.

—¿Está bien? ¿Qué podemos hacer? ¿Habrá que llamar a alguien? ¡Vete a buscar a alguna mujer! ¡No puede tenerlo sola! —gritó él a punto de perder los nervios.

—¿Quieres hacer el favor de bajar la voz? Lo que nos faltaba era que te descubrieran ahora que están a punto de marcharse. Enviaré al niño a por Susana la Milagrosa, ella tiene cuatro hijos y sabrá qué hacer.

—¡No! —exclamó Mónica al tiempo que le cogía de la muñeca—. Nadie va a venir a esta casa. Lo tendré yo sola, me ayudaréis vosotros.

—¡¡Estás loca!! —gritaron los dos a la vez.

—Me… temo que no… llegaría a tiempo. —Una nueva contracción la dejó sin respiración.

A Inés le temblaba el pulso. Sin embargo, no le quedó más remedio que reaccionar.

—No te separes de ella. Ahora mismo vuelvo. Habrá que calentar agua. ¿No es lo que se hace?

—Trae… trae también un cuchillo afilado —pidió Mónica.

Inés la vio apretar las muelas hasta que el rostro se le desfiguró. El dolor era tan fuerte que se le escapó un gemido. Ignacio le apretaba las manos con fuerza. Inés esperó hasta que pareció recuperar la respiración de nuevo.

—Ya pasó —musitó la parturienta.

—Ahora mismo regreso.

Cerró con precaución y, a pesar de la prisa, esperó para comprobar si salía algún ruido del pajar. En cuanto se aseguró de que a través de los maderos no llegaban susurros ni lamentos, se dirigió hacia la cocina.

«Calentar agua, un cuchillo y sábanas limpias.» Recordó el hatillo que había dejado en el suelo de la habitación y siguió

333

adelante. No tenía tiempo ni para limpiar el piso, mucho menos los lienzos. Maldijo al Ejército que permitía a las huestes ocupar una casa y obligar a sus habitantes a servir a los soldados.

—¿Dónde se había metido? —le espetó el capitán en cuanto entró en la cocina—. Esperaba que usted y su cuñada estuvieran aquí para despedirnos.

«Y yo esperaba que para cuando yo regresara, se hubieran largado.»

—Mi cuñada no se encuentra bien. La he acompañado a acostarse un rato. Aquí estoy yo, ya pueden despedirse.

Al militar no le importó lo que a Mónica le sucediera. Se sentó de nuevo con toda la tranquilidad del mundo.

—Nos iremos a media tarde.

—¡¿Cómo?! ¡Los hombres llevan desde mediodía esperándoles en la calle!

—Que esperen; forma parte de su trabajo, eso y acatar una orden.

Inés no pudo evitar echar una ojeada al pasillo.

«Ellos pueden esperar, pero hay cosas que no.»

Y como si el bebé de Mónica le hubiera leído el pensamiento, un alarido atravesó puertas y paredes del caserío.

Salió de la cocina más rápida que un rayo y abrió la puerta del pajar antes del siguiente chillido.

Se encontró a Ignacio arrodillado entre las piernas de Mónica y con las manos ensangrentadas.

—¡Dios mío, Dios mío! —fue lo único que pudo decir.

Su hermano la miraba con un gesto entre asustado y emocionado.

—¡Está naciendo!

Apenas avanzó dos pasos cuando otro grito la detuvo.

—¿Qué ha sido eso? —voceó el capitán desde el inicio del pasillo.

—No dejes que vengan, no dejes que lo vean.

El ruego de su cuñada le llegó hasta lo más hondo, a pesar de no saber si lo decía por el niño o por su hermano.

—Todo va bien —la tranquilizó Ignacio—, ¿verdad?

Mónica se llevó la mano a la boca y mordió para no delatarse de nuevo. Cuando el dolor remitió por un segundo, se dirigió a ella:

—Vete y tranquilízalos.

—¿El... el... el cordón del niño? —balbució Inés.

—Tengo un cuchillo, ¿recuerdas? Vete antes de que aparezcan.

Tenía que haberse negado, tenía que haberse arrodillado y apartar a su hermano. Lo habría hecho si no llega a ser porque los pasos de los militares retumbaron en la madera.

Corrió. Antes de volver a respirar ya estaba en el pasillo, con la espalda pegada a la puerta cerrada y tres soldados a punto de arrollarla.

—¿Qué sucede ahí dentro?

—No es nada —mintió con fingida serenidad—. Mi cuñada empieza a acusar los dolores previos al nacimiento. Esta tarde, en cuanto el destacamento marche de Montellano, haré llamar a la mujer que asiste en los partos.

Inés temía que si decía que el niño estaba llegando y alguno se empeñaba en socorrer a Mónica, descubrieran a Ignacio.

Supo que los militares no la creían. Un fuerte empujón y la apartarían de la puerta, una patada a la madera y lo verían todo. Unos segundos más y oirían los quejidos de Mónica.

Se despegó de la puerta con agilidad y sonrió. Los soldados retrocedieron al tiempo que ella avanzaba.

335

—Un nuevo miembro en la familia siempre es una alegría, pero todos sabemos que a menudo se demoran más de lo que la madre quisiera.

Con un gesto, los invitó a que regresaran por donde habían llegado. Los hombres cambiaron unas miradas de desconcierto y terminaron por acatar la solicitud.

Tan pronto como volvieron la cabeza, se le congeló la sonrisa. Se santiguó tres veces seguidas. «Ay, madre del Señor, ampáralos.»

Ella tenía prisa, mucha prisa de que se marcharan. Ellos, ninguna. Permanecieron en la cocina, anticipando los carlistas que iban a matar, a los que iban a apresar, los que machacarían a su paso hasta llegar a Bilbao, y después hasta Durango, y luego hasta Navarra, y hasta…, hasta echarlos del país, a todos, al Pretendiente el primero.

Rezó, rezó, rezó. A todas las santas que conocía y a todas las vírgenes.

Ni tuvo que disimular que estaba ocupada. Calentó un caldero de agua, llenó la pila hasta arriba y empezó a frotar las sábanas con la pastilla de jabón.

La tarde avanzaba lentamente; los soldados seguían sin marcharse. Ángel y Ascen subieron varias veces y preguntaron por su madre. Inés les dio un par de besos, un pedazo de pan a cada uno y los mandó de nuevo a la calle.

El señor Francisco apareció al rato. Justificó su presencia con que necesitaba un buen trago de agua fresca.

—¿Necesitas que te ayude, hija, ahora que tu cuñada está indispuesta?

Inés no se dejó engañar. El anciano traía la curiosidad por lo que pasaba con Mónica pintada en la cara.

—Prefiero que se quede en la calle, al cuidado de los pequeños ahora que no está su madre, que vele por que no se metan en algún problema.

—Como tú prefieras —aceptó el señor Francisco.

Se le ocurrió de repente.

—Espere un momento. ¿Puede echarme una mano con esta sábana?

—Por supuesto.

Inés lo obligó a meter las manos en el agua y se aproximó a él todo lo que pudo.

336

—Necesito sacar a estos hombres del caserío —le susurró al oído, tan bajo que hasta que no hizo un gesto, Inés no estuvo segura de que la hubiera entendido—. Un altercado con los de ahí fuera sería de gran ayuda.

Sin embargo, no hizo falta la intervención del anciano porque, en ese mismo momento, el barullo entró por la ventana abierta.

Un instante después uno de los soldados entraba en la cocina.

—¡Señor! Acaban de llegar. La orden es partir hacia Bilbao de inmediato. El batallón se unirá en San Julián de Musques con...

El capitán le arrancó un documento de las manos y se lo llevó a los ojos.

—... el general Letona para liberar Portugalete. Buques de la Armada se adentran por la ría para romper las cadenas que la aíslan del puerto... —leyó. Se dirigió hacia ella—: Señora.

Una inclinación de cabeza bastó para despedirse. Fue visto y no visto. Los cuatro hombres desaparecieron de su vista. «Y de nuestra vida», deseó.

—Se marchan —constató el señor Francisco.

—Esperemos que para siempre.

Se acercó a los cristales mientras se secaba las manos en el mandil.

Empujó las contraventanas para abrirlas completamente y sacó medio cuerpo. Sus sobrinos corrían detrás de los liberales, que se alejaban en columnas de a dos, como si nunca hubieran disfrutado de unos días de asueto a costa de la familia Otaola.

—¡Niños! —gritó y les hizo un gesto para que volvieran.

En cuanto se aseguró de que regresaban, se desprendió del mandil y lo arrojó sobre una de las banquetas. El anciano debió de notar la cara de preocupación.

—¿Qué sucede?

—El bebé, que ha decidido salir antes de lo debido. Distráigalos en la calle todo lo que pueda. —Y salió hacia el fondo del pasillo.

—No te preocupes, Inés. Yo me encargo de ellos.

No pudo evitar darse la vuelta cuando mencionó su nombre. A pesar de que el pasillo estaba oscuro, se dio perfecta cuenta de que sonreía. Retrocedió hasta él y lo abrazó.

—Me alegro de que haya regresado.

La mano arrugada le acariciaba el cabello.

—Y yo, chiquilla, y yo.

Inés limpió las lágrimas que corrían por las mejillas del anciano y se separó de él con delicadeza.

—Esta noche seremos uno más en la casa.

Lo dijo convencida de que todo iba a salir bien a partir de entonces; más al encontrarse con aquella escena cuando entró en el pajar.

Mónica se recostaba contra un montón de paja que alguien había apilado a su espalda para que estuviera más cómoda. Ignacio se había quitado la camisa para envolver con ella el bulto que sostenía entre los brazos.

Mónica sonreía. Él también; al niño, a ella.

Y el chiquillo…, el chiquillo lloraba desconsolado.

Era una escena perfecta. Ninguno se había percatado de su presencia. Inés salió, cerró la puerta con cuidado y se reclinó contra la pared.

A solas, se permitió un momento de debilidad. Dejó las lágrimas libres por su rostro.

Había recuperado su casa y a su familia. «Solo me faltas tú, Javier. Solo tú.»

26

*T*odo había acabado. Sí, desde luego, en el flanco de Valmaseda y, por lo que se rumoreaba, también en la retaguardia. El valle de Somorrostro había quedado en sus manos y el Ejército del Gobierno se dirigía a liberar las localidades de la margen izquierda de la ría.

«¡Hoy entramos en Bilbao!» era el anuncio que corría de boca en boca entre quienes esperaban órdenes en la zona de Las Encartaciones. Javier deseó que fuera cierto.

Miraba desde lo alto de Ollargan la villa que había abandonado hacía casi mes y medio. La sintió extraña, como cambiada en su ausencia.

Los soldados a los que había acompañado desde Valmaseda empezaron a descender hacia la villa liberada. Uniformes y caras alegres, algunos disparos al aire y muchos nervios por marchar hacia la capital vizcaína. Él prefirió retrasar su entrada. Buscó un lugar desde el que disfrutar de una buena perspectiva. Un poco más arriba había pasado junto a unas piedras amontonadas en el borde del camino.

Los soldados que lo seguían dejaron de charlar alegremente para mirarlo, aunque ninguno se paró a preguntarle por qué retrocedía.

Descolgó del hombro la enorme mochila, de la que no se había separado desde que la cargó en el caserío de Inés, y se sentó en las piedras. Entonces sacó de nuevo las imágenes.

No había dejado de pensar en ellos. Cualquier excusa era buena; cualquier momento, apropiado para repasar una por una las caras de los fotografiados. Llevaba anotados sus nombres en el cuaderno y se los había aprendido de tanto leerlos: Manuel José Sánchez Municio, Ricardo Sevilla Cerezo, Juan de Diego Rodríguez, Antonio Oyón Mendigaray, Aniceto Iglesias Roldán, Luis López Ansoátegui… Todos jóvenes, todos alegres. Todos muertos.

Se perdió en sus novias y madres; se perdió en sus familias, en sus alegrías, en sus llantos cuando les llegara la noticia de que su ser querido, al que esperaban con tanta impaciencia, no regresaría nunca.

Después pensó en los suyos, en Inés. Una suerte de emoción se le agarró en la garganta. Prefirió no ceder a la tentación de perderse en los recuerdos felices.

Necesitaba reflexionar en los pasos a dar, en las posibilidades que tenía de conseguir su objetivo y en establecer la manera de llevarlo a cabo. Se presentaría ante los secretarios que registraban las incidencias de la guerra, los partes de heridos, las listas de muertos, la gestión de compras, los planos de avance y demás papeles, y pediría las fichas de los hombres cuyos rostros tenía grabados en la retina.

Eran más de las cinco cuando la algarabía de la liberación ascendió por las laderas de los montes que rodeaban la villa. Javier estuvo seguro de que el bullicio llegaba hasta más arriba del monte Pagasarri.

Los liberales entraban en Bilbao. Calculó que para cuando él llegara, las calles se habrían tranquilizado un poco. Tampoco quería que la tarde se le echara encima; tenía que pasar por casa de la mujer a la que tenía arrendado el piso de la calle de la Pelota para decirle que había regresado y liquidar la deuda contraída en su ausencia. No podía arriesgarse a tener ningún problema con el laboratorio, lo necesitaba para su proyecto inmediato. Por alguna razón, y a pesar de tener las llaves del estudio de fotografía de la familia Bustinza, prefería hacer aquel trabajo en la intimidad de su piso.

Además, quería dormir en su cama aquella noche.

Realizó por fin el descenso pensando en que no tenía el ánimo para celebraciones. Pero al parecer el resto del mundo, sí.

La villa resplandecía, al igual que el cielo de aquel 2 de mayo. El entusiasmo se palpaba en fachadas, ropas y caras. Galones y galanes por todos lados. Las mujeres agitaban pañuelos al paso del Ejército liberal, alguna hasta había sacado una sábana a la ventana. En otras, colgaduras de brillante terciopelo, encarnadas y doradas.

No pudo evitar las aglomeraciones, los cánticos de la gente ni el entusiasmo; mucho menos las salvas de fusiles en las que los soldados gastaban las últimas balas. Bilbao era un puro júbilo. La villa se había vuelto loca y los bilbaínos con ella.

339

Las aceras de la zona de Achuri estaban abarrotadas de mujeres, ancianos y niños. Los hombres que desfilaban vestían el uniforme de los auxiliares. Los voluntarios que habían participado en la defensa de Bilbao eran igual de héroes que los soldados gubernamentales. Todos habían defendido la plaza de los carlistas durante aquellos dos largos meses.

Cuando Javier entró en Bilbao, defensores y liberadores todavía se presentaban los respetos unos a otros. Sin embargo, las autoridades habían desaparecido dentro de la Casa Consistorial. Javier imaginó el abrazo entre el general liberal y el alcalde. Concha, con aspecto digno y solemne; Uhagón, con cara de no terminar de creer que la pesadilla había terminado; los miembros de la Junta de Armamento y los responsables de los auxiliares detrás de ambos, mostrando a las claras su satisfacción.

Ni intentó acercarse a la plaza Vieja. El arco que separaba el ayuntamiento de la iglesia de San Antón estaba completamente obstruido por un mar de personas que se empeñaba en acceder a un recinto impracticable.

«Alguno acabará en la ría», pensó Javier mientras pasaba de largo y enfilaba la calle Ronda. Prefería dar un rodeo, siguiendo el trazado de la antigua muralla, antes que oír los vítores y aclamaciones de los bilbaínos.

Nunca algo tan cercano le había parecido tan lejano. De inalcanzable lo habría definido si le hubieran preguntado. Avanzó y retrocedió, cruzó cantones, se detuvo al menos veinte veces, lo pisaron, lo empujaron, tuvo que refugiarse en un portal de la calle de la Cruz… Tardó más de una hora en recorrer lo que en otras circunstancias le habría costado menos de diez minutos.

Todo para nada. La casera, que vivía al otro lado de la iglesia de San Nicolás, no estaba en casa. La doncella que le abrió la puerta lo miró de arriba abajo.

—La señora está en la celebración de la liberación. ¿Usted también ha llegado con ellos?

—Yo no tengo nada que ver con el Ejército. —Se arrepintió de su brusquedad en cuanto ella borró la sonrisa—. Perdón. No se preocupe, no es culpa suya. Dígale a la señora que ha venido el inquilino de la calle de la Pelota, el ayudante del gabinete fotográfico Bustinza.

—La señora andaba preocupada porque no sabía nada de usted.

—Indíquele que mañana me acercaré a liquidar la deuda.

—Ya estaba diciendo ella que si no aparecía pronto iba a tener que cambiar de inquilino.

—No lo habrá hecho, ¿verdad?

—No creo, se lo escuché precisamente ayer; y hoy la villa está más para el regocijo que para el trabajo.

La criada tenía razón, a Bilbao le sobraba toda la alegría que le faltaba a él. Le costó llegar a su casa. Grupos de gente alborozada y más niños de los que nunca pensó que hubiera en Bilbao lo rodearon varias veces e intentaron que se sumara a la celebración.

El sonido de la llave girando dentro de la cerradura fue mejor que un mullido colchón de plumas. A pesar de que todavía era de día, la casa estaba sumida en la oscuridad. Fue directo al laboratorio. A tientas, localizó la caja de fósforos en la mochila y consiguió encender un quinqué.

Poco a poco, fue sacando todo el material y colocándolo en su sitio. La cámara en la balda, los objetivos en una caja, las placas de vidrio con mucho cuidado sobre la mesa, los positivos al lado y los botes y frascos de productos químicos vacíos en la otra esquina de la encimera.

Pasó a la alcoba sin enterarse. Se vio a sí mismo como un autómata; así se desprendió del gabán, la chaqueta y también de la camisa. Comprobó que todavía había agua en la jarra y se enjuagó en el aguamanil pecho, espalda, brazos y cuello. Se secó con la prenda que acababa de quitarse y la arrojó a un rincón.

Del bolsillo interior del gabán, sacó la única fotografía que no había dejado en el laboratorio. Se sentó en la cama con ella en las manos.

Era uno de los retratos que le había hecho a Inés, aquel en el que mostraba parte de la espalda, gracias al cual había descubierto la sensualidad que de ordinario no mostraba. Se lo llevó despacio a los labios y depositó un suave beso sobre el papel.

No le sirvió de consuelo.

Nada podía reemplazar la suavidad de sus labios, la ternura de su piel, el cariño de su tacto. Nada podía reemplazar el amor recién encontrado, ni tampoco los momentos perdidos.

Aquel 2 de mayo de 1874 fue un día de celebración para los dieciocho mil vecinos de Bilbao. Javier solo pudo llorar.

341

Y

Tardó dos días en acercarse al laboratorio, dos días en volver a ver las fotografías, dos días en decidirse. Y aun el tercero no se movió de la casa hasta mediada la tarde.

Se pasó toda la mañana revisando los retratos, las escenas de la guerra y de sus verdaderos protagonistas, dudando si quedarse encerrado entre aquellas paredes o salir a la calle y compartir la alegría de sus vecinos. Al final, la necesidad eligió por él. Tenía la despensa vacía, era cierto, pero un pedazo de queso y otro de pan era todo lo que necesitaba. Su problema eran los líquidos, el nitrato de plata y el tiosulfato. Ni una sola gota. Tenía que acercarse hasta el estudio.

Caminar por las calles estrechas le provocó una extraña opresión; tuvo que buscar el espacio abierto del paseo del Arenal para encontrarse con el cielo y volver a respirar.

Se sentó en un banco a esperar a que desapareciera la fatiga provocada por la angustia. Los sacos terreros que cubrían parte de la fachada del hotel Antonia habían desaparecido, así como las pieles de vaca que protegieron una vez las ventanas del edificio del Banco de Bilbao. Vio salir un carro lleno de escombros de la calle Bidebarrieta. Las autoridades estaban decididas a que la ciudad recuperara su aspecto. En nada, se olvidarían del tiempo de penuria; en unos años, del conflicto entero. Entonces, ¿quién recordaría a los muertos?

Se puso en pie y se dirigió hacia la calle Ascao. Por suerte, la finca seguía en pie. No había tenido tanta suerte el gabinete fotográfico. El cartel de Bustinza fotógrafo se había soltado y colgaba por el lado derecho, daba todo el aspecto de ser un lugar abandonado por los propietarios. En verdad, lo era.

Giró la llave, entró en la tienda y lo recibieron el silencio y el olor a humedad. Antes de ponerse a lo que había ido a hacer, se sintió obligado a comprobar que todo seguía intacto. A la luz del atardecer, recorrió las estancias; las privadas de la familia con prisa, más despacio las dedicadas al negocio.

Nada encontró fuera de lugar. Ventanas y protecciones en su sitio. Tal y como lo había dejado, nada había cambiado. Excepto él.

Ignoró el estudio, la tienda y la zona de visionado, se desentendió del polvo que se acumulaba sobre mesas, sillas, visores y mostrador, y se encaminó directamente hacia el laboratorio.

Seguramente porque aquel momento significaba el inicio de lo que temía, se perdió entre las etiquetas de los frascos de cristal y el recuento de los pliegos de papel. Poco a poco, fue apartando lo que necesitaba llevarse para positivar las fotografías que había sacado en combate. Demoró su salida todo lo que pudo. La luz que entraba desde el pasillo, y que apenas completaba el candil rojo del laboratorio, fue haciéndose cada vez menor; sin embargo, apenas reparó en ello. Como tampoco en las voces de las personas que habían entrado hasta que las tuvo casi encima.

—¡Javier, eres tú!

—¡Jesús, María y José, qué susto nos has dado!

Su jefe y su mujer lo miraban como si fuera una aparición.

—¡Señor Manuel! ¿Qué hacen ustedes aquí?

—¡Eso deberíamos preguntarte nosotros a ti! —saltó la dueña del gabinete cuando se fijó en el material que había guardado en una de las cajas de madera en las que les entregaban los vidrios.

—Me quedé al cuidado del negocio.

—Sí, pero eso no significa desvalijarlo.

Javier no negó lo que era notorio. Esconderse, eso era lo que había hecho desde que tenía diez años; había llegado el momento de dar la cara.

343

—Acabo de llegar del frente. Tengo varias docenas de fotografías para revelar. Quiero también copiar algunos positivos que me traje; tuve que borrar los negativos para reutilizar las placas. Necesitaba material y he venido a buscarlo.

—No hace falta que te excuses —le comprendió su jefe—. Se trata de material para un trabajo.

—Que tendrás que abonar en cuanto lo termines. ¿Me equivoco o el trabajo no es para Bustinza fotógrafo?

—No, la señora no se equivoca —respondió Javier con el tono más seco que encontró—. Mañana mismo pagaré lo que me llevo.

Hizo una revisión rápida del contenido de la caja, añadió unos apuntes en la libreta, arrancó la hoja y se la tendió al dueño del negocio.

—No hace falta.

—Sí, sí hace falta, la señora lo prefiere de esta manera y yo también. —Agarró las cosas—. Ahora, si me permiten…

Salió del laboratorio con una sensación de pérdida y de libertad a la vez. Los primeros lazos cortados, aunque todavía le quedaba hablar con…

—¿No vas a preguntarnos por Mercedes?

Javier se dio la vuelta muy despacio, sorprendido por que la señora de Bustinza acabara de leerle el pensamiento.

—¡Mujer! No creo que sea el momento de hablar de ese tema. Espera a que...

—Yo creo que es el más apropiado. —La mujer rebuscó entre las faldas y sacó un sobre que tendió a Javier.

Este tuvo que apoyar la caja en la pared para tener una mano libre y poder cogerlo.

«Para Javier Garay Zabala» ponía en la parte delantera; en la trasera, «De María de las Mercedes Bustinza Landa».

Lo metió en la caja, encima de los materiales.

—¿También la vas a dejar para mañana? —preguntó la mujer, burlona.

—También, señora, también —le aclaró antes de marcharse.

Estimado Javier:
Te escribo estas líneas esperando que a la recepción de las mismas estés bien, es lo menos que puedo desear después de tantos días de asedio en la ciudad.

Para ti, amor mío:
Muero por saberte a salvo. Rezo para que la guerra haya pasado de largo en Montellano sin que os hayáis enterado de ella.

Nosotros hemos estado todo este tiempo en la casa que unos primos de los Mendieta tienen en Erandio. Te extrañará este cambio cuando se suponía que nos encontrábamos en los arenales de Guecho. Fue cosa de Santiago; cuando se supo que habría una batalla más acá de Castro Urdiales, decidió que estábamos demasiado expuestos tan cerca de la ría y no paró hasta conseguir que lo acompañáramos a la hacienda de sus parientes. ¡Ningún elogio mío podría pagar todos sus desvelos para conmigo y con mis padres!

El Ejército del Gobierno entró en Bilbao hace dos días, yo estaba con ellos. Después de dejarte, me tropecé con un grupo de liberales y no tuve más remedio que acompañarlos. Por suerte, los dos batallones a los que me uní estaban comandados

por el general Concha, que nada sabía sobre mí
ni sobre mis desavenencias con Serrano.
No voy a contarte cómo es aquello ni por dónde anduvimos,
solo decirte que no fui herido, apenas me dejaron acercarme
al frente. Tuve más suerte que muchos de los muchachos
que se quedaron sobre la hierba de nuestra tierra.

Los días aquí han transcurrido con tranquilidad. De vez en
cuando, el viento traía los sonidos de la batalla, pero no nos altera-
mos. Santiago aseguraba que estaba demasiado lejos de nosotros. Y
tenía razón. El Ejército del Pretendiente, puesto que así lo llamamos
en tierra carlista, no nos molestó ni una sola vez. Las provisiones
nos llegaban puntualmente desde la costa y los aldeanos nos pro-
veían de los productos que cultivaban en las huertas. ¡Hasta teníamos chocolate! Santiago tiene amistad con un francés que se lo
envía desde Bayona todos los meses. ¿No te parece maravilloso?

La ciudad recobra la animación de antes, y yo, sin embargo,   345
me encuentro más solo que nunca sin tu presencia.
Miro tu foto noche y día mientras pienso en
qué demonios estoy haciendo aquí, lejos de ti.

Hoy por la mañana hemos conocido la noticia de que los liberales han llegado hasta Bilbao y los carlistas han abandonado la
plaza. Por más que le he repetido que espere nuevas confirmando
este hecho, mi padre no ha querido escucharme y se dispone a
partir mañana. Como es natural, mi madre lo acompañará. Yo, en
cambio, permaneceré aquí todavía durante una temporada. Santiago ha insistido en que aún es una insensatez regresar. Aunque
Bilbao haya sido liberada, pasará tiempo antes de que en las calles
desaparezcan las señales del asedio. Además, ¿quién quiere pasar
privaciones sin ninguna necesidad? Yo no, desde luego.

Espero que mi padre recupere la cordura tan pronto como vea
que el negocio se pone de nuevo en marcha sin problemas y que
regresen aquí cuanto antes. Confío en que el reclutamiento de los
bilbainos por parte de los dos ejércitos haya hecho nacer el interés
por los retratos de familia. Santiago está de acuerdo conmigo en
esto también.

Ahora que no te tengo delante, quiero confesarte algo que
no pude decirte en persona. No voy a regresar, no antes de
que me haya quitado de encima un asunto que pesa sobre
mi alma como la tapa de un sepulcro. Te confieso que cada vez
que pienso en ti, estoy a punto de robar un caballo y acudir
a tu lado para que reavives mis ánimos cuando estos decaen.
Sin embargo, no puedo hacerlo. Hay otra labor, otras dos en
realidad, que tengo que solucionar antes de acudir a tu lado.
Te quiero y quiero que seas feliz. Nunca me perdonaría
echar paladas de infortunios sobre tu corazón. Se volvería
marrón, o negro. Y yo lo quiero rojo, tan rojo que tiña tus
mejillas cuando aparezca y ponga estrellas en tus ojos cuando
me mires. No soportaría verte de otro modo.

Como habrás notado, entre Santiago Mendieta y yo ha nacido
una sincera amistad que no puedo ocultar. Mi madre insiste en que
te lo comunique cuanto antes, como así hago en estas líneas, dando
por terminado nuestro antiguo noviazgo si es que lo hubo en algún momento.
Se despide,

María de las Mercedes Bustinza Landa

Por eso es por lo que creo que, por ahora, estás mejor sin mí.
No te dejo sola, sé que no te separarás de tu familia. Cuídalos,
te necesitan. Tú los necesitas a ellos. Tienen más suerte que
yo puesto que te tendrán a todas horas mientras que yo me
limitaré a mirarte desde lo alto del acantilado. Me gusta
pensarte en la orilla e imaginar que, a pesar de que la barca
de tus sueños se aleja, soy yo el que te retiene en tierra.
No debería decirlo, lucho por no hacerlo, pero a pesar
de los esfuerzos no he conseguido librarme de este egoísmo mío.
¡Espérame, Inés, espérame! Prometo, cuando regrese,
apretarte entre mis brazos y no soltarte nunca. Veremos
el cambio de las mareas infinitas veces. Y siempre, juntos.
Con todo mi amor,

Javier

$\mathcal{L}$a oficina de telégrafos fue uno de los servicios que antes se abrieron, antes incluso de que Javier tuviera lista la crónica. Le costó elegir las fotografías que iba a adjuntar, más aún las frases con las que expresar la rabia y el horror de su testimonio. Pero lo que más esfuerzo le supuso, porque el corazón le dolía cada vez que lo hacía, fue repasar uno tras otro los retratos de los hombres caídos en combate.

Fueron muchas horas de trabajo, muchas imágenes las que se avivaban en su mente, muchas amarguras. Muchas lágrimas silenciosas que apenas asomaban en los párpados. Se obligó a poner en palabras lo absurdo de la contienda, la crueldad de los políticos, el destino mortal de las ideas. Fue rebelde y contenido; crítico, pero irreprochablemente educado. Detuvo la pluma muchas veces, llenó las hojas de tachones cuando los dedos daban rienda suelta a su ira. Necesitaba hacer una crónica veraz, pero correcta, para que pasara la censura de la prensa de ambos bandos. Quería que todos los lectores, fueran de la ideología que fuesen, la leyeran. Era una forma de desahogo, su deuda con los caídos en batalla.

El resultado mereció la pena. Estaba seguro de que ninguna de las dos facciones podría tacharlo de ser partidario de la enemiga. Nada decía de una que no lo hiciera de la otra. Y es que la muerte nunca está a favor de nadie, sino en contra de todos.

Eso era lo que les había sucedido a los miles de personas que habían dado la vida por… «por nada», concluyó.

Volvió a leer su artículo dos veces más. La última lo hizo en voz alta para comprobar cómo sonaba cuando los lectores se lo leyeran entre sí. Hizo un par de correcciones antes de darlo por terminado. Calculó lo que ocuparía al pasarlo a limpio y separó las cuartillas. Le quedaban solo ocho. El resto se hallaba desperdigado por el suelo del salón. Pero el texto más importante, la carta que había escrito a Inés sin intención de mandársela, la tenía guardada muy cerca del corazón. Solo después de redactarla había recordado que Inés no sabía leer. No sabía si le gustaba que su hermano o el señor Francisco se la leyeran. Que sus palabras salieran de boca de otro hombre no le hacía ninguna gracia. No sabía si la echaría al correo. Se la guardó de todas formas en la chaqueta.

Aún tardó dos horas más en tenerlo todo listo y salir de la casa camino de la oficina de telégrafos.

El hombrecillo no estaba cuando llegó. Tuvo que tocar el timbre reiteradas veces antes de que saliera del cuarto trasero.

—¿Adónde lo quiere enviar?

—A Madrid, al redactor jefe del diario *Madrid*. —Puso el otro sobre en el mostrador—. Este segundo a Estella, a la misma persona, pero de *El Cuartel Real*. —Se decidió al fin y dejó también el pliego con la carta de amor.

—Veo que ha regresado sin un solo rasguño —le interrumpió alguien que acababa de entrar en el despacho.

El telegrafista no cogió los otros sobres, se quedó mirando al recién llegado como si esperara una orden suya.

Javier se volvió para conocer su identidad. Manuel Echevarría en persona, el hombre que lo había recomendado a los liberales como informador.

—He tenido más suerte que otros.

—¿Saben nuestros amigos que ya está de regreso?

Javier prefirió no contestar y empujó el segundo sobre con la crónica y las fotografías hacia el telegrafista para que los recogiera. Este, sin embargo, no apartaba los ojos del prócer.

—No he tenido tiempo. —«Mucho menos, ganas.»

—Me consta que están esperando para hablar con usted.

—Tenía… —rectificó—, tengo muchas cosas que hacer.

—Ya veo —dijo Echevarría al tiempo que echaba una mirada desconfiada a los sobres—. Espero que entre sus cosas no esté incluido pasar información delicada al enemigo. Morder la mano que te da de comer nunca es buena idea.

Javier no pudo contenerse. Lo empujó contra la pared, junto a la puerta, y lo sujetó por la garganta.

—¿Y quién se supone que me da de comer a mí? ¿Los suyos, los otros o los muertos?

Los ojos de Echevarría estaban a punto de salirse de las órbitas, asustado ante la violencia. Javier lo soltó de mala gana. El hombre se estiró chaleco y chaqueta para recomponer su aspecto.

—Vaya con los suyos y dígales que no se preocupen por nada. Pronto me perderán de vista.

—¿Se va a marchar? ¿Adónde?, ¿con ellos? ¿A otra ciudad? ¿Acaso cree haberse convertido en el reportero del momento?

—Volvía a ser uno de los prohombres de la villa, con su chulería y su prepotencia.

—Eso a usted no le interesa.

Manuel Echevarría se acercó al mostrador donde seguían las cartas, cogió el papel sin sobre y empezó a leer. Eran sus palabras para Inés.

—¡Ah!, veo que ese trabajo, del que ahora reniega, le ha servido para organizar su vida.

Javier le arrebató sus sentimientos, que el hombre agitaba en el aire como si fueran una servilleta sucia.

¿Organizar? ¿Llamaba organizar a encontrarle un sentido al presente, al pasado y al futuro? De repente fue como si una fuerza interior le gritara: «¡Mándala!». 349

—Necesito un sobre —se dirigió al operario de Correos.

—Señor, pero...

—¡Un sobre y una pluma!

Tan pronto como le puso delante tinta y papel, Javier garabateó la dirección del caserío. Pagó a toda prisa y se marchó sin volver a mirar al que con probabilidad sería el propietario del próximo diario que se editaría en Bilbao. Era consciente de que acababa de cerrarse una puerta. No le importó. Al fin y al cabo, aquella ciudad había dejado de tener interés para él.

Los hombres que se quedaron en la oficina se mantuvieron en silencio durante unos segundos. El oficinista fue el primero en reaccionar.

—¿Qué hago ahora?

—Dame esas cartas.

Manuel Echevarría leyó las direcciones de los tres sobres y se guardó dos de ellas en el bolsillo.

—Esa puede enviarla. —Se palpó la chaqueta—. Estas tendrán que esperar a mejor ocasión.

ϓ

Habían pasado más de veinticuatro horas y nadie había ido a buscarlo.

Se marcharía al día siguiente. Una jornada solo para retomar el mismo camino por el que había llegado hacía una infinidad de años. Aunque Bilbao no era su ciudad de nacimiento, una extraña nostalgia había empezado a apoderarse de él. Si las cosas salían tal y como las había pensado, probablemente no regresaría.

Decidió dar un paseo y despedirse de las calles que tantas veces había recorrido y que en un tiempo había llamado suyas.

Lo primero fue acercarse al paseo del Arenal y asomarse a la ría. Cuando vio su imagen reflejada en el agua, echó de menos la de Inés junto a él. Después, fueron las Siete Calles. Zapaterías, carnicerías, tiendas de tejidos, pastelerías, tabernas y sombrererías. Le hubiera gustado entrar en cada una y saludar a los dueños por última vez. Lo hizo en la primera y en la segunda. Pero cuando llegó a la tercera y se dio cuenta de que se había girado para comentar algo con Inés, salió sin decir nada.

A partir de ese momento, se limitó a pasear. Fue al paseo de los Caños. Después de cruzarse con media docena de chicas y con otros tantos chicos que caminaban en sentido contrario para forzar el encuentro fortuito con las mozas, no tuvo duda de que en cuanto avanzara mayo, las parejas de enamorados se multiplicarían por doquier. Le hubiera gustado lucirla a ella del brazo y que todo el mundo viera cómo se miraban a los ojos. La idea de que habían tenido una relación a escondidas le escoció en lo más hondo. «Ha sido fortuito, nadie se avergonzaba de nadie», se consoló. Sin embargo, la certeza de que sus relaciones no hubieran sido buscadas no desbancó la sensación de cobardía que sentía.

Igual fue por eso por lo que decidió subir hasta el cementerio a dejar flores en la tumba de la abuela de Inés, porque de ese modo se sentía parte de ella. Lo hizo por ella, porque sabía cuánto le habría gustado. Y por él, porque necesitaba saberse parte de una familia.

No era un hombre demasiado religioso; sin embargo, pidió por la abuela, por Ignacio, por Mónica y sus retoños y por el señor Francisco. Rogó por Inés, para que no le hubiera pasado nada malo. Y por él, para tener fuerzas para enfrentarse a lo que quedaba por hacer, antes incluso de plantearse el futuro con la mujer a la que amaba. Imploró por todos ellos, por su nueva familia y por la propia, aquella que había abandonado hacía tantos años.

Desde que había visto al primer muerto en batalla, la idea de que lo hubieran olvidado le golpeaba la conciencia como si fuera el mazo de un ferrón. Intentaba en vano recordar las caras de los suyos. Conseguía ver a su madre, a su padre, vagamente al abuelo. También se acordaba de sus hermanos más pequeños y del que iba por delante de él. Imposible evocar las caras de los mayores. Las imágenes de dos chicos y una chica se le mezclaban como los productos químicos que usaba para revelar las fotografías.

Le obsesionaba la idea de conseguir un retrato de todos ellos para sustituir su memoria ausente. Aunque sabía a ciencia cierta que ninguna fotografía podía compensar los años perdidos con ellos.

Se quedó un buen rato de pie, con el ramillete de flores, que había comprado a una florista ambulante en la plaza de la catedral de Santiago, entre las manos. Se santiguó delante de la tumba de la anciana. Le costó marcharse de allí.

—Intentaré traerla conmigo —comentó a media voz, al tiempo que se persignaba otra vez y daba por finalizado el tiempo de recogimiento.

Lo esperaban al final de las escaleras de las Calzadas de Mallona. Eran Manuel Echevarría, el gobernador Castillo y dos guardias.

Se detuvo cuando los vio. Aún los separaban una veintena de escalones, podía darse la vuelta y echar a correr colina arriba; podía evitar a Echevarría y al gobernador, no estaba tan seguro de zafarse de los guardias.

Hundió las manos en los bolsillos del gabán y siguió bajando con tranquilidad, como quien va al encuentro de alguien en quien confía.

—Lo estábamos buscando —comenzó el gobernador.

—Y como no me encontraba, se ha traído la escolta.

Castillo pasó por alto el sarcasmo.

—Nos gustaría que nos acompañara.

—No tengo nada que añadir a la conversación de ayer con el señor Echevarría. Él puede narrársela con todo detalle.

Intentó eludir a los cuatro hombres y seguir su camino. Los guardias eran jóvenes, pero hacían bien su trabajo, y Javier se encontró con un muro infranqueable.

—Queremos hablar con usted —insistió el gobernador.

—¿Y si yo no quiero?

—No sea insensato; puedo obligarle. Sé que tiene previsto abandonar la villa en breve. O nos ayuda, o despídase de las personas con las que desea encontrarse.

Javier no sabía si aquellas palabras eran una advertencia para él o para Inés, pero que eran una amenaza estaba claro.

Lo llevaron al lugar más evidente: a la oficina del gobernador. Lo sentaron en una silla y le pusieron la crónica ante sus narices, con Castillo delante y Echevarría detrás, junto a la puerta.

—¿Sabe lo que es esto?

—Por supuesto, tengo que saberlo puesto que yo la escribí. —Miró de forma deliberada a Manuel Echevarría—. Lo que no sé es qué hace en su poder cuando yo la deposité en la oficina del telégrafo. Esto es un ultraje a mis derechos de ciudadano.

—Usted no es un ciudadano normal, dejó de serlo cuando se avino a trabajar con nosotros.

—Y no sabe cuánto me arrepiento de ello.

Castillo se puso en pie de un salto. Apoyó las manos sobre la mesa e inclinó el cuerpo peligrosamente hacia delante. Por un momento, Javier pensó que se le caería encima.

—Sepa usted que si fueran otros los que escucharan esas palabras, lo acusarían de traidor.

Ahora el que saltó del asiento fue Javier.

—¿Traidor, dice?

—Sí, traidor.

—¿Traidor a qué, a quién? ¿A unos hombres que nunca confiaron en mí?

—Usted no hizo el trabajo que se le había propuesto. No se acercó a los carlistas, se limitó a ejercer de reportero, sin atender a lo tratado con nosotros.

—Tiene usted razón, no hice su trabajo, y si hice el mío, no fue, desde luego, gracias a los suyos.

—¿Qué quiere decir?

—Serrano me prohibió dejar la retaguardia y mucho menos acercarme a los carlistas. Las palabras exactas fueron: «Por más que me haya enseñado el sello de Castillo, todavía no me creo que sea quien dice ser».

—Era su obligación convencerle de lo contrario.

Fue como si lo hubieran golpeado con la culata de un fusil.

—¿Mi obligación? Pone sobre mis hombros demasiadas obligaciones y muy pocos agradecimientos.

—¿Así es como usted se ve a sí mismo, como un héroe al que le han hurtado la gratificación?

Se mesó el cabello, exasperado al constatar que aquella conversación era la pérdida de tiempo que había supuesto cuando los halló en la calle.

—Eso pregúnteselo a otros que, como usted, confían en los que son capaces de ordenar la carnicería que he presenciado estos meses. ¿Se creen ellos unos héroes? Los héroes salvan a la gente, no esperan hasta ver los campos regados con la sangre de miles de inocentes.

Castillo lo miró con complacencia. Identificó el brillo de la pena en su mirada.

—Así que es uno de esos que están en contra de los ejércitos.

—Por eso ha escrito ese libelo —apostilló Manuel Echevarría.

—Espere a que se publique y otras voces se sumen a la mía.

—No se publicará, de eso puede estar seguro —le aseguró Castillo.

—No en el periódico que ese hombre —dijo sin mirar a Echevarría— quiere montar en la villa, pero la gente terminará conociendo la barbaridad de lo que sucedió en Somorrostro.

Castillo se rio en su cara.

—Mire usted lo que hago con sus opiniones. —Rasgó los papeles en dos pedazos y luego en otros dos—. Y con sus escandalosas fotografías. —Repitió el proceso de nuevo con las cinco imágenes que había incluido en el envío.

—¿Las tacha de escandalosas? No es más que una pequeña muestra de lo que vi.

—Fotografiar a los muertos de otros no entra dentro de la decencia de nadie.

—¿Y matarlos sí? Ustedes, los suyos y su doble moral me asquean. Eso es lo que denuncio, por eso le parece mal, porque se siente aludido.

—¡Nada tiene que ver conmigo!

—¡Ni conmigo tampoco!

A Javier se le relajó el ánimo. Se sintió poderoso, las palabras

353

plasmadas en aquel papel hacían que se creyera así. Buscó entre los pedazos y encontró el párrafo intacto.

—«Esta es una guerra con muchos jugadores, solo que los que mueven las fichas no se acercan al frente para defender junto a los suyos un lema y una bandera, sino que se sientan detrás de una mesa de despacho a pintar flechas sobre un mapa mientras disfrutan de un buen habano y mejor café. Ni el número de muertos conocen, mucho menos sus nombres, edad o procedencia. Esta es una guerra en la que los verdaderos responsables de las muertes de muchachos y hombres se cobijan en sus casas al caer la noche sin pensar ni una sola vez en la lluvia y el barro, en el hambre y el sueño, en la suciedad y los piojos, ni, por supuesto, en la sangre derramada.» —Dejó el papel sobre la mesa—. Eso va por ustedes.

La vena principal del cuello de Castillo se había ido engrosando a medida que Javier leía. Al terminar, tenía la cara como la grana. Javier no se volvió hacia Manuel Echevarría, lo imaginó con el mismo aspecto.

—Voy a meterlo ahora mismo en prisión.

—¿Con qué cargos? —se burló Javier envalentonado.

—¡Guardias! —llamó el gobernador militar de Bilbao a los vigilantes del pasillo.

Por suerte para Javier nadie apareció. Sabía que nada había que justificara su apresamiento y también que nadie cuestionaría la palabra del gobernador militar. La hora de abandonar todas sus costumbres, las buenas, pero sobre todo las malas, no había llegado aún.

—Será mejor que le diga a su amigo que salga.

Esa petición sí que sorprendió a Castillo.

—¿Y eso por qué?

—Me gustaría tratar con usted de un asunto. —Javier lo miró con intensidad—. Personal, es personal.

Castillo hizo un gesto a Echevarría, y Javier oyó la puerta abrirse y cerrarse.

—¿Qué quiere decirme?

—¿Sabe su mujer que se deleita en soledad con las fotografías de chicas desnudas? ¿Todavía tiene aquella de las dos mujeres mostrando…?

—¡Cállese!

—¿Algún problema, señor?

Los guardias habían llegado. En el pasillo, los ojos del hom-

354

bre que acababa de abandonar el despacho estaban clavados en ellos. «Así tengo tres testigos. Mejor.»

El gobernador militar no separó la mirada de Javier. Este esperó en silencio y sin dejar entrever la victoria que tenía como segura. No quería que la suerte se inclinara hacia el campo del gobernador.

—Ninguno. El fotógrafo, que ya se iba.

—No se preocupe por mí, en un par de días partiré de la villa y no creo que nos volvamos a encontrar.

Y así, sin que nadie dijera nada más y sin que lo detuvieran, Javier abandonó el edificio de Gobernación y terminó con una relación que nunca debería haber iniciado.

Ya empezaba su andadura hacia la calle de la Pelota cuando un viento más frío de lo esperado para aquel iniciado mes de mayo consiguió que hundiera las manos en la chaqueta. Su único deseo era llegar hasta el piso y olvidarse de la desagradable entrevista que lo habían obligado a mantener; sin embargo, los dedos tropezaron con un papel doblado que se había metido en el bolsillo antes de dejar el piso. ¿Por qué lo había hecho? Ni él lo sabía. La tentación inicial había sido hacer una pelota con la carta y mandarla derecha a la basura.

355

Ahora que acababa de dar por zanjado el peor error de su vida, aquel papel le parecía una oportunidad única para cerrar definitivamente la puerta del pasado.

En la misiva, Mercedes daba su noviazgo por terminado. Y estaba claro que su madre también, tal y como lo había tratado el día anterior. Pensó en el señor Manuel y en la situación en la que su hija los había colocado a patrón y empleado. Si buscaba un enfrentamiento entre ambos, ya podía olvidarse. Si lo que quería era que Javier desapareciera de su vista, ni tenía que haberse molestado en enviarle la carta. Aunque de esa forma lo dejaba en una posición muy cómoda.

Terminó de recorrer la calle del Perro y giró en la esquina para embocar la suya. A la vista de las ventanas del piso que estaba a punto de abandonar, tomó su decisión. No podía abandonar Bilbao antes de haber dejado las cosas claras con el dueño del estudio fotográfico en el que había trabajado.

Se dio media vuelta y, antes de decidir por dónde comenzaría el parlamento, estaba ya ante el escaparate de la tienda.

Ni tuvo que anunciarse; las campanillas, que colgaban por encima de la puerta y que chocaron entre sí cuando la abrió, se encargaron de ello. En un instante, el dueño del estudio salía a recibirlo. Se sorprendió al descubrir la identidad del supuesto cliente.

—Me gustaría hablar con usted —se anticipó Javier.

El señor Manuel le señaló la puerta que comunicaba con la vivienda.

—Será mejor que entremos.

Javier rodeó el mostrador. Su jefe lo dejó pasar delante de él y casi se choca con la madre de Mercedes, que bajaba por la escalera.

—¿Ha llegado ya el primer cliente? Ah, eres tú. ¿Qué has venido a hacer aquí? —lo recibió con enemistad.

—María, quédate al cuidado de los clientes, aunque no creo que hoy venga nadie —le pidió el señor Manuel.

—Pero…

—Habrá que esperar a que Bilbao recupere la vida. Seguro que no tarda —intervino Javier por normalizar la escena.

—Estaremos más tranquilos arriba.

—¿Arriba? —casi se atragantó su mujer.

—En el comedor.

«Arriba» estaba la vivienda familiar, «en el comedor» significaba que, por primera vez, era tratado como un invitado en aquella casa, en vez de como el empleado que había sido siempre. Ni la condición de «novio de la hija» le había favorecido ante los ojos de la dueña de la casa, que siempre lo había tratado con frialdad. Javier hizo auténticos esfuerzos para que no se le notara la diversión. Era la primera vez que veía al dueño del gabinete fotográfico dejar sin habla a su esposa.

—Imagino que estará al tanto del contenido de la misiva que me ha remitido su hija.

Manuel Bustinza le indicó que se sentara. Javier lo hizo en la butaca más próxima a la ventana; su jefe, en la de enfrente.

—No por boca de mi hija, sino de mi esposa. Fue ella la que me notificó su decisión durante el viaje de regreso a Bilbao. Créeme si te digo que no estoy de acuerdo en ello y, mucho menos, en la forma.

—No se preocupe, ni lo que su hija me ha comunicado ni la manera en la que lo ha hecho me ha resultado enojoso.

El hombre perdió la seriedad inicial y relajó su postura.

—Me esperaba algo así.

—¿Lo imaginaba?

—Yo me casé con la mujer que elegí y aún recuerdo el ánimo que sentía al verla. No aprecié nunca nada parecido en vosotros.

—No imaginé que podría haber un sentimiento superior a lo que compartimos —murmuró Javier.

—Veo que en estos meses has cambiado de opinión.

Javier se ruborizó. No había ido allí para hablar de sentimientos con el hombre que le había pagado el salario hasta entonces.

—Han pasado demasiadas cosas. Vivir una guerra lo cambia todo, pero más encontrar a una persona para compartir los sueños.

—Cambia sobre todo la forma de ver la vida.

—Los lugares y las personas se vuelven distintas. Lo que era importante antes deja de serlo ahora; en cambio, otras aumentan en consideración hasta hacerse tan valiosas como el oro o los diamantes.

Manuel Bustinza cruzó las piernas.

—Hijo, ¿qué estás queriendo decirme?

Javier se puso recto.

357

—Usted conoce mi historia. Desde que aquel fotógrafo me trajo a la capital, siempre he querido hacer lo que hago. Plasmar la realidad en un papel me sigue pareciendo igual de mágico que cuando lo vi por primera vez. —Javier interrumpió las divagaciones para no dilatar más lo que había ido a decir. Se levantó y le tendió la mano a su antiguo patrón—. Gracias por la oportunidad de todos estos años. Me marcho de Bilbao.

Bustinza se levantó sin terminar de creer lo que significaba su renuncia.

—¿Te estás despidiendo?

—No creo que nuestros caminos vuelvan a cruzarse. Dele a su hija mi enhorabuena por el compromiso y despídame de ella.

—Pero… ¿has pensado bien lo que estás haciendo? Yo estaba a punto de llamarte para comenzar de nuevo con la actividad.

—Perfectamente, señor, lo he pensado muchas veces y a cada momento me parece mejor idea. Aunque…

—Dime, sea lo que sea.

—Echará de menos los dos laboratorios móviles. Me los llevé cuando marché al frente. Uno tuve que abandonarlo antes de llegar, me temo que el otro no sobrevivió a la contienda. Debería ofrecerme a compensarle por la pérdida, pero…

—No hace falta que lo hagas.

—¿Está seguro?

—No se hable más. —Con un fuerte apretón, el señor Manuel finiquitó la relación—. Considérelo una compensación por la pérdida de su trabajo.

No lo acompañó escaleras abajo. Javier lo dejó meditabundo, sentado en el sillón con una copa de brandy. Se detuvo justo antes de entrar en la tienda. Que la madre de Mercedes fuera la última persona que viera antes de marcharse del lugar en el que había pasado buenos y malos ratos ponía un deje amargo en la despedida. Así que se dio media vuelta y se dirigió a la puerta de la vivienda, que conectaba directamente con el portal de la finca.

Al pasar por la mesita situada a la entrada de la casa, metió la mano en el bolsillo y sacó la carta de Mercedes. Sobre el mármol quedó el último vestigio que lo unía a su antigua vida.

28

—¿*N*o crees que es precioso?

Inés apoyó la azada en el suelo antes de mirar a Mónica, sentada a la sombra del alero. El pequeñín dormía con placidez en sus brazos.

—Lo más bonito que he visto nunca.

—No puedes decirme otra cosa, soy su madre. —A Mónica se le escapó una risa divertida.

—Pero es cierto, no he visto un bebé tan guapo y bueno como él. —Inés se secó el sudor de la nuca.

—¿Verdad que es bueno? —Mónica apoyó los labios sobre la frente del niño, que dejó escapar un suspiro—. No llora nunca, a pesar de que cuando nació lo hacía con desconsuelo.

—El pobre tampoco encuentra el momento. —Se rio Inés—. Cuando no está durmiendo, está comiendo y cuando no, te tiene a ti haciéndole cariños.

No era intención de Inés hacerle sentirse incómoda, pero su cuñada se levantó de la sillita en la que descansaba y colocó al niño en el capazo.

—Déjame ayudarte —se ofreció y estiró la mano hacia el mango de la azada.

Inés la apartó.

—Ignacio me mataría si dejo que tú hagas los surcos para plantar las vainas.

—Ya estoy repuesta. Estoy acostumbrada, en las otras ocasiones…

—En las otras ocasiones, no contabais con más ayuda. Ahora estamos Ignacio y yo, y el señor Francisco para ayudar con la cosecha.

Inés callaba más de lo que decía. Conociendo a su hermano mayor, estaba segura de que no había tenido ninguna consideración después de los otros partos.

359

Entonces su cuñada la abrazó. Ella no pudo menos que sonreír, no pudo menos que reír, no pudo menos que apretarla contra sí.

—Gracias —le susurró Mónica con la voz quebrada.

—Anda, tontuela —dijo Inés mientras acariciaba su cara de niña-madre—, será mejor que vayas con el niño antes de que despierte y te eche de menos.

Todavía su cuñada le dio un tímido beso e Inés supo que lo guardaría como un tesoro.

—No sé lo que habría hecho sin vosotros.

—Te las habrías apañado mejor que si me hubiera pasado a mí. Tú e Ignacio sois unos supervivientes.

La mención del hombre de la casa hizo ruborizarse a Mónica. Sonrió. «Igual que hace él cuando la menciono a ella», constató Inés. Aunque nunca lo había dicho, albergaba la ilusión de poder llamarla otra vez hermana dentro de muy poco.

La tarde fue pasando y los surcos aumentando en longitud y anchura.

En algún momento, Mónica dijo algo sobre cambiar el pañal del niño y entró en el caserío. Inés la vio partir con el capazo apretado contra sí como el tesoro que era.

Se quedó sola, sola con sus reflexiones. Pensó de nuevo en Mónica y en Ignacio y en si su acercamiento seguiría como hasta entonces… «Antes de un año, estaremos de celebración. Seguro.»

La quietud de la primavera, rota únicamente por la música de las hojas de los árboles, permitió que continuara soñando la felicidad de otros con tal de no pensar en la desdicha propia. Tres semanas ya desde la partida de Javier y sin tener nuevas de él.

Se había repetido una y mil veces que no era un soldado, que no le permitirían acercarse al lugar en el que se luchaba cuerpo a cuerpo, que no habría corrido peligro. El problema era que también sabía que un cañón, o una simple granada de mano, podían convertir a una persona en un desecho humano.

No había compartido aquellos temores con su familia. El entusiasmo por el fin de los combates, el contento por el nuevo vástago y el alivio por el abandono del caserío por parte de los liberales eran cosas demasiado alegres como para empañarlas con desvelos.

Prefería trabajar y olvidar, prefería dejar descansar a su cuñada y mirarla complacida cómo disfrutaba cuando sus tres hijos se arremolinaban en torno a ella. Prefería que el corazón se le calentara al notar cómo Ignacio y Mónica se miraban a escondidas que tenerlo frío como la escarcha de los prados en invierno. Prefería no pensar en Javier, demasiado.

Sin embargo, hay veces que las cosas suceden justo al contrario de los deseos; a veces, el mundo se empeña en hacerte feliz.

—¡Carta, carta! —oyó una voz infantil desde la lejanía—. ¡Carta, carta, ha llegado carta!

No le costó reconocer a la hija mediana de Susana la Milagrosa. Salió de la huerta a todo correr y la azada quedó caída en la tierra de cualquier manera.

La niña le tendió el sobre y ella lo cogió con las dos manos. Le temblaban. Se quedó con la vista fija en las palabras dibujadas en el papel sin conseguir recordar cómo era la letra de Javier. A veces, la memoria juega malas pasadas.

Poco a poco quiso creer que aquella línea que cortaba una de las rayas era suya, y que los círculos con rabito, también.

«Está vivo.»

La certeza hizo que se tambaleara. Se apoyó en la niña y le indicó con un gesto que la acompañara hasta el muro de la vivienda. La hija de Susana era una chica lista e hizo algo más por ella, la llevó a la silla que había ocupado Mónica un rato antes.

—Es para ti. Lo pone aquí: «Srta. Inés. Caserío Otaola, Montellano, Galdames».

—¿Sabes leer?

—Uno de mis tíos me está enseñando. ¡Ves!, O-ta-o-la —silabeó muy orgullosa.

Inés rasgó el sobre y extrajo la hoja que contenía.

—Léemela.

A Inés le dio la sensación de que la joven cartera estaba acostumbrada a ese tipo de peticiones. Seguro que Susana mandaba a la hija con otra intención aparte de entregar el mensaje.

La niña comenzó a leer en silencio. Se sonrojó y se le escapó una risita. Notó cómo la miraba avergonzada y la ansiedad comenzó a devorarle el estómago.

—Lee en alto, por Dios.

—«Para ti, amor mío.»

A Inés se le deshizo el alma.

Υ

Javier había planeado bien su camino. Antes de su desafortunado encuentro con Castillo y Echevarría, tenía claro adónde dirigirse: al caserío de sus padres; quería reencontrarse con su familia antes de comenzar una nueva vida junto a Inés. Pero después de que Castillo le rompiera las crónicas que había escrito dirigidas a los diarios más importantes de ambos bandos, su prioridad era otra.

Ir de Bilbao a Gatica pasando por Portugalete era doblar la distancia. Aunque Javier tenía una buena razón para el esfuerzo. Portugalete era la villa más cercana a Bilbao, el resto de las poblaciones no eran sino pequeños emplazamientos de casas. Eso en la margen izquierda de la ría, donde empezaban a instalarse empresas de minería y los hornos. En el otro lado, si se exceptuaba los arenales de Algorta y sus balnearios, no había otra cosa más que algunos caseríos, ganado, muchas huertas y, en ocasiones, mucha miseria. Lo sabía bien, pues era de aquello de lo que había salido huyendo cuando era niño.

Portugalete no resultó como esperaba. Le dieron igual los palacetes junto al paseo de la ría. Ni se fijó en la gente. Solo buscaba una estafeta de telégrafos para enviar la crónica que le habían censurado las autoridades de Bilbao. Recorrió todas las calles, desde la ría al templo de Santa María, subiendo y bajando las cuestas varias veces. Hasta que supo que la villa jarrillera no tenía ya estafeta. Un anciano que mataba el tiempo siguiendo con la vista el vaivén de la marea fue el encargado de abrirle los ojos:

—Esos que nos invadieron se encargaron de hacerla desaparecer. Tendrás que encontrar a alguien que te la lleve para las tierras de Burgos o marchar tú mismo —sentenció cuando le explicó la urgencia que tenía por enviar un mensaje a un amigo en Madrid.

El amigo no era otro que Simón García, uno de los reporteros con los que había convivido en el campamento de La Rigada. Antes de despedirse, le había dicho que contara con él para lo que quisiera, y hasta había querido contratarlo como fotógrafo. Simón trabajaba para *La Gaceta Liberal* y no para el periódico que había sido la primera opción de Javier. Después de lo sucedido con su reportaje, ya no estaba nada seguro que el diario *Madrid* tuviera interés en su trabajo. No tenía duda de que el gobernador militar de Bilbao ejercería algún tipo de presión sobre el noticiero liberal. Simón le parecía en ese momento una puerta nueva a la que tocar. Con un poco de suerte, el madrileño conseguiría que alguien de su periódico la leyera y eso sería un primer paso hacia la publicación.

—Eso es del todo imposible; me esperan en otro lugar.

—Está visto que no se puede estar en dos sitios al mismo tiempo.

Javier estuvo a punto de romper la crónica que había vuelto a escribir y guardaba en el carro del laboratorio, pero por mucha prisa que tuviera por acometer las dos obligaciones que él mismo se había impuesto, aquel era un asunto que no pensaba abandonar.

—¿Sabe usted de alguien que pueda llevar la misiva hasta Burgos?

—En el puerto, a la llegada de los barcos hay muchos hombres. Prueba allí.

El consejo no fue malo, solo que tuvo que esperar un par de días hasta dar con dos hermanos que transportaban pescado a Medina de Pomar. Les dejó la crónica, el nombre del periódico y el de Simón y veinte reales por cada uno de los tres días que aseguraban que tardarían en llegar. Añadió cien reales más para garantizar que la misiva siguiera camino de Madrid. Los burgaleses le aseguraron que llegaría al destino antes de finalizar el mes. Javier se conformaba con que llegara, fuera cuando fuese, y que el periódico la publicara.

Dejó a los depositarios de la correspondencia con las manos metidas en una caja de arenques en salazón y, ¡por fin!, a las tres de la tarde del martes 19 de mayo, retomó el camino. Pero no fue hacia Gatica, no, porque en cuanto se arrimó a la ría y vio las gabarras que lo acercarían hacia el caserío de su familia, solo pudo pensar en Inés y en tenerla a su lado. No podía cerrar aquel capítulo de su vida e iniciar un nuevo camino sin ella a su lado. Había planeado que era algo que tenía que resolver antes de ofrecerle un futuro juntos, pero modificó sus objetivos. Tener a Inés, caminar junto a ella, «que sea mi compañera en los buenos y los malos momentos», no tenía otro pensamiento en la mente.

—¿Así, tía Inés?

Inés besó la coronilla de su sobrina de cuatro años, que encaramada en el vallado echaba a los cerdos los restos de la comida de ese día.

—Lo haces perfectamente, Ascen. Ni yo ni tu madre lo haríamos mejor.

La niña tiró el último puñado de mondas de patatas y le dio la vuelta al cubo.

—Ya está —dijo con mucha seguridad mientras le entregaba el recipiente a Inés. De un salto, se bajó de donde estaba y se marchó lo más rápido que pudo.

Inés la vio correr y la oyó llamar a su hermano a gritos. Como Ángel hubiera terminado de ayudar a Ignacio con el maíz, desaparecerían los dos el resto de la tarde, aunque no se marcharían muy lejos. La caseta que estaban haciendo en la parte de atrás del caserío con ramas apiladas los tenía de lo más ocupados. Y también al señor Francisco.

Sonrió como hacía siempre que pensaba en los niños y en el abuelo. Todo indicaba que el señor Francisco no se movería del caserío. Unos días antes había hecho un par de comentarios sobre regresar a Bilbao cuando las «aguas volviera a su cauce», pero las quejas de los mayores y los ruegos de los pequeños lo habían hecho callar. A decir verdad, no les había costado mucho sacarle la promesa de que «pensaría con mucho detenimiento la posibilidad de quedarse a vivir con ellos».

Inés se limpió las manos en el delantal y notó el crujido del papel del que nunca se separaba. La carta de Javier era lo único que le quedaba de él. Era su única verdad.

No se resistió a tocarla de nuevo. Sin embargo, no la sacó, no merecía la pena puesto que no sabía leer. La recitó entre murmullos, se la sabía de memoria.

«Para ti, amor mío. Muero por saberte a salvo.» «Veremos el cambio de las mareas infinitas veces.»

Los ojos se le empañaron. Apretó los labios, tomó aire y decidió unirse a los únicos que podían entretenerla. Dio la vuelta al caserío y se acercó hasta el refugio infantil. Estaban casi todos los constructores, solo faltaba Ángel.

—¡Vaya casa! —exclamó con mucha exageración.

—¡El tejado! —contestó la niña muy contenta.

El señor Francisco colocó una brazada de hierba recién cortada sobre el entramado de palos y ramas que hacía de techo.

—Si esperas un momento más, hasta puedes invitar a la tía a visitar tu casa.

—¡Bien, bien! —Ascen no dejaba de saltar y de dar palmas.

—Ya está —informó el abuelo un momento después—. Ya pueden entrar las damas.

Ascen no esperó a que lo repitiera. Cogió a Inés de la mano y juntas se metieron dentro.

—Una casa estupenda —dijo la tía al tiempo que miraba las paredes de ramas a su alrededor—. Hasta podéis ver el cielo por los agujeros del tejado.

La niña se puso en pie de un salto.

—Voy a por Ángel. —Y desapareció al mismo instante.

Fue una tontería, pero aquella pequeña cabaña le recordó la de aquella otra en la que durmió junto a Javier durante su penoso trayecto de Bilbao a Somorrostro. Había sido una noche maravillosa.

—«A los pies de un manzanal, entre una campa y la linde» —recitó las instrucciones que les había dado la mujer del valle para encontrarla.

No pudo controlarse y sacó la carta. La desdobló con mucho cuidado y la miró.

—¿Hablando sola?

El señor Francisco entró y se sentó a su lado. Inés ni intentó esconder la nota, como hacía cuando aparecían Ignacio o Mónica.

—Algo así —musitó con tristeza.

—¿Es de él?

—¿A quién se refiere? —intentó disimular.

—A Javier, al fotógrafo, al de Bilbao.

—¿Se acuerda de quién es?

—Al principio, no. En el cementerio supe que lo conocía, pero no lo recordaba bien. Después, al quedarse en el caserío y verlo con las fotografías…

—Sí, es de él. La trajo el otro día la hija de una vecina.

—Entonces está vivo. Va a venir a buscarte.

—¿Me lo está preguntando?

—No, lo estoy diciendo. Lo va hacer.

Inés le echó una sonrisa; el señor Francisco le acarició la mano.

—¿Por qué está tan seguro?

—¿No es eso lo que te dice?

—No. En realidad, dice que tiene dos labores que atender antes de poder… venir a mí.

—¿Estás segura de que es eso lo que pone?

A Inés le irritó la desconfianza sobre su entendimiento. Y le entraron las dudas sobre si lo que le había leído la hija de Susana era cierto.

—Véalo usted mismo. —Le tendió el papel.

—¿Puedo?

—Por favor.

El señor Francisco comenzó a leer la carta en voz alta.

Volvió a oír el «amor mío». El corazón le comenzó a latir más deprisa con aquel «Miro tu foto noche y día» y más aún con su «Te quiero y quiero que seas feliz».

—«Y siempre juntos. Con todo mi amor.»

En definitiva, confirmó que le decía que lo esperara, pero no el tiempo que tardaría en regresar.

El señor Francisco se la devolvió muy silencioso.

—¿Lo ve? Yo tenía razón.

—Lo que yo veo son las ganas que tiene ese hombre de abrazarte.

—Y yo de abrazarlo a él. —Tenía que haberse mordido la lengua, pero las palabras se le escaparon.

—Entonces, ¿por qué te quedas aquí esperando?

—Porque no sé dónde encontrarlo.

El anciano le palmeó de nuevo la mano.

—Pues en ese papel lo dice muy claro, querida niña, muy claro.

Javier no era capaz de contener la ansiedad. Ni quería hacerlo tampoco. Había tardado mucho más tiempo del previsto en llegar a Montellano.

—¡Inés! —gritó en cuanto puso un pie dentro del portal del caserío de los Otaola—. ¡Inés! —repitió mientras subía de tres en tres los escalones de la vivienda.

Entró en la cocina con un «te quiero» en la punta de la lengua.

El problema fue que casi se las dice a Mónica si no llega a darse cuenta a tiempo de que la que vertía la leche en los cuencos de los hombres y los niños no era su amor sino su cuñada.

—La tía no está —le informó Ascen, que desde que él se había marchado había aprendido a hablar como una chica mayor.

Javier se limitó a saludar a los presentes, que lo observaban con la boca abierta. Le dio vergüenza preguntárselo a uno de los adultos y se dirigió a la niña:

—¿Sabes dónde ha ido?

Esperaba una respuesta sencilla; al bosque, a la huerta, al pueblo o algo así.

—A buscar a su vida.

—¿Cómo?

Ahora le respondió el pequeño Ángel:

—Nos ha abrazado muy fuerte y nos ha dicho: «Portaos bien». Y yo le he dicho: «¿Adónde te vas?». Y ella me ha dicho: «A buscar a mi vida». Así que se ha ido a buscarla. ¿Sabes si se ha marchado muy lejos?

Javier estaba completamente desorientado con la explicación y miró a los demás para ver si alguien le contaba algo más. El señor Francisco tomó la palabra:

—Dice la verdad. Se ha levantado esta mañana, se ha despedido y se ha marchado.

—No, no puede ser. Me están gastando una broma.

—¿Tan baja es la opinión que tienes de ella que no la crees capaz de caminar hacia sus sueños?

—¿Saben dónde la puedo encontrar?

Mónica, que debería haber sido la confidente de Inés, se encogió de hombros. Ignacio hizo lo mismo. A Javier no le quedó más remedio que seguir hablando con el anciano, que ya no parecía tan ausente como un mes antes.

—No ha dicho adónde iba, pero... me lo imagino.

Javier contuvo el impulso de cogerlo por los hombros y sacudirlo hasta arrancarle las palabras que no terminaba de decir.

—Por favor —le rogó—. Tengo que... He venido a... La necesito —terminó por confesar.

—Deberías cumplir la palabra dada. Tú mismo le dijiste dónde podía encontrarte.

—¿Yo? —Algo le explotó en la cabeza—. ¡La carta!

Un asentimiento rápido del abuelo le confirmó que la intuición era acertada. Salió por la puerta del caserío más rápido que un relámpago.

Mientras atravesaba bosques, prados y arroyos, dio gracias al cielo porque la guerra se hubiera terminado en aquella zona. «En cualquier caso, no habría habido línea enemiga que me hubiera podido detener», se rio.

Aplastó todo lo que encontró a su paso: piedras, hojas caídas,

367

helechos, pequeñas flores y los caracoles que el rocío de la noche había hecho salir de la guarida. Apartó ramas, saltó troncos, atravesó claros. Descendió colinas. Salió y entró en los bosques. No encontró el final.

No la encontró a ella.

Por fin llegó al vértice de los montes, al lugar donde las laderas descendían hasta perderse al borde del mar.

Aún tardó tiempo, mucho más de lo que hubiera querido, en atravesar San Juan de Somorrostro y el valle en el que había visto cometer todas aquellas atrocidades. Desoyó su propia voz, cerró la mente a aquellas escenas y abrió los ojos a la figura de Inés, que lo esperaba en la playa, tal y como ella había soñado. Estaba seguro.

Avanzar por los arenales fue más costoso que la marcha de los liberales hacia Bilbao. La vegetación era tan densa que no conseguía ver más allá de su propia nariz. Las cañas lo cubrían casi por entero y los pies se le hundían en aquella tierra blanda y suelta.

368

Oyó el mar antes de verlo. Todavía le quedó subir una colina donde la hierba alta se empeñaba en vencer a la arena y cuando llegó arriba…

Nunca se había sentido tan solo.

Agua, nubes, arena, montes. Y dolor en el corazón.

No quiso creerlo y comenzó a correr sobre las dunas. La marea estaba baja y la extensión de arena se le hizo el mayor desierto de África. Llegó al extremo de la derecha sin verla. Nadie por ningún sitio. Se mareó al pensar que pudiera estar en cualquier otro lugar menos allí. Ella lejos de él. Él lejos de ella.

Su torrente de ilusiones se mezcló con el agua de las olas y se lo llevaron hacia el océano. Se quedó como un tonto, incapaz de moverse, sin saber adónde ir, con la mirada perdida en los pies mojados.

La espera puede ser como la muerte y él necesitaba caminar hacia la vida.

Fue el viento el que lo salvó. Una ráfaga de aire, más fuerte que las demás, lo empujó hacia atrás, lo obligó a girar la cabeza para escapar del torbellino de arena que le cegaba la vista.

Allí estaba, una figura en la punta, donde comenzaba el acantilado de Pobeña. Era ella, estaba seguro.

De repente, la figura se movió y dejó de verla.

Javier no sabía lo que era correr hasta ese momento. Por

suerte, la marea baja se lo puso fácil en la desembocadura del Barbadún, al costado izquierdo de la playa. Salvó el desnivel hasta el camino que bordeaba el acantilado sin darse cuenta de que tenía el pantalón mojado hasta las rodillas.

El sendero avanzaba al borde del precipicio. Mar y cielo, sin duda un lugar precioso; Javier, sin embargo, fue incapaz de apreciarlo. Delante, solo veía el vacío que agujerearía su vida si no la encontraba.

Se estancó en la aflicción y tuvo que parar para reponerse de la angustia de perderla. La dio por desvanecida. Por eso el golpe fue tan fuerte cuando la descubrió.

Estuvo a punto de llorar. Intentó llamarla y no le salió la voz. Apretó los labios al tiempo que inspiraba con fuerza. El salitre le llenó los pulmones y le irritó los ojos aún más que la emoción.

No supo el tiempo que habría tardado en hablar si no llega a ser porque ella se dio la vuelta.

Hay veces en las que las palabras solo rompen el momento. 369 Y aquel les tenía que durar una eternidad.

Fue un movimiento sencillo. Inés alargó la mano, él se aferró a ella y se sentó a su lado. Sin soltarla, con los dedos enlazados, con las manos apretadas, como iban a estar el resto de la vida.

Se besaron con los ojos, se midieron las sonrisas. Imposible decir cuál era mayor.

Cuando la mirada no fue suficiente, las manos cobraron vida. Inés le acarició los brazos, el cuello. La cara fue lo siguiente. Le palpó cada centímetro del rostro; labios, párpados, nariz y frente; mejillas y orejas. Le recorrió el pelo, el mentón, los labios de nuevo.

—Eres tú —murmuró sin terminar de creerlo.

Javier le sujetó el rostro con las manos. Era él, era ella, y estaban juntos. Por fin.

Pegó los labios a los de Inés, con intención de no separarse nunca más. La tocó y no pudo soltarla. La besó y no pudo parar. La probó y no pudo controlarse.

—Nunca nunca nunca —le prometió entre beso y beso—, nunca voy a dejar que te alejes de mí.

—Ni pienso hacerlo —le advirtió Inés entre jadeo y jadeo—. Siempre me vas a tener a tu lado.

—No he podido —masculló Javier mientras le atrapaba el lóbulo de la oreja entre los dientes—, no he podido hacerlo sin ti.

—¿Hacer el qué? —musitó Inés al tiempo que echaba la cabeza hacia atrás para dejar el cuello expuesto a sus labios.

Él aceptó la invitación con entusiasmo y dejó un reguero de besos hasta llegar al hombro. Después se separó de ella. Inés abrió los ojos al notar su lejanía. Javier la empujó con delicadeza, invitándola a tumbarse antes de explicarse. Se acomodó a su lado. Arrancó una brizna de hierba, mayor que las demás, y comenzó a acariciarle la piel que sobresalía por el borde de la camisa.

—¿No te ha llegado mi carta?

—Me estás asustando.

—¿Te llegó?

—Me la leyeron.

—Cierra los ojos —le susurró Javier. A ella le relajó su voz e hizo lo que él sugería. La pajita comenzó a deslizarse por el cuello—. Entonces recordarás que te hablaba de que tenía dos cosas que hacer antes de regresar.

—No supe a qué te referías.

Él se inclinó sobre ella y la besó en los párpados.

—No he podido hacer ninguna de las dos. Ni la más fácil, ni la primera de ellas. Me quedé sin fuerzas. Te necesitaba a mi lado. No podía seguir sin ti.

Inés volvió a clavar las pupilas en él. Javier se inclinó sobre ella, apenas los separaban dos centímetros de aire.

—Cuéntame qué sucedió.

—Esos chicos, todos los que estuvieron luchando…, los que vi caer para no levantarse… He pensado mucho en ellos. ¿Recuerdas los retratos que les hice cuando estabas en el hospital de sangre de los liberales?

—Sí, fue la tarde del día que llegamos.

—No tenían heridas de importancia. Empecé a sacarles fotografías. Cuando sonreían a la cámara, abandonaban su condición de soldados y se transformaban en lo que eran: simples muchachos; hijos, hermanos, novios.

—Como aquellos chicos de la columna carlista de Archanda.

No le contó que se había encontrado con ellos ni que estaban muertos. Demasiadas penas que empañarían el momento.

—Después, al regresar al frente, hice muchas otras. Apunté las direcciones de todos ellos, vizcaínos y guipuzcoanos sobre todo. Voy a llevárselas a las familias.

—¿Las imágenes de sus hijos caídos en el frente?

—Sí.

La emoción inundó el corazón de Inés. Pasó el dorso de la mano por la mejilla de Javier. Este la atrapó y se la llevó a la boca. Depositó un beso en la parte interior de la muñeca y ella se estremeció de placer.

—¿Crees que es una buena idea?

—No puedo hacer otra cosa, no quiero dejar de hacerlo. No si con ello consigo que sus familias los recuerden durante más tiempo.

—Tienes razón. Hace tiempo que el rostro de mi madre se diluyó entre la niebla. Como lo hará el de la abuela con el tiempo.

Javier lamentó no haber conocido a Inés antes, solo para haber retratado a la anciana y que guardara su imagen para siempre.

La abrazó con fuerza. Notó sus brazos enlazados en la espalda, adhiriéndose a su cuerpo como la hiedra al tronco de un árbol. Sintió que ellos, como hiedra y árbol, crecerían juntos, seguirían unidos. Abrazados siempre. Se amaban. Lo harían.

—¿Imaginas cómo sería la última vez que los vieron, cuando partieron para alistarse en el Ejército? —Javier temblaba mientras hacía la pregunta. Inés lo apretó aún más contra ella—. Todavía tengo clavado en las entrañas el llanto de mi madre mientras me alejaba. Quiero que esas gentes olviden la pesadilla de la despedida, que vean una sonrisa en el rostro del ser querido y la fijen en la memoria. Quiero que cuelguen la fotografía en la pared y la miren todos los días, que recuerden su alegría. Se lo debo a los chicos que vi caer y a los que no pude salvar.

—No podías hacer nada por ellos.

—Muchos estaban malheridos y se murieron ante mí. Se lo debo, Inés.

—Va a ser muy duro.

—Quisiera que esas fotografías que me acompañan pertenecieran a soldados recién licenciados. —Apoyó la frente sobre la de Inés—. Me gustaría que estuvieran vivos. Me gustaría pensar que todo es un sueño, pero...

371

La congoja se le agarró a la garganta y no pudo seguir. Ella lo hizo por él:

—... es real.

—Tú eras la que tenías ese sueño. Pero ahora soy yo el que pienso en él. Me da miedo meterme en el agua y no saber nadar. Sé que tengo que ir en busca de todas esas familias que se quedaron sin sus hombres y entregarles un atisbo de felicidad, la que les dará poder mirar sus ojos y su sonrisa. Sin embargo, temo romperme en dos; quizá no el primer día, sino el segundo, el tercero o el cuarto. Tengo miedo de hacerlo solo.

Inés le rodeó el cuello con los brazos y lo hizo rodar sobre la hierba. La falda se enredó entre las piernas de Javier y quedaron unidos uno contra el otro.

—En mi sueño siempre pensé que era yo la que dudaba en la arena y tú me esperabas en lo alto del acantilado, pero ahora que lo pienso bien, sé que estás a mi lado, junto a la orilla. Solo tengo que alargar la mano para tenerte. —Se la cogió entre las suyas y apretó con fuerza—. Quédate conmigo o sumérgete en el mar si quieres; yo me quedaré en la orilla para que cuando descubras que la pesadilla se ha desvanecido y regreses a la realidad, me encuentres esperándote.

—No quiero meterme si no vienes conmigo. Sé que esto que te estoy pidiendo...

Inés lo besó.

—Iré contigo. Creía que no ibas a pedírmelo.

La intensidad de la mirada de Javier lo dijo todo. A pesar de no ser necesario, puso en palabras lo que pensaba desde el día en que ella se trasladó a su piso de Bilbao.

—No te merezco.

Inés sonrió ante la sencillez de la declaración. El hombre que había chocado con ella y al que había pateado los útiles de trabajo y su fotógrafo no eran la misma persona. La altivez hacía ya tiempo que había desaparecido, simplemente se había quedado por el camino.

—En aquella caseta «a los pies de un manzanal, entre una campa y la linde» —murmuró ella al tiempo que le apartaba un mechón de pelo de la frente.

—Allí fue donde todo se aclaró para mí. Sentí una sacudida en mi interior. Supe que te habías agarrado a mis entrañas y que no te ibas a marchar.

—Lo dices como si fuera una catástrofe —bromeó ella.

—Un cataclismo, eso es lo que fue, y cuando ocurre, es difícil de asumir. Lo has pensado, sabes lo que va a suceder, te preparas para ello y de repente…, todo es más enérgico. Una fuerza inesperada te remueve por dentro. Los pilares que sostienen tus ideas y que han dado forma a lo que eres se tambalean, y todo tu mundo se derrumba.

—Parece muy malo.

A él se le dibujó la sonrisa, muy despacio.

—Es mejor, mucho mejor. Lo mejor que me ha pasado. —Y como viera una pregunta en sus ojos, respondió—: Sí, esa fuerza que ha puesto mi vida al revés, que me ha obligado a enfrentarme a los demonios sin apenas darme cuenta, eres tú. Tú eres ese brillo que ilumina mis amaneceres y me lleva de la mano cuando la oscuridad alcanza la noche. Tú, solo tú. Tus ojos y tu sonrisa.

»Alejas de mí el horror de la guerra y la destrucción, haces que me olvide de la maldad de los hombres y piense que, si estás a mi lado, otro mundo es posible.

Inés no quería otro mundo, quería aquel y solo porque Javier estaba en él. Inés no deseaba nada más que lo que tenía bajo su cuerpo. Por eso lo despojó de la chaqueta, del chaleco y le abrió la camisa. Le exploró la boca, el cuello, el pecho y los músculos del abdomen. Se desprendió de la camisa y de la falda. Por eso hicieron el amor ante el mar, bajo las nubes, y se dejaron acariciar por la brisa y por el sol de primavera.

Aquella tarde crearon un mundo solo para los dos.

Epílogo

Javier no recordaba la cantidad de funerales a los que había asistido, ni la de veces que habían sido los primeros en dar la noticia a los familiares. Contar que un hijo, padre o marido había muerto en medio de la batalla era muy difícil. En la mayoría de los casos, lo sabían; para algunas cosas, la administración del Ejército gubernamental era de lo más eficaz. Sin embargo, había otras en las que la desdicha aún no había llegado a la casa familiar y eran ellos los portadores.

Ver cómo el color desaparecía del rostro de la mujer o de la madre y sentirla tambalearse era un auténtico tormento para Javier. En aquellos momentos, solo el calor de la piel de Inés lo mantenía en pie y le arrancaba palabras de consuelo.

Normalmente los invitaban a sus casas. Les ofrecían todo lo que tenían e insistían en que se quedaran a dormir. Ni Inés ni Javier les negaban nunca la compañía. La sonrisa del ser querido era todo lo que ellos les entregaban a cambio.

El retrato del soldado presidía la estancia, apoyado en la repisa del hogar o clavado en la pared. A Javier le emocionaba verlo, casi tanto como a ellos. Y aquella había sido la última vez.

Dio otro empujón al carrito y terminó de subir la pendiente. Abajo quedaba el caserío de los padres de Julio Urquiza, abajo dejaban la última fotografía.

—Lo echaré de menos —dijo Inés al tiempo que lo enlazaba por la cintura—. Nunca pensé que diría esto, pero es cierto.

—Yo me alegro de que hayamos terminado. Sobre todo por ti, no debería haberte pedido que me acompañaras.

Inés le dio un beso debajo de la oreja.

—No tenías elección. Lo prometí ante el Señor: «En la riqueza y en la pobreza, en la salud y en la enfermedad...».

—Nada dijiste de las locuras de tu esposo —bromeó ya liberado del peso de la culpa y del dolor.

—Han sido dos meses que no cambiaría por nada. Has sido muy valiente.

—He sido un insensato. Y tu hermano también.

—Ignacio, ¿qué tiene que ver él en esto?

—Tenía que haberme prohibido casarme con su hermana y llevármela a recorrer los caminos, durmiendo en pajares prestados y comiendo de lo poco que gana su marido con los retratos que hace por los pueblos. No tenía que haberte arrastrado a compartir esto conmigo.

—Tenías que hacerlo, tú mismo me lo dijiste. Sabías que si tú lo hacías, yo venía también.

Javier la besó en la sien sin apartar la mirada del caserío que dejaban atrás. El alivio lo invadió. Habían sido unos meses duros; llenos de tristezas ajenas y amargos pasados, contrapuestos por completo a su alegría interior y a su esperanzador futuro.

Inés se sujetó a la barra del laboratorio portátil y esperó a que él diera el siguiente paso. Javier no dudó. Sus manos se colocaron a continuación de las de Inés; con firmeza, con seguridad, con decisión. Alejó la vista de aquella casa y la posó sobre el camino que se abría ante ellos.

—Ha llegado la hora.

—¿Nervioso?

—Mucho.

Los dedos de Inés se posaron sobre su mano. Él le ofreció la palma y ella la apretó con fuerza.

—Todo saldrá bien. Ya lo verás. ¿Está muy lejos?

—A menos de una hora de aquí.

—¿Crees que nos invitarán a comer?

—Lo averiguaremos enseguida.

Las rodadas del carrito sobre la tierra húmeda y la fotografía de un joven, con una enorme sonrisa y un ros sobre la cabeza, en el comedor del caserío que acababan de abandonar fue lo único que quedó de su paso por aquel lugar. Javier se alegró de que así fuera. Prefería que aquella gente se olvidara de su nombre.

De igual manera que deseaba con toda el alma que en el lugar hacia donde se dirigían lo acogieran como si nunca los hubiera abandonado.

Fue una hora de camino, una hora en la que lo único que hizo fue pensar una y otra vez las palabras que pronunciaría cuando se encontrara delante de los suyos: «Madre, padre, soy Javier, vuestro hijo. He regresado».

Y prefirió no imaginar lo que vendría después. «Cobarde», se dijo a sí mismo. «Precavido», se llamó después. La idea de que sus padres le dieran la espalda era demasiado dolorosa; la sospecha de que lo hubieran olvidado definitivamente, desoladora. Aunque era lo que él mismo había hecho con ellos durante tantos años.

Cuando a lo lejos y por encima de los árboles que lo separaban del caserío familiar divisó la cima del tejado, empezó a jadear. Era puro miedo.

—¿Es ese? —murmuró Inés.

—¿Un fotógrafo por estos lares?

Javier se dio la vuelta de repente y se encontró con dos mozalbetes que, como ellos, descendían la cuesta hacia el caserío y miraban el cartel del carro con interés.

Inés le puso una mano en la espalda para infundirle valor.

Él buscó en sus caras algún rasgo que delatara la familia a la que pertenecían. No encontró ninguno. Uno tenía la piel demasiado morena y el otro, los ojos azules. Ninguno de sus hermanos era así, al menos no los recordaba así. Por primera vez pensó que podría haber nacido algún otro niño después de que él se marchara. «Puedo tener hermanos a los que ni siquiera conozco.» Se sintió peor que antes. Se aferró a la mano de Inés, y la puso a su lado.

—¿Vivís en casa Garay? —empezó ella la conversación.

—¿Dónde si no?

—¿Sois de alguno de los hijos? —preguntó Javier.

—De la hija mayor —dijo el moreno.

—De la siguiente —dijo el de los ojos azules.

—Entonces…, ¿la familia sigue en el mismo sitio?

Su sobrino, el moreno —hasta ese momento ni se le había pasado por la imaginación que pudiera tener sobrinos y menos tan mayores como aquellos—, se sacó del hombro el hacha y la apoyó en el suelo.

—Acabamos de decírselo —respondió con desconfianza—. ¿Qué han venido a hacer aquí?

Le fue imposible decir la verdad.

—Hacemos fotografías a las familias.

—Pues no creo que aquí sea bien recibido.

—¿Por qué?

—Los abuelos no tienen aprecio a esas cosas.

377

—¿Y el resto? ¿Y vuestras madres, vuestros hermanos? —intervino Inés.

—Seguro que les gustaría —dijo el de los ojos azules.

—¡Cállate, que eres un bocazas! ¿No sabes lo que dice el abuelo?

—¿Qué dice?

—Dice que esas máquinas del demonio le llevaron a un hijo. Nunca ha aceptado que nadie le haga un retrato.

—¡Cállate, Javier, y vámonos!

Javier abrió los ojos como platos al tiempo que el muchacho moreno se marchaba.

—¿Te llamas Javier? —Detuvo al de los ojos azules.

El chico miró por un momento al primo que se alejaba, pero enseguida regresó junto a ellos.

—Así se llamaba mi tío, ese que se marchó detrás de un fotógrafo como usted y abandonó a padres y hermanos. Mi madre no quería ponérmelo, decía que solo me traería tristezas, pero la abuela se empeñó. Dice que le recuerdo a él, que somos igual de soñadores. —El chico echó un vistazo rápido al camino y añadió—: Yo creo que todavía espera que aparezca cualquier día por ahí.

Javier se quedó clavado en el suelo mientras se desataba una tormenta en su interior.

—¿Crees que se alegrarían?

—¿La abuela? Saltaría de alegría si pudiera. Mira que se le han ido otros hijos, pero ese... Yo creo que es porque se marchó siendo niño. Es como si en vez de irse por propia voluntad, se les hubiera perdido a ellos en el monte.

—¿Y el abuelo? —preguntó Inés al ver que Javier se quedaba sin habla.

—El abuelo lo miraría como si fuera lo más natural, como si acabara de verlo salir de la casa con la guadaña para segar el prado de abajo.

—Exageras, seguro que ya lo han olvidado, después de tantos años como dices... —tanteó ella.

—¿El abuelo olvidarse de algo? —Se carcajeó el sobrino—. Cómo se nota que no lo conocen. Aún recuerda los reales que pagó por la primera chapela que se puso en la cabeza: dos reales le costó.

El recuerdo de aquella anécdota le atravesó a Javier con la fuerza de un rayo. Sonaron en sus oídos las risas de sus herma-

378

nos mientras comían castañas ante la lumbre cada vez que su padre lo repetía.

Muchos eran los sentimientos que lo habían inundado durante el camino hacia el caserío familiar. Los nervios, el miedo, el desasosiego y la cobardía habían sido duros compañeros de viaje. Pero nunca imaginó que la boina de su padre fuera lo que lo ayudara a apartarlos para dar paso al regocijo por volver a encontrar a los suyos, por volver a abrazar a sus padres, a sus hermanos y a los sobrinos que nunca supo que tuviera, y que ahora le hacían tan feliz aun sin conocerlos.

Javier tuvo que sentarse en el suelo, a punto de marearse. Inés se arrodilló a su lado.

—¿Te encuentras bien?

—Solo necesito unos momentos, unos momentos y estaré bien.

—¿Puedes llegarte hasta el caserío y darle un recado a tus abuelos y a tu madre, muchacho? —le preguntó Inés. El sobrino se quedó esperando el mandado—. Diles que ha venido alguien que piensa sacarles muchos retratos. ¡Uno por cada año que faltó!

El chico se encogió de hombros. Javier e Inés se quedaron en silencio mientras lo miraban bajar la cuesta.

—¿Crees que entenderán tus palabras?

—Perfectamente.

Todavía esperaron un buen rato. Hasta que Javier se puso en pie y se sacudió las hierbas del pantalón.

—Creo que ha llegado el momento.

—¿Estás seguro?

—No, no lo estoy en absoluto.

Ella le dio un suave beso en los labios.

—Pues entonces, adelante.

—Hacia mi casa.

—Tu casa, tu gente.

—Mi gente. —Bajó el rostro hasta atrapar sus labios—. Mi mujer, mi gente —susurró después—. Me gusta cómo suena.

Terminaron el camino agarrados por la cintura. Javier buscaba la seguridad que emanaba de ella con toda generosidad.

A la puerta del caserío había alguien. Respiró cuando descubrió que era su sobrino Javier. El chico partía leña sobre el duro tronco de un roble. Se irguió al notar que se acercaban. Del bolsillo del pantalón parduzco sacó un pañuelo, que usó para secarse el sudor de la frente y del cuello.

379

Inés se separó en cuanto la mirada del chico se posó en ella. Javier la retuvo hasta que se aproximaron a la casa.

—Me alegro de volver a verles.

—Inés, mi mujer —la presentó, ya que no lo había hecho antes—, acabamos de casarnos.

—Encantado, señora.

—Igualmente —contestó ella—. Nos gustaría conocer a la familia. A tu madre, a los abuelos, al resto de los…

—Javier —llamó una mujer desde el portal—. ¿Con quién hablas?

—El fotógrafo del que les he hablado, madre, ya ha llegado —contestó el chico en alto.

La mujer salió de la casa a toda prisa. Vestía una falda gris oscuro y una toquilla sobre los hombros; el moño recogido bajo el pañuelo.

Javier la habría reconocido al instante, incluso sin haber sabido de antemano que era la madre de su sobrino. Sintió que el tiempo se detenía. Era una réplica exacta a su madre cuando él se marchó.

Su hermana mayor lo miró con cara de espanto, con las dos manos sobre la boca y los ojos muy abiertos. De su boca apenas salía un gemido amortiguado.

—¿Qué os sucede? —se asustó el sobrino cuando la vio en ese estado.

—¡Madre! —consiguió decir la mujer—. ¡Madre! Su…, su hijo…, su hijo Javier ha regresado. ¡Javier ha regresado! —gritó hacia dentro de la vivienda—. ¡Ha regresado!

Él no pudo hacer más que apretar la mano de Inés y soportar la angustia con los ojos clavados en la puerta del caserío. No fue una sino dos las personas que aparecieron por ella. Un hombre y una mujer, con la piel llena de arrugas y la emoción en la cara.

Ninguno se movió. Tuvo que ser Inés la que tiró de Javier y lo obligó a acercarse a las tres figuras que los esperaban en la puerta.

—Yo… soy Inés Otaola, la mujer de su hijo Javier. Él…

Javier tenía un nudo en la garganta. Imposible decir nada. El hombre mayor lo hizo por él:

—…él ha regresado —completó con los ojos vidriosos.

A Javier nunca le había parecido tan maravilloso ver llorar a alguien.

Agradecimientos

Este libro no sería el mismo sin Miguel de Unamuno ni Armando, administrador del blog Km 130. A Unamuno le debo la descripción de la vida dentro del Bilbao asediado, que él mismo sufrió cuando era poco más que un niño y que contó magistralmente en su *Paz en la guerra*. A Armando, su pormenorizada narración de la segunda batalla de Somorrostro, con imágenes actuales y pasadas de los paisajes donde lucharon liberales y carlistas, que con tanta generosidad nos regaló a los seguidores de su blog. Allí donde estéis, ¡muchísimas gracias a ambos!

Muchas gracias también a Cristina Díaz Marlasca, María José Losada, Ana Fraile, Mercedes López Ordiales y María José López Ordiales porque confiasteis en esta historia cuando yo ya no lo hacía. Fuisteis mi sostén en los peores momentos. Nunca lo olvidaré.

Y por último, quiero agradecer a los lectores haber controlado el impulso de coger el bolígrafo y corregir el gentilicio «bilbaino», así, sin tilde, cada vez que este aparece en el texto. De hecho, la Sociedad Bilbaina nunca ha incluido esa tilde en su denominación. He querido hacer un homenaje a la tierra que me vio nacer. Les invito a pronunciarla de este modo, al más puro estilo de Bilbao.

LA GACETA
LIBERAL

Este periódico sale cinco meses al mes. — Precio de suscripción 6 rs. al mes llevado a las casas : en las provincias 18 por trimestre, franco de porte: en América y el estranjero 24 al trimestre, también franco.

Materias que contiene el presente número

En cumplimiento de un deber. Ideas y notas militares. El Gobierno y la prensa. El público del teatro. Cosas. El libro de la semana. Medidas higiénicas. Notas para la mujer. Ecos diversos.

En cumplimiento
de un deber

La Gaceta es un periódico de información universal que nació con el compromiso de servir a la verdad en estos tiempos de paz para algunos y sufrimiento para otros.

Es achaque común para todos los que se hallan en el caso de escribir un artículo como el que aquí sigue el empezar haciendo una enfática aclaración a las líneas que nuestros lectores encontrarán. Sin embargo, este periódico iniciará este escrito, y lo hará en adelante, permitiendo que las líneas a continuación hablen por sí mismas.

Pero antes de dar paso a la crónica sobre los trágicos sucesos que tuvieron lugar los pasados febrero, marzo y abril en uno de los valles más fértiles del territorio vizcaíno, diremos el nombre de aquel que fue testigo excepcional de los mismos: *Javier Garay Zabala.*

"Esta es una guerra con muchos jugadores, sólo que los que mueven las fichas no se acercan al frente para defender un lema y una bandera, sino que se sientan detrás de una mesa de despacho mientras disfrutan de un buen habano y mejor café. Ni el número de muertos conocen, mucho menos sus nombres, edad o procedencia. Esta es una guerra en la que los verdaderos responsables de las muertes de muchachos y hombres se cobijan en sus casas al caer la noche sin pensar ni una sola vez en la lluvia, en el hambre ni, por supuesto, en la sangre derramada.

Este libro utiliza el tipo Aldus, que toma su nombre
del vanguardista impresor del Renacimiento
italiano, Aldus Manutius. Hermann Zapf
diseñó el tipo Aldus para la imprenta
Stempel en 1954, como una réplica
más ligera y elegante del
popular tipo
Palatino

La mirada de la ausencia
se acabó de imprimir
un día de verano de 2018,
en los talleres gráficos de Liberdúplex, s.l.u.
Ctra. BV-2249, km 7,4, Pol. Ind. Torrentfondo
Sant Llorenç d'Hortons
(Barcelona)